Das Weihnachts-Veto

Weitere Bücher von Keira Andrews

In deutscher Sprache

Weihnachten
Der Weihnachts-Deal
Der Weihnachts-Sprung
Das Weihnachts-Veto
Santa Daddy (Deutsche Ausgabe)
Im Notfall

Action & Abenteuer
Jenseits des Ozeans
Codename: Valor
Testphase Valor

Fantasy
Vermählt mit dem Barbaren: Band 1 (Barbaren Dilogie)
Der Schwur des Barbaren: Band 2 (Barbaren Dilogie)

Historische Romantik
Geisel des Piraten

Sport
Wertvoller als Gold
Kalter Krieg

In englischer Sprache

Contemporary
The Spy and the Mobster's Son
Honeymoon for One
Beyond the Sea
Ends of the Earth
Arctic Fire

Holiday
The Christmas Deal
The Christmas Leap
The Christmas Veto
Only One Bed
Merry Cherry Christmas
Santa Daddy
In Case of Emergency
Eight Nights in December

If Only in My Dreams
Where the Lovelight Gleams
Gay Romance Holiday Collection
Lumberjack Under the Tree (free read!)

Sports
Kiss and Cry
Reading the Signs
Cold War
The Next Competitor
Love Match
Synchronicity (free read!)

Gay Amish Romance Series
A Forbidden Rumspringa
A Clean Break
A Way Home
A Very English Christmas

Valor Duology
Valor on the Move
Test of Valor
Complete Valor Duology

Lifeguards of Barking Beach
Flash Rip
Swept Away (free read!)

Historical
Kidnapped by the Pirate
Semper Fi
The Station
Voyageurs (free read!)

Paranormal

Kick at the Darkness Trilogy
Kick at the Darkness
Fight the Tide
Defy the Future

Fantasy

Barbarian Duet
Wed to the Barbarian
The Barbarian's Vow

Das Weihnachts-Veto

von KEIRA ANDREWS

Das Weihnachts-Veto
Geschrieben und veröffentlicht von Keira Andrews

Copyright 2023 Keira Andrews
Print Ausgabe

ISBN: 978-1-998237-39-5

Übersetzung: Simone Richter
Korrektur: Veronika Kothmayer
Cover: Dar Albert
Formatiert von BB eBooks

Danksagung

Vielen Dank an Anita, Leslie und Leta für ihre Hilfe, die Liebesgeschichte von Connor und Reid zum Leben zu erwecken.

Kapitel Eins

Reid

KURZFRISTIG EINEN FAKE Freund zu finden, entpuppte sich als ganz schöne Herausforderung.

Mürrisch ließ ich meinen Blick über die Upstairs Lounge des Utopia Grand schweifen, während die Gäste des jährlich stattfindenden Charity Events meiner Großmutter eintrudelten.

Frische Tannenzweige zierten die Wandverkleidung, zusammen mit Kränzen, die jeweils mit einer einzelnen, roten Schleife geschmückt waren. Die Lichter von New York City leuchteten durch die Fenster, die vom Boden bis zur Decke reichten.

Addison und ich hatten uns in einer Ecke positioniert, in der wir uns fast schon hinter dem gigantischen, gold dekorierten Weihnachtsbaum versteckten. Sie nickte in Richtung Richard Wolverhampton. Entschuldigung, Richard Wolverhampton der Dritte. Er hatte es sich auf einem der cremefarbenen Sofas gemütlich gemacht und funkelte wütend sein Handydisplay an.

Mit den Fingern kämmte er sein lichtes Haar nach vorne, als würde das seine bereits stark sichtbaren Geheimratsecken verstecken.

Fast spuckte ich den Schluck meines Manhattan aus und stammelte: »Veto!«

Addison runzelte die Stirn und strich sich eine dunkle, glänzende Locke hinters Ohr.

»Wieso nicht? Wenn du ihm genug zahlst, stimmt er vielleicht zu. Du weißt ganz genau, dass er vermutlich gerade nachsieht, wie es um sein letztes schlechtes Investment steht. Es wird gemunkelt, dass seine Eltern ihm bald den Geldhahn zudrehen.«

»Er ist ein homophober Trottel. Wir waren beide auf dem Rencliffe Internat, erinnerst du dich? In der zehnten Klasse hat er Edward Linney das Leben zur Hölle gemacht. Eddie war nicht einmal queer, glaube ich.«

Addison rührte ihren Cranberry Weihnachts-Mojito mit einer Zimtstange um.

»Vielleicht hat Richard sich als Person weiterentwickelt.«

Nach einem Moment brachen wir in Gelächter aus. Offenbar waren wir zu laut, nachdem wir von ein paar der älteren Society Damen einen bösen Blick zugeworfen bekamen. Sie waren wie immer wahnsinnig früh erschienen und vertrieben sich die Zeit damit, an einem Sauvignon Blanc zu nippen und miteinander über die restlichen Gäste zu tratschen. Plötzlich überkam mich ein nostalgisches Gefühl, als ich an unsere Teenager Jahre zurückdachte, in denen Addison und ich uns immer in den Ecken dieser Events verkrochen hatten.

»Soll ich meine Matchmaker Tante in Mumbai anrufen? Bestimmt hat sie ein paar gute Ratschläge.«

»Ich suche nach keinem *Match*. Das will ich eben verhindern.«

»Hm.« Addison fummelte an ihrer Silberkette rum und die eingefassten Diamanten glänzten auf ihrer braunen Haut. »Okay, wenn du es dir nicht nochmal anders überlegen willst, was die Masterson Cousins angeht—« Sie hielt inne und wartete auf meine Antwort.

Die Auswahl an potenziellen fake Partnern war wahrlich traurig. »Veto, Veto und Veto.«

Sie hob eine Augenbraue. »Du machst Bitsy wirklich alle Ehre.«

»Was? Oh, stimmt, das tue ich wohl.« Meine Großmutter war

berühmt dafür—wohl eher berüchtigt—dass sie mit nur einem Wort ganze Ideen ablehnte, die sie nicht interessierten.

»Es muss glaubhaft sein.«

»Guter Punkt, aber die Auswahl ist nicht sonderlich groß und bald sind sind bestimmt alle hier. Ich glaube du musst darüber nachdenken, dir doch eine fake Freundin zu suchen.«

Seufzend murmelte ich: »Scheint so.«

»Wieso stört dich das? Du bist bi. Solange du einen Partner oder Partnerin für die Festivitäten vorweisen kannst, sollte deine Großmutter dich mit ihren Kupplungsversuchen in Ruhe lassen. Oder du erinnerst sie daran, dass du bereits neunundzwanzig bist und schon ein großer Junge.«

Addison nippte an ihrem Cocktail, bevor sie hinzufügte: »Weißt du, es wäre einfacher, wenn du—lass mich ausreden— wirklich mit jemandem ausgehen würdest. Seit Rencliffe hast du nur One Night Stands mit irgendwelchen Typen. Wenn du Bitsys Kupplungsversuchen entgehen willst, muss es doch jemanden geben, mit dem du ausgehen kannst.«

»Niemand aus der High School. Außerdem habe ich dir nie erzählt, dass ich damals mit Kerlen rumgemacht hab.«

Addison verdrehte die Augen. »Ich bitte dich. Als ob deine chaotische bisexuelle Energie nicht trotzdem immer in der Luft gelegen hätte.«

Da musste ich lachen und spürte die Zuneigung, die ich Addison gegenüber hatte, anschwellen. »Riecht die nach Tom Ford Soleil Brûlant?«

»Als ob. Eher nach Axe Body Spray.«

»Autsch. Und ich weiß, dass es einfacher wäre, einen richtigen Partner zu haben. Aber nach Gwen bin ich einfach noch nicht bereit für etwas Ernstes.«

Sie seufzte. »Das verstehe ich. Gwen war eine Herzensbrecherin.«

»Sie hat mein Herz nicht gebrochen«, sagte ich bestimmend.

»Das hatte höchstens einen blauen Fleck.«

Addison widersprach mir nicht, was der Grund dafür war, dass ich sie meine beste Freundin nannte. Sie meinte einfach nur: »Darf ich dir den Vorschlag machen, deiner Großmutter ein für alle mal klar zu sagen, dass sie das nichts angeht?«

»Du kennst doch meine Großmutter. Nicken und lächeln, und ihr in allem zustimmen, ist die einzige Lösung. Ich bin der Älteste. Asher kann tun und lassen was er will, während es mir zufällt, die Cabot Familienehre aufrecht zu erhalten.«

Mit einer dramatischen Handbewegung legte Addison sich ihre Finger auf die Brust und verdeckte damit den V-Ausschnitt ihres glatten, grünen Cocktailkleids. »Wenn doch die Welt nur mehr Verständnis für das Leiden dieses reichen, weißen Mannes in seinem maßgeschneiderten Armani Anzug hätte.«

Ich lachte leise. »Du hast ja recht. Allerdings habe ich nichts von Leiden gesagt. Ich habe nur keine Lust darauf, dass sich meine Großmutter in mein Leben einmischt. Wenn ich gewusst hätte, dass Cecilia bereits aus Frankreich zurückgekehrt ist, hätte ich das Abendessen heute ausfallen lassen.«

»Und hättest Bitsys traditionelles Thanksgiving Charity Event verpasst? Das würdest du dich nicht trauen.«

Nachdem ich einen brennenden Schluck meines Drinks genommen hatte, murmelte ich: »Wenn sie doch nur für Thanksgiving dekoriert hätte. Mir geht Weihnachten jetzt schon auf die Nerven und es ist immer noch November.«

»Wie jetzt, mit Pilgerhüten und Truthähnen aus Pappmaché? Ich bin mir sicher, dass auf den Tischen Zierkürbisse stehen.«

»Großmutter liebt einen guten Zierkürbis.«

»Wer tut das nicht? Und überhaupt, wieso ist sie so festgefahren, dich mit Cecilia Weston verkuppeln zu wollen?«

Ich schnaubte. »Geld und Status natürlich, wieso sonst? Das ist ihre Welt. Wir leben nur darin. Und, nur um das klarzustellen, ihre Welt könnte genauso gut Jane Austens viktorianisches

England sein.«

»Ich bin mir ziemlich sicher, dass Austens Zeit während der Regency Period war.«

»Ist ja auch egal.« Verzweifelt sah ich mich nochmals in der Lounge um. Ein Streichquartett spielte Weihnachtslieder und die ankommenden Gäste unterhielten sich in kleinen Grüppchen.

Bevor ich mir auf die Zunge beißen konnte, platzte es aus mir heraus: »Ich hätte lieber einen fake Freund, weil Großmutter nicht glaubt, dass Bisexualität existiert.«

Addisons gezupfte Augenbrauen verschwanden unter ihrem schicken Pony. »Speziell in dir oder auf der Welt?«

»Beides.«

Addisons Lächeln war scharf, als sie sagte: »Glaubt Bitsy an Lesben oder bin ich deine imaginäre Freundin?«

»Ich glaube, es wäre ihr lieber, wenn alle cis und hetero wären. Aber schwul und lesbisch sind binäre Konzepte, die sie akzeptieren kann. Außerdem bist du verdammt reich.«

Addison gehörte zur Rupani Familie, die ihr Vermögen in Indien im Bereich Telekommunikation aufgebaut hatte. Wir hatten uns in einer Vorschule an der Upper East Side kennengelernt und uns sofort gut verstanden, nachdem wir beide alles geliebt hatten, das mit Spongebob zu tun hatte.

Sie sah mich stirnrunzelnd an. »Du hast doch gesagt, dass deine Familie dein Coming-out im Sommer gut angenommen hat.«

Ich zuckte mit den Schultern und versuchte dabei gleichgültig zu wirken, schaffte es aber vermutlich nicht. »Meine Mum, Stiefdad und Asher waren positiv. Auch meine Tanten und Onkel und verschiedene Cousins und Cousinen. Großmutter will es aber nicht wahrhaben.«

Addison griff nach meiner Hand und drückte sie kurz. »Das tut mir leid.«

»Ist völlig in Ordnung!« Ich drückte ihre Hand zurück, bevor ich meine Hand in meine Hosentasche steckte.

»Na gut, dann lass uns einen Mann für dich finden.« Addison schlürfte den Rest ihres Mojito aus.

Ihre Augen verengten sich. »Dort drüben. Der beste Freund deines Bruders. Sie sind gerade reingekommen.«

Verwirrt suchte ich die wachsende Menge ab. Ich fand Asher, aber es dauerte einen Moment bis ich seine Begleitung erkannte. »Connor? Nein. Veto. Veeee-to. Er ist ein Kind.«

Zumindest war er das gewesen.

Addison hob ihre Augenbrauen. »Sprechen wir vom selben Typen? Weiß und ein bisschen blass? Sieht aus, als bekäme er nicht genug Sonne ab. Ungefähr eins-achtzig groß, blond und hat definitiv eine Art Gel im Haar, damit er so unbeschwert sexy aussieht. Heiße schwarze Lederjacke und der feste Arsch in diesen Levis?«

Ich betrachtete Connor durch Addisons Augen und sah ihm und Asher dabei zu, wie sie über etwas lachten.

Helles, süßes Lachen bei dem Grübchen sichtbar wurden.

Hm. Wann war Connor Lisowski erwachsen geworden? So *attraktiv*? Er und Asher waren jetzt dreiundzwanzig, aber ich hatte Connor nicht gesehen, seit sie beide im ersten Semester studiert hatten.

»Ohhh, nette Grübchen«, bemerkte Addison.

Ich versuchte meine Fassung zu behalten und schnaubte. »Den kenn ich schon, seit er ein wütender, puckliger Teenager war.« Naja, kennen war vielleicht zu viel gesagt. Connor hatte wie ein niedergeschlagener Schatten an Asher festgeklebt.

»Das ist er jetzt definitiv nicht mehr. Ich möchte dich nochmal auf Beweisstück D hinweisen: *Dieser Hintern.* Aber selbst, wenn du nicht auf den Möchtegern James Dean Vibe stehst, ist es ja nicht so, als müsstest du mit ihm schlafen. Der Sinn des Ganzen ist doch, dass er dein *fake* Freund ist.«

»Weiß ich doch, aber…«

»Er stellt ein geringeres Risiko dar, weil ihn niemand kennt. Außerdem hast du keine Vetos mehr übrig, mein Freund.«

Passend dazu stolzierte meine Großmutter in die Lounge und unterhielt sich mit… natürlich… Abigail Weston und Abigails einzigem Kind, Cecilia. Es war nicht so, als hätte ich irgendetwas gegen Cecilia. Sie war die perfekte High Society Erbin mit goldenem Haar, die schon immer auf ihre Rolle vorbereitet worden war.

Die paar Male, die wir zum Small Talk gezwungen worden waren, war sie stets höflich gewesen. Aber ich hatte mich gerade mit meiner Bisexualität angefreundet und wollte diese einfach nur ausleben.

Als Großmutter sich im Raum umsah wie es auch der Terminator tun könnte, warf ich mich förmlich hinter den Weihnachtsbaum und umging nur knapp die duftenden Tannennadeln.

Ich hatte wahrlich keine anderen Optionen mehr übrig. »Na gut.«

»Meinst du, er macht es?«

»Ich glaube mich daran zu erinnern, dass Asher gemeint hatte, dass er schwul ist. Gibt nur eine Möglichkeit es herauszufinden. Kannst du sie zu uns rüber winken?«

Nach ein paar fehlgeschlagenen Versuchen grummelte Addison und stolzierte einmal quer durch die Lounge. Auf dem Weg schnappte sie sich ein Glas Champagner und wich einem riesigen eingetopften Weihnachtsstern aus. Sie kam mit Asher und Connor im Schlepptau zurück und wir zwängten uns in den Raum zwischen dem Baum und dem Fenster.

»Was gibt's?«, fragte Asher misstrauisch. Er lehnte sich nach links und spähte am Baum vorbei. »Ah, Bitsy mischt sich wieder in Scheiß ein, der sie nichts angeht. Tut mir leid dir das so sagen zu müssen, aber du wirst dich nicht den ganzen Abend hier verstecken können. Zweifellos hat Gamma beschlossen, dass du neben Cecilia sitzen musst, damit ihr euch über Truthahn und dessen Füllung kennenlernen und dann heiraten könnt, bevor ihr perfekte Nachkommen erzeugt.« Er trank sein Champagnerglas in einem Zug aus. »Du erinnerst dich an Connor, stimmt's?«

»Natürlich tun wir das«, sagte Addison, obwohl die beiden sich vermutlich nie kennengelernt hatten. »Ehrlich gesagt, möchte Reid deine Dienstleistung in Anspruch nehmen, Connor.«

Seine Stirn runzelte sich. »Meine…hä?« Sein Blick wanderte über meinen Körper, was bei mir ein seltsames Kribbeln hinterließ. »Bist du krank oder sowas? Ich studiere Medizin aber bin noch kein Arzt.«

»Oh, nicht diese Dienstleistung«, sagte ich. »Hör zu, die Zeit läuft mir davon, also: Ich brauche einen festen Freund über die Feiertage, um den Kupplungsversuchen meiner Großmutter zu entgehen. Im neuen Jahr fliegt sie in den Süden auf die Kaimaninseln und dann bin ich bis Frühling vor ihr sicher.«

Connor starrte mich an. Jetzt, wo er so nahe war, konnte ich sehen, dass er Bartstoppeln hatte. »Du…Was?«

»Ihr müsstet nicht wirklich miteinander ausgehen«, fügte Addison hinzu. »Du müsstest nur zu noch ein paar mehr dieser öden Partys im Dezember kommen. Vielleicht ein bisschen PDA, ein bisschen Händchen halten in der Öffentlichkeit, ein Kuss, keine Ahnung, um es zu verkaufen.«

Connors Augen weiteten sich und ich fragte: »Du bist schon auch queer, oder? Ich dachte, Asher hätte gesagt—« Ich sah den Alarm in den Augen meines Bruders, doch da war es schon zu spät.

Connors Blick schnellte zu Asher. »Wieso zum Teufel würdest du so etwas sagen?«

»Hab ich nicht!« Asher hob abwehrend die Hände. »Mein dummer Bruder ist verwirrt.«

»Verzeihung. Dann muss ich dich mit jemanden verwechselt haben.« Ich hätte gedacht, dass Asher zu der Zeit, als die beiden noch in der High School gewesen waren, etwas angedeutet hatte, aber vielleicht irrte ich mich. Ich versuchte mich nicht zu angegriffen zu fühlen. »Du brauchst nicht so empört zu sein. Da ist nichts falsch dran.«

Connor schnaubte. »Weiß ich. Ich hab zwei Väter.« Er trank sein Glas aus.

Das schien mir dumpf bekannt vorzukommen. »Stimmt, stimmt.« Connor war durch ein Scholarship bei Rencliffe angenommen worden, als er und Asher sich kennenlernten. Vage schien ich mich daran zu erinnern, dass seine Mutter gerade verstorben war und er als ,schwierig' abgestempelt worden war, bevor er sich etwas entspannt hatte. Irgendwie hatte ich das Gefühl, dass sein Stiefvater ihn adoptiert hatte?

War ja auch egal. Wir konnten uns nicht für immer hinter der Waldkiefer verstecken.

»Hör zu«, sagte ich. »Du würdest mir echt einen riesigen Gefallen tun.«

Mit dem Blick auf sein leeres Glas gerichtet, spielte Connor mit dem Reißverschluss seiner Lederjacke, die garantiert nicht zum Dresscode meiner Großmutter passte.

Asher fügte hinzu: »Bei diesen Events gibt es immer kostenloses Essen und Alkohol. Könnte Spaß machen.« Wir trugen beide unsere dunkelbraunen Haare kurz, doch sein Pony flog über eine Augenbraue, als er sie auf und ab bewegte.

Connor funkelte ihn böse an. »Wieso sollte es Spaß machen, so zu tun als wäre ich, ähm, Reids…«

Er deutete auf mich, als könne er sich selbst nicht dazu bringen, das Wort *Freund* auszusprechen.

Asher grinste. »Ich liebe meine Großmutter, aber Bitsy zu verarschen ist immer eine gute Sache.«

»Wir wurden entdeckt«, zischte Addison.

»Ich werde dich natürlich dafür kompensieren«, fügte ich hinzu.

Connor traf meinen Blick, immer noch sichtlich misstrauisch. Ganz abgesehen von *gut aussehend*.

Mal ehrlich, wann war das denn passiert? Ich erinnerte mich nicht daran, dass seine Stimme so tief war.

Er fragte: »Wie?«

»Wie du willst.«

Er rutschte in seinen Doc Martens herum. »Du brauchst wirklich meine Hilfe?«

Ein Bediensteter in schwarz und weiß erschien und fragte Connor: »Sir, darf ich Ihnen die Jacke abnehmen? Ihnen wird unangenehm warm beim Essen werden.« Der Kerl war sicherlich von meiner Großmutter geschickt worden.

Asher sagte: »Dude, ich verspreche dir, dass sie sie nicht verlieren.« Zu dem Bediensteten sagte er: »Ihr verliert sie nicht, stimmt's?«

»Niemals«, antwortete der Mann ernst.

»Na gut«, murmelte Connor, als er sich aus der Jacke schälte. Das Leder quietschte und schien neu.

Darunter trug er ein weißes Hemd und eine grau gestreifte Krawatte, was immerhin etwas formal war. Seine Levis, die sich an seine langen, schlanken Beine schmiegten, und Doc Martens nicht so sehr, aber das machte nichts. Es war ja nicht so, als würde Großmutter ihn in irgendeinem anderen Outfit als passend erachten.

Außerdem musste sie nur lange genug daran glauben, dass wir ein Paar waren, bis sie von mir abließ und—

»Hier kommt sie«, flüsterte Asher und als der Bedienstete sich mit Connors Jacke aus dem Staub machte, drehten wir uns alle um, um Elizabeth „Bitsy" Cabot zu begrüßen, als sie schnurstracks auf uns zu kam. Ihre glänzenden schwarzen Pumps klackten in abgehackten, verärgerten Stößen auf den Mamorboden.

Ihre Haut war zart weiß—nie zu gebräunt, nie zu blass—und ihre Haare waren eher silberfarben als grau, gestylt in einen glatten

Bob. Sie trug ein langärmliges Cocktailkleid in einem orangenen Rot, das sicherlich einen Namen wie „Siena gebrannt" trug, oder etwas ähnlich herbstlich Passendes für Thanksgiving.

»Gamma!« Asher breitete seine Arme aus und sie umarmte ihn. Sie erlaubte den Spitznamen aus seiner Kindheit, als er das Wort „Grandmother" nicht aussprechen konnte. Außerdem erlaubte sie die Umarmung an sich, was ebenfalls eine Seltenheit war, vor allem in der Öffentlichkeit.

Sie drehte sich zu mir um und sagte: »Reid«, bevor sie sich mir leicht entgegen lehnte, damit ich ihre Wange küssen konnte, während sich unsere Hände kurz trafen. Ihre manikürten Finger waren kühl und eingecremt.

Sie gab Addison einen Luftkuss auf beide Wangen und sagte: »Meine Liebe, ich bin so froh, dass Sie dieser furchtbaren Gewalt in Pakistan nicht ausgesetzt sind.«

»Ich auch«, antwortete Addison mit einem süßen Lächeln. »Ich lebe schon mein Leben lang hier und meine Familie ist aus Mumbai. Indien.«

»Natürlich«, sagte Großmutter und wandte sich bereits Connor zu, den sie mit einer leichten Anspannung in den Mundwinkeln ihrer rot geschminkten Lippen betrachtete. Sie streckte weder Hand noch Wange aus. »Wie nett, Sie hier mit Asher zu sehen.«

Connors Blick fiel auf mich. »Ähm, ehrlich gesagt…«

War er dabei? Wir sahen einander an und nach einem endlosen Moment der Überlegung hob er abwartend die Augenbrauen.

Er war dabei.

Kapitel Zwei

Connor

MEIN HERZ WAR kurz davor, zu explodieren und aus meinem Brustkorb auszubrechen.

Reid. Berührte. Mich.

Sein Arm lag um meine Schultern. In einem Moment würden die Rippenknorpel in meiner Brust *bäm* machen und…

Reid sagte etwas, während die alte Lady Cabot mich anstarrte, als wäre ich der Kaugummi, den sie gerade von ihrer Schuhsohle gekratzt hatte. Nicht, dass sie selbst Kaugummi von ihren Schuhen kratzen würde, dafür hatte sie Angestellte.

Konzentrier dich verdammt nochmal!

»Wir sind jetzt schon seit einer Weile zusammen«, sagte Reid. Die Tatsache, dass seine Großmutter nicht einmal blinzelte, war alarmierend. Ich beobachtete sie und achtete auf Anzeichen eines Herzinfarktes, als Reid sanft meine Schulter drückte und sagte: »Es läuft ziemlich gut, habe ich nicht recht, Connor?«

Da fiel mir auf, dass ich erstarrt war, wie eine Leiche auf einem Untersuchungstisch. Meine Arme lagen wie eingefroren an meinen Seiten. »Ähm, jep.« Ich bewegte meinen Arm und legte ihn um Reids muskulöse, feste Taille. Die rechte Seite meines Körpers, die gegen seine gepresst war, fühlte sich an, als würde sie gleich in Flammen aufgehen. Wir waren beide groß, doch Reid überragte mich um ein paar Zentimeter. Er fühlte sich groß und beruhigend an.

Und heiß. Hatte ich bereits erwähnt, wie heiß er war?

Früher war er in so vielen meiner feuchten Träume vorgekommen, dass ich den Überblick verloren hatte.

Nicht, dass ich das *jemals* zugegeben hätte. Ganz ehrlich, *wieso* hatte Asher Reid erzählt, ich sei queer?! Niemand wusste das. Nicht einmal meine Väter, weil…

Es war einfach noch nicht der richtige Zeitpunkt gewesen. Es war alles in Ordnung. Es war ja nicht so, als würde ich mit jemandem ausgehen. Ich war eine Loser Jungfrau, und—

Und jetzt *ging* ich plötzlich mit jemandem aus? Vielleicht war das die Antwort auf meine Gebete. Nicht, dass ich wirklich betete, nachdem Gott reiner Blödsinn war. Wenn es wirklich einen Gott dort oben gäbe, der zugelassen hatte, dass meine Mum starb, dann konnte er/sie/dey zur Hölle fahren. Wenn es die doch nur gäbe.

Was den Himmel anging… Reid Cabot anzufassen qualifizierte sich für diesen Titel. Reid, mit seinem dichten, dunkelbraunen Haar, seinen tief braunen Augen und dem perfekt gleichmäßigen, weißen Lächeln, das mich schwindelig werden ließ.

Mrs. Cabot hatte immer noch nicht geblinzelt. »Darling, davon hast du bei der Vorstandssitzung vor ein paar Tagen überhaupt nichts erwähnt.«

»Oh, ich hatte keine Gelegenheit dazu gehabt«, antwortete Reid schlicht, während seine Wärme immer noch durch meine Kleidung strömte. »Wir hatten zu viele Anträge zu besprechen.«

Mit seinem freien Arm deutete er auf die mit Menschen gefüllte Lounge um uns. »Ich bin mir sicher, dass *Volle Bäuche— Volle Köpfe* sich wahnsinnig über die Ergebnisse des heutigen Abends freuen werden.«

Reids Freundin—Madison? Addison? Ja, das war es. *Addison*, sagte: »Sie haben beide so wundervolle Arbeit mit dem Vorstand geleistet und das heutige Event wundervoll umgesetzt. Ich weiß, dass sie Ihnen für Ihre Unterstützung wahnsinnig dankbar sind. Seit wie vielen Jahren engagieren Sie sich jetzt schon für dieses

Thanksgiving Event, Mrs. Cabot? Sie müssen für Millionen über Millionen verantwortlich sein, die über die Jahre für wichtige, wohltätige Zwecke gesammelt worden sind.«

Mrs. Cabot musste darauf antworten und warf Addison ein verklemmtes Lächeln zu, als sie anfing über Tradition und die Wichtigkeit des Lebens zu philosophieren. Währenddessen standen Reid und ich da, als wären wir ein richtiges Paar. Es war gut, dass ich mich meiner Jacke entledigt hatte, denn Schweiß bildete sich in meinem Nacken. Bald würden meine Achseln sicherlich anfangen zu stinken.

Abwesend streichelte Reid mir mit seinen Fingern über meinen Oberarm. Würde ich jetzt ein Tanktop tragen, dann könnte ich seine Berührung auf meiner Haut spüren… Gut, dass ich ein Hemd anhatte, denn jetzt einen Ständer zu kriegen, würde mir sicherlich nicht dabei helfen, seiner Großmutter zu gefallen. Nicht, dass das nötig war, nachdem das hier alles nur zur Schau war.

Oh Mann, hatte ich etwa gerade einen Herzinfarkt?

Während Addison und Asher noch mehr Fragen für Mrs. Cabot parat hatten, die sie offensichtlich nicht beantworten wollte, blitzte etwas Rotes in meinem Augenwinkel auf. Gute Neuigkeiten: Es war kein Herzinfarkt Symptom. Schlechte Neuigkeiten: Es war Olivia, in ihrem neuen Abendkleid, die an Dylan van Arsdales Arm auf uns zukam.

Scheiiiiiße.

Ich traf ihren Blick und schüttelte leicht meinen Kopf, um keine Aufmerksamkeit auf mich zu lenken. Sie runzelte bereits die Stirn und starrte Reid und mich an.

Wir scherzten oft darüber, dass Olivias Gedanken allen anderen prinzipiell bereits fünf Schritte voraus waren. Und nun schien sie völlig verwirrt, als sie Reid und mich mit unseren Armen umeinander erblickte.

Das war verständlich, nachdem die ganze Situation völlig

bekloppt war, wie mein Dad Seth jetzt sagen würde, weil er nicht fluchte.

Olivias langes, dunkles Haar war perfekt gelockt und ihr trägerloses rotes Kleid war umwerfend. Menschen fragten sich häufig, wie ich mit ihr zusammenwohnen konnte, ohne sie ficken zu wollen. Die Antwort darauf war ziemlich einfach.

Offenbar hatte Asher es herausgefunden, doch er war mein bester Freund. Vermuteten andere Menschen etwas? Wussten sie es irgendwie? Auf alle Fälle würden sie es jetzt tun, nachdem ich so tat, als wäre ich Reids Partner.

Ich dachte daran, als Asher mir um den Fourth of July rum erzählt hatte, dass Reid bi war. Er hatte das ganze etwas zu beiläufig erwähnt. Wir hatten uns auf dem Dach meines Wohnhauses befunden, das Olivia und ich in unsere kleine geheime Terrasse verwandelt hatten, indem wir Kaugummi in das Türschloss geklebt hatten.

Asher und ich hatten dort oben an dem kleinen Tisch in Klappstühlen gesessen und hatten Bier getrunken. Die dicke, schwüle Nachtluft hatte uns zum Schwitzen gebracht. Wir hatten Sirenen und dem Feuerwerk gelauscht und uns das Spektakel, das sich in den Fenstern der Hochhäuser um uns gespiegelt hatte, angesehen. Sein Blick war stets auf das Feuerwerk gerichtet gewesen, als er beiläufig erwähnt hatte, dass Reid ein Coming-out gehabt hatte, und mein Herz hatte angefangen zu rasen.

Ich hatte darauf gewartet, dass er etwas über mich sagen würde, oder die Wahrheit einfordern, oder dass er zumindest nachfragen würde. Doch er hatte es nicht. Stunden später, als ich schon halb ohnmächtig in meinem Bett gelegen hatte, hatte ich mich zu Gedanken an Reid selbst befriedigt. Genauso, wie ich es hunderte Male zuvor getan hatte. *Hunderte Male.* Ich war schon immer so wahnsinnig auf ihn gestanden.

Olivia und Dylan waren mittlerweile zu nah, um sie zu ignorieren. Schweiß lief meinen Rücken hinunter. Vor nur zehn

Minuten war ich zu dieser Party erschienen und hatte mich auf die offene Bar und das schicke Abendessen gefreut und jetzt—

Musste ich „Ähm, Hey", zu Olivia und Dylan sagen.

»Hey«, antworteten sie gleichzeitig. Dylan öffnete seinen Mund, um etwas zu sagen und runzelte seine Stirn, doch Olivia kam ihm zuvor. »Mrs. Cabot, was für eine wundervolle Veranstaltung Sie auf die Beine gestellt haben. Meine Mutter bedauert sehr, dass sie es nicht geschafft hat, persönlich hier zu sein.«

Mrs. Cabot blinzelte immer noch kaum. Vielleicht war das eine Angewohnheit von ihr? Sie lächelte Olivia und Dylan leicht an. »Ihre Mutter?«

Mit ihrem eigenen eingeübten Lächeln auf dem Gesicht, sagte Olivia: »Angela Barker. Eine der großzügigsten Spenderinnen für *Volle Bäuche—Volle Köpfe.*«

»Oh, natürlich.« Das Lächeln auf Mrs. Cabots Gesicht weitete sich etwas. »Sie sind ihre Adoptivtochter. Aus China?«

»Meine Schwester und ich wurden beide aus Korea adoptiert. Wir sind Angelas einzige Kinder.« Olivia hatte ein falsches Lächeln aufgesetzt. Oh Mann, reiche Menschen waren so anstrengend.

Nachdem ich Rencliffe und Harvard besucht hatte und schon öfter mit Asher auf diesen Partys erschienen war, war ich bereits daran gewöhnt. Trotzdem hätte ich einfach nach Hause fahren und Thanksgiving mit Logan und Seth, sowie meiner Tante Jenna, Onkel Jun, Opa und den Kindern verbringen sollen.

Doch meine anstehenden Abschlussprüfungen hatten mich zu sehr gestresst, um die Reise nach Albany anzutreten. Wenn ich dort wäre, würden wir jetzt Football schauen, uns darüber unterhalten, wie voll wir waren und einen Rülpswettbewerb veranstalten, während Seth und Jenna sich darüber beschwerten, wie ekelig wir waren.

Asher sagte: »Oh, Gamma, Mum hat gefragt, ob du an dem Belvedere Dinner teilnehmen möchtest, nachdem sie an dem Abend leider nicht in der Stadt sein wird.«

»Veto, Darling. Mein Kalender platzt aus allen Nähten«, sagte Mrs. Cabot kurz. »Ich muss meinen Aufgaben nachgehen.« Ihr Blick wanderte einmal über uns alle und wenn ich Gedanken lesen könnte, würden ihre sicherlich ausdrücken: *Ich kann nicht fassen, mit was für einem Scheißdreck ich mich auseinander setzen muss. Wie schön war die Zeit, in der alle weiß und hetero waren und genug Geld geerbt hatten, um respektiert werden zu können.*

Was sie wirklich sagte, war: »Genießen Sie den Abend. Reid, lass uns morgen noch einmal sprechen, ja?«

Das war offenbar eine rhetorische Frage, denn kaum hatte sie sie ausgesprochen, stolzierte sie mit erhobenem Kopf von dannen. Sie sollte sich überlegen ein Cape oder einen Umhang zu tragen, um den Effekt, den die Bewegung hatte, noch zu verdoppeln.

Es schien, als würden wir alle gleichzeitig einen entspannten Seufzer loslassen. Olivia nippte an ihrem Champagner und murmelte: »Eine Ehre, wie immer, Bitsy.«

»Babe, ignorier die alte Schrulle einfach«, meinte Dylan und rieb ihr über den Arm. Sein Blick fiel auf Asher und Reid. »Äh, sorry. Ich weiß, sie ist eure Großmutter, aber… Wie geht's euch? Asher, du arbeitest immer noch für die Allard Group?« Er streckte seine Hand aus und es folgten ein paar Handschläge und kurzes Gemurmel, während Olivias durchdringender Blick mich durchbohrte.

Sie hielt Reid ihre Hand hin. »Wir kennen uns, glaube ich, noch nicht. Ich bin Olivia Barker-Robertson. Connors Mitbewohnerin.«

»Reid Cabot.«

»Er ist Ashers Bruder«, sagte ich schnell, als würde das erklären, wieso Reid und ich immer noch Seite an Seite standen, und die Arme umeinander geschlungen hatten.

»Aha«, sagte Olivia und nickte. »*Und?*«

»Ähm…« Jetzt fing ich wirklich an zu schwitzen, und die Haare in meinem Nacken waren bereits ganz feucht.

Bald würde ich wirklich anfangen zu stinken. »Stimmt. Wir sind ehrlich gesagt, wir—«

»Sind zusammen«, vollendete Reid meinen Satz und presste einen Kuss gegen meine Schläfe. »Ist schon in Ordnung, du brauchst nicht nervös sein, *mon amour*.«

»Ähm, jep!«, war alles, was ich dazu sagen konnte und auch das glich mehr einem Quieken. Die warme, leicht feuchte Sensation von seinen Lippen auf meiner Haut und die französischen Worte—mein Liebster?—waren zu viel für mich. Und wieso überhaupt französisch? Reiche Leute waren so seltsam.

Olivia legte den Kopf schief und hob ihre Stimme: »Was für eine faszinierende Entwicklung!«

Zu Dylan sagte sie: »Findest du nicht auch?«

Dylan, der nicht das hellste Licht im Hafen war, wie meine Mutter immer gesagt hatte, meinte: »Ja! Cool! Glückwunsch, Jungs.« Immerhin war er nicht homophob. Für einen reichen weißen Mann, der für die Firma seines Vaters arbeitete und verdammt privilegiert war, war er ganz in Ordnung. Er war wahnsinnig in Olivia verliebt, also hatte er guten Geschmack.

»Das sind wundervolle Neuigkeiten«, stimmte Addison zu und trank ihren Cocktail aus. Ich brauchte auf der Stelle ein neues Getränk. Das leere Glas war ganz feucht in meiner freien Hand.

Zu Reid sagte Olivia: »Wie gesagt, ich bin Connors Mitbewohnerin.«

Sie zog eine Grimasse. »Neureich, ich weiß, das ist cringe. Aber ich bin mir sicher, dass du sowieso schon alles über mich weißt, nachdem du und Connor zusammen seid.«

»Ich muss mich für meine Großmutter entschuldigen«, sagte Reid entspannt. »Und natürlich, wie schön dich endlich kennenzulernen.«

»Ja, oder?« Olivia grinste. »Hey Asher, was geht?«

»Hey«, er machte eine halbherzige Handbewegung in Olivias Richtung. »Oh, ich glaube, es ist Zeit fürs Abendessen.«

Reid behielt seinen Arm fest um meine Schultern, als wir uns in Richtung der Festhalle, oder wie auch immer sie es hier im Utopia Grand bezeichneten, bewegten. Es war eines der schicksten Hotels in Manhattan. Reid und ich zogen definitiv die Aufmerksamkeit der anderen Gäste auf uns, und mein Gesicht wurde ganz heiß unter dem Gewicht so vieler Augen, die mich begutachteten.

Geflüster penetrierte die Luft wie scharfe Messer und mein Arschloch-Gehirn stellte sich vor, dass sie alle dasselbe sagten: *»Seht ihr? Von zwei Männern aufgezogen zu werden hat das angerichtet. Es ist ihre Schuld.«*

Das war natürlich Schwachsinn, nachdem die Leute hier weder mich, noch meine Eltern kannten, aber ich war froh, das beschwichtigende Gewicht von Reids Arm zu spüren. Ich bemerkte, dass ich meinen Griff um seine Hüfte verengt hatte und versuchte meine Finger zu entspannen.

»Tut mir leid«, murmelte ich und ließ fast mein Glas fallen, während ich es auf ein Tablett stellte, das von einem passiven Kellner gehalten wurde.

»Ist schon in Ordnung«, antwortete Reid und sein warmer Atem wanderte über meine Wange. »Ich hab dich.«

Mission: Kein Ständer, würde mir meine gesamte Willenskraft abverlangen.

»Danke, dass du hier mitmachst«, fügte er in einem weichen Ton hinzu, der direkt in meinen Unterleib schoss, als hätte man ihn mir intravenös eingeflößt. Passierte das hier wirklich gerade? Meine Gedanken wirbelten durcheinander und *verdammt*, er roch wundervoll. Wie ein Wald. Nicht nur nach Tannenbäumen, sondern nach reichhaltiger und natürlicher Erde.

Hatte ich gerade gedacht, dass er nach Dreck roch? Was stimmte nicht mit mir? Und seit wann fühlte ich mich zu Dreck hingezogen? Was auch immer es war, ich wollte mich näher an ihn lehnen und tief einatmen.

Reid fügte hinzu: »Ich stehe wirklich in deiner Schuld.«

Die Erinnerung daran, wonach ich Reid Cabot nachher im Gegenzug zu meiner Rolle als fake Freund fragen würde, fühlte sich an wie ein Eimer Eiswasser, der über meinem Kopf entleert wurde. Er würde wahrscheinlich nein sagen, aber ich musste es versuchen. Nachdem ich andernfalls komplett im Arsch war, hatte ich nichts zu verlieren.

»Bist du dir sicher, dass du das hier willst?«, murmelte Reid in mein Ohr.

Nicht einmal ein kleines Bisschen.

Eines war sicher: Die Feiertage waren auf einmal viel interessanter geworden.

Kapitel Drei

Reid

ICH HATTE ENDLICH einen Freund.

Neben mir hob Connor seinen Dessertlöffel und legte ihn wieder hin. Er wusste, dass wir *den* Löffel nicht bis zum Ende benutzten, oder? Dass der Suppenlöffel auf der äußersten Seite lag?

Ich musste mich einkriegen, schließlich befanden wir uns nicht in dem Film *Pretty Woman*.

»Alles in Ordnung?«, murmelte ich.

»Alle starren uns an«, flüsterte er.

Ich wollte ihm widersprechen, doch er hatte recht. Vielleicht nicht *alle*, aber wir hatten doch die Aufmerksamkeit vieler Gäste auf uns gezogen. Die Suppe konnte man vergessen, Gossip war der vorgezogene erste Gang für diese Menschen. Und das Hauptgericht und der Nachtisch.

Immerhin saß Großmutter am Kopf des Tisches, zusammen mit den Vorstandsmitgliedern der Wohltätigkeitsorganisation und nicht an unserem runden Tisch. Wir waren acht Personen. Dazu gehörten Asher, Addison und ein paar der jüngeren Lawrence Cousins. Ganz abgesehen von dem auffällig leeren Stuhl, der für meine Begleitung gedacht gewesen war, nachdem Asher offiziell Connor mitgebracht hatte und Addison ihre eigene Einladung erhalten hatte.

Mein Kragen fühlte sich zu eng an, und ich lockerte meine Krawatte um einen Zentimeter. Ich musste aufpassen, dass ich meinen Windsor Knoten nicht verhunzte. Natürlich tratschten die Menschen um uns herum. Das hatte ich gewusst, als ich das Risiko dieses last minute Plans evaluiert hatte.

An sich hatte ich die Regel, nichts last minute zu erledigen, doch die Panik davor, mich mit Cecilia Weston unterhalten zu müssen, hatte zu dieser Ausnahme geführt.

Vermutlich war der Ursprung dieser Intrige die verletzten Gefühle und die Wut, die ich verspürte, nachdem meine Großmutter einfach meine Identität abstritt. Die Identität, die ich nunmal hatte, ob sie daran glaubte, oder nicht.

Nicht, dass ich nicht mit einer Frau zusammen sein wollen würde. Das war ich in der Vergangenheit gewesen und das würde ich auch wieder tun. Aber Großmutter musste mich mit einem Mann zusammen sehen. Hier und jetzt, vor Gott, der High Society von New York und den Bediensteten von Utopia.

»Gammas Laserstrahlen laufen auf Hochtouren«, murmelte Asher von Connors linker Seite, als die Suppe aus Butternut Squash und geröstetem roten Paprika serviert wurde. Der ganze Tisch erhielt seine Vorspeise in genau derselben Sekunde, was nur durch stundenlange Übung der Kellner möglich sein konnte.

Ich weigerte mich in ihre Richtung zu sehen und grinste breit, in der Hoffnung, dass ich genauso sorgenfrei rüberkam, wie ich es vorhatte. »Gut. Lass sie hersehen.« Lass sie sehen.

»Kannst du dir vorstellen, was sie denkt?«, flüsterte Connor.

Neben mir saß Addison, die nun den freien Stuhl auf ihrer anderen Seite hatte. »Diese Frage sollte man niemals stellen, mein Herz.«

Ich grinste schief. »Sie denkt bestimmt: ›Wenn er schon Schwänze lutschen muss, wieso kann es dann nicht wenigstens ein *reicher* sein?‹«

Connor verschluckte sich an seinem Löffel voll Suppe—und benutzte dabei übrigens das richtige Utensil—bevor er nach seinem Wasserglas griff und es in einem Zug austrank, bevor er in seinen Ellbogen hustete.

»Alles in Ordnung?« Ich hielt mich davon ab, ihm auf den Rücken zu klopfen, nachdem das vermutlich nicht wirklich hilfreich war, um jemanden vom Ersticken abzuhalten. Stattdessen legte ich ihm meine Hand sanft zwischen die Schulterblätter.

Mit hochrotem Gesicht nickte er. »Hab die falsche Röhre erwischt.« Ein Kellner füllte sein Glas wieder auf und Connor trank davon mit einem gemurmelten ‚Danke’.

Ich lehnte mich näher an ihn und flüsterte: »Tut mir leid, wenn dir das unangenehm war.«

Er schüttelte den Kopf. »War es nicht. Ich fühle mich, als würden Olivia und deine Großmutter mich auseinandernehmen. Mit stumpfen Geräten.«

Ich lachte kurz. »Wahrscheinlich wirst du Olivia die Wahrheit sagen müssen, hm?«

»Oh, ja.« Connor lachte und seine Nervosität verwandelte sich in Zuneigung. »Auf keinen Fall lässt sie mich damit davonkommen. Verständlicherweise, nachdem ich heute Morgen noch keinen Freund hatte. Ich war nicht einmal—« Er stammelte vor sich hin. »Ähm, naja, du weißt schon.«

»Verstehe ich. Seid ihr zwei zusammen zur Schule gegangen?«

Er ließ seinen Löffel durch die reichhaltige orange-rote Suppe gleiten. »Nein. Wir gehen beide auf die Columbia Universität, aber ich studiere Medizin. Einer meiner Väter arbeitet für Olivias Mum. Olivia wollte nicht im Studentenwohnheim bleiben, also hat ihre Mutter eine Wohnung für uns gemietet. Normalerweise könnte ich mir die niemals leisten, aber Angela ist wirklich großzügig. Und das ist eine Untertreibung.«

Addison und Asher unterhielten den Rest des Tisches, sodass Connor und ich uns leise miteinander unterhalten konnten. »Wo wohnt ihr?«

»Das ist eine Wohnung an der Tenth und Forty-Eighth Street. Fünfstöckiges Haus. Nicht sehr schick aber offensichtlich wesentlich schicker als« alles, was ich mir alleine leisten könnte. Und ich habe mein eigenes Zimmer, statt eines durchgelegenen Futons in einer Einzimmerwohnung, die ich mir mit, so, drei anderen teilen müsste.«

»Ich habe gehört, dass Angela Barker ziemlich eigen ist.«

Connors Lächeln drückte sanfte Zuneigung aus. Nicht breit genug, dass seine Grübchen zum Vorschein kamen, aber süß. »Sie ist eine kleine, laute Texanerin, die einem Tornado gleicht. Sie hat so viel für meine Väter und mich getan.«

»Das ist wundervoll.«

»Jep. Ehrlich gesagt, ist es irgendwie komisch.« Er lehnte sich näher an mich heran und seine Augen fingen an zu funkeln. Seine Wimpern waren dicht, und hier und da befand sich eine Sommersprosse auf seinen Wangen. »Logan und Seth kannten sich überhaupt nicht, bevor sie Angela kennenlernten, gaben aber vor, verlobt zu sein. Aus Gründen. Das klingt bestimmt verrückt.«

»Das könnte ich mir niemals vorstellen.« Sanft strich ich seine Haare zurück und lehnte mich mit einem frechen Lächeln näher zu ihm, um meiner Großmutter und anderen Schaulustigen eine Show zu bieten. »Ich würde mich nie in einer so komischen Situation wiederfinden«, flüsterte ich in Connors Ohr.

Er schluckte schwer und sein Adamsapfel machte einen Sprung. »Gut, dass ich in dem Bereich bereits Erfahrung habe.«

Ich lachte. »Du führst nur die Familientradition fort.«

Nun erschien ein Grübchen in seiner rechten Wange. »Allerdings haben Logan und Seth sich dann wirklich ineinander verliebt. Also doch eine komplett andere Situation.«

Langsam lehnte ich mich zurück. »Absolut.« Klar, Connor war goldig, aber mich in ihn verlieben? Auf keinen Fall.

Nach einem Löffel voll Cremesuppe mit einer perfekten süßlichen Note, fragte ich: »Logan war ursprünglich mit deiner Mutter zusammen, stimmt's?« Die Anderen an unserem Tisch waren immer noch in ihre eigenen Unterhaltungen vertieft, also fühlte es sich an wie der perfekte Zeitpunkt meinem brandneuen Freund ein paar Fragen zu stellen.

Bei dem Gedanken an die zwei Worte ‚mein‘ und ‚Freund‘, vor allem im Zusammenhang miteinander, machte mein Herz einen kleinen Satz. Ich hatte schon einige Freundinnen gehabt, aber das hier war ein erstes Mal. Auch wenn es nur gespielt war, die Tatsache, dass ich vor allen an Thanksgiving im Utopia mit einem Mann zusammen war, löste Aufregung in mir aus.

Ich musste mich wirklich mehr unter andere Menschen begeben.

»Jep. Sie waren verheiratet«, sagte Connor und kreiste seinen Löffel durch seine halbvolle Schüssel. »Sie haben es überstürzt und es war wirklich dumm von ihnen.« Er schüttelte den Kopf und fing wieder an zögerlich seine Suppe zu essen, als hätte er Angst, auch nur einen Tropfen zu verschütten.

Ich aß meine auf und versuchte mich daran zu erinnern, was Asher über Connors Mutter gesagt hatte. Was ich wusste, war, dass sie ziemlich plötzlich und jung verstorben war. Vielleicht eine Art unvorhergesehener Herzinfarkt? Irgendwie sowas. Es war verständlich, dass er nicht darüber sprechen wollte.

Er fügte allerdings hinzu: »Also war Logan mein Stiefvater und ich glaube Seth ist dann mein Stief-Stiefvater. Ich kannte Logan allerdings nur ein Jahr oder so länger.« Für einen kurzen Moment hielt er inne. »Es ist jetzt glaube ich zehn Jahre her, seit wir bei Seth eingezogen sind.«

»Und das war alles Teil der…« Ich wedelte mit der Hand in der Luft.

»Jep.« Er grinste schief und flüsterte: »Operation Fake Boyfriend.«

Grinsend hob ich mein Weinglas. »Auf Familientraditionen.«

Wir stießen miteinander an und tranken. Connors Blick lag immer noch auf mir, als er schluckte. Über die Jahre war er wirklich attraktiv geworden. Ich war mir nicht sicher, ob ich ihn immer noch als den kleinen pickligen und stets grummeligen Kumpel meines Bruders wiedererkannt hätte.

»Asher sagte, eure Mutter ist über die Feiertage in Europa?«, fragte Connor.

»Ja. Sie genießt den Sonnenschein mit ihrem neuen Ehemann. Du verbringst die Zeit bestimmt in Albany mit deinen Vätern und dem Rest der Familie?«

»Jep.« Das kleine Lächeln voller Zuneigung erschien wieder. »Ich war seit Monaten nicht Zuhause. Es wird so schön, endlich mal entspannen zu können.«

»Was ist mit deinem biologischen Vater? Er ist in…Florida, oder?«

Sein Lächeln verschwand und Connor zog seine Schultern fast bis zu seinen Ohren hoch, als er nach dem Brotkorb griff, wodurch eine Scheibe Weißbrot auf die weiße Tischdecke plumpste.

»Keine Ahnung«, antwortete er. »Also ja, er ist in Florida soweit ich weiß. Ich habe Weihnachten nie dort unten verbracht. Er ist nicht…ich habe nur seinen Namen. Ich wünschte ich hätte ihn nicht.«

Okay, das war also ein heikles Thema. Schnell fragte ich: »Wie läuft es in der Uni?«

Connors Schultern entspannten sich wieder ein bisschen. »Ziemlich gut. Ist sehr anstrengend.« Seine Wangen erröteten. »Ich meine, klar. Es ist ein Medizinstudium. Das ist anstrengend.«

Ich lachte. »Das habe ich auch schon gehört. Was hat dich zur Medizin gebracht?«

Wir wurden unterbrochen, als die Kellner den Hauptgang servierten. Ich konnte mir gar nicht vorstellen, wie viele Truthähne dafür geopfert worden waren, nachdem wir alle nur weißes und dunkles Fleisch auf unseren Tellern hatten, zusammen mit perfekt gold-braunen Röstkartoffeln, leicht verschmorten Rosenkohl und einer gourmet Version von einem Auflauf mit grünen Bohnen, in dem definitiv keine Dose Campbell's Suppe enthalten war.

Ich nippte an meinem buttrigen Chardonnay und nickte dem Kellner, der mein Glas aufgefüllt hatte, dankend zu.

Connor atmete tief ein und murmelte: »Oh Gott, das riecht wunderbar.«

Asher grinste. »Die Bratensoße vom Utopia ist die beste.«

Alle an unserem Tisch fingen an zu essen, und der Klang des Silberbestecks hallte durch den Raum, bevor die Unterhaltungen langsam wieder aufgenommen wurden. Addison, Asher und die Anderen an unserem Tisch fuhren fort, über irgendetwas Langweiliges, das mit Football zu tun hatte, zu diskutieren. Ich hatte mich nie sonderlich für Sport interessiert.

Nach ein paar Bissen der reichhaltigen, cremigen Bohnen fragte ich Connor:

»Also? Wieso Medizin?«

»Keine Ahnung.«

»Klar weißt du das. Offensichtlich hattest du einen Notendurchschnitt, der gut genug dafür war, aber ein Medizinstudium verlangt eine ziemliche Hingabe. Und dafür muss es einen Grund geben.«

Er aß eine Kartoffel und murmelte schließlich: »Ich möchte Menschen helfen, sich besser zu fühlen.«

Das zauberte ein Lächeln auf mein Gesicht. »Das muss dir nicht unangenehm sein. Als jemand, der für das Familienunternehmen arbeitet, das nur für sich selbst da ist, bin ich froh, dass es Menschen wie dich gibt, die etwas Gutes in der Welt bewegen wollen.«

Er schnaubte. »Sicher, aber die Antwort ist ein ziemliches Klischee. Es ist mühelos zu sagen, dass man Menschen helfen will. Doch was bedeutet es wirklich?«

»Hmm. Okay. Naja, was bedeutet es? Für dich?«

Connor fummelte mit seiner Gabel herum und senkte seinen Blick. Hatte er die Sommersprossen schon immer gehabt? »Ich bin mir nicht sicher. Das muss ich noch herausfinden.«

»Dafür ist das Studium doch da, oder?«

»Kann sein. Aber die meisten meiner Kommilitonen wissen genau, auf was sie sich spezialisieren wollen. Ich habe zwar ein paar Ideen, aber ich bin unentschlossen. Das war genauso, als ich noch in Rencliffe und Harvard war. Alle hatten einen Plan und ich bin nur vor mich hingedümpelt.«

»Ich würde jetzt nicht behaupten, dass man in Harvard und Columbia ‚vor sich hindümpelt‘. Aber du hast die Freiheit alles zu tun, was du möchtest. Ist das nicht bestärkend?« Irgendwie konnte ich ein plötzlich aufkommendes Neidgefühl nicht verhindern. »Ich bin der älteste Cabot-Sohn, also habe ich keine Wahl. Unser Dad ist tot, also muss ich die Firma übernehmen. Schluss aus.«

Connor runzelte die Stirn. »Aber ich meine, die alte—äh, deine Großmutter kann dich nicht dazu zwingen.«

Mein Lachen war zu bitter. »Oh, du würdest dich wundern.« Ich schüttelte den Kopf.

»Aber ja, du hast recht. Und ich kann mich überhaupt nicht beschweren. Ich könnte nicht privilegierter sein.«

»Du kümmerst dich um Hotels, stimmt's? So wie dieses hier?« Er deutete um uns herum und verlor dabei fast seine Gabel, bevor er sie vorsichtig auf den Tisch legte. »Darauf habe ich noch nie wirklich geachtet. Alle anderen in Rencliffe, abgesehen von den Stipendiaten, hatten immer viel Geld.«

»Hotels, genau. Die Utopia Marke ist unsere größte.«

»Oh. Cool. Sind die alle so schick?«

»Die meisten, aber das hier ist unser Aushängeschild.«

»Muss ein gutes Geschäft sein. Gefällt es dir?«

Hatte mich das irgendwann schonmal jemand gefragt? Ich war mir nicht sicher. Vorsichtig richtete ich die Serviette auf meinem Schoß. »Es ist in Ordnung. Die Marke läuft gut. Kann mich nicht beschweren.«

Connor machte den Eindruck, als wolle er etwas antworten,

doch als sein Handy klingelte, fiel sein Blick auf sein Display und er verdrehte die Augen. Ich konnte es mir nicht verkneifen, neugierig zu sein. »Was hat denn das Gesicht ausgelöst?«

»Es ist nur Logan. Er erinnert mich daran, nicht zu viel zu trinken, wenn Asher und ich nachher noch weggehen. Logan schreibt mir immer so ein Zeug. ‚Trink nicht zu viel‘, ‚Halt dich vom Gleisrand an der Subway Station fern‘, ‚Rase nicht‘ und ‚Zieh deinen Helm an‘—als würde ich mein Motorrad ohne Helm fahren.«

»Motorrad?« Mein Puls schnellte nur bei dem Gedanken schon in die Höhe. »Ist das nicht gefährlich?«

Er stöhnte leise auf. »Nicht du auch noch. Ja, das Risiko ist höher, wenn man ein Motorrad fährt, aber das Risiko kann verringert werden. Ich habe Fahrstunden genommen. Mein Motor hat weniger als 500 ccm. Ich trage stets einen Helm und Leder. Ich fahre, als würden alle anderen auf der Straße versuchen, mich umzubringen.«

Abwehrend hob ich meine Hände. »Tut mir leid, ich merke, dass du diese Unterhaltung schon öfter geführt hast.«

»Könnte man so sagen. Und ich verstehe es. Tue ich. Es ist gefährlich, aber es kann gleichzeitig so wunderbar sein.« Sein Blick schien plötzlich abwesend. »Meine Mum wollte immer eins haben. Sie hat jahrelang darauf gespart und dann…« Nach einem Moment ließ Connor den Kopf nach vorne fallen und spießte ein paar Bohnen auf.

Ah. Das erklärte einiges. Ohne darüber nachzudenken, streichelte ich ihm über die Schulter.

Connor schluckte sein Essen herunter und sah mich an. Auf einmal erinnerte ich mich an den wütenden, verängstigten Jungen, den ich vor Jahren kennengelernt hatte.

Ich konnte mich gar nicht mehr daran erinnern, wo. Vermutlich bei einem Ehemaligentreffen von Rencliffe, oder vielleicht hatte Asher ihn auch übers Wochenende mit nach Hause gebracht. Damals war er voller Gegensätze gewesen und das hatte sich offenbar nicht verändert.

Er hatte immer noch nervöse, raue Eigenschaften.

Als Addison sich laut genug räusperte, um die Toten wieder zum Leben zu erwecken, erschreckte ich mich. Ungeduldig funkelte ich sie an und hielt mich nur knapp davon ab, sie irritiert »*Was?*« zu fragen. Stattdessen entschied ich mich für: »Pardon?« Der gesamte Tisch beobachtete Connor und mich.

»Es tut mir leid euer kleines Rendezvous zu stören«, sagte Addison ruhig. »Morgan wollte wissen, ob ihr zum offiziellen Anleuchten des Weihnachtsbaums nächstes Wochenende kommt.«

Ich blinzelte Morgan Lawrence an. »Natürlich! Das ist die wichtigste Veranstaltung der Saison!« Es war wahnsinnig langweilig, aber ich musste zumindest kurz mein Gesicht zeigen.

Morgan, ein Bankier, der neben seiner schwangeren Frau Louise saß, nickte Connor zu. »Ich hoffe, wir sehen Sie beide?«

Okay, Morgan war gar nicht so schlimm. Die Tatsache, dass er meinen falschen Freund mit einbezog, zauberte ein Lächeln auf mein Gesicht. Hoffentlich würde das eines Tages, wenn ich es ernst mit einem Kerl meinte, genauso glatt laufen.

»Ähm…« Connor warf mir einen Blick zu, bevor er nickte. »Klingt toll. Danke.«

Morgans Blick fiel auf den Kopf des Tisches, als hätte er Angst, dass Großmutter ihn hören könnte, bevor er hinzufügte: »Ich freu mich für dich, Mann. Es ist lange her, dass ich dich glücklich gesehen habe.«

Bevor ich darauf antworten konnte, tippte der Präsident der Wohltätigkeitsorganisation auf das Mikrophon und signalisierte damit, dass es nun an der Zeit war, sich gegenseitig auf die Schulter zu klopfen und sich zu gratulieren. Ich hörte ihm zu und klatschte in passenden Momenten, während ich über Morgans Kommentar nachdachte.

Hatte ich vorher einen *unglücklichen* Eindruck gemacht? Es war nicht so, als ob es mir schlecht ginge.

Klar, vielleicht würde ich mich nicht als ‚glücklich' bezeichnen, aber…ich konnte zugeben, dass mein Coming-out nicht unbedingt so befreiend und fröhlich war, wie ich es mir jahrelang erträumt hatte. Trotzdem. Ich musste mich mehr anstrengen.

Obwohl ich mich nicht für Glücksspiele interessierte, wusste ich, dass mein Poker Face eigentlich besser sein sollte.

Kapitel Vier

Connor

Es war Zeit, es Reid zu sagen. Obwohl das Kürbiskuchen Soufflé geschmeckt hatte, wie eine süße, scharfe Wolke, saß es mir nun im Magen, als wäre es die alte Bowlingkugel meines Opas.

Eisiger Wind fegte durch die Fifty-Ninth Street und ich wünschte, ich könnte meine Jacke zumachen. Doch dafür müsste ich Reids Hand loslassen und seine warmen Finger waren gerade mit meinen verschränkt und in mir kribbelte es überall. Ich hielt gerade mit einem Mann Händchen. Mit Reid.

Reid Cabot, der meine Hand hielt, hätte mich in meinen High School Jahren mit nächtlichem Wichsmaterial versorgt. Ach was redete ich da, Reid Cabot, der mich ansah, mir zunickte und abwesend »*Hey*« sagte, wenn ich Asher besuchte, hatte da schon ausgereicht. Und die paar Male, die er mich angelächelt hatte? Waren episch gewesen.

Wo liefen wir hin? Auf unserer rechten Seite erstreckte sich der Central Park und wir liefen auf den Columbus Circle zu. Wir hatten das Hotel zur selben Zeit wie einige andere der Gäste verlassen, also hatten wir uns dazu entschlossen, die Intrige aufrecht zu erhalten, solange wir uns noch in der Nähe des Hotels befanden.

Verdammt, ich würde weiterhin Reid Cabots Hand halten müssen, während ich so tat, als wäre es etwas ganz Normales, weil wir ein Paar waren. Was für eine Mühe. Allerdings würde ich unsere Abmachung nochmal ansprechen müssen.

Konnte ich es nicht noch eine Minute lang genießen, seine Hand zu halten?

Spuck's schon aus.

Stattdessen sagte ich: »Das sollten sie wirklich ändern.«

Reids lange Schritte stockten. »Sorry, wer sollte was ändern?«

»Oh, ich glaube, das hat nur Sinn gemacht, wenn du meine Gedanken lesen könntest. Schnell, was denke ich?«

Er blieb stehen, um mich intensiv anzustarren, während er sich dramatisch einen Finger an die Schläfe legte. Eine Familie Touristen, die gerade Brezen aßen, zwängten sich an uns vorbei und ich fing an, unter Reids Blick zu erschaudern. Er trug einen langen pechschwarzen Mantel, der sich an seinen schlanken Körper schmiegte. Ein weinroter Schal hing um seinen Hals. Er sah sanft aus. Wie würde sich seine Wange anfühlen? Sein Gesicht war rasiert, aber würde ich einen Hauch Stoppeln ausmachen können?

»Du denkst…« Sein Blick wanderte die Fifth Avenue hinab und dann in die andere Richtung. »Dass es italienische Amerikaner geben muss, die wir feiern können, die keine Siedler waren.«

»Ja!« Es gefiel mir mehr als es sollte, dass er richtig geraten hatte. Wir liefen dem Columbus Circle entgegen und auf die große Statue zu, die sich zusammen mit einer kleinen Wiese inmitten des Verkehrs befand. Ich sagte: »Ich habe gelesen, dass sie es zu einem Wahrzeichen erklärt haben, damit man es nicht entfernen kann.«

»Großmutter war bestimmt Teil des Komitees«, murmelte er, bevor er tief Luft holte. »Ich bin so voll, aber die gebrannten Nüsse riechen himmlisch.«

Ich atmete den honig-salzigen Geruch tief ein, während wir an dem Stand vorbeiliefen. »Oh Gott, das tun sie. Weißt du, ich glaub nicht, dass ich die jemals probiert habe.«

Reid japste laut auf. »Und du nennst dich einen New Yorker?«

»Tue ich das? Ich glaube nicht, dass Albany zählt und ich war vier Jahre lang in Boston. Ich habe nur ein paar Monate in Manhattan gelebt.«

»Es ist eine Einstellung. Warte, bin ich kurz davor Billy Joel zu singen?«

»Weiß ich nicht, bist du?« In der Ferne konnte man ganz leicht ‚Jingle Bell Rock' hören, das von der Schlittschuhbahn im Central Park kam. »Ich weiß nicht, ob du gegen die Welle der Weihnachtslieder ankommen kannst.«

»Challenge accepted. Mein Dad hat Billy Joel *geliebt*.« Reid räusperte sich und fing an, ein Lied zu singen, das ich noch nie zuvor gehört hatte, und das offenbar von einem Mann namens Billy Joel gesungen wurde. Reid hatte eine tiefe, weiche Stimme und die Tatsache, dass er singen konnte, war wahnsinnig sexy. Konnte er französisch oder eine andere Sprache fließend sprechen? Ich traute mich nicht, nachzufragen, nur für den Fall, dass ich sonst auf der Stelle zum Höhepunkt kam.

»Nicht schlecht«, sagte ich, als er den Refrain beendete.

»Das kommt von all den Jahren, die ich gezwungen wurde, im Chor in Rencliffe zu verbringen.«

»Oh ja, Asher musste das auch. Zum Glück kann ich keinen Ton halten.«

»Komm schon.« Er zog leicht an meiner Hand. »Ich wette, du bist besser als du denkst.«

»Vertrau mir, bin ich nicht.« Der Tag, an dem ich Reid mein Gekreische hören ließ, würde nie kommen.

Er lächelte. »Okay, ich lasse von dir ab. Was das singen angeht, bei den Nüssen gibt es keine Widerrede. Wenn du mein Freund sein willst, musst du die Nüsse essen.«

Nach einem Moment fingen wir beide an, schallend zu lachen. »Das sollte deine neue Grindr bio werden«, sagte ich.

»Dann hätte ich vielleicht mehr Glück damit.«

»Ähm, wie hast du bitte kein Glück auf Grindr?«

Reid schnaubte. »So viele Typen aber... nenn mich einfach Goldlöckchen. Du weißt ja, wie es ist.«

»Ich war da noch nie drauf!!«, sagte ich zu schnell und zu emphatisch.

Nenn mich einfach einen Lügner mit einem Hauch von Feigheit.

»Oh, stimmt!« Er wedelte mit seiner freien Hand herum. »Tut mir leid. Du verpasst jedenfalls nichts. Welche Apps benutzt du? Ich habe meine letzte Freundin auf Love or Bust gefunden. Es war keine Liebe, aber... Naja, vielleicht dachte ich das kurzzeitig, aber es hat nur einen Sommer lang gehalten. Die App solltest du ausprobieren. Nach den Feiertagen, wenn wir wieder beide ‚single‘ sind.«

»Stimmt. Jep. Werde ich. Danke für den Tipp.«

»Jederzeit. Und morgen kümmern wir uns um deine Jungfräulichkeit.«

Mein Herz sprang mir in den Hals und plötzlich hörte ich mich an wie ein Sopranist. »Was?«

»Gebrannte Nüsse. Welche New Yorker Spezialitäten hast du sonst noch nicht ausprobiert?«

Langsam beruhigte ich mich wieder. »Vermutlich eine ganze Menge. Die Uni ist ganz schön zeitraubend.«

»Es gibt die Kategorien Essen, Museen und Gallerien. Dann bestimmte Läden. Wir sollten eine Liste machen.«

»Okay.« Ich konnte mir ein Grinsen nicht verkneifen. »Das klingt nach Spaß. Bist du dir sicher? Du hast das sicher alles längst gemacht.«

»Das meiste. Wahrscheinlich gibt es doch noch ein paar wichtige Erfahrungen, die ich noch nicht gemacht hab. Außerdem tust du mir einen riesigen Gefallen.«

Die kleine Blase des Glücks zerplatzte. »Du hast gesagt, du schuldest mir auch einen Gefallen, stimmt's? Abgesehen von den Nüssen und so.«

Das Thanksgiving Essen drohte einen zweiten Auftritt zu machen. Ich hasste das hier so sehr, aber wenn Reid mir helfen konnte, dann würden Logan und Seth nie erfahren müssen, was für einen gewaltigen Fehler ich gemacht hatte.

»Absolut. Ja, wir sollten uns über unsere Abmachung unterhalten.« Er ließ meine Hand los und holte sein Handy raus. Plötzlich war er ganz der Geschäftsmann.

»Wenn du möchtest, schreibe ich das alles auf?«

»Nein, das passt schon. Also wegen mir nicht, meine ich. Außer du möchtest das, dann kannst du es tun. Ähm. Du hast gesagt, du tust alles, stimmt's?«

Reid lachte und bedachte mich dann mit einem intensiven Blick, bevor er seine Augenbraue hob.

»Wieso? Was ist dein Preis?«

Mein Schwanz versteifte sich in meinen Jeans, als wäre ich ein dummer, notgeiler Teenager. So fühlte ich mich immer noch viel zu oft und dann musste ich mich daran erinnern, dass ich ein erwachsener Medizinstudent war. Bald war ich ein richtiger Arzt. Ein Erwachsener. Vielleicht würde ich endlich die Eier dazu haben, mit jemand anderem intim zu werden.

Okay, das war kein hilfreicher Gedanke. Reid wartete und ich hatte keine Zeit, um mir eine angemessene Formulierung auszudenken.

»Zehntausend«, sprudelte es aus mir hervor.

Reids freches Grinsen verwandelte sich in Verwirrung. »Dollar?«

»Ja.« Ich zwang mich dazu, den Kopf aufrecht zu halten. »Du hast doch viel Geld, oder?«

»Du willst, dass ich dir zehntausend Dollar dafür bezahle, dass du über die Feiertage mein Freund bist?«

»Nein!« Meine Wangen wurden heiß. »Fake Freund und ich werde dir alles wieder zurückzahlen. Mit Zinsen. Du würdest es mir nur leihen.«

Reid schien darüber nachzudenken, und sein dunkler Blick sah mich forschend an. Ich bettelte meinen Schwanz an, sich zu benehmen. Reid fing an, über sein Kinn zu streichen. Seit ich ihn kannte, war er immer glattrasiert gewesen und ich hatte mich schon oft gefragt, wie er wohl mit einem Bart aussähe. Nicht, dass ich mich über sein wunderschönes Gesicht beschwerte.

Konzentrier dich.

»Wieso brauchst du zehntausend Dollar?«

Ich verlagerte mein Gewicht und verschränkte meine Arme. Als ich einer Gruppe Teenager auswich, versuchte ich, gleichmäßig durch die überwältigende Scham und Wut und Schmerz zu atmen. »Ist das wichtig?«

Reids dicke Augenbrauen trafen sich, als er sich zu mir auf den Rand des Bürgersteigs vor dem Park gesellte. »Das ist es, wenn es um etwas Illegales geht.«

»Was? Auf keinen Fall! Nichts derartiges.« Immerhin war es nicht ganz *so* dumm.

Reid sah mich weiterhin nachdenklich an, und trotz meiner Scham kribbelte es auf meiner heißen Haut. »Spielschulden?«

Ich schnaubte. »Da würde ich dasselbe Ziel erreichen, als wenn ich mein verdammtes Geld anzünden würde und den Flammen zusähe.«

Er hob eine Augenbraue und ich wollte sie mit meinem Finger nachziehen. »Weise Worte.«

»Seth sagt das immer, wenn mein Opa ins Casino gehen will, um sich an den Spielautomaten zu vergnügen. Logans Dad.« Ich schüttelte den Kopf und versuchte, mich davon abzuhalten, wirres Zeug zu schwafeln. »Jedenfalls halte ich nichts vom Glücksspiel.«

»Außer wenn es um Überraschungsangebote vom Bruder deines besten Freundes geht.«

Die Spannung zwischen uns legte sich etwas und wir tauschten ein Lächeln aus. Wieder kribbelte es überall, vor allem meinen Rücken hinunter.

»Ähm, stimmt. Aber ehrlich, es sind keine Spielschulden. Es ist...« Die kalt-heiße Scham überkam mich wieder und ich stopfte meine Hände in meine Jeanstaschen.

»Es ist nichts Illegales, versprochen. Es ist nur...« Es fiel mir schwer, das richtige Wort zu finden. »Peinlich. Ich kann es momentan nicht bezahlen und ich kann meine Väter nicht danach fragen.«

Er nickte. »Okay, ich überweise es dir jetzt.«

»Wirklich?«

»Ja, kein Problem«, versprach Reid mit so einer Leichtigkeit, dass es mir schwer fiel, ihn nicht zu beneiden. Gleichzeitig platzte ich fast vor Dankbarkeit und herrlicher, *herrlicher* Erleichterung.

»Danke. Ich zahle es dir zurück, das schwöre ich. Mit Zinsen.«

»Klar, weiß ich. Zinsen sind nicht notwendig.« Er tippte auf seinem Handy herum und es schien ihm egal zu sein, ob ich meinem Versprechen nachkam oder nicht. Aber das würde ich. Jeden einzelnen roten Cent und ich würde nie, nie wieder auf so einen Blödsinn hereinfallen. Ich hätte es besser wissen müssen und hasste mich dafür, so leichtgläubig zu sein.

Immerhin würden Logan und Seth so nie davon erfahren. Wenn ich sie fragen würde, würden sie mir das Geld geben, das wusste ich. Sie würden mir all ihre Ersparnisse geben, aber ich würde lieber Glas essen, als sie auf diese Weise zu enttäuschen. Es war nie wirklich ihre Aufgabe gewesen, irgendetwas für mich zu tun, und trotzdem hatten sie *alles* für mich getan.

Logan war kaum mit meiner Mum verheiratet gewesen bevor sie starb, und trotzdem hatte er mich bei sich aufgenommen, als wäre ich sein Kind. Und Seth hatte es dann genauso getan. Nein, ich musste mit meiner Dummheit selbst zurechtkommen.

»Schick mir deine Daten«, sagte Reid.

Ich durchsuchte meine Kontakte. »Ehrlich gesagt, glaube ich, dass ich deine Nummer gar nicht habe.«

»Stimmt, ich deine auch nicht.« Reid bedachte mich mit einem breiten, wunderschönen Grinsen. »Das sollten wir schnellstens Ändern, *Freund*.«

Wunderbarerweise schaffte ich es, ihm meine Nummer zu geben, ohne zu stottern oder meine eigene Nummer zu vergessen, während mein Herz wie wild schlug. Ich hätte sie ihm einfach per AirDrop schicken sollen.

Freund.

Es war nicht echt, aber das Wort auf seinen breiten, sexy Lippen war Musik für meine Ohren.

DER KLANG DER Schlüssel aus dem Flur erschreckte mich, obwohl ich wartend auf der Couch saß und mein Anatomie Buch offen aufgeschlagen auf dem Schoß hatte. Nicht, dass ich in der Dunkelheit etwas davon gelesen hätte. Schade, dass ich die Informationen nicht durch Osmose in mich aufnehmen konnte.

Der stummgeschaltete Fernseher flackerte blau über den langen Raum, inklusive der Couch, dem Esstisch und der Küche. Unsere Schlafzimmer und unser geteiltes Badezimmer gingen vom hinteren Teil des Wohnzimmers ab.

Als Olivia reinkam, wurde sie von dem hellen Flur hinter ihr beleuchtet. Sie legte ihre Schlüssel auf dem kleinen Regal ab, das an der Wand festgemacht war, und ein Schatten fiel über sie, als die Tür sich schloss.

»Ach, wenn das mal nicht Reid Cabots neuer Freund ist und so tut, als würde er lernen.«

Ich machte mir gar nicht erst die Mühe darauf zu bestehen, dass ich im Licht des Fernsehers wunderbar sehen konnte, nachdem das eine offensichtliche Lüge war. Das offene Lehrbuch gab mir ein seltsames Gefühl der Sicherheit. Ich zog an dem Kragen meines alten Lake Placid T-Shirts und sagte: »Hör zu, ich kann das erklären.«

»Oh, das wirst du.« Sie grinste, als sie sich die High Heels auszog. »Das sollte ziemlich amüsant werden.«

»Es ist nicht, was du denkst.« Olivia und ich hatten uns auf Anhieb verstanden und sie war alarmierend gut darin, mich zu durchschauen.

Sie hängte ihren Mantel im Schrank auf und ging in Richtung des Rotweins, der auf der Küchenablage stand. Ich schloss die Augen von meiner halb-liegenden Position auf dem Sofa aus und hörte dabei zu, wie sie sich ein Glas mit dem vertrauten *glug-glug* Geräusch einschenkte.

Sie fragte: »Wieso? Was denke ich denn?«

Ich zuckte mit den Schultern und legte meinen Kopf zurück. Das Sofa senkte sich, als sie sich auf der anderen Seite niederließ. Dann stand sie auf, beschwerte sich leise über ihre Strumpfhose und machte es sich wieder bequem. Sie stupste meinen Arm mit ihrem jetzt nackten Zeh an.

»Hau raus.«

Ich erzählte ihr alles, was passiert war, nachdem Asher und ich bei dem Event aufgekreuzt waren. Meine Augen waren immer noch geschlossen, obwohl ich nicht hätte schlafen können, selbst wenn man mich dafür bezahlt hätte.

Apropos, ich änderte unentspannt meine Position und behielt *diesen* Teil der Abmachung mit Reid für mich.

Ich hätte Olivias Mum nach dem Geld fragen können, doch es war mir unangenehm, überhaupt daran zu denken. Angela war etwas…eigen, aber sie hatte bereits jede Menge für mich und meine Familie getan. Da konnte ich sie nicht nach noch mehr fragen. Es war viel besser, den Deal mit Reid eingegangen zu sein. Gegenleistung und sowas.

»Dylan sagte, dass ziemlich viel geredet wurde, nachdem Reid seine Bisexualität bekannt gegeben hat. Das ist ehrlich gesagt von den Leuten auch zu erwarten.«

Ich öffnete meine Augen. »Wie geht es Dylan? Ihr habt heute

Abend echt glücklich miteinander ausgesehen. Hast du mit ihm über das SMS Ding gesprochen?«

Olivia bedachte mich mit einem scharfsinnigen Blick über ihr Weinglas hinweg. »Uh-uh. Du lenkst jetzt nicht ab. Dylan hat außerdem gesagt, dass Mrs. Cabot seiner Mutter erzählt hatte, Reid würde ‚rebellieren‘ und es wäre eine ‚Phase‘, weil sie völlig verrückt ist. Ich meine, er ist dreißig oder so.«

»Neunundzwanzig.«

»Er ist dein Freund, also musst du’s wissen.«

Vorsichtig schloss ich mein Buch und ließ es auf den hölzernen Kaffeetisch fallen. Ich bemühte mich, mich auf etwas anderes zu konzentrieren als auf das Geräusch meines pochenden Herzens, das in meinen Ohren lag, als hätte ich einen erhöhten intrakraniellen Druck.

»Er ist offensichtlich *nicht* mein Freund. Ich gehe einfach zu ein paar dieser langweiligen Weihnachtsveranstaltungen. Schluss, Ende.«

Olivia nippte an ihrem Wein. »Ihr Jungs habt gut zusammen ausgesehen.«

Hoffentlich war es zu dunkel, als dass sie meine erröteten Wangen sehen konnte, die ziemlich heiß wurden. »Ich bitte dich«, schnaubte ich.

»Ihr habt während des Essens den Eindruck gemacht, als hättet ihr nur Augen füreinander.«

»Hä? Wir haben uns unterhalten. Small Talk. Das ist alles.«

»Hmm. Wenn du das sagst.« Sie nahm einen weiteren Schluck Wein und hob eine Augenbraue.

Ich hatte mir ein Bier geschnappt, nachdem ich nach Hause gekommen war und ich legte meine Flasche an, nur um zu merken, dass nur noch ein paar warme Tropfen übrig waren und erinnerte mich zu spät daran, es bereits ausgetrunken zu haben.

»Dude, ich bin nicht schwul.«

»Okay.« Olivia fuhr mit ihrem Finger über den Rand des

Weinglases und erzeugte damit eine tiefe Vibration. »Ich meine, du weißt ja, dass es vollkommen in Ordnung ist, wenn du schwul oder bi bist oder…dabei bist es herauszufinden oder was auch immer.«

»Natürlich! Ich habe zwei Väter. Also, so in etwa. Stiefväter.«

Sie runzelte die Stirn. »Sie sind einhundertprozentig deine Väter. Du brauchst keine nähere Benennung.«

»Weiß ich.«

Es hatte Jahre gedauert, bis ich überhaupt in Gedanken Logan und Seth als meine Väter bezeichnen konnte und sogar noch länger, bevor ich anfing, sie als solche anderen gegenüber zu beschreiben. Ich hatte sie immer einfach bei ihren Vornamen genannt, das tat ich immer noch.

Ehrlich gesagt, hatte ich in den ersten paar Jahren Logan wahrscheinlich öfter ‚Arschloch‘ genannt, als ich seinen richtigen Namen benutzt hatte. Ich hatte ihn gehasst, weil er und meine Mum geheirateten hatten, nachdem er bei einem schweren Unfall verletzt worden und sie seine Krankenschwester gewesen war.

»*Nichts ändert sich, wenn sich nichts ändert*«, hatte Mum gesagt. Diese Philosophie hatte zu ein paar wirklich guten Entscheidungen geführt, aber auch zu ein paar unfassbar schlechten. Das beinhaltete die überstürzte Hochzeit zwischen ihr und Logan. Dann war Mum nicht mehr da gewesen und—

Ich zog scharf die Luft ein und versuchte die Erinnerungen zu vertreiben. Dieses Bild, das ich nie wieder aus meinem Kopf rauskriegen würde.

»Hey.« Olivia drückte meinen Arm sanft mit ihrer weichen Hand. »Ist schon okay. Was auch immer du fühlst ist okay.«

Ich schüttelte sie ab und flüchtete mich in die Küche. Die Fliesen waren kalt unter meinen nackten Füßen. »Ich *fühle* überhaupt nichts!« Schnell öffnete ich eine weitere Flasche Bier und stürzte den Inhalt runter. »Mache mir nur Sorgen wegen meiner Prüfungen.«

»Okay.« Sie nippte an ihrem Wein. »Welche kommt zuerst?«

Das war das tolle an Olivia. Sie konnte hartnäckig sein—ähnlich ihrer Mutter, allerdings würde sie das abstreiten—aber sie wusste auch, wann sie sich zurückziehen musste. Ich gesellte mich wieder zu ihr auf die Couch, und wir unterhielten uns eine Weile lang über meine Prüfungen.

Irgendwann gähnte Olivia weit. »Ich nehme besser meine Kontaktlinsen raus. Hey, willst du dieses Wochenende die Wohnung dekorieren? Wir brauchen ein bisschen Glitzer in der Bude. Ich dachte an einen kleinen, unechten Baum. Wo wir gerade vom Dinge kaufen sprechen, was schenkst du deinen Vätern zu Weihnachten? Ich brauche etwas für Mum. Willst du shoppen gehen?«

»Wenn's sein muss.«

Sie lachte. »Du bist offensichtlich wirklich nicht schwul, sonst wärst du ein viel besserer Shoppingpartner.« Sie gab meinem Oberschenkel einen liebevollen Stups mit ihrem Fuß, bevor sie im Badezimmer verschwand.

Ich schluckte die aufsteigende Übelkeit wieder runter. Sie hatte nur einen Witz gemacht. Es war ein lahmes Vorurteil, dass schwule Männer gerne shoppen gingen, und ich wusste, dass Olivia da nicht wirklich dran glaubte. Sie hatte nur versucht, mich zum Lachen zu bringen, nachdem ich vorhin so stark auf ihre Worte reagiert hatte.

»Fick mich«, murmelte ich. Nicht, dass das jemals jemand getan hätte, was ganz allein meine Schuld war. Ich war schwul. Ich könnte dutzende von Apps runterladen und im Stadtteil Hell's Kitchen innerhalb von fünf Minuten einen One Night Stand finden. »Fuck«, murmelte ich und trank den Rest meines Biers aus, obwohl auch das meine Nerven nicht beruhigte.

Den meisten Menschen wäre es egal, dass ich schwul war. Meine Väter und die Familie würden mich akzeptieren. Logan zu heiraten mag war zwar ein riesiger Fehler meiner Mum gewesen sein—Oh Mann, war der strahlende Funken, der zu Beginn da war, schnell verschwunden—aber am Ende war er die beste Änderung in meinem Leben gewesen, die sie je vorgenommen hatte. Auch, wenn es Jahre gedauert hatte, bis ich mir das eingestanden hatte.

Auch meine Freunde würden mich unterstützen. Olivia, die Kommilitonen in der Uni, die ich noch besser kennenlernen musste… Und Asher wusste es anscheinend schon? Das war eine Erinnerung, die mich dazu brachte nervös auf der Couch herumzurutschen, bevor ich aufsprang und im Raum hin und her tigerte.

Ich hatte mir eine Million Mal überlegt, diese drei kleinen Worte—ich bin schwul—zu sagen. Die meisten würden denken, dass ich verrückt war, zwei Väter zu haben und trotzdem Angst vor dem Coming-out. Vielleicht war ich das auch, aber das änderte nichts an der eisigen Faust der Angst, die mich immer noch fest im Griff hatte.

Wovor hatte ich überhaupt so eine Panik? Davor, dass niemand mir glaubte. Dass Leute annahmen, dass es nicht wahr sein konnte, dass ich zwei Väter hatte und zufälligerweise auch queer war.

Vor allem hatte ich wahnsinnige Angst davor, dass die Leute glaubten, das es eben *kein* Zufall war.

Dass Logan und Seth mich schwul gemacht hätten oder so ein Scheiß.

Olivias Handy klingelte, als sie aus dem Bad kam und sie murmelte: »Glück gehabt, dass ich noch wach bin«, bevor sie mit einem Finger über das Display strich. »Hi Mum! Wie ist Japan? Wie viel Uhr ist es? Hier ist es ziemlich spät.«

»Das weiß ich, aber seit wann gehst du vor zwei Uhr morgens schlafen?«

»Da hat sie recht«, mischte ich mich ein.

Olivia verdrehte die Augen und hielt mir ihr Handy hin. Auf

dem Bildschirm rief Angela: »Hi, Liebes! Wie laufen deine Prüfungen?« Sie trug einen fuchsiafarbenen Anzug und ihr blondes Haar war immer noch fast höher als sie selbst.

»Gut, Danke.«

»Ich habe mich erst mit Seth über dich unterhalten. Er und Logan sind so stolz auf dich. Bevor du dich umsiehst bist du schon ein Arzt.«

Das kam mir vor, als wäre es noch eine Million Jahre weit entfernt, aber ich bedankte mich bei ihr. Ich wusste, dass Seth und Logan stolz auf mich waren, aber es war etwas traurig, wie glücklich es mich machte, das von einer außenstehenden Person zu hören.

Wären sie noch stolz, wenn sie wüssten, wie dumm ich gewesen war?

Mein Magen zog sich zusammen und ich nickte und lächelte, als Angela mir von dem besten Sushi erzählte, das sie je gegessen hatte. Es war das Beste für alle, wenn ich mich darum selbst kümmerte. Und das hatte ich getan. Reid würde mir das Geld leihen und damit wäre das gegessen.

»Connor, würdest du meiner Tochter bitte sagen, dass sie sich lächerlich verhält?«

Ich konzentrierte mich wieder auf das Gespräch. »Ähm…«

Olivia seufzte. »Mum, ich bin für diesen Vorstand nicht qualifiziert.«

»Wieso nicht?«, fragte Angela. »Das ist eine Wohltätigkeitsorganisation die Teenagern hilft. Du warst gerade erst ein Teenager. Sie wollen junge Leute am Steuer sehen und nicht so alte Schrullen wie mich. Außerdem passt das perfekt zu deinem Studium.«

Ich sagte: »Absolut. Du wolltest doch im Nonprofit Bereich arbeiten. Das ist eine großartige Chance für dich.«

»Hör auf mit dem Imposer-Syndrom«, fügte Angela hinzu.

Olivia lachte. »*Imposter*-Syndrom, Mutter. Und, na gut, du

hast ja recht.«

Angela jubelte. »Connor, du bist mein Zeuge! Olivia Barker-Robertson hat gesagt, ich hab recht.«

»Ist zur Kenntnis genommen.«

Ich winkte Angela zur Verabschiedung zu und brachte mein Lehrbuch in mein Zimmer, als sie und Olivia anfingen darüber zu diskutieren, dass Olivia ihrer kleinen Schwester mehr Aufmerksamkeit schenken sollte. Erschöpft ließ ich mich auf mein Bett fallen und versuchte gar nicht erst, das Buch wieder aufzuschlagen. Auf keinen Fall würde ich mich jetzt noch konzentrieren können.

Vor allem nicht, wenn ich gerade erst mit Reid Cabot Händchen gehalten hatte.

Es war so seltsam gewesen, Zeit mit Reid zu verbringen, ohne dass Asher dabei war. Reid war mir immer erwachsen und gehoben vorgekommen. Er hatte mir vorher kaum Aufmerksamkeit geschenkt, aber jetzt fühlte es sich an, als wären wir ebenbürtig.

Offenbar war ich jemand, den er als seinen Freund bezeichnen konnte, ohne dass sich die Leute darüber totlachten. Mein Teenager-Selbst war erstaunt.

Und geil.

Oh Gott, wie er seine Arme um mich gelegt hatte. Er hatte nach einem Wald gerochen und das auf die beste Art und Weise. Sein Anzug war perfekt auf seinen langen, schlanken Körper maßgeschneidert worden. Ich hatte schon eine Million Tagträume darüber gehabt, wie es sich anfühlen würde, mit Reid Cabot zusammen zu sein.

Einmal hatte ich ihm dabei zugesehen, wie er ein Mädchen auf einer Party geküsst hatte, auf der Asher und ich nur anwesend waren, weil es auch Ashers Haus gewesen war und ich übers Wochenende bei ihm übernachtet hatte. Reid und seine Freundin von der Uni hatten mit ihren Freunden getrunken, bevor sie in einen Club gefahren waren.

‚Anwesend‘ war vielleicht zu viel gesagt. Asher und ich hatten uns im Hintergrund versteckt und jeglichen Alkohol aus roten Plastikbechern getrunken, den wir in die Finger bekommen hatten.

Selbst reiche Jugendliche aus Manhattan waren nicht zu cool für rote Einwegbecher.

Die Erinnerung daran, wie Reid seine Freundin geküsst hatte, war glasklar und gleichzeitig etwas wirr. Ich hatte nur eine wage Erinnerung daran, dass sie…die Form einer Frau gehabt hatte. Meine Aufmerksamkeit war einzig und allein auf Reid gelegen.

Auf den teuren Jeans, die sich perfekt an seinen Hintern angeschmiegt hatten. Die Art und Weise wie er sie angelächelt hatte, als wäre sie die einzige Person im Raum, obwohl laut Hip-Hop gespielt wurde und irgendein anstrengender Typ konstant in alle reingeknallt war, bei dem Versuch durch das Wohnzimmer zu ‚tanzen‘.

Reid hatte ihr etwas zugeflüstert und sie geküsst, als wäre sie zerbrechlich, bevor er sie in seine Arme genommen hatte. Ich hatte ihn dabei beobachtet, während ich mich hinter einer großen Topfpflanze versteckt hatte, in der irgendjemand eine zerdrückte Bierdose hatte liegen lassen. Das Verlangen, genauso mit Reid zusammen zu sein, hatte mich völlig überwältigt.

Und jetzt war ich es.

»Als ob«, murmelte ich laut, bevor ich meine geräuschunterdrückenden Kopfhörer aufsetzte, um Angelas nasale Stimme mit ihrem texanischen Akzent, die sogar die Toten wieder auferwecken könnte, auszublenden.

Reid würde mich nie so ansehen, wie er das Mädchen angesehen hatte. Das war nur eine vorübergehende Abmachung. Der einzige Ort, an dem Reid Cabot wirklich mein Freund sein würde, war in meinen wildesten Träumen.

Kapitel Fünf

Reid

ICH HIELT PRAKTISCH den Atem an, als ich so leise wie möglich mein Büro verließ. Gleichzeitig musste ich selbstbewusst wirken und nicht wie ein Teenager, der sich nach seiner persönlichen Sperrzeit aus dem Haus stahl.

»Reid.«

Der leise Befehl gab mir einen Ruck und ich versuchte eine freundliche, neutrale Miene aufzusetzen, bevor ich mich zu dem gläsernen Büro meiner Großmutter umdrehte.

Normalerweise war sie nur zwei Mal die Woche hier, nachdem sie so viele soziale Verpflichtungen hatte, und bislang war es war mir gelungen, sie zu meiden.

Die Tür stand leicht offen und ich schlängelte mich durch die Öffnung. »Mir war nicht bewusst, dass du heute hier bist«, log ich.

Großmutter sah mich über den Rand ihrer schicken Lesebrille an.

»Ich bin immer noch die Präsidentin dieser Firma.«

»Natürlich. Ich weiß nur, wie stressig die Weihnachtszeit für dich ist.«

»Hm. Ich gehe davon aus, dass du früher Schluss machst, um an der Baumbeleuchtungszeremonie der Lawrences teilzunehmen.«

Ich hielt mich zurück, sie daran zu erinnern, dass 6:30 Uhr am Abend nicht ‚früher‘ war, um Feierabend zu machen. Aber sie würde sich nach all diesen Jahren nicht mehr ändern. »Ja.«

Ihr Blick fiel auf einen Stapel Papier, als sie fragte: »Und gehst du alleine?«

Hier war es.

»Connor begleitet mich.« Es war nun eine Woche her, seit ich unsere Beziehung öffentlich gemacht hatte und es überraschte mich, dass es so lange gedauert hatte, bis Großmutter mich darauf ansprach. »Mein Freund«, fügte ich hinzu.

Sie sah mich immer noch nicht an, als sie fragte: »Und du bist dir sicher, dass es…passend ist?«

»Bin ich mir sicher, dass was passend ist?«

Selbst als ich mich daran erinnerte, dass ich erwachsen war und es nichts gab, das sie tun konnte, um mich davon abzuhalten, mit der Person eine Beziehung einzugehen, die ich wollte, fing mein Herz an zu rasen. Ich wollte meine Krawatte lockern. Es war so viel einfacher gewesen vor meinem Coming-out. Sicherer.

Ich tadelte mich selbst für meine Dramatik. Schließlich war ich ein reicher, weißer, cis Mann. Ich war ziemlich sicher, selbst wenn meine Großmutter meine Bisexualität als unangenehm und lästig empfand. Außerdem war es meine Entscheidung gewesen, Connor als als meinen fake Freund zu benutzen.

Ihr Blick fiel nun direkt auf mich, während sie hinter dem großen Eichentisch saß, der schon ihrem Vater gehört hatte. Der Rest des Büros war modern einfarbig, ganz im Gegensatz zu dem verkratzten Holz auf dem die Ränder von Gläsern und Tassen auf der rechten Seite sichtbar waren. Ob das vom Kaffee oder vom Whiskey kam würden wir nie erfahren.

»Dieser Mann ist, naja, jung.«

»Connor ist dreiundzwanzig. Ich bin nur sechs Jahre älter. Er ist ein Erwachsener, genauso wie Asher.«

Für einen Moment dachte ich, sie würde tatsächlich schnauben, bevor sie sagte: »Dein Bruder mag zwar das Erwachsenenalter erreicht haben, aber wir wissen beide, dass er noch nicht ganz dort angekommen ist.«

»Vielleicht wäre er das, wenn er mehr Verantwortung bekommen würde. Er könnte statt mir zu der Lawrences Party gehen.«

»Veto. Du weißt, wie wichtig diese Veranstaltungen sind, um unsere Familie voranzubringen. Deshalb denke ich, dass es das Beste wäre, wenn du alleine erscheinst. Cecilia wird auch dort sein.«

»Wer?«

Sie funkelte mich böse an. »Cecilia Weston. Das weißt du ganz genau. Ich verstehe nicht, wieso du dich weigerst, mit ihr auszugehen. Im Club gibt es ein wundervolles Weihnachtsmenü.«

»Weil ich einen Freund habe.«

Großmutter atmete laut aus. »Wenn du darauf bestehst.«

»Das tue ich! Connor ist mein Freund. Er ist intelligent und lieb und hat das süßeste Grübchen, wenn er glücklich ist.«

»Wie kann ich gegen ein Grübchen ankommen?« Sie hob die Hände abwehrend, bevor sie eine Seite in dem Ordner auf ihrem Tisch umblätterte. »Ich bin mir sicher, die Lawrences werden beeindruckt sein.«

Ich biss meine Zähne aufeinander und sagte: »Du kannst gerne statt mir hingehen.«

Ein Freitagabend mit Connor könnte viel besser genutzt werden. Wir könnten anfangen, die New Yorker Liste abzuarbeiten, die ich erstellt hatte. Wir könnten in das Meatpacking District gehen und uns von einem der Stände auf dem Chelsea Markt etwas zu Essen besorgen.

Außerdem gab es eine Pop-Up Kunstausstellung, bei der man sich Haushaltsobjekte die aus Zuckerstangen gebaut wurden, ansehen konnte. Für mich war ein willkürliches Kunst Pop-Up ein wesentlicher Bestandteil von New York.

»Du weißt genau, dass wir zu viele Einladungen erhalten und uns aufteilen müssen. Hast du diese Woche an dem Antrag gearbeitet?«

Ich konnte sie nur anblinzeln, als sie so abrupt das Thema wechselte. Für einen törichten, lächerlichen Moment dachte ich, sie sprach von meinem Geheimprojekt. Was keinen Sinn machte, nachdem es *geheim* war. Automatisch antwortete ich: »Natürlich«, was meine Standartantwort für alles war, wenn meine Gedanken abgeschweift waren und ich mir nicht sicher war, worum es gerade ging.

Das passierte viel häufiger, als ich es zugeben wollte.

»Diese Insel ist ein entstehender Markt. Wir wollen nicht, dass Marriott vor uns dort aufschlägt.«

Richtig, *dieser* Antrag. »Ja. Ich arbeite nur an diesem Antrag. Er ist noch nicht ganz fertig, wird es aber nächste Woche sein.«

»Hm. Na gut, Darling.« Sie blätterte eine weitere Seite um und ihr Blick senkte sich.

Ich würde Überstunden machen müssen, um den Antrag fertig zu stellen, aber ich würde es schaffen. Wir hatten schon genügend Resorts aufgemacht und dieses hier würde sich nicht von den Anderen unterscheiden. Sie musste nicht wissen, dass ich die Woche damit zugebracht hatte, die Liste mit Aktivitäten für Connor zu erstellen. Ich war der Senior Vice Präsident unter unserer CEO, die sich vor Großmutter zu verantworten hatte, aber den Großteil der Aufgaben übernahm.

Vor einiger Zeit war ich noch in meine Rolle und die Firma an sich investiert gewesen. Jetzt hatte ich verdammt Glück, dass die CEO eine Typ A Persönlichkeit hatte und am liebsten alle Aufgaben selbst übernahm.

Es war beruhigend, dass Großmutter mich ‚Darling‘ genannt hatte, so traurig das auch war. Selbst, als mein Vater noch gelebt hatte, war meine Großmutter immer die autoritäre Person gewesen, der ich am meisten gefallen wollte. Und das schon so lange ich denken konnte.

»Und du wirst vor dem Termin zu unserem Weihnachtsfrühstück im Gemeindezentrum erscheinen?«

»Wie immer.« Das war noch eine Woche entfernt, also war ich mir nicht genau sicher, wieso sie jetzt schon nachfragte.

Jedes Jahr erschien ich zu ihrer Veranstaltung am ersten Weihnachtsfeiertag. Utopia war ein Sponsor und es gab warmes Essen, sowie Körbe voller Essen mit langer Haltbarkeit und in Geschenkpapier eingepacktes Spielzeug. Asher hatte bereits vor seinem Studium aufgehört zu kommen, aber ich konnte ihm nicht übel nehmen, am Weihnachtsfeiertag nicht früh aufstehen zu wollen, nur um an einem von Großmutters Fototerminen teilzunehmen. Egal, wie lobenswert der Anlass war.

Ich fragte: »Wirst du bereit sein das Apfel-Zimt Oatmeal auszuteilen?«

»Mit einer Suppenkelle.«

»Dein jährlicher Gebrauch eines Küchenutensils.«

Großmutter lachte ehrlich auf und ihre Augen warfen Falten, als sie mich ansah.

»Ja, Darling. Wie ich dir schon gesagt habe, als du noch ein kleiner Junge warst: Es ist besser das Kochen den Experten zu überlassen.«

Ich lächelte zurück. »Erinnerst du dich noch, als Asher und ich uns um Mitternacht am Heiligabend in die Küche gestohlen haben, um Kekse für den Weihnachtsmann zu backen?«

»Wie könnte ich den Besuch der Feuerwehr vergessen?« Sie schüttelte kläglich den Kopf. »Der Vorstand war nicht beeindruckt. Du warst zehn, das hättest du besser wissen müssen.«

Mein Lächeln brach leicht. »Ja, naja, ich habe es seitdem immerhin nicht noch einmal probiert zu backen.«

Während ich schöne Erinnerungen an den Abend hatte, an dem wir versucht hatten Kekse ohne Rezept zu backen, mit meinem kleinen Bruder auf einem Hocker neben mir, war das Ende der Geschichte nicht ganz so festlich gewesen.

»Ich muss los, mich mit Connor treffen«, sagte ich. »Bis nächste Woche.«

Sie blätterte eine weitere Seite um und zwar so heftig, dass ich einen Riss hörte. »Ich bin über das Wochenende hier um sicherzustellen, dass alles für die Hauptversammlung im neuen Jahr ihre Richtigkeit hat.«

Innerlich stöhnte ich auf, nachdem sie damit implizierte, dass auch ich über das Wochenende arbeiten sollte. »Klingt gut«, sagte ich einfach. »Hab einen schönen Abend.«

Als ich die Tür hinter mir halb zu zog, murmelte Großmutter: »All das hier wird eher früher als später dir gehören.«

Vorsichtig drehte ich mich wieder um. »Wieso sagst du das?« War sie krank? Sie sah nicht danach aus. Zugegebenermaßen hatte sie einiges an ihrer Erscheinung machen lassen, aber sie sah fünfzehn Jahre jünger aus, als sie tatsächlich war.

»Weil es wahr ist.« Sie sah mich über ihre Brillenränder an. »Trotz meiner besten Bemühungen werde ich nicht für immer leben.«

Mein Magen zog sich zusammen. »Bist du—«

»Mir geht es wunderbar. Kein Grund dramatisch zu werden. Ich möchte nur, dass du deine Prioritäten richtig verteilst.« Sie fuhr mit ihrer Hand über den Tisch. »Ich hatte immer gedacht, dein Vater würde mittlerweile hier sitzen.« Sie schluckte schwer und für einen beängstigenden Moment dachte ich, sie würde anfangen zu weinen.

Ich hatte nie erlebt, dass sie ihren Emotionen freien Lauf ließ, nachdem sie behauptete, sie in sich vergraben zu müssen. Dad war ihr einziges Kind gewesen und ich wusste, dass sie ihn geliebt hatte und um ihn trauerte. Jetzt war ich derjenige, der mit ihren Erwartungen zurechtkommen musste.

»Großmutter…«

Sie erholte sich schnell wieder und setzte ihre professionelle Maske auf, als sie eine weitere Seite umblätterte. »Der Tisch wird noch einige Jahre aushalten. Es wird sich richtig anfühlen, wenn du erstmal hier sitzt.«

Alles was ich dazu sagen konnte war: »Danke.«

»Grüß die Lawrences.«

Mit dieser Entlassung nickte ich und flüchtete.

Im Aufzug buchte ich mir eine Fahrt an die Upper East Side. Als ich der App dabei zusah, wie sie einen Fahrer suchte, erschien eine Nachricht von Connor am oberen Ende des Bildschirms.

Schnell klickte ich drauf.

Hey, ich bin auf dem Weg. Treffen wir uns davor? Sonst lassen sie mich vielleicht nicht rein.

Lachend antwortete ich:

Du hast offenbar wieder die Lederjacke an. Wenn du das Motorrad dabei hast, halten sie dich vielleicht für ein Gang-Mitglied. Du weißt schon, wenn Gangs aussähen, wie sie es in den Filmen der Fünfziger getan haben.

Ich beobachtete die drei Punkte, die erschienen während er antwortete.

Heißt das, ich soll mein Klappmesser zu Hause lassen? Na gut.

In der Lobby sagte der Wachmann: »Wow, Sie sehen zur Abwechslung mal glücklich aus, Mr. Cabot.« Schnell fügte er hinzu: »Das liegt bestimmt daran, dass Freitag ist!«

Erst da fiel mir auf, dass ich grinste. »So ist es, Drew! Thank God it's Friday.«

Im Auto las ich mir nochmal die New Yorker Liste durch und schickte Asher eine Frage. Ein paar Minuten später antwortete er:

Hä? Wieso?

Grummelnd murmelte ich vor mich hin: »Antworte einfach.« Was ging es ihn etwas an? Bevor ich meinem Bruder antworten konnte, vibrierte mein Handy mit einem Videoanruf. Der Uber-Fahrer war mit seinem eigenen Gespräch, das er über sein Bluetooth Headset führte, beschäftigt, weshalb ich den Anruf annahm.

Ashers Gesicht erstreckte sich über mein Display. Er runzelte die Stirn und ich sah seine weißen Küchenschränke hinter ihm. »Wieso interessierst du dich dafür, was Connor gerne tut?«

Ich hatte Asher einfach nur gefragt, ob Connor es vorziehen

würde, die High Line abzugehen oder über die Brooklyn Bridge. Nachdem ich ziemlich gegensätzliche Ratschläge von verschiedenen Freunden bekommen hatte, was meine New York Aktivitäten anging, folgte ich nun meinem Bauchgefühl.

»Nur neugierig«, sagte ich abweisend.

Es war nicht verkehrt, die Liste nach Connors Vorlieben zu erstellen. Dasselbe hätte ich auch für andere Menschen getan. Nicht, dass die Liste Teil unserer Abmachung wäre, aber es hatte mir Spaß gemacht, mit den verschiedenen Optionen zu spielen.

Ich hatte angefangen, mich auf Connors Reaktionen zu den einzelnen Punkten auf der Liste zu freuen, und hatte mich gefragt, auf was er wohl am meisten Lust hätte…

»Das ist eine wirklich seltsame Neugier.«

»Es ist nichts. Vergiss es.« Wieso machte ich aus einer Mücke einen Elefanten?

Er atmete schwer durch seine Nase aus. »Ich bin mir nicht sicher, ob das eine gute Idee ist.«

»An Thanksgiving fandest du die Idee noch gut.« Es war jetzt zu spät. Der Gedanke daran, unsere Abmachung zu brechen, machte mich seltsam nervös.

»Ich hatte gedacht, es würde ihm gut tun. Ihn ein bisschen lockerer machen. Wieso fragst du nach der High Line? Gamma wird da auf keinen Fall aufkreuzen. Wieso würdest du Connor also dort hin bringen? Oder über die Brooklyn Bridge, wo Gamma *definitiv* nie wäre. Sie verlässt Manhattan nur durch die Luft.«

Ich hatte nun wirklich keine Lust, meinem Bruder die Liste zu erklären. Es war keine große Sache. Im perfekten Moment lehnte sich der Fahrer auf die Hupe und ich zuckte mit den Schultern und deutete auf meine Ohren, als hätte ich seine Frage nicht gehört.

Offenbar hatte er keine Lust, sie zu wiederholen, nachdem er nun fragte: »Kommt Connor zu der Lawrences Party heute Abend?«

»Ja, ich treffe mich gleich dort mit ihm.«

Asher verzog das Gesicht. »Ich hoffe, die Leute dort benehmen sich deshalb nicht komisch. Wegen dir und ihm. Nicht, dass es echt wäre, aber…«

»Ich bin mir sicher, dass es auszuhalten sein wird.« Während ich auf dem Sitz herumrutschte, zog ich an dem Autogurt, der drohte mich zu erwürgen. »Morgan und seine Frau schienen sehr offen.«

»Kann sein. Wird Gamma auch da sein?«

»Nein, sie geht auf eine andere Veranstaltung. Das wüsstest du, wenn du dich einbringen würdest.«

»Hey, ich komme zu Gammas Veranstaltungen. Naja, fast allen. Du kümmerst dich wunderbar um den Rest.«

Nicht, dass ich eine Wahl hatte. Die Verantwortung war immer auf mich gefallen, vor allem, nachdem unser Vater verstorben war, aber auch schon davor. Pflichtbewusst war ich zu den endlosen Veranstaltungen erschienen, hatte gelächelt und über Nichtigkeiten geredet und mich angebiedert, selbst als ich noch ein Kind gewesen war.

Addisons Stimme hallte durch meinen Kopf: »*Wenn doch die Welt nur mehr Verständnis für das Leiden dieses reichen, weißen Mannes in seinem maßgeschneiderten Armani Anzug hätte.*« Es war lächerlich, sich zu beschweren.

»Ich will nicht, dass Connor verletzt wird«, platzte es aus Asher hervor.

Verwirrt blinzelte ich ihn an. »Was? Wieso sollte er verletzt werden?«

Asher zögerte und sagte dann: »Er hat schon viel durchgemacht. Er hat sich endlich etwas entspannt und studiert jetzt Medizin. Ich will nicht, dass diese Abmachung daran etwas ändert.«

»Wieso sollte es etwas ändern? Wir haben die Abmachung. Eine Abmachung. Das ist nur Business.«

Asher ließ einen ungläubigen Laut los und murmelte etwas, das ich nicht ausmachen konnte. Ich presste mich gegen die Rückenlehne meines Sitzes, als das Auto um einem Lieferwagen, der in Doppelreihe parkte auswich.

»Hat Connor dir gegenüber etwas über Geld gesagt?«, fragte ich.

Ashers Augenbrauen schnellten in die Höhe. »Nein. Wieso?«

»Nur so«, sagte ich abwehrend. Na gut, also waren seine Schulden nicht der Grund für Ashers Besorgnis. »Hey, habe ich mir das nur eingebildet, dass du gesagt hättest, Connor wäre queer? Ich hätte schwören können, dass du das mal erwähnt hattest, während ihr noch in Rencliffe wart.«

»Danke übrigens, dass du ihm das gesagt hast. Connor hat mir diese Woche kaum auf meine Nachrichten geantwortet.«

»Er hat mir erzählt, dass er für eine wichtige Anatomie Klausur lernen muss. Bestimmt hat er nur zu tun.«

»Na so ein Glück, dass er mit *dir* spricht.«

Ich warf ihm ein Grinsen zu. »Ich bin unwiderstehlich.«

Asher sah aus, als wolle er noch etwas sagen, rollte aber schließlich nur die Augen. »Offenbar.«

»Also…denkst du, er ist wirklich queer?« Eigentlich war das egal, aber ich fragte mich das schon die ganze Woche.

»Vielleicht. Ich denke schon.« Asher zuckte mit den Schultern. »Er sagt nein, und er ist derjenige, der das entscheidet. Keine Ahnung. Ich warte seit Jahren auf sein Coming-out. Ich könnte falsch liegen.«

»Wäre nicht das erste Mal.«

Er hob seinen Mittelfinger hoch. »Sehr witzig.«

»Wieso denkst du, dass er nicht hetero ist?«

»Die Art und Weise, auf die er Greg McBrides Arsch in Rencliffe angestarrt hat, zum Beispiel. Ganz abgesehen von—« Asher hielt inne und sah weg.

»Was?«

Er schien darüber nachzudenken, als wolle er etwas sagen, bevor er den Mund wieder schloss. »Es ist ein Vibe, denke ich. Er war schon immer etwas verklemmt. Er schien sich nie für Mädchen zu interessieren, was natürlich nichts heißen muss. Es sind einfach kleine Dinge, die alle zusammengekommen sind, denke ich. Aber was weiß ich schon? Ich will nur nicht, dass sich irgendetwas ändert.«

»Mach dir keine Sorgen.« Asher war zu dramatisch. Als das Auto vor dem Gebäude vorfuhr, fügte ich hinzu: »Ich muss los!«

Während ich auf dem Gehweg unter dem Schein einer Straßenlaterne wartete, fügte ich in der App Trinkgeld für meinen Fahrer hinzu und sah dann die dunkle Straße entlang. Noch konnte ich ihn nicht entdecken, aber es war auch noch früh.

Ich öffnete meine Notizen App und ging die Liste nochmal durch, bevor ich mich entschied, sowohl die High Line als auch die Bridge als Aktivitäten zu behalten. Es gab keinen Grund, wieso ich die Liste auf zehn Punkte beschränken musste.

Als Connor in seiner Lederjacke um die Ecke kam, entdeckte er mich und hob die Hand, bevor er mir winkte. Ich winkte zurück und das Grübchen erschien in seiner Wange, während ein Funken Aufregung in mir aufstieg. Was würde er von der Liste halten?

Seine Wangen waren von der kalten Luft gerötet. »Hey. Bin ich spät dran?« Die Tiefe seiner Stimme überraschte mich.

»Genau pünktlich. Kein Motorrad?«

»Nö, ich bin mit der Subway gekommen. Mein Motorrad ist in Albany. Es kostet viel zu viel, es in Manhattan zu parken. Ich freue mich schon darauf, an Weihnachten wieder damit fahren zu können.«

Ich erschauderte. »Meiner Meinung nach ist das immer noch zu riskant.«

»Du wirst dich wunderbar mit meinen Vätern verstehen.« Errötete er gerade? Schnell fügte er hinzu: »Nicht, dass du sie treffen wirst. Das ist nicht…egal.«

»Okay.« War es komisch, dass ich Connors Eltern kennenlernen wollte?

»Bereit?« Ich hielt ihm meine Hand hin.

Für einen langen Moment starrte Connor nur meine behandschuhten Finger an und gerade wollte ich sie wieder zurücknehmen, als er sagte: »Stimmt. Boyfriends«, und sie fest mit seiner Hand umschloss. Unsere Lederhandschuhe quietschten.

Mein Magen drehte sich um.

Wir liefen an dem gigantischen, verhangenen Baum im Foyer vorbei und Connor händigte einem der Bediensteten seine Jacke aus. Er zögerte nur ein kleines Bisschen weniger, als er es an Thanksgiving getan hatte. Er trug dunkle Jeans, die sich an seine schlanken Hüften anschmiegten und einen Pullover, der perfekt auf seine Figur passte.

»Schön«, sagte ich und fuhr mit meiner Hand über seinen Arm. »Kaschmir?«

»Äh, jap«, raunte er und räusperte sich dann. »Das war ein Geschenk von Angela Barker. Olivia hat ihn ausgesucht.« Er lehnte sich näher an mich heran. »Wo wir gerade von Olivia sprechen, ich habe ihr die Wahrheit gesagt.« Plötzlich schien er nervös. »Das meiste davon. Nichts über den…Kredit.«

»Okay. Kein Problem. Hat sich alles geregelt?«

»Jep. Hast du den Rückzahlungsplan bekommen, den ich dir geschickt habe?«

Ich lächelte. »Ja. Aber wie schon gesagt, das hat keine Eile. Ich mache mir da keine Sorgen.«

Connor stopfte seine Hände in seine Hosentaschen. »Das ist nett von dir, aber ich mag es nicht, jemandem etwas zu schulden.«

Morgan kam auf uns zu, als wir das Wohnzimmer betraten, in dem Gäste sich unter der hohen Decke zwischen den beigen Möbeln miteinander unterhielten. Die Weihnachtsdekorationen erstrahlten in seidigem grün und rot und Kellner mit Tabletts voller Hor d'Oeuvres liefen durch den Raum.

Während wir uns mit Morgan und anderen unterhielten, fiel mir wieder einmal auf, dass wir mehr Aufmerksamkeit als üblich auf uns zogen. Alle waren freundlich und ich war erleichtert, als ich über das nachdachte, was Asher gesagt hatte. Er wollte seinen besten Freund schützen, was lobenswert war und erwartet werden konnte.

Wenn Connor wirklich queer war, so wie ich, dann könnte das hier vielleicht die Gelegenheit für ihn sein…das Ganze mal auszuprobieren. Standfest zu werden? Was auch immer am besten passte.

Als ich mit Paul und Brittany Matheson über Nichtigkeiten sprach, beobachtete ich Connor. Er nickte und machte zuhörende Geräusche an all den richtigen Stellen, schien aber doch etwas nervös. Ich legte ihm meine Hand auf den unteren Rücken.

»Brauchst du eine Pause?«

Connor nickte und ich führte ihn in den angrenzenden Speisesaal.

Auf dem Tisch befanden sich noch mehr verschiedene Häppchen und wir suchten uns ein paar davon aus. Das schien mir der richtige Moment zu sein, um über die Liste zu sprechen. Mein Herz fing an zu rasen, was sehr seltsam war, nachdem es sich um nichts Wichtiges handelte.

Wenn er keine Lust auf die Aktivitäten hatte, dann war das auch kein Problem. Ich hatte mich von meiner Planung mitreißen lassen, doch es war eine willkommene Ablenkung gewesen. Nichts weiter. Würde er sich überhaupt daran erinnern, dass wir darüber gesprochen hatten?

Ich stopfte mir ein Walnuss und Gouda Törtchen in den Mund. »Wegen den Nüssen…«

Connor schluckte eine Garnele runter und ließ den Schwanz auf seine Serviette fallen. »Nüsse?«

»Die gebrannten Nüsse. Tut mir leid, das hätte ich klarer

formulieren sollen. Ich…« Ein Tropfen rote Cocktail Sauce hing an einem seiner Mundwinkel und ich konnte meinen Blick nicht abwenden. »Du hast…«

»Oh!« Seine Zunge kam zum Vorschein, kurz bevor er seine Serviette benutzte.

»Weg?«

Ich starrte immer noch Connors Mund an. »Ja.«

»Also, was ist mit den Nüssen? Ich hatte immer noch keine.«

Richtig. Ich sollte mich auf die Nüsse konzentrieren. Nachdem meine Gedanken sofort in viele verschiedene Richtung strömten, musste ich lachen.

»Das ist gut«, sagte ich. »Also, dass du noch keine hattest. Wir holen uns zusammen welche. Wenn du das möchtest, meine ich. Ich dachte mir, das würde vielleicht Spaß machen.«

Das Grübchen erschien in seiner Wange. »Definitiv.«

»Ich habe eine Liste mit New Yorker Aktivitäten erstellt. Darüber haben wir letztes Mal kurz gesprochen.«

»Stimmt, ja.« Er lächelte.

In meiner Tasche griff ich nach meinem Handy. Wieso fühlte es sich an, als würde ich gleich einen Vortrag vor dem Vorstand in der Arbeit halten? Connor war nur der beste Freund meines kleinen Bruders. Ich kannte ihn schon seit Jahren, auch wenn er sich ziemlich verändert hatte.

»Reid?«

»Ja.« Ich holte mein Handy raus und machte die Notizen App auf. »Ich habe eine Liste erstellt mit allen Aktivitäten, die für mich typisch New York sind. Wie gesagt, für mich. Denn jeder New Yorker wird eine andere Top Ten haben und da kann es ziemliche Diskrepanzen geben. Und du kannst jeder dieser Optionen aus jeglichen Gründen ein Veto geben.«

»*Okaay.* Das klingt seltsam offiziell.«

Ich lachte. »Tut mir leid. ‚Veto‘ ist das Lieblingswort meiner Großmutter und ich befürchte, dass sich das auf mich abgewälzt hat.«

»Okay, cool. Ich akzeptiere die Geschäftsbedingungen.«

»Bist du dir sicher? Vielleicht habe ich da etwas im Kleingedruckten versteckt.«

»In dem Fall werde ich von meiner Veto-Macht Gebrauch machen. Außerdem vertraue ich dir.«

Das Glücksgefühl, das mich bei den drei Worten—*ich vertraue dir*—erfüllte, überraschte mich. Ich nickte und trank von meinem Glas Champagner. Wir nahmen uns beide eine Frühlingsrolle von einem vorbeikommenden Kellner und in meiner Aufregung schluckte ich sie zu schnell runter, weshalb ich anfing zu husten.

»Okay?«, fragte Connor und lehnte sich näher an mich heran.

»Jep! Kein Grund für Erste Hilfe.« Nach einem weiteren Schluck meines Drinks fügte ich hinzu: »Die haben keine feste Reihenfolge. Und wie gesagt, du kannst Veto einlegen.« Ich hatte mir die Liste nicht noch einmal angesehen, nachdem ich auswendig wusste, was draufstand, doch nun zweifelte ich an meiner Auswahl.

Connors Augenbrauen senkten sich etwas, als er einen ziemlich niedlichen, fragenden Gesichtsausdruck aufsetzte. »Ich bin mir sicher, dass sie mir alle gefallen.«

»Natürlich. Es ist eh nicht so wichtig.« Und Moment mal— *niedlich*? Vielleicht sollte ich meinen Champagner langsamer trinken. Mir war schon ganz schwummrig. »Nummer Eins—aber in keiner richtigen Reihenfolge.«

Er nickte ernst. »Verstanden.«

»Einen Underground Club oder eine Bar im Village besuchen. Ich habe da schon einen im Kopf.«

Seine Augen weiteten sich, was auch sehr niedlich war. »Oh! Das klingt cool. Da bin ich dabei.«

Das fing schonmal gut an, aber nun zögerte ich. In dem Moment warf ich einen Blick auf die Liste. Obwohl ich gesagt hatte, dass die Punkte keine bestimmte Reihenfolge hatten, wäre es am sinnvollsten die Optionen auf die optimalste Weise zu präsentieren.

»Uuuuund Nummer Zwei sind gebrannte Nüsse?«, fragte Connor.

»Ja, tut mir leid. Ich bin noch nicht ganz zufrieden mit der Liste. Wieso fangen wir mit den beiden Sachen nicht schonmal an und ich arbeite noch daran.«

Wenn ich jetzt darüber nachdachte, könnte es sowieso mehr Spaß machen, Connor mit den einzelnen Aktivitäten zu überraschen. Aufregung stieg in mir auf. Geschenke machten immer mehr Spaß, wenn man nicht wusste, was sich unter dem Baum versteckte. Nicht, dass in den letzten Jahren etwas für mich unter dem Baum gelegen hätte. Oder ich einen Baum gehabt hätte, wo wir schon dabei waren.

»Sicher.« Der fragende Gesichtsausdruck kam zurück und er war immer noch niedlich.

Was passierte mit mir?

»Könnten wir uns alle im Foyer für die feierliche Enthüllung versammeln?«, rief Morgan, während Kellner uns in den richtigen Raum begleiteten.

Obwohl das Foyer der Lawrences riesig war, war es durch die Gäste und einem zehn köpfigen Chor der in rot-goldenen Umhängen gekleidet war und sich um den Baum versammelt hatte, doch ziemlich voll. Die Lichter wurden gedämpft und wir ooh und aaah-ten alle wie auf Knopfdruck, als der Vorhang, der den Baum verschleierte, fallen gelassen wurde. Noch bevor die Lichter angeschaltet wurden, war er schon beeindruckend.

Der Sopran-geführte Chor fing an ‚Angels We Have Heard on High‘ zu singen, während Kinder die letzten feierlichen Baumkugeln aufhängten und dabei die breite, geschwungene Treppe benutzten, um die höheren Äste zu erreichen.

Als das Lied seinen Höhepunkt fand und die Sopranistin sich mit einem ‚Gloria‘ mit multiplen Silben, das mir Gänsehaut über den Körper jagte, ein gigantisches Trinkgeld verdiente, legte jemand einen versteckten Schalter um.

Obwohl ich wusste, dass es kommen würde—schließlich befanden wir uns alle in diesem Foyer um der Beleuchtung des Baumes zuzusehen—blinzelte ich überrascht, als die glitzernden, verschiedenfarbigen Lichter zum Leben erweckt wurden. Inklusive des goldenen Sterns an der Baumspitze. Der gesamte Baum schien zu glänzen, als wäre er irgendwie lebendig.

Wir klatschten und jubelten alle gleichzeitig. Ich lehnte mich runter und flüsterte Connor zu: »Sie haben sich in diesem Jahr wirklich selbst übertroffen.«

Zunächst antwortete er nicht und sein Blick war fest auf den Baum gerichtet. »Ich wünschte Seth könnte ihn sehen. Er liebt Weihnachten. Dürfen wir ein Foto machen?«

»Dürfen? Die Lawrences würden nichts mehr lieben, als dass ihr Baum einen Trend auf Social Media auslöst.«

Gewissenhaft fotografierte Connor den Baum aus verschiedenen Winkeln und fing dann an, eine Nachricht zu schreiben. Vermutlich an Seth.

»Du bist ein guter Sohn«, sagte ich.

Er schüttelte abweisend den Kopf, biss sich aber auf die Lippe, als würde er ein Lächeln unterdrücken. Ich wollte wirklich dieses Grübchen wieder sehen.

Die Feierlichkeiten fuhren fort und ich musste langweiligen Small Talk führen, auch, wenn ich viel lieber mehr über Connors Medizinstudium erfahren hätte. Allerdings hatte er, als ich ihn danach gefragt hatte, zögerlich geantwortet, dass es ‚langweilig‘ sei. Nachdem ich meinen Pflichten nachgegangen war und mich bei allen angebiedert hatte, die ich hoch auf Großmutters Prioritätenliste vermutete, schaffte ich es, Connor in einen der Gänge die vom Foyer abgingen, zu führen.

»Bist du bereit zu gehen?«, fragte ich leise.

»Wenn du es bist?«

»Definitiv. Lass uns unsere Jacken holen und abhauen.«

»Entschuldigt die Unterbrechung«, sagte Morgan, als er auf uns zukam.

»Tust du nicht!«, riefen Connor und ich beide perfekt gleichzeitig und voller Schuldgefühle.

Lachend fragte ich: »Was kann ich für dich tun?«

»Meine Mutter hätte gerne ein Gruppenfoto neben dem Baum. Du auch, Connor.«

»Das ist schon okay«, sagte Connor schnell. »Ich bin überhaupt nicht photogen.«

»Was? Das stimmt überhaupt nicht«, widersprach ich ihm. Eventuell hatte ich in der letzten Woche ein oder zwei Mal Zeit auf seinem Instagram Account verbracht und er hatte ein paar wirklich schöne Fotos hochgeladen. Ein paar Selfies mit seinen Freunden aus dem Studium und ein paar mit Asher, die sie über die Jahre aufgenommen hatten. Es war faszinierend seine Entwicklung von der Zeit in Rencliffe bis zur Gegenwart, in der er ein richtiger Mann war, nachzuvollziehen.

Es gab ein Foto von Connor, in dem er in seiner Lederjacke auf seinem Motorrad saß, was mir das Ganze gleich viel schmackhafter machte. Zwar glaubte ich immer noch, dass es zu riskant war, doch er sah auf dem Foto so zufrieden aus und als hätte er alles im Griff.

Connor winkte uns nach. »Wir sehen uns danach.«

Ich folgte Morgan, der über Silvesterpläne sprach und warf einen Blick auf Connor, der auf sein Handy eintippte. Seine Hose hing an seinen langen, schlanken Schenkeln und ich stellte mir vor, hinter ihm auf seinem Motorrad zu sitzen. Meine Beine, wie sie seine Hüften umschlangen…

Dann schien der Boden irgendwie zu verschwinden und es gab nichts, was ich tun konnte, um die Erdanziehungskraft zu bezwingen, als ich anfing zu fallen.

Kapitel Sechs

Connor

ALS ETWAS SCHWERES auf den Boden knallte und Glas zerbrach, hoben sich einige Stimmen alarmiert. Sofort drehte ich mich um und fand Reid… nicht mehr vor. Aber Morgan Lawrence und seine Frau, Louise, sowie ein paar andere Leute starrten mit weit aufgerissenen Augen nach unten. Sofort raste ich zu den drei kleinen Stufen, die ins Foyer führten.

Reid lag am Fuße der Treppe auf seiner linken Seite und lachte angespannt.

»Wer hat denn die Stufen da hin?«

»Oh mein Gott, ist alles in Ordnung?«, rief Morgan, schien aber immer noch wie versteinert, als er auf Reid hinunterblickte.

Sofort ging ich neben Reid in die Hocke, bevor irgendjemand anders sich überhaupt bewegte. »Schon okay«, sagte ich und versuchte die Selbstsicherheit in meine medizinische Fachausbildung auszustrahlen, die unser Professor uns als essenziell eingebläut hatte. Fake it until you make it. »Bleib ganz ruhig, okay?«

»Mir geht's gut!« Reid setzte sich mithilfe seiner linken Hand auf und verzog das Gesicht.

»Ich rufe einen Krankenwagen«, verkündete Louise.

»Nein!« Reid versuchte aufzustehen, aber ich legte ihm meine Hand auf die Schulter, um ihn in einer sitzenden Position zu behalten. Wenn er sich den Kopf gestoßen hatte, wollte ich nicht, dass er aufstand und ohnmächtig wurde.

»Ich bin nur gestolpert«, versicherte Reid den Umstehenden. Seine Wangen waren gerötet und sein Blick wanderte über die sich bildende Menschenmenge um ihn herum. »Ich bin einfach nur tollpatschig, das ist alles. Danke für die Besorgnis.«

Um mir ein Bild über all seine Verletzungen zu machen, griff ich sanft nach seiner rechten Hand, in der er das mittlerweile zerbrochene Weinglas gehalten hatte. Er hatte sich definitiv geschnitten und Louise reichte mir eine Stoffserviette, die ich schnell auf Reids Handfläche drückte, nachdem ich mich versichert hatte, dass keine Glassplitter mehr in seiner Haut steckten.

»Ich stehe auf«, zischte er mir zu.

Mir war bewusst, dass ihm das alles wahnsinnig peinlich sein musste, obwohl er natürlich keinen Grund dafür hatte. Seine dunkelbraunen Augen sahen mich flehend an und ich gab nach. Allerdings hielt ich seinen rechten Arm fest, während er sich aufrichtete.

»Mein Freund ist Arzt«, sagte er laut. »Er wird sich gut um mich kümmern. Vielen Dank für die Sorge.«

Morgen und Louise führten uns in ein kleines Badezimmer und holten einen Erste Hilfe Kasten unter der Spüle hervor, bevor Reid sie mit einem Lächeln wegschickte und die Tür hinter ihnen schloss.

»*Fuck*.« Er lehnte sich gegen die Tür. »Hoffentlich hat das keiner gefilmt.«

Nur für den Fall, dass ihm plötzlich schwindelig wurde, blieb ich dicht neben ihm. »Mach dir keine Sorgen. Jeder fällt mal und so.«

Er stöhnte auf und schloss die Augen. Sein Gesicht war rot und in dem hellen Licht des Badezimmers konnte ich den ganz leichten Bartschatten an seinem Kinn und seinen Wangen erkennen. Und auf seinem Hals, wenn ich noch etwas näher kam…

Stopp. Weitere Untersuchung des Patienten. Beurteilung der Verletzungen, nicht des Barts. Oder des Adamsapfels. Oder der Halsgrube.

»Ich kann nicht fassen, dass das gerade passiert ist«, murmelte er mit immer noch geschlossenen Augen.

»Was ist passiert? Hast du auf dein Handy geschaut oder sowas?«

Er öffnete die Augen und ließ sofort den Blick auf die weißen Fliesen fallen. »Jep. Hab nicht aufgepasst, wo ich hingegangen bin.«

»Passiert uns allen mal. Jetzt schau mich an.«

Genau das tat er.

Verdammt, wir waren uns wirklich verdammt nahe in diesem winzigen Badezimmer. Eines von diesen… Wie nannten Leute das? Schminkzimmer? Gästebad? »Ähm…« Weitere Untersuchung des Patienten! »Ist dir schwindelig?«

»Nein, nur vor Scham.«

»Hast du dir den Kopf gestoßen?«

»Nein.« Sein Mund verzog sich. »Da bin ich mir sicher.«

»Du klingst nicht sicher.«

»Nein. Ich bin mir sicher. Ich habe mir den Kopf nicht gestoßen.«

»Lass mich mal sehen.«

Vorsichtig nahm ich sein Gesicht zwischen meine Hände und fuhr mit meinen Fingerspitzen über die Kurven seines Kopfes. In meinen Gedanken benannte ich jeden einzelnen Knochen, um mich auf meine Arbeit zu konzentrieren und nicht auf die Weichheit seines dichten Haares. Ansonsten würde ich innerhalb von Sekunden peinlich steif werden.

»Ich spüre keine Schwellung«, murmelte ich.

Zumindest nicht auf Reids Kopf.

»Ich sag dir doch, dass ich mir den Kopf nicht gestoßen hab.«

Sein Atem war warm auf meinem Gesicht.

»Okay.« Uff, meine Stimme klang ganz flatterhaft. Ich ließ meine Hände wieder fallen.

»Trotzdem folgen wir dem Gehirnerschütterungsprotokoll.«

Reid stöhnte auf und der Klang davon half meinem Vorhaben professionell zu bleiben ganz und gar nicht. »Mir geht's gut! Abgesehen davon, dass mein Stolz leicht angekratzt ist und ich mir die Hand verletzt habe. Das war's.« Er versuchte sich von der Tür abzustoßen, aber ich ließ ihn nicht.

Was bedeutete, dass wir uns so nah waren, dass wir uns fast küssten.

Irgendwie schaffte ich es, zu sprechen. »Wenn du dir den Kopf nicht gestoßen hast, dann ist der Test für dich kein Problem.«

»Komm schon. Ich sollte wieder rausgehen. Kannst du ein Pflaster auf meine Hand kleben?«

»Muss ich wirklich da raus und fragen ob jemand *doch* ein Video davon gemacht hat?«

Reid seufzte. »Ich geb auf.«

Wir waren uns *so nah*. Sein Körper schien zunehmend Hitze auszustrahlen.

»Wolltest du nicht etwas tun?«, fragte er und sein Blick senkte sich. Diesmal nicht auf den Boden, aber ich könnte schwören, dass er auf meinem Mund landete.

Hatte *ich* mir den Kopf gestoßen? Es gab keinen Grund, wieso Reid Cabot meinen Mund anstarren sollte, als würde er ihn küssen wollen.

Auf keinen Fall.

»Welcher Tag ist heute?«, platzte es aus mir heraus.

»Freitag.«

Ich nickte. »Datum?« Ich konnte es schaffen. Medizinisch. Professionell.

Reid nannte mir das volle Datum und fügte hinzu: »Das neue Millennium.«

»Ich sage jetzt ein paar Wörter und ich möchte, dass du sie dir merkst und sie mir dann nochmal aufsagst. Okay?«

Reid legte einen Finger an seine Schläfe. »Soll ich deine Gedanken lesen?«

Da musste ich lachen. »Diesmal nicht. Okay, es geht los.«

»Okay, es geht los«, wiederholte Reid.

»Noch nicht.«

»Noch nicht«, sagte er.

»Du gibst gerade ziemliche älterer Bruder Energie ab.« Irgendwie war das immer noch sexy, auch wenn das jetzt nicht der Moment war darüber nachzudenken. Er war der Patient und ich war der eigentlich-noch-kein-richtiger-Arzt. »Ich fange jetzt an.« Als Reid seinen Mund öffnete, presste ich einen Finger auf seine Lippen.

Ein leichter Hauch warmer Luft traf meinen Finger, als wir uns in die Augen sahen. Mein Mund trocknete aus. Wie viele Fantasien hatte ich über die Jahre gehabt, dass Reid und ich uns mal so nah sein würden?

Fantasien darüber, dass Reid auf mich herunterblickte, mit seinen Augen dunkel und intensiv…

Oh Mann, vielleicht weiteten sich seine Pupillen nur aufgrund der Gehirnerschütterung. Welche ich ausschließen sollte!

Ich ließ meine Hand fallen und diktierte etwas zu laut: »Katze. Pferd. Weide. Bus. Cafeteria.«

Reids Lippen zuckten. »Sind die Katze und das Pferd befreundet? Sind sie mit dem Bus in die Cafeteria gefahren oder sitzen sie immer noch auf der Weide?«

Ich musste wieder lachen, obwohl ich versuchte, ihm einen ernsten, bestimmenden Blick zuzuwerfen. »Du bist ein schrecklicher Patient.«

»Ja, Herr Doktor. Tut mir leid.«

Ich atmete einmal tief durch. »Kannst du dich an die Worte erinnern?«

»Katze. Pferd. Weide. Bus. Cafeteria.« Reids Stimme war ruhig und selbstbewusst.

»Sehr gut.«

»Danke, Herr Doktor.«

Die Lust funkelte nicht auf, sie wurde entfacht.

Das ist nicht echt. Er macht nur einen Scherz. Nicht. Echt.

»Noch etwas?«, fragte Reid und hatte seinen Blick fest auf mich gerichtet.

Wir waren nur ein paar Zentimeter voneinander entfernt und ich wollte mich in die Hitze seines Körpers lehnen… Oh Mann, Reid könnte trotzdem noch eine Gehirnerschütterung haben und ich verhielt mich gerade unfassbar unprofessionell. Zwar war ich noch kein Arzt, aber ich musste mich bereits so verhalten.

»Bitte sag die zwölf Monate rückwärts auf.«

»Ohh. Eine Challenge. Dezember.« Er machte eine Pause. »Rebmezed.«

Es war schon schwer genug, sich zu konzentrieren und es dauerte peinlich lange, bis ich verstand, was er getan hatte. »Sehr gut. Du kannst einfach nur die Monate von Dezember bis Januar aufsagen.«

»Wo liegt denn da die Challenge?«

Als Reid jeden Monat selbst rückwärts aufgesagt hatte und mit »Raunaj«, endete, lachten wir bereits beide.

Ich sagte: »Herzlichen Glückwunsch. Du hast das standardisierte Gehirnerschütterungsprotokoll bestanden.«

Er verbeugte sich kurz. »Danke, Herr Doktor.«

Mein Puls flatterte und ich sah mich um, um zu überlegen, was ich als nächstes sagen sollte. Ich landete auf: »Hand!« Ich räusperte mich. »Ähm, lass mich mal deine Hand sehen.«

Vorsichtig bugsierte ich ihn durch den Raum, bis er auf dem geschlossenen Toilettendeckel saß. Dann drehte und wendete ich seine Hand in dem Spiegellicht. In dem winzigen Raum musste ich mich um sein Bein herum stellen, sodass sein Knie zwischen meinen lag. Mit einer Pinzette aus dem Erste Hilfe Kasten ging ich sicher, dass ich keine Glassplitter übersehen hatte, bevor ich die zwei kleinen Schnitte auf Reids Handfläche desinfizierte.

»Aua.«

Lachend klebte ich ein großes Pflaster drüber und presste es auf seine Haut. »Fertig.«

»Gibst du etwa keinen heilenden Kuss drauf?«

Bäm.

Mein Herz und mein Schwanz erwachten zum Leben, als ich Reids dunklen Blick traf. Er hatte nur einen Scherz gemacht. *Natürlich* hatte er nur einen Scherz gemacht. Ein vorsichtiges Lächeln lag auf seinen vollen Lippen und das sollte jetzt der Moment sein, in dem ich lachte und auch einen Scherz machte oder *irgendetwas* tat, außer ihn nur anzustarren, während mein ganzes Blut in Richtung Süden unterwegs war.

Reids Lächeln verschwand. Wir starrten einander an, während ich seine verletzte Hand immer noch sanft in meiner hielt. Ich konnte nicht atmen. Ich könnte sofort auf seinem Schoß sitzen und—

»Ist alles in Ordnung?«, fragte Morgan durch die Tür, als er laut klopfte.

Sofort sprang ich zurück und fiel fast um. Nur wegen der Wand hinter mir schaffte ich es, aufrecht stehen zu bleiben. »Jap!«, rief ich und öffnete die Tür.

Wir verließen die Veranstaltung, nachdem wir den Gastgebern versichert hatten, dass Reid keinen Krankenwagen brauchte und meine Gedanken rasten, als das Auto, das Reid gebucht hatte, durch den Park auf die West Side fuhr. Reid stöhnte auf und sofort lag meine Aufmerksamkeit auf ihm.

»Kopfschmerzen?«, fragte ich.

»Jap.« Er presste sich Daumen und Zeigefinger auf die Nasenbrücke. »Ich kann nicht glauben, dass mir das passiert ist. Großmutter wird nicht glücklich sein.«

»Wann haben die Kopfschmerzen angefangen?«

Er stöhnte erneut. »Ich habe den Gehirnerschütterungstest bestanden! Das ist nur ein Anbiederungs-Kopfschmerz. Es ist anstrengend, über einen längeren Zeitraum hinweg und so vielen Menschen die beste Version von mir zu zeigen. Mir geht es gut. Außer du möchtest bei mir übernachten und mich jede Stunde aufwecken um mich zu fragen, wer der Präsident ist.«

»Das ist nicht nötig.«

»Stimmt, weil ich mir den Kopf nicht gestoßen habe. Ich habe keine Gehirnerschütterung. Gut, dass du mir zustimmst.«

»Nein, weil das widerlegt wurde. Es gibt in den meisten Fällen keinen Grund dafür, eine Person mit einer Gehirnerschütterung nicht schlafen zu lassen. Sie brauchen sogar Schlaf. Wenn du dich unterhalten kannst, problemlos laufen und deine Pupillen nicht vergrößert sind, sollst du sogar schlafen.«

»Großartig. Dann kann ich ja ins Bett gehen und versuchen das hier zu vergessen.«

»Lass mich nochmal deine Pupillen anschauen.«

»Ist es dafür nicht etwas dunkel?« Er lachte. »Okay, wieso übernachtest du heute nicht bei mir? Du kannst dir meine Pupillen ansehen und mich ins Bett bringen. Also, wenn du dir sonst Sorgen machen würdest.«

»Okay, ja, gute Idee.« Was sagte ich da? Das wäre die reinste Folter!

»Ich habe ein Gästezimmer. Alles sehr anständig. Nicht, dass du denkst, ich würde…« Er wedelte mit seiner linken Hand in der Luft herum.

»Natürlich nicht.«

Wir lachten beide seltsam berührt. Denn während ich immer gedacht hatte, dass Reid entspannt und gehoben und cool wäre, hatte sich herausgestellt, dass er wie ich, etwas seltsam war. Naja, ich war ziemlich seltsam, aber trotzdem.

Reid wohnte in einem dieser wahnsinnig tollen Gebäude, die

noch aus der Vorkriegszeit stammten, auf der Upper West Side. Der Türwächter ließ uns rein und es gab außerdem einen Concierge. Fast erwartete ich einen Typen im Lift, der den Knopf für uns drückte, doch das konnte Reid ganz alleine.

Der tapezierte Flur war hell, allerdings war das Licht golden und die Beleuchtungskörper schimmerten. Reids Eingangstür führte in ein kleines Foyer mit einem Schrank. Als ich meine Abendschuhe auszog, bestaunte ich die riesigen Fenster im Wohnzimmer. Das Licht der Stadt fiel in einem warmen Schein herein.

»Wow! Die Wohnung ist wundervoll«, sagte ich. Reids Stil schien etwas monoton zu sein, aber der Raum an sich war unfassbar. Ich konnte mir überhaupt nicht vorstellen, wie viel es kostete, hier zu wohnen.

»Danke.« Reid schien unangenehm berührt, als er auf die Türen auf jeweils einer Seite des Wohnzimmers deutete. Im Wohnzimmer selbst befanden sich ein Ledersessel, ein riesiger Fernseher, der an der Wand festgemacht worden war, und ein voller Esstisch mit Stühlen, die runde Ecken hatten. »Mein Schlafzimmer ist auf der Seite. Das Gästezimmer ist neben der Küche.«

»Cool. Hast du noch keinen Weihnachtsbaum?«

Reid schien wie vor den Kopf gestoßen. Es war zugegebenermaßen eine dumme Frage, nachdem es offensichtlich keinen Weihnachtsbaum gab. Ich konnte mir genau vorstellen, wo der hinkommen würde. Direkt neben den Esstisch am Fenster. Seth hätte den größten Spaß, hier drin zu dekorieren.

»Ich hatte noch nie einen.«

»Als Kind aber schon, stimmt's?« Asher und ich hatten nie die Feiertage miteinander verbracht und jetzt, wo ich darüber nachdachte, fiel mir auf, dass er nie viel über Familientraditionen erzählt hatte.

»Sicher.« Reid zuckte mit den Schultern und machte eine

Lampe an. »Als ich jung war. Als ich in die High School gekommen bin, haben wir das nicht mehr gemacht. Wir hatten auch nie den Weihnachtsmorgen mit Geschenken unter dem Baum. Dafür waren wir immer viel zu beschäftigt gewesen mit verschiedenen Veranstaltungen. Großmutters Wohltätigkeits-Frühstück zum Beispiel«

»Oh.« Das klang furchtbar. »Du findest es bestimmt albern, dass meine Väter immer noch einen Baum aufstellen, obwohl ich kein Kind mehr bin.«

»Natürlich nicht. Ich bin mir sicher, dass Weihnachten bei deiner Familie sehr…gemütlich ist. Lass mich dir das Gästezimmer zeigen. Oh, du brauchst außerdem Pyjamas.«

»Das passt schon, ich kann in meiner Unterwäsche schlafen.«

Reid nickte und räusperte sich, brachte mir aber trotzdem ein Knicks T-Shirt, nachdem er mir das braun-beige Gästezimmer gezeigt hatte. Es hatte ein eigenes Badezimmer, in dem es einige Pakete mit neuen Zahnbürsten und allem anderen gab, was ich sonst so brauchen könnte.

Für eine Weile sahen wir fern und Reid schaltete um, bevor er auf einem Sender landete, auf dem *Die Geister, die ich rief* lief.

Wir sahen uns den restlichen Film mit Werbeunterbrechungen an, obwohl wir ihn bestimmt auf einem der Streaming Services hätten finden können.

»Was machen die Kopfschmerzen?«, fragte ich, als der Abspann lief. Ich hatte ihn regelmäßig beobachtet und er schien einen guten Eindruck zu machen. Er hatte sich neben mir auf der Couch entspannt und wir hatten noch etwas Wein getrunken.

Reid lächelte. »Viel besser. Danke, Herr Doktor.«

Scheiße, so wie er das sagte, wurde mir am ganzen Körper heiß. »Lass mich nochmal deine Augen sehen«, sagte ich in einer seltsam rauen Stimme.

Reid schluckte den Rotwein in seinem Mund runter und seine Lippen waren für einen Moment ganz rot. Er nickte.

Nachdem Reid die Füße auf dem Lederhocker abgelegt hatte, der gleichzeitig als eine Art Kaffeetisch fungierte, konnte ich mich nicht vor ihn hinstellen. Stattdessen kniete ich mich einfach neben ihn auf die Couch, mit den Füßen unter meinem Körper. Ich lehnte mich zu ihm und beobachtete seine Pupillen.

Seine Wimpern waren dicht und es saß eine genau unter seinem Auge. Vorsichtig wischte ich darüber und hielt sie auf meiner Fingerspitze hoch, so wie meine Mum es vor Jahren getan hatte. »Deine Pupillen sehen gut aus. Du darfst dir etwas wünschen.«

»Etwas wünschen«, wiederholte Reid und seine Augen trafen meine.

Uff, er hielt mich bestimmt für ein dummes Kind. »Naja, du hast offenbar schon alles, was du willst.« Gerade wollte ich mich bewegen, doch er hielt mich am Handgelenk fest.

»Ich krieg meinen Wunsch trotzdem.«

Reid schloss die Augen und ich war wie versteinert. Seine Finger warm auf meiner Haut. Dann öffnete er seine Augen wieder und blies einen Hauch Luft über meinen Finger, um die Wimper wegzupusten.

»Naja, du wirst mir nicht sagen können, was du dir gewünscht hast, sonst—sonst geht dein Wunsch nicht in Erfüllung«, stammelte ich. Oh Gott, er war so schön. Wie viele Male hatte ich davon taggeträumt, Reid Cabot so nah zu sein und hier war ich nun…

»Das sind die Regeln, Herr Doktor.«

»Jep!« Ich machte einen Satz zurück und purzelte fast von der Couch, als ich mich hinstellte. »Wir sollten ins Bett gehen«, sagte ich.

Und ich sagte das laut.

Fast könnte ich schwören, dass Reids Augen sich verdunkelten. Seine Lippen öffneten sich leicht, während sein Blick über meinen Körper wanderte.

Whoa. Nein. Offensichtlich bildet ich mir das nur ein. Auf

keinen Fall würde Reid je auf mich stehen. Er dachte, ich sei hetero und ich war ein seltsamer Junge, den er schon seit Jahren kannte. Auf gar keinen Fall.

Hastig deutete ich auf das Gästezimmer. »Nacht! Wenn dir schlecht wird, weck mich auf, okay?«

»Das werde ich.« Seine vollen Lippen zogen sich nach oben. »Danke nochmal, Herr Doktor.«

Ich flüchtete, ohne an Ort und Stelle zu kommen, also hielt ich das für einen Erfolg.

Ungefähr um fünf Uhr, während ich geistesabwesend durch verschiedene Apps scrollte, nachdem ich kaum geschlafen hatte, vibrierte mein Handy. Überrascht blinzelte ich Logans Namen an und tippte auf den Bildschirm.

»Hallo?«, flüsterte ich und warf die Decke in dem sehr weichen, sehr bequemen Bett im Gästezimmer von mir. »Was ist los?«, ich presste meine Zehen in den dicken Teppich.

»Nichts. Wieso zum Teufel bist du wach? Sag mir nicht—du hast noch gar nicht geschlafen, oder?«

Er hatte nicht ganz unrecht, nachdem ich zu nervös gewesen war, um mich zu entspannen, aber ich antwortete: »Bin früh wach zum Lernen.«

»Was auch immer dir Spaß macht. Ich wollte nur eine Nachricht hinterlassen.«

Ich verdrehte die Augen. »Du weißt, dass du mir auch einfach eine SMS schreiben kannst?«

Ein Motor fing an zu brummen und ich ging davon aus, dass Logan gerade seinen Truck anschmiss. »Und du weißt, dass ich das hasse. Seit wann stehst du denn früh auf? Normalerweise kriegt man dich doch vor Mittag nicht wach«, sagte er.

»Vielleicht werde ich erwachsen. Übrigens hatte ich das ganze

Semester über Unterricht ganz in der Früh.«

»Ehrlich? Hm, dann wirst du wohl erwachsen. Hattest du schon Klausuren?«

»Eine. Die habe ich vermutlich versaut.«

Logan lachte laut. »Das sagst du immer und dann hast du doch eine gute Note.«

Ich fing an, auf dem flauschigen Teppich hin und her zu laufen. »Keine Ahnung. Ich bin längst nicht mehr der Klügste im Raum. Das war ich schon in Harvard nicht.«

»Du bist trotzdem noch verdammt intelligent. Verkauf dich nicht selbst unter Wert.«

Der eindringliche Ton in Logans Stimme brachte mich zum Lächeln. »Ja, okay. Geht's Seth gut?«

»Alles in Ordnung. Er geht bald seinen Weihnachtseinkauf erledigen, also musst du ihm deine Liste so bald wie möglich schicken, wenn du etwas möchtest. Deshalb hab ich angerufen.«

Ein Teil von mir dachte sich, dass ich ihm sagen sollte, dass ich mittlerweile zu alt dafür war, aber ich sagte lediglich: »Okay. Wo fährst du hin?«

»Wir arbeiten gerade Samstags, damit wir einen Auftrag noch vor Weihnachten fertig stellen können. Wieso bist du so still?« Er hielt inne. »Ist jemand bei dir?«

Mein Herz machte einen Satz, als ich mir vorstellte, wie Reid schlief. Auf seinem Rücken oder schlief er lieber auf der Seite oder auf dem Bauch? Vielleicht waren seine Lippen geteilt und sein Brusthaar blitzte durch den tiefen Ausschnitt seines Tanktops…

»Nein!«, protestierte ich viel zu intensiv mit einem gezwungenen Lachen. »Also ja, Olivia. Ich will sie nicht aufwecken.«

»Okay.« Klang er etwa enttäuscht? Bevor ich darüber nachdenken konnte, fügte er hinzu: »Oh, das hätte ich jetzt fast vergessen. Wenn du und Olivia nächstes Wochenende nichts vor habt, seid ihr zu Will und Michaels Weihnachtsfeier eingeladen. Michael lässt heimlich Wills Eltern aus Schottland einfliegen und wir dekorieren den Baum oder sowas.«

»Cool. Seth wird das gefallen.«

Logans Stimme nahm einen sanften Klang an und ich konnte mir das dämliche Grinsen auf seinem Gesicht vorstellen, als er sagte: »Jep.«

»Und, warte mal. Sie haben mich und…Olivia eingeladen?« Ich schnaubte. »Ihr wisst, dass wir nur Freunde sind, stimmt's? Oh Mann, ihr seid ja schlimmer als Angela.«

»Nee, das ist es nicht. Will und Michael sind vor ein paar Jahren zu Weihnachten mit Angela und ihrer Familie nach Australien geflogen, erinnerst du dich? Sie haben dort Zeit mit Olivia verbracht. Bestimmt habt ihr beide besseres zu tun, aber falls du übers Wochenende heim kommen möchtest und mit ein paar lahmarschigen Erwachsenen abhängen, bist du eingeladen.«

»Äh, ich glaube, wir lehnen dankend ab.«

Er lachte. »Kann ich dir nicht verübeln. Du bist aber ab dem Wochenende vor Weihnachten zu Hause, oder? Mindestens für eine Woche?«

»*Ja*, aber ich komme an Silvester wieder zurück.«

»Um dir den Apple Drop anzusehen?«

»Richtige New Yorker gehen an Silvester nicht zum Times Square. Das ist nur etwas für Touristen.«

»Na sowas. Bist du jetzt ein richtiger New Yorker?«

»Das wird sich noch rausstellen.« Ich grinste, als ich an Reids Liste dachte. »Da steht ein Test an.«

»Hä?«

»Nichts, es ist nur ein dummer Witz.«

»Na gut. Dann lern mal weiter für deine richtigen Klausuren. Die meisterst du mit links.«

Ich zuckte mit den Schultern, obwohl er mich nicht sehen konnte. »Danke.«

»Hey, noch eine Sache. Hast du, äh, etwas von Mike gehört?«

Mein Magen drehte sich um und Furcht überkam mich plötzlich. Fast wollte ich fragen »*Wer?*«, aber Michael von Will und Michael benutzte immer seinen vollen Namen.

Es gab nur einen Mike, über den wir uns unterhielten und das hatten wir schon eine lange, lange Zeit nicht mehr. Und ‚unterhielten‘ war auch eine Übertreibung.

Meine Lungen zogen sich zusammen und ich schaffte es: »Nein. Wieso?«, herauszubekommen. Das war nicht unbedingt eine Lüge.

»Jemand aus Florida hat für dich angerufen und es war irgendwie seltsam. Der Mann in der Leitung hat einen anderen Namen genannt, aber ich glaube, dass es Mike war. Wohnt er noch dort unten?«

»Keine Ahnung, kann sein.« Bevor ich mich aufhalten konnte, zischte ich: »Wieso? Was interessiert es dich?«

»Tut es nicht.« Er atmete tief ein und ich konnte mir vorstellen, wie Seths imaginäre Stimme in Logans Kopf ihn bat, nicht wütend zu werden.

»Okay. Egal.« Oh Mann, wieso benahm ich mich, als wäre wieder dreizehn. Logan hasste meinen Vater und das mit gutem Grund.

Wieso konnte ich das nicht?

Ich zwang mich dazu, tief einzuatmen. »Tut mir leid.«

»Schon okay. Ich bin froh, dass du keinen Kontakt zu ihm hast. Ich weiß, das sollte ich nicht sagen.«

Ich musste lachen. »Passt schon. Ich muss lernen. Bis später.«

Säure stieg mir in den Hals und ich stahl mich in die Küche um ein Glas Wasser zu trinken und mich mit dem Inhalt in Reids Kühlschrank vertraut zu machen. Hm. Er hatte tatsächlich Gemüse und rohes Fleisch, als hätte er vor zu kochen. Irgendwie war ich davon ausgegangen, dass er sich nur Essen bestellte, so wie Asher, Olivia und ich. So wie die meisten Menschen, die ich kannte.

Ich öffnete jeden einzelnen Küchenschrank und öffnete damit

natürlich erstmal den Aufbewahrungsort jedes Tellers, Schüssel, Glas und Tasse, bevor ich das Essen fand. Ich hätte merken sollen, dass der längliche Schrank die Speisekammer war, aber zu meiner Verteidigung, alles in dieser Küche inklusive des Kühlschranks hatte ein identisches Aussehen. Es war unmöglich irgendetwas zu erkennen.

Die Tatsache, dass Reid eine Packung Goldfish Cracker hatte, zauberte ein Lächeln auf mein Gesicht, und ich hoffte, es würde ihm nichts ausmachen, wenn ich mir ein paar davon stibitzte. Ich wanderte barfuß zu dem Fenster und stellte fest, dass der Holzboden eine Heizung integriert hatte. Von hier aus konnte ich die Baumspitzen im Central Park sehen, der sich nur ein paar Straßen weiter befand. Lichter erstrahlten aus einigen anderen Häusern aus der Vorkriegszeit, unter anderem eines, das noch tatsächliche Gargoyles auf dem Dach hatte.

Die Tage im Dezember waren so kurz. Die Sonne würde sich erst in zwei Stunden blicken lassen. Vermutlich sollte ich zurück ins Bett gehen und versuchen zu schlafen, doch ich blieb an dem breiten Fenster stehen, setzte mich seitlich auf das Fensterbrett, mampfte käsige Goldfische und sah einer Frau dabei zu, wie sie ihren gigantischen Hund Gassi führte.

Die Stadt war gerade so friedlich. Ich war mir nicht sicher, ob ich jemals schon so früh wach gewesen war und es einfach genießen konnte, ohne dass ich sofort duschen gehen musste, um das Haus zu verlassen.

Normalerweise rollte ich gerade rechtzeitig aus dem Bett, damit ich es zu meiner ersten Vorlesung des Tages schaffte. In den ersten Semestern hatte ich die frühen Vorlesungen ab und zu verschlafen, doch das war jetzt anders.

Für einen Moment dachte ich, etwas aus der Richtung von Reids Schlafzimmer gehört zu haben. Ich verhielt mich sehr still und lauschte, doch da war nichts. Die Versuchung nochmal nach ihm zu sehen war groß, doch das wäre zu aufdringlich. Ich erinnerte mich selbst daran, dass er das Gehirnerschütterungsprotokoll bestanden hatte und nun seinen Schlaf brauchte.

»Genauso wie du«, murmelte ich zu mir selbst, blieb aber auf dem Fensterbrett sitzen. Wenn Reid mich brauchte, war ich zumindest nicht so weit weg.

Kapitel Sieben
Reid

ICH HATTE VIELLEICHT keine Gehirnerschütterung—tatsächlich hatte ich meinen Kopf wirklich nicht gestoßen, also hatte ich definitiv keine—aber die Blamage allein reichte aus, um meine Kopfschmerzen anhalten zu lassen.

Es war schon schlimm genug, dass so viele Bekannte mein *platsch* mitbekommen hatten. Was mir aber den Schlaf raubte, war, dass Connor anwesend gewesen war. Immerhin hatte er mich nicht stürzen sehen. Das wusste ich, nachdem ich ihn beobachtet hatte, anstelle darauf zu achten, wo ich hinlief.

Er war an meiner Seite gewesen, bevor ich überhaupt richtig mitbekommen hatte, was passiert war. So selbstbewusst und kompetent—er würde wirklich einen großartigen Arzt abgeben. Es war beruhigend zu wissen, dass er sich im Gästezimmer auf der anderen Seite der Wohnung befand.

Oh Mann, das machte überhaupt keinen Sinn. Ich hatte nur ein paar Kratzer. Es war nicht nötig, einen Arzt—oder einen Medizinstudenten—damit zu belästigen. Es gab keinen Grund dafür, wieso Connors Anwesenheit beruhigend auf mich wirkte.

Es gab keinen Grund dafür, wieso ich mich darauf freute, ihm Frühstück zu machen oder ihn zu fragen, inwiefern sich das Gehirnerschütterungsprotokoll verändert hatte. Nicht, weil ich eine hatte, sondern weil ich es genoss, ihm zuzuhören.

Es war noch früh, aber nachdem ich schon vor fünf aufgewacht war, weigerte sich mein Hirn, wieder Ruhe zu geben. Die Decke fühlte sich zu heiß an, also trampelte ich sie mir vom Leib und wanderte nackt zum Fenster rüber, um es leicht zu öffnen und durch die Jalousien zu blinzeln.

In dem Gebäude gegenüber waren die meisten Fenster dunkel. Andere hatten den leichten blauen Schein eines laufenden Fernsehers. Wiederum andere hatten offene Vorhänge und das Licht an. Ich lächelte, als ich den alten Mann im zehnten Stock sah, der an seinem Küchentisch saß und vermutlich sein tägliches Kreuzworträtsel löste.

So verlockend es auch war, wenn ich nicht schlafen konnte und in der Dunkelheit am Fenster stand, ich hatte mich geweigert, der gruselige Nachbar zu sein, und mir ein Fernglas zu kaufen.

Konnte mich jemand sehen? Ich glaubte nicht, nachdem mein Licht aus war, aber vielleicht beobachtete mich einer meiner Nachbarn und fragte sich, wieso dieser nackte Kerl nicht besser schlief.

Bestimmt stahl ich mich wieder unter die Decke. Ein Stündchen würde ich noch schlafen, bevor ich aufstand und Connor Frühstück machte. Hatte ich Bacon im Haus? Natürlich könnte ich immer noch kurz zum Bodega laufen, wenn nicht.

Oh! Das war noch ein weiterer Punkt für meine Liste: Sich mit einer Bodega Katze anfreunden. Die Katze in dem Laden, den ich üblicherweise besuchte, hieß Bran Muffin und ich durfte sie immer streicheln.

Ich drehte mich auf meine andere Seite. Dann zurück. Auf meinen Bauch und zog ein Bein an.

»Oh, was zum…«

Mit herkulischer Kraft weigerte ich mich, nach meinem Handy zu greifen, um nach der Uhrzeit zu sehen. Denn wenn ich irgendwelche Benachrichtigungen hätte, würde ich sie öffnen. Selbst wenn nicht, würde ich durch mein Instagram scrollen, bevor man sagen konnte: *Blaulicht hilft bei Schlaflosigkeit nicht sonderlich.*

Als ich mich auf den Rücken fallen ließ, seufzte ich laut. Addison hatte recht gehabt, ich musste dringend jemanden finden mit dem ich Sex haben konnte. Ich musste den Stress abbauen. Aber offensichtlich konnte ich keinen One Night Stand einladen, solange Connor im Gästezimmer schlief.

Bilder von Connor und seinem Wangengrübchen erschienen in meinem Kopf. Sein überraschtes Lachen, wenn er sich mal nicht so verkrampfte. Seine ruhige, kompetente Besorgnis, als er seine Gehirnerschütterungstests mit mir gemacht hatte. Die Art und Weise, auf die er mich so intensiv angesehen hatte, seine braunen Augen den meinen so nah…

»Nichts davon ist echt«, wiederholte ich in der Stille meines Schlafzimmers.

Die niedliche Welle seines James Dean Haarschnitts, das rosa seiner Lippen, *dieser Hintern.*

»Fuck«, brachte ich hervor und griff nach meinem Schwanz.

Meinem komplett harten Schwanz.

Schnell holte ich das Gleitgel aus meinem Nachttisch. Meine Lippen presste ich fest aufeinander, um mein Stöhnen zu unterdrücken, während ich meine Knie leicht anzog und anfing, mir einen runterzuholen. Das Pflaster an meiner Handfläche machte die Reibung noch herrlicher, obwohl es sich schon leicht abschälte.

Ehrlich, ich versuchte, wenn auch nur kurz, nicht mehr an Connor zu denken.

Es war hoffnungslos.

Während ich mit einer Hand mit meinen Nippeln spielte, bockte ich meiner Faust entgegen und stellte mir vor, Connor wäre bei mir.

Wie er mich mit diesen hübschen, pinken Lippen küsste. Diese Lippen, die sich um meinen Schwanz spannten, als er mich tief in den Mund nahm. Sein sanftes, blondes Haar unter meiner Hand, als ich darüber streichelte und ihm sagte, wie wunderschön er war…

Verdammt, ich war schon kurz vor dem Höhepunkt. Mein gesamter Körper spannte sich an, als ich die Basis meines Schafts zusammendrückte und tief durchatmete. Zwar wollte ich mich nur zu gerne gehen lassen, aber ich war noch nicht bereit dafür, dass diese Fantasie vorbei war.

Connor, der seine langen Beine für mich spreizte. Weit. Verletzlich und begierig. Wie er zu mir aufsah, während ich ihn fickte. Seinen engen Hintern mit meinem Schwanz füllte. In ihn stieß, als er aufschrie. Oder Connor auf Händen und Füßen, der mich in sich aufnahm. Unsere Haut, die aneinander klatschte, als wir grunzten und stöhnten. Connor, der mich hart fickte, sein Schwanz so tief in mir, dass ich glauben könnte, gleich entzwei zu brechen. Auf meinen Knien, wie ich ihn leckte und saugte und sein Sperma schluckte. Connor, der mein Sperma schluckte, das ihm aus den Mundwinkeln lief und auf seiner rosigen Haut festklebte, wo ich es ablecken und es ihm dann in einem schmutzigen Kuss füttern konnte...

Meine Eier zogen sich zusammen und meine Nasenflügel blähten sich auf, als ich mein Stöhnen herunterschluckte.

Denn Connor war hier. Er war im Gästezimmer und es befanden sich nur zwei Türen zwischen uns. Was würde passieren, wenn er mich hörte und dachte, ich hätte einen Anfall oder eine andere Art medizinischen Notfall? Würde er durch die unverschlossene Tür stürmen und mich so vorfinden?

Ächzend kam ich und verteilte mein Sperma überall. Meine Sicht verzerrte sich, als mein ganzer Körper mit meinem Orgasmus bebte. »Ohh«, wimmerte ich und streichelte über meinen Schwanz, bis ich komplett entleert war. Meine Beine fielen auf die Matratze. Meine Brust hob und senkte sich.

So hatte ich schon ewig nicht mehr gewichst. Normalerweise tat ich es noch im Halbschlaf in der Dusche. Nicht dieser fanatische, verzweifelte Druck.

Naja. Da hatte ich mich auf einmal selbst vergessen. Das musste am Schlafmangel liegen. Es war unfassbar unangemessen gewesen, aber nun war es vorbei. Connor würde nie davon erfahren. Offenbar war ich ziemlich angespannt, also würde ich nachher einfach bei ein paar coolen Profilen in einer App nach rechts swipen und mich abreagieren. Connor hatte bestimmt jeden Tag mit jemand anderem etwas.

Dass der Gedanke an Connor mit jemand anderem meinen Blutdruck in die Höhe jagte, musste ich erstmal ignorieren. Ich versuchte meine geballten Fäuste wieder zu entspannen und schwang mich vom Bett, um mich im Badezimmer zu waschen. Unter laufendem Wasser schrubbte ich an meinen Händen und holte sogar meine Nagelbürste raus.

Es war egal, dass diese Beziehung *nicht echt* war, aber… War Connor queer? Asher hatte so sicher geklungen, obwohl er vielleicht mittlerweile seine Meinung geändert hatte. Er konnte es nicht sicher wissen. Connor sagte, er sei es nicht, und das war das Einzige, das zählte.

Ich genoß das gleichmäßige Summen des Wassers, stellte aber den Wasserhahn mit meinem Unterarm ab, während ich mich weiter schrubbte. Noch bis vor ein paar Monaten hätte ich jedem, der gefragt hätte, versichert, ich sei hetero. Ich war einfach nicht bereit gewesen, zu meiner Bisexualität zu stehen.

Es half natürlich auch nicht, dass Großmutter sich weigerte, mir Glauben zu schenken. Oder dass andere Menschen glaubten, bisexuell sei nicht queer genug.

Ich hatte Sex mit Männern, Frauen und einer nicht-binären Person gehabt. Es war für mich kein Spiel, um zu rebellieren oder modern zu wirken. Ich war wirklich queer.

Außerdem schrubbte ich gerade meine Fingernägel wund. Bei dem Anblick von Blut unter meinem Zeigefingernagel verzog ich das Gesicht, machte das Wasser wieder an und hielt den Finger drunter. Mein Herz raste und jegliches Glücksgefühl der vorangegangenen Selbstbefriedigung löste sich in Luft auf.

Ohne in den Spiegel zu schauen, ging ich zurück ins Schlafzimmer und zog mir meine karierte Schlafanzughose an. Ich zog die Bettwäsche ab und zog ein neues Leintuch über, als ein schwaches Licht durch meine Jalousie schien.

Es war immer noch dunkel draußen. Durch das angelehnte Fenster heulte eine Sirene in der Ferne. Auf keinen Fall würde ich jetzt nochmal schlafen können, also schlurfte ich ins Wohnzimmer und machte einen Satz, als ich Connor auf dem Fensterbrett sitzen sah.

»Sorry.« Connor hielt seine Hände hoch und sprach leise, obwohl sonst niemand in der Wohnung war, den man aufwecken konnte. Er trug immer noch seine dunklen Boxer Briefs und mein altes Knicks Shirt. Sein James Dean Haar war verwuschelt und ich hatte den irrsinnigen Drang, es glatt zu streichen.

Eine frische Welle Lust überrollte mich, dicht gefolgt von Schuldgefühlen wegen dem, was ich gerade getan hatte. Er war der beste Freund meines kleinen Bruders! Er war ein Gast in meinem Zuhause. Ich hätte mir nie erlauben sollen, in diese Fantasien einzutauchen.

»Reid?« Er kam langsam auf mich zu. »Ist alles in Ordnung?« Sofort war er in den Arzt Modus gesprungen und begutachtete mich auf diese ruhige, besorgte und kompetente Art.

Manchmal konnte er so jung und unsicher wirken, aber wenn er sich um das Wohlergehen von jemand anderem sorgte, wirkte er sofort beruhigend auf eine Art, die ich nie von ihm erwartet hätte. Eine Art, die ich unglaublich attraktiv fand.

Ich schaffte es zu lachen, obwohl es gekünstelt klang. »Ja, mir geht's wunderbar. Du bist früh wach.« Kalter Schweiß lief mir den Rücken runter. »Ich habe dich nicht aufgeweckt, oder?« Moment, ich war gerade erst aus meinem Zimmer gekommen. »Ich hab, ähm, Sport gemacht.«

»In deiner…Schlafanzughose?«

»Jep, es war nur eine Oberkörperübung. Und Kniebeugen. Körperübungen, bei denen man keine Geräte braucht.«

»Cool. Du fängst aber früh an. Ich bin schon seit einer Weile hier draußen.« Sein Blick fiel auf meine Brust. »Bist du dir sicher, dass alles in Ordnung ist?«

Hatte ich etwas Sperma übersehen? »Ja! Alles gut.«

Connor runzelte die Stirn. »Du hast dich nicht noch irgendwo anders geschnitten, oder?«

Ich hatte keine andere Wahl als an mir runterzusehen. Während ich mich selbst befriedigt hatte, hatte ich mir über die Brust gekratzt. Nicht hart genug um die Haut zu brechen, aber ich hatte einige rote Striemen hinterlassen. »Oh! Nein. Das ist eine, ähm, allergische Reaktion. Sehr milde Käseallergie.«

»Nur Käse? Nicht Milchprodukte im generellen?«

»Nur Gouda, wenn du dir das vorstellen kannst.« Was er sicherlich nicht konnte, nachdem es eine dämliche Lüge war. Schnell eilte ich zurück in mein Zimmer und zog das erste T-Shirt über, das ich in meiner Kommode zu fassen bekam.

Als ich zurück ins Wohnzimmer kam, grinste Connor mich an. »Ich hätte dich nicht als einen Fan von *Phantom der Oper* gehalten.«

Natürlich war *das* das Shirt, das ich erwischt hatte. »Scherzgeschenk von Addison, das ich letztes Jahr zu Weihnachten bekommen hab. Ich muss aber zugeben, dass es echt weich ist.«

»Glaube ich dir«, sagte er ernst. »Wirklich.«

»Hör zu, ich bin nicht cool. Es ist am besten, wenn du das von vornherein weißt.«

Er schnaubte. »Natürlich bist du das.«

»Wenn ich deine Aufmerksamkeit nochmal auf das *Phantom* T-Shirt lenken dürfte, das ich gerade trage. Hey, hast du Hunger?«

»Ja. Ich hab ein paar Goldfish Cracker gegessen, ich hoffe, das war in Ordnung.«

»Natürlich, aber ich kann dir ein besseres Frühstück anbieten. Wir fangen mit Kaffee an, ja?«

Er stöhnte auf. »*Ja.*«

Ich befahl meinem Schwanz sich zu benehmen und ging in die

Küche, wo ich den Helligkeitsregler betätigte, damit das Licht nicht zu grell war. Als ich die Kaffeemaschine anschaltete und die Zutaten für Omeletts zusammensuchte—ich hatte tatsächlich noch dick-geschnittenen Bacon—ließ Connor sich auf einem der Stühle an der Küchenzeile nieder.

»Es ist cool, dass du kochst und sowas«, sagte er.

Ich zuckte mit den Schultern. »Es ist nicht so, als wäre ich ein Gourmand oder sowas.«

»Trotzdem ist es cool, ob es dir gefällt oder nicht. Schau dich doch mal um. Du führst eine weltweite Hotelkette, das ist ziemlich großartig.«

Als ich die Eier in eine Schüssel aufschlug, machte ich ein neutrales Geräusch.

»Großmutter und die CEO führen das Unternehmen. Ich mache hauptsächlich nur, was man mir sagt.«

»Gefällt es dir nicht?«

»Das ist egal. Es ist mein Job.« Ich wedelte mit dem Schneebesen in der Luft rum. »Ich kann mich nicht beschweren. Ich habe extremes Glück.«

»Ja, aber…Ich hatte immer gedacht, dass du es gerne machst. Asher hat definitiv kein Interesse am Familienunternehmen.«

»Oh, das weiß ich«, grummelte ich. »Es ist wie es ist. Ich kann mich nicht beschweren«, wiederholte ich nochmal.

»Das ist Bullshit. Natürlich kannst du das. Ich war mit Asher und all den anderen reichen Kindern in Rencliffe. Die haben sich pausenlos beschwert.«

Ich lachte. »Stimmt.«

Connor spielte mit der kleinen Zange, die in der Zuckerschüssel lag, die ich ihm hingestellt hatte. »Also, was würdest du lieber tun?«

»Das ist egal. Ich habe einen guten Job.« Mit schnellen Bewegungen fing ich an, die Frühlingszwiebeln zu schneiden.

»Natürlich ist das nicht egal.«

Als ich Connor einen Blick zuwarf, konnte ich ihm deutlich ansehen, dass er das Thema nicht fallen lassen würde. Er wartete geduldig mit dieser ruhigen, besorgten Aura um sich herum. »Du gehst wahnsinnig gut mit Patienten um«, sagte ich. »Vielleicht solltest du Psychologe werden.«

Er blinzelte mich überrascht an. »Ich? Danke, aber ich möchte mehr mit meinen Händen arbeiten.«

»Ich wollte dich schon längst fragen, welche Fachrichtung du in Erwägung ziehst. Du meintest, du hättest schon eine Idee, auf was du dich spezialisieren wollen würdest.«

»Das verrate ich dir, wenn du mir sagst, was du wirklich gerne tun würdest.«

Ich stöhnte auf, während ich den gereiften Cheddar rieb und war wahnsinnig froh, dass ich keinen Gouda im Kühlschrank gehabt hatte. »Na gut. Du wirst aber lachen.«

»Werde ich nicht«, erwiderte er und es war offensichtlich, dass er das ernst meinte.

Hier in meiner Küche, mit dem gräulichen Licht, das langsam die ganze Wohnung erhellte und mit dem reichhaltigen Duft von Kaffee, der in der friedlichen Luft lag, fühlte es sich sicher an, es ihm zu erzählen.

»Du weißt ja, dass wir uns auf Luxushotels und Resorts spezialisiert haben?«

»Jep.«

»Ich arbeite an einem Antrag, um Abwechslung in die Firma zu bringen. Am liebsten würde ich günstige und nachhaltige Wohneinheiten bauen. Solarenergie nutzen, recycelte Materialien und urbane Gärten sowie Gemeindezentren errichten.« Bevor Connor darauf antworten konnte, schenkte ich den Kaffee ein und sagte: »Ein dämlicher Gedanke, ich weiß.«

Connor nahm mir seine Tasse ab und runzelte die Stirn. »Dude, wir brauchen dringend Wohnungen, die die Menschen sich tatsächlich leisten können. Wieso sollte das dämlich sein?«

»Weil ich der Erbe einer Luxushotelkette bin. Sieh dir an, wo ich wohne. Was weiß ich schon über Nachhaltigkeit oder erschwinglichen Wohnraum?« Nervös lief ich zum Kühlschrank und öffnete ihn blind, bevor ich zur Obstschüssel auf der Küchenzeile wanderte. Ich schälte eine Banane und bot Connor die Hälfte an, die er mir mit einem Lächeln abnahm.

»Okay, stimmt. Aber ich gehe davon aus, dass du das recherchiert hast.«

»Habe ich. Nur dass du's weißt, all das habe ich mir nicht alleine ausgedacht. Viele Menschen, die sich viel besser auskennen als ich, haben schon ähnliche Projekte in die Welt gerufen.«

»Okay. Aber es gibt ja auch keinen Grund, das Rad neu zu erfinden. Du bist leidenschaftlich bei der Sache, oder nicht?«

Mein Herz fing an zu rasen. »Ja. Ich weiß, dass ich stolz auf Utopia sein sollte, aber… Weitere Luxushotels zu bauen interessiert mich nicht. Wir haben all diese gemeinnützigen Zwecke. Meine Großmutter organisiert ständig eine Spendenaktion. Was wunderbar ist! Aber ich möchte gerne mehr tun, als Geld zu spenden und bei den Veranstaltungen aufzukreuzen. Ich verbringe meine Tage damit, nicht wirklich zu wissen, was ich eigentlich tue, in einer Firma, die einfach so vor sich hindümpelt und bei der es schon seit Jahrzehnten keine Neuerungen gegeben hat. Und das alles für ein Endprodukt, das mir egal ist.« Als ich das ausgesprochen hatte, atmete ich tief ein. »Ich weiß schon, armer kleiner reicher Junge. Mann. Was auch immer.«

Connor antwortete: »Nein, ich verstehe das. Nur weil du reich bist, heißt das nicht, dass du keine Gefühle haben darfst. Dir muss unfassbar langweilig sein.«

Erleichterung durchflutete mich. »Ist mir.«

Noch nie hatte ich den Mut gehabt, das laut auszusprechen, nicht einmal Addison gegenüber. Vielleicht war es einfacher, mit Connor darüber zu sprechen, weil er nicht reich war. Oder es war einfacher mit Connor, weil er so direkt und gleichzeitig unvoreingenommen war.

»Als ich gerade meinen MBA abgeschlossen hatte, hatte ich so viele Ideen gehabt, wie man Utopia verbessern könnte. Großmutter und der Vorstand haben jede einzelne davon abgelehnt. Nach einer Weile habe ich aufgehört, es zu versuchen. Auf keinen Fall würden sie ihr Geld in mein Vorhaben investieren. Die Firma ist wahnsinnig profitabel. Wieso sollten wir das ändern?«

»Eines Tages wirst du aber am Steuer sitzen, oder nicht? Dann kannst du mit Utopia tun, was du möchtest.«

»Ich hasse den Gedanken daran, nur auf Großmutters Tod zu warten. Als wäre ich Teil einer Königsfamilie und seit der Geburt eingesperrt.«

Connor schmunzelte. »Du musst es wie Prinz Harry machen und weglaufen.«

»Verlockend.«

Er ließ drei Zuckerwürfel in seinen Kaffee fallen und rührte um. »Kannst du nicht eine eigene Firma gründen?« Er lachte. »Nicht, dass ich darüber irgendetwas wüsste. Oder dir wo anders einen Job suchen?«

»Ich kann nicht einfach abhauen. Irgendwann muss ich die Firma übernehmen, wie du gesagt hast.«

Er runzelte die Stirn. »Musst du das?«

Für einen Moment war ich sprachlos. »Natürlich. Darauf werde ich schon mein ganzes Leben vorbereitet, vor allem nachdem mein Vater gestorben war.«

»Stimmt.« Seine Schultern sanken etwas und ich wusste, dass er mich verstand. »Du bist der Erbe, nicht die Reserve.«

Ich verzog das Gesicht. »Genau.«

»Okay, also willst du Utopia nicht verlassen, oder hast zumindest das Gefühl, dass du es nicht kannst…Was würdest du tun, wenn deine Großmutter nicht…wie war das Wort gleich? Veto? Einlegen würde?«

»Am liebsten würde ich eine ganz neue Abteilung erschaffen.

Ein Pilotprojekt, um die Firma zu erweitern. Ich bräuchte etwas Kapital von Utopia, um die Abteilung zu finanzieren, aber auf lange Sicht würden wir damit unsere Einnahmeströme diversifizieren und die Firma stärken, während wir dringend notwendige Wohnräume schaffen würden.«

»Das klingt wundervoll.«

»Außer, dass Großmutter keine Veränderungen mag. Die Frage ist, ob ich genug Unterstützung von der CEO und dem Vorstand bekommen könnte, und da sehe ich ehrlich gesagt schwarz. Es ist dämlich, meine Zeit damit zu vergeuden, aber ich meine… Wie viele Luxushotels und Resorts können wir bauen? Es gibt einen riesigen Markt für qualitativ hochwertigen, erschwinglichen Wohnraum und der Gewinn ist immer noch positiv, wenn nicht sogar beachtlich. Zusammen mit den Hotels würden wir immer noch jede Menge Geld machen.«

Connor schien darüber nachzudenken, als er seine Hände um seine Kaffeetasse legte. »Könntest du nicht einen deiner Geschäftskumpel fragen, sich deinen Antrag mal durchzulesen? Ein bisschen Feedback bekommen?«

»Sicher, wenn ich nicht so ein Feigling wäre.«

Er lachte nicht. »Wir haben alle Ängste. Was ist das schlimmste, was passieren kann, wenn du die Idee einfach mal ansprichst? Es ist ja nicht so, als würdest du auf der Straße landen, oder?«

»Nein.« Ich errötete. Das war der dämlichste Teil an der Sache. Ich tat so, als hätte ich kein privilegiertes Auffangnetz. »Du hast recht. Ich habe es bisher nicht getan, weil ich Angst vor dem habe, was sie sagen werden. Dass es sich nicht lohnt, unrealistisch ist oder sogar lachhaft.«

»Dude, ich hoffe doch mal, dass deine Freunde dich nicht auslachen würden.«

»Bestimmt nicht. Das ist meine eigene Unsicherheit.«

Connor schüttelte den Kopf. »Es haut mich um, dass du wegen irgendetwas unsicher bist.«

»Danke?«

»Tut mir leid, das sollte keine Beleidigung sein. Du hast einfach immer so gefasst und cool gewirkt und—« Plötzlich verstummte er und trank seinen Kaffee.

»Zeug«, vollendete er seinen Satz.

Ich errötete vor Freude, allerdings war ich mir nicht ganz sicher, wieso. Was Blödsinn war. Ich wusste genau, wieso es mir gefiel, dass Connor mich offensichtlich bewunderte.

»Weißt du, ich könnte Angela Barker fragen, sich deinen Antrag mal anzusehen«, schlug er vor.

»Wirklich?« Das war keine schlechte Idee. Sie war wahnsinnig erfolgreich und musste nach allem, was ich von ihr wusste, auch sehr intelligent sein.

»Absolut. Auch wenn es nicht unbedingt ihr Metier ist, sie weiß sehr viel über…naja, alles. Sie ist irgendwie so etwas wie meine verrückte Tante, auch wenn wir nicht verwandt sind. Also, verrückte Tante und Geschäftstycoon zugleich.«

»Wirklich? Wäre das nicht ein zu großer Gefallen?«

»Nee, das passt schon. Angela hilft immer gerne.«

»Das weiß ich zu schätzen. Es wäre großartig, wenn du sie fragen könntest.«

Aufregung strömte durch meine Venen wie ein riesiger Schluck Champagner.

»Kein Problem. Vergiss nur nicht, dass sich nichts ändert, wenn sich nichts ändert«, sagte Connor.

Meine Brust fühlte sich seltsam leicht an und ich lächelte. »Weise Worte.«

»Meine Mum hat das früher immer gesagt.« Sein Blick wurde abwesend. »Manchmal hat sie riesige Veränderungen vorgenommen, die mir Angst gemacht haben. Wie zum Beispiel Logan zu heiraten. Wenn sie nicht gestorben wäre, hätte das zwischen ihnen nie funktioniert.«

Ich drehte den Herd unter der Pfanne an und der Bacon fing

sofort an, zu brutzeln.

»Tut mir leid, dass du sie verloren hast.«

Connor rührte seinen Kaffee um und der Löffel klirrte leicht gegen die Tasse. »Es ist komisch, drüber nachzudenken. Wenn sie…wenn ich…« Er brach ab. »Sie und Logan waren bereits Mitten in einer Trennung, das wär's also dann gewesen. Dann hätte ich den Kontakt zu Logans Schwester Jenna und ihrem Ehemann Jun verloren. Zu ihren Kindern. Zu meinem Opa. Seth hätte ich nie kennen gelernt. Logan hätte ihn wahrscheinlich nie kennen gelernt. Auch Angela Barker oder Olivia würde ich nicht kennen. Es ist verrückt, darüber nachzudenken, wie Menschen in dein Leben treten können. Oder auch nicht.«

»Das stimmt. Stell dir vor, du wärst nicht mit Asher zu dem Thanksgiving Event gekommen. Dann wären wir jetzt nicht zusammen hier.«

Der Gedanke traf mich härter als er sollte, nachdem das Abendessen gerade mal etwas über eine Woche her war.

Connor traf meinen Blick. »Dann hättest du dir einen anderen fake Boyfriend suchen müssen.«

Bei dem Gedanken verzog ich angewidert das Gesicht. Schnell sagte ich: »Oder ich müsste versuchen, Cecilia Weston abzuwehren.«

»Das würden wir nicht wollen.«

»Ehrlicherweise muss ich sagen, dass ich glaube, dass Cecilia genauso viel Interesse an mir hat wie ich an ihr. Aber sobald sich meine Großmutter mal etwas in den Kopf gesetzt hat…«

»Sie wird sich einfach an mich gewöhnen müssen.« Er lachte. »Den Dezember über meine ich.« Er atmete tief ein. »Das riecht übrigens großartig.«

Ich holte das Brot raus und wir gingen dazu über, uns über Frühstücksgerichte zu unterhalten, während ich den Bacon briet. »Tapioka Pudding muss ganz am Schluss stehen«, sagte ich.

»Gehört das überhaupt zur Kategorie Frühstück?«

»Für meinen Dad schon. Nicht, dass er auch nur einen Tag in seinem Leben etwas gekocht hätte.« Ich lachte sanft. »Er hatte viele Stärken, aber ich bezweifle, dass er ein Ei hätte hart kochen können.«

»Wieso hast du es gelernt?«, fragte Connor und trank von seinem Kaffee mit einem niedlichen kleinen Seufzen. »Du kannst es dir leisten, jeden Tag Essen zu bestellen.«

»Ich genieße es, zu kochen. Es hilft mir, mich zu entspannen. Es ist etwas, das nur… mir gehört. Ist risikoarm.«

»Kochst du nie für andere Leute? Abgesehen von jetzt gerade meine ich. Keine schicken Dinner Partys?«

»Auf die muss ich schon genug hingehen. Jetzt etwas Wichtigeres, hast du schonmal Blutwurst probiert? Das ist etwas Britisches.«

Connor verzog das Gesicht und auch das war niedlich. Oh Hilfe, das war es wirklich. Er sagte: »Das klingt nicht sonderlich gut,«

»Du wärst überrascht, ich—« Mein Handy klingelte und ich runzelte die Stirn, als ich auf das Display blickte. »Es ist meine Großmutter. Nicht ihre Assistentin, sie ruft selbst an.«

»Bestimmt haben ihre Ohren gebrannt. Scheiße, meinst du sie hat Mikrofone in deiner Wohnung versteckt?«

Schwach lachte ich über Connors Witz und nahm den Anruf an. »Hallo? Geht es dir gut?«

»Guten Morgen, Darling. Hast du heute Abend etwas vor?«, wollte sie wissen und ignorierte meine Frage.

»Habe ich«, sagte ich sofort. Sie fragte nicht aus reiner Neugier.

»Connor und ich besuchen einen Jazz Club.« Mein Blick fiel auf ihn und ich zuckte mit den Schultern, als wäre mir das gerade erst eingefallen. »Ehrlich gesagt, frühstücken wir gerade zusammen«, fügte ich hinzu, weil ich wusste, dass ihr das unangenehm sein würde. Daran würde sie sich gewöhnen müssen. Nicht an mich und Connor an sich, aber an mich und Männer.

Und wieso nicht Connor? Wieso muss diese Abmachung fake bleiben?

Schnell zwang ich diese innere Stimme zu verstummen und lächelte, als Connor laut sagte:

»Guten Morgen, Mrs. Cabot!«

Großmutter räusperte sich kurz. »Ja, naja. Um wie viel Uhr ist dieser Jazz Auftritt?«

»Sieben«, log ich.

»Reid, ich bin vielleicht eine Frau eines gehobeneren Alters, aber ich kann mich sehr wohl daran erinnern, dass Veranstaltungsorte, in denen Musik gespielt wird, nur selten so früh die Türen öffnen.«

»Es ist, ähm…«

»Mir geht es nicht so gut. Deshalb musst du an dem Abendessen mit den Seyfrieds teilnehmen. Es wird nicht spät werden, also wirst du noch genug Zeit haben, zu deinem Jazz zu gehen.«

Schuldgefühle überkamen mich. »Ist alles in Ordnung?« Damit sie etwas absagte, bedurfte es mehr als einer leichten Erkältung. Allerdings klang sie wie immer.

»Magenverstimmung«, erklärte sie. »Der Caterer von dem Event gestern Abend muss gemieden werden, nachdem ich nicht die einzige mit Beschwerden bin.«

Autsch. »Was ist mit Asher? Kennt er nicht den Sohn der Seyfrieds? Wie heißt er nochmal? Oder war es die Tochter? Eins von beiden.«

Sie seufzte. »Darling, du weißt, was für eine Verantwortung diese Veranstaltungen darstellen. Wie wichtig sie für die Firma und unsere Familie sind. Asher ist zu…inkonsistent.«

»Er ist kein Kind mehr. Er arbeitet bei einer Makleragentur.«

»Ja, aber du bist Utopias Zukunft.«

Der Bacon war kurz davor anzubrennen, also verbrachte ich ihn schnell auf einen Teller, den ich mit Küchenrolle ausgelegt hatte. »Um wie viel Uhr sollen Connor und ich da sein?« Ich warf ihm einen Blick zu und er nickte.

»Darling, ich bin mir sicher, dass Connor das zu Tode langweilen würde. Es war geplant, dass ich alleine erscheinen würde, also ist nur ein Platz reserviert.«

Fast knurrte ich vor Frustration. »Wir sind ein Paar, Großmutter. Ich gehe nicht ohne ihn.« Vielleicht könnte ich dem Ganzen doch noch entgehen.

Aber sie gab nach und schon bald erhielt ich eine Nachricht von dem Assistenten der Seyfrieds, der unser Erscheinen bestätigte.

»Du musst nicht mitkommen«, versicherte ich Connor.

»Ist schon in Ordnung. Ich bin mir sicher, das Essen wird gut sein. Das ist die Abmachung, stimmt's? Ich bin bis zum neuen Jahr dein Freund auf diesen Partys. Apropos Essen, kann ich ein Stück Bacon haben?«

»Natürlich. Du kannst alles haben.« Schnell legte ich zwei Scheiben Brot in den Toaster und verfrachtete das Omelett auf zwei Teller, nachdem ich es mit dem Pfannenwender in zwei Hälften geteilt hatte.

Connor biss vom Bacon ab. »Hmm. Perfekt.«

Ich setzte mich neben ihn an die Küchenzeile. »Bist du dir sicher, dass es dir nichts ausmacht, auf ein paar mehr Events mitzukommen?«

»Nö.« Er schien noch etwas sagen zu wollen, hielt sich aber davon ab. Nach einem Schluck Kaffee sagte er: »Außerdem hast du mir das Geld geliehen. Ich schulde dir wenigstens eine Begleitung für dieses Abendessen.«

»Ist damit… alles okay?« Nur zu gerne wüsste ich, wofür er es gebraucht hatte, aber es schien mir ein Eingriff in seine Privatsphäre zu sein, einfach nachzufragen.

»Jep.« Er stopfte sich eine Gabel Ei in den Mund und stöhnte auf. »Dude, du bist so ein guter Koch.«

Das Kompliment machte mich glücklicher als es sollte und schon waren wir wieder dabei, über Frühstücksessen zu diskutieren. Irgendwie fühlte es sich überhaupt nicht komisch an, mit Connor in meiner Küche abzuhängen, der immer noch nur in seiner Unterwäsche herumlief.

Nicht, dass ich ihn in seiner Unterwäsche ansah. Mein Blick blieb stur oben. Es war wahnsinnig unangemessen gewesen, sich in der Früh in diesen Fantasien zu verlieren. Das würde mir nicht nochmal passieren. Aber es war völlig in Ordnung, Zeit miteinander zu verbringen und sich anzufreunden.

Daran könnte ich mich gewöhnen, dachte ich, und hoffte, dass die Weihnachtszeit nur sehr schleichend vorbeigehen würde.

Kapitel Acht

Connor

»BIST DU DIR sicher, dass ich nicht doch lieber eine andere Jacke anziehen sollte?«, fragte ich, als Reid und ich von meiner Wohnung aus in Richtung Ninth Avenue liefen. Nachdem wir chinesisches Essen zum Mittag bestellt und *Schöne Bescherung* angesehen hatten, war ich nach Hause gegangen, um noch ein paar Stunden zu lernen. Reid hatte darauf bestanden, mich vor meiner Wohnungstür abzuholen, damit wir zusammen durch den Park zu dem Abendessen gehen konnten.

Aber das hier war kein Date. Das. Ist. Kein. Date.

»Einhundert Prozent«, antwortete Reid. »Das Leder steht dir.«

Selbst, als ich mich daran erinnerte, dass Reids Komplimente nichts mehr bedeuteten, als dass er einfach nett war, fing mein Herz an zu rasen.

Ich hatte meine schickste Hose angezogen und einen Pullover, von dem Reid mir beteuerte, dass er schick genug war. Die andere Jackenoption war ein alter Ski-Parka, also schien das schwarze Leder doch die bessere Wahl zu sein.

Wir liefen in Richtung Uptown und unterhielten uns währenddessen. Reid schien interessiert, als ich ihm die pathologischen Prozesse von Entzündungen, deren Heilung und Neoplasie erklärte. Das hatte ich gerade erst für meine Klausur lernen müssen.

Nachdem ich ihn an dem Morgen in seinem *Phantom der*

Oper T-Shirt gesehen hatte, trug er nun wieder seine maßgeschneiderten Designerklamotten. Dazu einen langen dunklen Wintermantel und einen weinroten Schal, der die Tiefe seiner braunen Augen zur Geltung brachte.

»Connor?«

»Äh ja? Tut mir leid! Ich habe mich ablenken lassen von…« Ich sah mich um, während wir die Fifty-Seventh Street überquerten und erinnerte mich an die Unterhaltung, die wir an dem ersten Abend geführt hatten.

»Nüsse. Wir sollten welche essen, richtig?«

Damit hatte ich offenbar genau das richtige gesagt, denn auf Reids Gesicht erschien ein breites Grinsen. »Willst du wirklich?«

»Natürlich. Das ist doch auf der Liste, oder? Wie soll ich denn sonst zu einem richtigen New Yorker werden?«

Der Gehweg war voller Menschen, die an uns vorbei hasteten, während wir einen Nussstand suchten. Ich atmete den süßsalzigen Geruch tief ein. Reid bestand darauf zu zahlen und bestellte zwei Packungen mit gemischten Nüssen.

Wir stellten uns im Eingang eines geschlossenen Buchladens unter, der mit einem Kranz mit roten Schleifen und einer Lichterkette geschmückt war. Im Schaufenster saß eine Mutter Maus, die kleinen Stoffmäusen *Eine Weihnachtsgeschichte* vorlas.

Als ich bei dem Anblick versuchte, meine aufkommende Sehnsucht zu unterdrücken, drehte Reid sich um und sah in das Fenster. »Süß.« Er sah wieder mich an. »Ist alles in Ordnung?«

»Ja, nur…« Ich wedelte mit der Hand in der Luft. »Egal. Zeit für Nüsse.«

»Was ist los?« Er beobachtete mich besorgt.

»Nichts Schlimmes. Meine Mum hat Mäuse geliebt. Seltsam, ich weiß. Also keine…echten Mäuse.«

»Nur fiktionale Mäuse. Sehr weise.«

Ich lächelte. »Tatsächlich. Als ich noch klein war, nahm mein Vater mich mit ins Einkaufszentrum und gab mir Geld, damit ich ihr ein Geschenk kaufen konnte. Ich versuchte im Tierladen eine Maus zu kaufen, um sie in ihren Weihnachtsstrumpf zu packen, aber der Verkäufer hielt das für eine schlechte Idee, sowohl für meine Mutter als auch die arme Maus.«

»Dein Vater hielt es für keine schlechte Idee?«

»Er war in dem TGI Fridays Restaurant an der Bar.«

Reids Augen weiteten sich. »Wie alt, sagtest du, warst du da nochmal?«

Ich zuckte mit den Schultern. »Zu jung.« Wieso hatte ich meinen Vater erwähnt? Er war die letzte Person, an die ich denken wollte. »Also, wie sieht es jetzt aus mit deinen Nüssen?« Ich schüttelte den Kopf. »Ich meine…du weißt was ich meine.«

Statt darüber zu lachen, wie unbeholfen ich mich benahm, zog Reid eine dunkle Augenbraue hoch. »Naja, sie sind eine Delikatesse. Zumindest habe ich das gehört.«

Er schien komplett ernst und…als würde er mit mir flirten? Mein Herz fing an, schneller zu schlagen.

Dann brach Reid in Gelächter aus. Nicht nur Gelächter, er grunzte.

Und es war so wahnsinnig sexy.

Ich lachte mit ihm und war immer noch überwältigt davon, dass der immer coole, vornehme Reid Cabot insgeheim unter seiner glänzenden Fassade ein bisschen nerdy war, genauso wie ich.

»Okay, wir müssen uns konzentrieren«, sagte Reid. »Nur eine kleine Vorwarnung, viele New Yorker würden mir wahrscheinlich widersprechen, aber für mich ist das Essen von gebrannten Nüssen auf der Straße zur Weihnachtszeit typisch New York. Als Kind habe ich es geliebt. Ich habe es immer gehasst, wenn wir die Feiertage auf den Kaimaninseln verbracht haben.«

»Ja, das muss hart gewesen sein«, sagte ich ernst.

Lachend schob Reid mir seinen Ellbogen in die Seite. Wir standen in dem Eingang nah beieinander und die verschiedenfarbigen Lichter, die sich um den Kranz und das Schaufenster schlängelten, leuchteten in einem warmen, gemütlichen Schein über Reids Gesicht. Es war die wunderbarste, schönste Folter ihm so nah zu sein. Nachdem ich meine Handschuhe in meine Tasche gestopft hatte, hielt ich die warme Tüte in meinen Händen.

Reid stupste meine Tüte mit seiner an. »Cheers.«

Ich schob mir eine Mischung aus Cashews und Erdnüssen in den Mund und der Honiggeschmack vermischte sich perfekt mit dem Salz und der knackigen Hülle. »Oh mein Gott«, murmelte ich. »Die sind super lecker.«

Das waren sie, aber ich hätte auch die ganze Nacht darüber gelogen, nur um Reids glückliches Gesicht zu sehen. »Kein Veto?«, fragte er.

»Auf keinen Fall. Was kommt als nächstes?«

Reid sah auf seinem Handydisplay nach der Uhrzeit. »Eventuell schaffen wir es noch.«

»Jetzt? Müssen wir nicht zu einem Abendessen?«

»Das liegt auf dem Weg.«

Ich folgte Reid in den Norden und er weigerte sich mir zu sagen, wo wir hingingen.

Vorfreude kribbelte durch mich durch. Wir aßen die restlichen Nüsse, während wir durch die Stadt spazierten und anderen Fußgängern aus dem Weg gingen. Wir befanden uns in der Nähe von Utopia, wo beim Thanksgiving Event unsere Abmachung entstanden war.

Als ich zugestimmt hatte, hätte ich mir nie vorgestellt, dass das Ganze so aussehen würde. Ich war mir nicht ganz sicher, was ich mir vorgestellt hatte, aber auf gar keinen Fall diesen verspielten Vibe. Obwohl Reid mir zehntausend Dollar geliehen hatte, hatte er nicht danach gefragt oder versucht eine Erklärung zu erhalten, auch, wenn er vermutlich ein Recht darauf gehabt hätte.

»Danke nochmal«, sagte ich. »Dafür, dass du mir das Geld geliehen hast. Und mich nicht ausgefragt hast. Du bist wirklich…cool.« Innerlich zuckte ich zusammen. Das hatte geklungen, als wäre ich ein Teenager mit seinem ersten Schwarm.

Er lächelte. »Du bist auch cool.« Als wir den Park betraten, sagte er: »Und wenn du Hilfe brauchst, bei was auch immer los ist, wofür auch immer du das Geld gebraucht hast…ich werde helfen.«

Trotz des eisigen Windes, der durch den Park wehte, wurde mir am ganzen Körper warm. »Es ist jetzt vorbei, aber danke. Die nächste Rate kommt am Montag. Ich weiß, die Beträge sind momentan eher klein—«

»Jeder Betrag ist okay.« Sanft legte er mir seine Hand auf die Schulter. »Ich weiß, dass du es mir zurückzahlst. Und ich weiß, wo du wohnst.«

Wir lachten und ich war überrascht, als wir an der Wollman Eisbahn vorbeiliefen, die voller Schlittschuhläufer war, während Kelly Clarkson aus den Lautsprechern heraus über einen Weihnachtsbaum sang.

»Hmmm. Kein Schlittschuhfahren?«

Reid schüttelte den Kopf. »Nö. Nicht, dass ich was dagegen hab, aber auf meiner Liste steht etwas anderes.«

»Die Pinguine im Zoo.«

»Versuch's nochmal.«

»Das Schloss. Belvedere?«

»Nee.«

Ich war schon ein paar Mal im Central Park gewesen und versuchte, an andere Attraktionen zu denken, an denen ich vielleicht schonmal vorbeigelaufen war. »Auf gar keinen Fall mieten wir uns ein Ruderboot auf dem See im Dezember.«

Reid lachte. »Das ist definitiv etwas für den Sommer. Ehrlich gesagt, werde ich das meiner Sommerliste hinzufügen. Das ist gut. Das können wir machen, wenn das ins Wasser fallen nicht mehr ganz so lebensbedrohlich ist.«

Schmetterlinge flatterten wie wild durch meinen Bauch. Wir

machten Pläne für den Sommer? »Was ist sonst so auf der Sommerliste?« Ich versuchte beiläufig und entspannt zu klingen, klang aber wahrscheinlich eher, als stünde ich kurz vorm Herzinfarkt.

»Spoiler! Der Rest ist eine Überraschung.« Er blinzelte den Weg hinauf und lief schneller. »Die machen jeden Moment zu.«

Ich folgte seinem Blick auf ein ziemlich rundes Steingebäude. Blecherne, altmodische Musik ertönte, als mir bewusst wurde, dass das die Anlage des Karussells war.

»Oh!«, rief ich aus. »Ich hatte vergessen, dass das hier ist.«

»Veto?«, wollte Reid wissen.

»Auf keinen Fall! Lass es uns tun.«

»Komm schon.« Er nahm meine nackte Hand in seine, nachdem wir unsere Handschuhe nach dem Essen der Nüsse nicht mehr angezogen hatten. Zusammen joggten wir zu dem Ticketfenster.

Die Frau sah uns über ihre Brillenränder hinweg an und sagte: »Wir schließen.«

»Nur eine Runde?«, fragte Reid. »Bitte? Ich habe es meinem Freund versprochen. Er ist noch nie auf dem Karussell gefahren.«

»Eine Jungfrau, hm?« Die Frau tippte mit einem übertriebenen Seufzen auf ihren Bildschirm. »Junge Liebe verdient eine letzte Fahrt«, sagte sie.

Während ich errötete, bezahlte Reid für die Fahrkarten. Ein paar Familien kamen hinter uns herbeigeeilt und schon bald stiegen wir alle auf die Plattform. Es gab einige Pferde, die man sich aussuchen konnte, und Reid und ich kletterten auf ein schwarzes Paar mit Satteln in hellblau, rot und silber.

Eine Frau stand neben einem der ruhenden Pferde, während ihre junge Tochter in ihrem Sattel vergnügt jauchzte, als das Karussell anfing, sich zu drehen. Ihre Freude war ansteckend und ich grinste. Eine typische, instrumentale Karnevalsmusik kam über die Lautsprecher und, obwohl sie nicht unbedingt weihnachtlich war, war es verdammt fröhlich.

»Das ist großartig!«, rief ich, während wir uns drehten und mein Pferd sich in gegensätzlichen Bewegungen zu Reids auf und ab bewegte. Das Karussell wurde überraschend schnell und ich hielt mich an der Stange fest, während der kalte Wind durch meine Haare blies. Am liebsten hätte ich rübergegriffen und Reids Hand gehalten, aber das wäre sicherlich komisch gewesen.

Reid grinste. »Man ist nie zu alt für das Central Park Karussell! Ich war seit Jahren nicht mehr hier. Da habe ich etwas verpasst.«

Obwohl es etwas kindisch war, es machte Spaß. Es fühlte sich an, als würden wir fliegen. »Da vermisse ich direkt mein Motorrad.«

»Was? Die zwei Dinge ähneln sich überhaupt nicht!«

»Tun sie doch, das schwör ich dir! Ich glaube, du wärst überrascht, wie sehr du es genießen würdest, auf einem Motorrad zu fahren.«

»Veto.« Reid schüttelte lachend den Kopf. »Die hölzernen Pferdchen sind das höchste der Gefühle, wenn es um meine Abenteuerlust geht.«

Das Fahrgeschäft wurde wieder langsamer und blieb schließlich stehen. Reid schwenkte ein Bein über das Pferd und hüpfte runter, bevor er seinen langen Wollmantel zurecht rückte. Wir hatten beide lange Beine, also hätte es mir gelingen sollen, ebenso grazil abzusteigen.

‚Sollen‘ war hier das wichtige Wort.

Denn mein Fuß verfing sich in dem Steigbügel, und ich hüpfte und machte ein Geräusch, das nur als ‚quieken‘ beschrieben werden konnte.

Auf einmal war Reid hinter mir und legte seine Arme um mich. Sein Atem streifte mein Ohr. »Vorsichtig. Halt dich fest.«

Ich zog an meinem Fuß und mein Lederschuh flog durch die Luft, während ich gegen Reid zurückfiel. Nachdem er mich so fest in seinen Armen hielt, bewegte ich mich kaum.

»Danke.« Ich versuchte zu lachen, doch mein Kopf drehte sich und mein Körper kribbelte. Oh Mann, roch er gut. Dieser erdige Kiefernduft.

Meine schwarze Socke hing nur noch halb an meinem Fuß, und ich versuchte vergeblich sie hochzuziehen, als Reid uns dahingehend bewegte, dass er vor mir niederknien konnte. Zu meinen Füßen hielt er den Leder Oxfordschuh hoch und sagte: »Ich glaube, du hast einen gläsernen Schuh verloren, *mon amour?*«

Wir lachten und seine Finger kitzelten meinen nackten Knöchel, als er meine Socke hochzog und meinen Fuß zurück in den Schuh führte.

Ich erzitterte und klang seltsam atemlos, als ich sagte: »Wahrscheinlich waren die Schnürsenkel lose. Das hab ich nun davon, einmal nicht meine Docs anzuziehen. Von dem Versuch, respektabel zu wirken.«

Reid sah mit einem kleinen Lächeln zu mir auf. »So ein Glück, dass ich da war, um dir zu helfen.« Er band meine Schnürsenkel mit schnellen, festen Handgriffen wieder zu, was mich wahnsinnig erregte, weil ich einfach *komisch* war. Vielleicht war es aber auch gar nicht das Schnürsenkel zubinden, sondern das ganze zu-meinen-Füßen-knien.

»Ehrlich gesagt, wäre ich auch nie ohne dich mit dem Karussell gefahren.«

»Stimmt. Aber du hättest stolpern können. Ich sehe mir kurz auch den Anderen an.« Er band die Schnürsenkel am anderen Schuh neu, bevor er aufstand. »Wer weiß, was für einer Katastrophe wir damit entgangen sind? Wir scheinen beide etwas tollpatschig zu sein.«

»Hmm. Guter Punkt.« Wir standen einander zwischen den hölzernen Pferden nahe, dass sich unsere Schuhspitzen berührten. »Ich hätte—«

»Es tut mir ja leid, dass ich... was auch immer das hier ist, unterbrechen muss«, sagte die Frau von dem Ticketverkauf, die in dem offenen Tor erschienen war laut. Sie trug bereits ihren Mantel und hatte ihre Tasche um. »Aber wir würden gerne nach Hause gehen.«

Wir sprangen auseinander und eilten von dem mittlerweile leeren Karussell. Wir entschuldigten uns, bevor wir schon fast davonliefen.

»Ich freue mich schon zu sehen, was sonst auf deiner Liste ist!«, rief ich und als Reid mir zuzwinkerte, war ich kurz davor, wieder zu stolpern, obwohl beide meiner Schuhe nun fest gebunden waren.

Wir gingen durch den Park in den Norden und liefen an Bäumen und Laternenmasten vorbei, die mit Lichterketten geschmückt waren. Schneeflocken tanzten im Wind.

»Ich sollte hier mal mit meinen Dads herkommen, um die Lichter anzusehen. Die Stadt ist wirklich wundervoll zur Weihnachtszeit. Seth würde es lieben und Logan tut alles, was Seth liebt. Und insgeheim wird er es cool finden.«

Reid sah sich um. »Hm. Es ist tatsächlich schön. Irgendwie achte ich da normalerweise nicht drauf. Weihnachten zieht sich so. Es gibt so viele Events und Partys, auf die ich gehen muss.« Er hob die Hände. »Ich weiß, ich weiß. Du kannst mich Scrooge nennen.«

»Ich verstehe das. Nach meiner Mum dachte ich, ich würde nie wieder Freude an Weihnachten empfinden. Aber Logan und Seth und Tante Jenna stecken jedes Jahr so viel Arbeit in das Weihnachtsfest. Sie macht den besten Truthahn. Einmal, hat sie—« Ich hielt inne. »Tut mir leid, das ist so langweilig.«

»Überhaupt nicht«, versicherte mir Reid, aber das musste er natürlich sagen. Er war höflich. Zwar war ich mir nicht sicher, was genau er in seinem Büro tat, aber höflich zu sein und interessiert auszusehen, wenn man ihm langweilige Geschichten erzählte, gehörte wahrscheinlich zur Jobbeschreibung.

»Jedenfalls—oh, ist das nicht deine Freundin?«

Als wir den Park an der Fifth Avenue verließen, winkte uns eine Frau auf der anderen Straßenseite zu. Es war Madison—nein, Addison—und wir liefen das letzte Stück mit ihr zusammen.

»Connor, du bist wirklich ein Engel, dass du mit zu dem Abendessen kommst«, sagte sie. »Es wird so wahnsinnig langweilig werden. Ich kann nicht fassen, dass Bitsy abgesagt hat. Spießige Veranstaltungen liebt sie doch so sehr.«

»Sie muss wirklich krank sein«, meinte Reid und er stupste meinen Arm an. »Aber ernsthaft, danke.«

»Das ist schon in Ordnung. Wir haben eine Abmachung.« Ich war mir nicht sicher, ob Addison von dem Geld wusste, also hielt ich lieber den Mund.

Sie sagte: »Hoffentlich können wir früh abhauen. Wollt ihr danach mit zu Paul kommen? Colette ist aus Paris zurück. Sollte cool werden.«

Reid schüttelte den Kopf. »Ehrlich gesagt, haben wir etwas vor.« Er warf mir ein Lächeln zu.

»Ein Underground Jazz Club im Village, sofern Connor nichts einzuwenden hat.«

»Warte mal, ehrlich jetzt?« Aufregung machte sich in mir breit. »Ich dachte, das hättest du dir wegen deiner Großmutter ausgedacht. Selbstverständlich bin ich dabei.«

Sein Lächeln weitete sich. »Du wirst es lieben. Und selbst wenn nicht, es ist eine New Yorker Erfahrung.«

»Großartig!« Addison lächelte Reid an und legte den Kopf schief. »Also verbringt ihr zwei das ganze Wochenende miteinander.«

Reid lachte. »Naja…sieht so aus. Geplant hatten wir das nicht.«

»Nein, natürlich nicht«, stimmte Addison zu und lächelte Reid immer noch an.

Mein Handy vibrierte und als ich auf das Display sah, um zu sehen, wer mich anrief, erstarrte ich.

Dad

Mike war seit ich ein Smartphone hatte unter diesem einen Wort eingespeichert gewesen. Auch, wenn es eine Lüge war. Er war nie mein Dad gewesen. Logan und Seth waren meine Dads.

Dennoch hatte ich nie den Kontakteintrag geändert. Es wäre so seltsam ihn abzuspeichern unter…was eigentlich? Vater? Mike? Vermutlich letzteres, aber als ich meine Kontakte geöffnet hatte um den Namen zu ändern, hatte es sich so…endgültig angefühlt.

Oh Mann, ich war bemitleidenswert. Wieso interessierte mich das überhaupt? Ich wünschte so sehr, dass es das nicht würde.

»Okay?«, fragte Reid.

»Jep!« Ich schob das Handy wieder zurück in meine Tasche. Auf keinen Fall würde ich da rangehen. Was zum Teufel hatte er schon zu sagen? Gar nichts. Ich musste endlich erwachsen werden und ihn blockieren, aber das war gerade weder der richtige Ort, noch der richtige Zeitpunkt. Schließlich war ich hier für Reid.

Wir waren an einem der wahnsinnig schicken Wohnhäuser angekommen, von denen aus man einen tollen Blick über den Park hatte und ich hatte das Gefühl, dass, wenn ich Reid und Addison verlieren würde, der Portier mich sofort vor die Tür setzen würde. Und zwar indem er mich am Kragen hinausschmiss, so wie man es in alten Filmen sehen konnte.

Das Abendessen war tatsächlich verklemmt und langweilig und ich nickte und lächelte, während Reid das Sprechen übernahm. Nach dem Essen wurden wir in ein riesiges Wohnzimmer geführt, in dem ein Weihnachtsbaum in silber, weiß und gold den Raum dominierte. Reiche Menschen schienen keinen Gefallen an verschiedenfarbigen Lichtern zu haben oder sogar—Gott behüte—etwas blinkendem.

Ein Streichquartett spielte alte Weihnachtslieder, dessen Texte Seth sicherlich auswendig kannte, nachdem er als Kind zur Kirche gegangen war. Reid und ich standen am Rande des Zimmers und waren schon mehr als bereit, uns wegzustehlen.

»Die beste Freundin meiner Großmutter starrt uns an«, murmelte Reid. »Sieh nicht hin.«

»Wieso sagst du mir das, wenn ich dann nicht hinschauen soll?« Ich behielt meinen Blick auf die Musiker gerichtet.

Reid lachte, ein warmer, tiefer Klang, den ich den ganzen Tag hören könnte.

»Touché.«

»Wenn du die alte Frau auf vier Uhr meinst, jep, die denkt offensichtlich, dass wir Tiere im Zoo sind.«

»Das ist sie. Bunny Epstein.«

»Bunny und Bitsy. Gute Kombi.«

Reid nippte an seinem Wein. Ich liebte, wie das rote Getränk seine Lippen für einen Moment färbte. Vermutlich war seine Zunge auch farbig…

»Kann ich dich küssen?«, fragte er leise.

Als ich versuchte meine Augen von seinen Lippen wegzureißen, schrie mein Gehirn auf: JA!!! Zur selben Zeit spuckte mein wortgewandter Mund: »Hä?«, aus.

»Überschreite ich damit eine Grenze?« Er hob eine Hand. »Natürlich bist du zu nichts verpflichtet. Ich weiß nur, dass Bunny meiner Großmutter von allem berichten wird, und mir geht ihre Einstellung so auf die Nerven.«

»Verstehe ich«, ächzte ich, bevor ich meinen Wein austrank. »Ich bin dabei«

Reid sah mich ruhig an. »Bist du dir sicher? Ich weiß, du hast gesagt, dass du hetero bist. Auf keinen Fall will ich, dass du dich gezwungen fühlst, oder dass es dir unangenehm ist. Es ist keinesfalls ein Teil unserer Abmachung.«

»Nein, ist schon in Ordnung.« Wenn ich an Selbstentzündung glauben würde, hätte ich jetzt Angst, dass ich kurz davor war, zu explodieren und dass, außer einem Berg Asche und meinen Schuhen, nichts mehr von mir übrig bliebe. »Mach ruhig. Es ist nur ein Kuss.«

»Lächle, als hätte ich etwas Wundervolles gesagt.«

Es bedurfte keinerlei schauspielerischen Leistung. Schließlich hatte Reid Cabot gerade gesagt, er wolle mich küssen. Auch, wenn es alles nur gespielt war, grinste ich ihn an. Reid lächelte zurück, lehnte sich zu mir runter und tat es.

Er küsste mich tatsächlich.

Seine freie Hand legte er mir auf den unteren Rücken und seine Lippen streiften über meine. Federleicht und feucht. Ich atmete seinen erdigen Duft ein und presste mich näher an ihn, während unsere Münder sich berührten. Es war süß und sanft und unsere Lippen waren gerade so offen genug, dass es nicht wirkte, als würden wir einfach nur unsere Gesichter aneinander pressen. Ich schmeckte einen Hauch Wein.

Es war *alles*.

Oh Gott, es war fast unmöglich, ihn nicht festzuhalten, damit der Kuss nie aufhörte. Als wir uns trennten, musste ich mich davon abhalten, meine Lippen mit meinen Fingerspitzen zu berühren.

Nur ein Kuss, hatte ich ihm gesagt.

Was ich nicht erwähnt hatte, war, dass es mein allererster gewesen war.

Doch Reid musste nicht wissen, dass ich nicht nur eine Jungfrau war, sondern dass ich noch nie jemanden geküsst hatte. Nicht einmal beim Flaschendrehen oder so etwas. Außer er hatte es herausgefunden, weil ich keine Ahnung hatte, was ich tun sollte. Ich traf seine warmen, braunen Augen und machte mich auf eine Reaktion gefasst. Es war in Ordnung, wenn er anfing zu lachen, oder—

Mein Herz schwoll an, als ein liebevolles kleines Lächeln seine extrem küssbaren Lippen nach oben zog und er zu mir runter sah, als wäre ich etwas Kostbares, während er mit seinem Daumen über meine Unterlippe strich.

Ich erzitterte, und der wahnsinnige Gedanke, dass ich seinen Daumen in den Mund nehmen und daran saugen wollte, schoss mir durch den Kopf.

Als das Streichquartett die ersten Noten von ‚Joy to the World' anstimmte, flüsterte Reid: »Danke, dass du mitgespielt hast.« Irgendwie schaffte ich es, ihm zuzunicken.

Mein erster Kuss war abgehakt und er hätte nur dann perfekter sein können, wenn er echt gewesen wäre.

Kapitel Neun

Connor

D ER KLANG DER Türklingel hallte durch die Wohnung und ich schreckte auf meinem Bett aus dem Schlaf auf. Dadurch stieß ich einen Stapel Notizen auf den Boden, wo sich die Blätter überall verteilten. »Fuck«, murmelte ich, als ich mir über die Augen rieb. Ich konnte Olivia mit wem auch immer, der an der Tür war, über die alte Sprechanlage reden hören. Es folgte ein langer *piiiiiiep*, was bedeutete, dass sie die Eingangstür geöffnet hatte.

Blind tastete ich nach meinem Handy, um auf die Uhr zu sehen. Wo zum Teufel war mein Handy? Moment mal, was für ein Tag war heute überhaupt? Sonntag. Richtig. Es war Sonntag Morgen und ich hatte den Großteil der Nacht mit Lernen verbracht, bis ich einfach eingeschlafen war. Ich tastete die Matratze ab und landete schließlich unter der verdrehten Decke.

Es war nun eine Woche her, seit ich Reid zuletzt gesehen hatte. Allerdings hatte er mir aufmunternde Nachrichten geschickt und ab und zu einfach gefragt, wie es mir ging. Als ich mein Handy hoch hielt, stellte ich mir vor, dass er vielleicht mit Kaffee und Bagels vorbeigekommen war, um mich zu überraschen…

Ich sprang auf die Füße, als ich die Nachrichten von Seth las. »Moment. Was zum Teufel?«, rief ich laut.

Tatsächlich hörte ich Olivia, die Seth und Logan in unsere Wohnung hereinbat. Sie waren hier? Was zum Teufel? Ich stolperte in das Wohnzimmer und stieß dabei fast unseren kleinen Weihnachtsbaum um, den wir auf dem kleinen Regal unter dem Fernseher platziert hatten. Gerade so konnte ich ihn auffangen, doch nun klebte silbernes Lametta an meinen karierten Boxershorts fest.

»Was ist los?«, wollte ich wissen.

»Auch dir einen schönen guten Morgen.« Seth lachte, als er seinen Schal abnahm. »Hast du meine Nachrichten nicht bekommen?« Seine Brille war beschlagen und er wedelte sie in der Luft herum, bevor er sie wieder aufsetzte. Für einen Moment dachte ich, Schneeflocken in seinem dunkelbraunen Haar sehen zu können, doch dann realisierte ich, dass er einfach nur grauer an den Schläfen geworden war.

»Gerade eben erst. Ich bin eingeschlafen.« Irgendwie war es schon fast elf Uhr. Und ich hatte immer noch so viel Material, das ich lernen musste. Zumindest konnte ich nach dem morgigen Tag eine Pause machen. Danach hatte ich noch zwei Klausuren, aber die waren einfacher. Da konnte ich definitiv ein paar Mal mit Reid ausgehen.

An ihn zu denken, machte mich flattrig und nervös, aber ich musste mich konzentrieren. Was war mit meinen Dads los?

Seth sagte: »Wir holen ein Waschbecken für Logans Kunden ab und da dachten wir uns, wir schauen mal vorbei. Alles in Ordnung.« Er hängte seinen Mantel in den Schrank und streckte eine Hand aus, um Logan seine Lederjacke abzunehmen.

Doch Logan war angespannt. Er öffnete seine Jacke, sagte aber nichts. Das war zwar nichts außergewöhnliches, aber ich erkannte die Spannung in seinen Schultern und konnte die Vene erkennen, die unter seinem kurzen Haar nahe seiner Schläfe hervorstand. Seine Haare waren nicht ganz so kurz wie zu seiner Zeit als aktiver Marine, aber er trug immer noch einen ernsthaften Schnitt, der sehr gut zu ihm passte.

Seine blasse Haut war leicht rosig und ich war mir nicht sicher, ob das von der Kälte kam oder davon, dass ihn etwas nervös machte. Sie waren aus einem Grund hier. Sie hatten einen Vibe. Ich überlegte, was ich getan haben könnte, um sie zu verärgern, doch mir fiel nichts ein.

Außer…Nein. Auf keinen Fall konnten sie von dem Geld wissen. Trotzdem verlagerte ich mein Gewicht von einem auf den anderen Fuß und mein Magen drehte sich um. Ich hatte mich darum gekümmert und Reid würde es ihnen auf keinen Fall verraten. Er wusste nicht einmal, wofür ich das Geld gebraucht hatte. Doch auch wenn er es wüsste, würde er es nicht tun.

»Tut mir leid, dass ich deine Nachrichten verpasst hab.« Ich versuchte, das Lametta an meiner Hand abzuschütteln und mich normal zu benehmen. »Die ganze Woche über war ich mit Lernen beschäftigt. Meine wichtigste Klausur ist am Montag, also war das Wochenende ziemlich lernintensiv.«

Olivia deutete auf meine Boxers und mein altes Harvard Shirt. »Das hat er auch schon die ganze Woche an. Ich hege die Hoffnung, dass er sich bald wieder daran erinnert zu duschen.« Sie sah auf ihre Uhr. »Ich treffe mich mit Dylan zum Brunch, also lasse ich euch mal alleine. In Albany ist alles gut, hoffe ich?«

Seth nickte. »Ja. Gestern Abend waren wir bei Will und Michael zu ihrer Weihnachtsfeier eingeladen. Wir haben den Baum geschmückt und Wills Eltern sind aus Schottland angereist. Michael hatte die Überraschung geplant.«

Olivia grinste. »Das ist wunderbar! Tut mir leid, dass ich es nicht geschafft habe, dabei zu sein. Will und Michael sind die süßesten. Klingt nach einer tollen Party.«

»Das war es.« Seth lächelte, aber…Scheiße. Er war auch angespannt. Ihm fiel es viel leichter, es zu verstecken als Logan, aber irgendwas stimmte hier nicht.

Nachdem Olivia die Wohnung verlassen hatte, standen wir zu dritt herum und sahen uns an.

»Was ist los?«, fragte ich.

»Nichts«, antwortete Seth. »Wir waren in der Nähe. Die Wohnung sieht übrigens toll aus.« Er deutete in die Richtung der zum Baum passenden glitzernden Girlanden, die Olivia und ich aufgehängt hatten.

»Danke. Kommt natürlich nicht an deinem Baum ran aber es ist schön. Olivia fährt zu ihrer Familie nach Texas und sie sagte, wir würden gar nicht glauben können, wie viele Bäume und Zeug Angela aufstellt. Aber wahrscheinlich könnt ihr es doch glauben, nachdem ihr wisst, wie sehr sie Weihnachten liebt.« Ich konnte nicht aufhören, sinnloses Zeug zu quatschen, während mein Gehirn versuchte herauszufinden, wieso sie hier waren. Und dann kam mir ein grauenvoller Gedanke. »Seid ihr krank?«

Seth und Logan blinzelten mich an und sahen verblüfft aus. »Hä?«, meldete sich Logan zu Wort.

»Seid ihr deshalb hier? Ist einer von euch beiden krank oder sowas und ihr wolltet es mir nicht übers Telefon sagen?« Mein Magen drehte sich, während mein Gehirn alle Krankheiten auflistete, die sie haben könnten, während ich sie beobachtete, um mögliche Anzeichen und Symptome zu entdecken.

»Nein!« Seth hielt seine Hände hoch. »Wir sind nicht krank. Uns geht's gut und allen zu Hause geht's auch gut.«

Misstrauisch betrachtete ich sie. »Selbst Opa?«

Logan nickte. »Bei meinem Alten ist alles wie immer. Ich schwöre es.«

»Okay.« Beruhigt atmete ich laut aus.

Seth sagte: »Wir bleiben auch nicht lange. Wir wissen, dass du lernst, und wir müssen am späten Nachmittag wieder in Albany sein. Jenna hat uns zum Abendessen eingeladen, damit sie ein neues Rezept für überbackene und gleichzeitig geröstete Kartoffeln für Weihnachten ausprobieren kann. Können wir nicht einfach vorbeikommen, um Hi zu sagen?«

»Nein, ja, natürlich.« Ich rieb mir über das Gesicht und schlurfte in die Küche. »Ich brauche Kaffee.« Okay, wenn sie von dem Geld wüssten, würden sie mich einfach nur anschreien, oder? Es hinter sich bringen? Nach einem Moment fragte ich: »Ähm, wollt ihr auch welchen?« Es fühlte sich komisch an, meine Dads zu bewirten.

»Sicher«, antwortete Seth. »Das wäre toll, stimmt's?« Er warf Logan einen Blick zu.

»Jep«, stimmte Logan zu. Er ging zu meinem Schlafzimmer und lugte hinein. »Ist sonst niemand hier?«

»Nur ich, meine Unibücher und meine Notizen.« Obwohl ich alle meine Notizen auf dem Laptop hatte, hatte ich sie ausgedruckt, um meinen Augen eine Pause zu gönnen. »Wieso? Ihr habt Olivia doch gerade gehen sehen.« Ich brauchte wirklich dringend Koffein. »Wer sollte sonst hier sein?«

Logan stopfte seine Hände in die Hosentaschen und zuckte mit den Schultern.

Während Seth über das antike Waschbecken redete, das sie für einen von Logans Kunden abgeholt hatten, machte ich die Kaffeemaschine an. Sie schienen nicht wütend zu sein und sie hatten mir versichert, dass sie nicht krank waren. Vielleicht war doch alles in Ordnung und sie waren vorbeigekommen, weil sie gerade in der Gegend waren.

»Das Waschbecken klingt cool«, sagte ich und gähnte laut. »Tut mir leid, ich war letztes Wochenende zu viel unterwegs, also habe ich diese Woche nur gelernt.«

»Was hast du letztes Wochenende gemacht?«, fragte Seth beiläufig. Vielleicht etwas zu beiläufig?

Ich verschränkte meine Arme. »Was ist los? Ihr verhaltet euch komisch.«

»Weil du uns nicht die Wahrheit sagst!« Logans Nasenflügel blähten sich auf. »Wieso hast du es uns nicht einfach erzählt?«

Mein Herz sank mir in die Hose und mir stieg Säure in den Hals. Sie wussten doch, wie verdammt dumm ich gewesen war. Dass die Schulden mich über Jahre hinweg verfolgen würden, selbst wenn ich meine Ausbildung zum Arzt abgeschlossen hatte. Was, wenn ich mir meine Finanzen für den Rest meines Lebens versaut hatte?

Wie hatten sie es herausgefunden? Fuck, fuck, *fuck*.

Seth hob seine Hände. »Lasst uns alle mal tief durchatmen. Alles ist in Ordnung. Wir sind nur…verwirrt, Connor. Wir hatten nicht gedacht, so etwas von jemand anderem zu erfahren.«

Oh Mann, hatte mein Vater es ihnen erzählt? Nein. Wieso zum Teufel würde Mike das tun? Panik stieg in mir auf und ich fühlte mich, als wäre ich wieder in Rencliffe und die Rektorin hatte meine Dads gerade in ihr Büro bestellt, um ihnen zu sagen, dass ich mein Leben ruinierte.

Aber nun sollte ich erwachsen sein. Ich versuchte meine Stimme neutral zu halten. *Fake it until you make it.* »Was genau habt ihr gehört?«

»Dass du mit Ashers älterem Bruder zusammen bist«, antwortete Seth.

Ich starrte sie an und wiederholte Seths Worte immer und immer wieder in meinem Kopf, um sicher zu gehen, dass ich ihn nicht falsch verstanden hatte. »Oh!« Fast wollte ich erleichtert loslachen. »Ich…«

Aber, Moment. Das war auch nicht gut. Fuck. Ich war noch nicht bereit für die ich-will-mit-Männern-zusammen-sein Unterhaltung. Blut rauschte mir in den Ohren und mir wurde schwindelig, während ich anfing zu schwitzen. Sofort ging ich eine mentale Symptom Checkliste durch, bevor ich versuchte mich zu konzentrieren.

»Wir sind nicht sauer«, sagte Seth.

Ich schnaubte in Logans Richtung. »Hast du die Mitteilung auch bekommen?«

Ein zögerliches Lächeln zog an seinen Lippen und er grunzte. »Ich bin nicht sauer.« Er blies einen langen Atem aus. »Ich mache mir Sorgen. Ich verstehe es einfach nicht. Wer ist dieser *Reid*? Wie alt ist er?«

»Neunundzwanzig. Hört zu, es ist nicht was ihr denkt. Außerdem bin ich dreiundzwanzig und kein Kind mehr.« Sicher, ich war eine Jungfrau, die gerade mal vor einer Woche ihren ersten Kuss hatte, aber das tat nichts zur Sache.

»Also bist du mit Reid Cabot in einer Beziehung?«, fragte Seth sanft, während die Kaffeemaschine anfing zu piepsen, um zu signalisieren, dass sie eine Tasse Kaffee durchgelassen hatte.

Ich reichte Seth die Tasse und beschäftigte mich mit der nächsten Kapsel. Mein Gesicht war heiß und ich wusste, dass ich errötet war. »Nein, sind wir nicht«, antwortete ich wahrheitsgemäß. Ich wollte sie nicht anlügen. Ja, das mit dem Geld war eine Notlüge, aber das hier war etwas anderes. Sie standen mitten in meiner Küche.

Sie hatten mich nie wirklich nach meinem Liebesleben gefragt, oder der Abwesenheit meines Liebeslebens. Abgesehen von den Gesprächen über Safe Sex, hatten sie nie Druck auf mich ausgeübt. Ich hatte ihnen gesagt, ich hätte zu viel mit der Uni zu tun um mit jemandem auszugehen und das hatten sie immer akzeptiert.

»Seid ihr nicht?«, fragte Seth. »War das ein Missverständnis?«

»Ehrlich gesagt, folgen wir eurem Beispiel«, sagte ich und drehte mich zu ihnen um, während ich die leere Kaffeekapsel von einer Hand in die andere warf. »Ich bin über die Feiertags Reids fake Freund.«

Sie tauschten einen überraschten Blick aus. Logan sagte: »Ihr tut nur so? Arbeitet er für Angela oder sowas?«

Ich lachte und entspannte mich etwas. »Nein, aber seine spießige Großmutter will nicht akzeptieren, dass er bi ist, und versucht ihn mit lauter Frauen zu verkuppeln, als befänden wir uns im Mittelalter. Also gehe ich als sein Freund mit ihm auf ein paar Partys. Das ist alles.«

»Er nutzt dich aber nicht aus?«, fragte Logan.

»Was? Nein!« Ich verdrehte die Augen. »Ich bin keine zwölf mehr.«

»Weiß ich, aber…« Logans Schultern entspannten sich endlich. »Okay. Gut.«

Seth trank von seinem Kaffee. »Ihr führt die Familientradition weiter.«

»Das habe ich auch gesagt!« Ich grinste. »Außer, dass ihr zwei dann wirklich zusammengekommen seid.« So sehr ich auf Reid stand, das würde für uns nie in Frage kommen.

Zumindest dachte ich das? Sicher, ich hatte die ganze Woche nicht aufhören können, an den Kuss zu denken und ich konnte es kaum abwarten, ihn wieder zu sehen und einen weiteren Punkt von seiner New Yorker Liste abzuhaken. Er hatte mir ein paar Hinweise geschickt und wir trafen uns an meiner Uni gleich nach meiner Klausur.

Fast, als würde er mich auch vermissen.

»Will und Michael sind nach ihrer fake Beziehung zusammengezogen«, sagte Seth. »Du weißt es also nie. Vielleicht, du und Reid…Wenn du das wollen würdest? Mit Reid oder einem anderen Typen.« Schnell fügte er hinzu: »Oder Frau. Person. Oder auch nicht. Du musst mit niemandem ausgehen. Gibt sehr viele Leute, die das nicht wollen. Das liegt an dir. Wir unterstützen dich, egal mit wem du zusammen sein willst oder auch nicht.«

Ich hielt die leere Kapsel fest und war froh, als die nächste Tasse fertig war und ich sie Logan reichen konnte. Er und Seth schienen darauf zu warten, dass ich etwas sagte. Sie hatten dieses geduldige Dad-Ding drauf, worin sie so gut waren.

Das war der Moment. Ich könnte es ihnen einfach sagen. Ich könnte es ihnen endlich sagen. Ich hatte mir immer vorgestellt, dass ich mir eine wortgewandte Rede zurechtlegen würde für den richtigen Moment. Aber jetzt, in meiner Küche, erschöpft und schlaf-verschwitzt, war das der richtige Moment?

Mein Herz raste. »Ähm, ich habe nie, also… Ich denke

nicht…« Verzweifelt versuchte ich die richtigen Worte zu finden und scheiterte kläglich. Soviel zu meiner perfekten Rede.

Seth nickte. »Okay. Hey, wir haben noch gar keine Umarmung bekommen.« Er öffnete seine Arme und ich machte einen dankbaren Schritt nach vorne.

Er murmelte: »Du weißt, dass du uns alles sagen kannst, oder?«

»Alles«, bestätigte Logan. »Wann immer du möchtest.«

Ich umarmte ihn als nächstes und Logan klopfte mir auf den Rücken, so wie er es schon immer getan hatte. Als ich mir meine eigene Kaffeetasse nahm, musste ich mit den Augen blinzeln, um das Brennen loszuwerden. Schnell öffnete ich den Kühlschrank, um die Sahne rauszuholen und eine ruhige Minute zu haben.

Ich könnte es ihnen wirklich sagen.

Das mit dem queer sein, die Sache mit dem Geld—alles, so wie Logan gesagt hatte. Aber ich hatte die Schulden abbezahlt, wieso sollte ich sie grundlos damit belasten? Ich konnte sie jetzt nicht enttäuschen. Bei dem Gedanken daran wurde mir schon etwas schlecht. Und sollte ich nicht abwarten, bis ich tatsächlich mit einem Typen zusammen war, bevor ich mein Coming-out hatte?

»Con?« Logans tiefe Stimme klang besorgt.

Mit einer hastigen Handbewegung schüttete ich etwas Sahne in meinen Kaffee und etwas mehr Sahne über den ganzen Tresen. Am Waschbecken benetzte ich ein umweltfreundliches Geschirrtuch aus Bambus, das Olivia gekauft hatte, und wischte die Sahne auf. Ich sollte das Geld vergessen. Das war erledigt und es gab keinen Grund, ihnen Sorgen zu bereiten.

Was den Rest anging… ich dachte an das Gespräch, das Olivia und Angela geführt hatten. *Imposter Syndrom* war nichts, was ich je für mich selbst in Erwägung gezogen hätte, aber es passte irgendwie, oder nicht?

»Hey.« Seths warme Hand landete auf meiner Schulter. »Ich

glaube, es ist sauber.«

»Stimmt.« Ich lachte nervös und wusch das Tuch ab, ohne meine Dads anzusehen. Ihre Sorge lag spürbar in der Luft und fühlte sich an, als würde sie sich wie eine Decke um mich legen.

»Ich meine, wenn ich schwul *wäre*—«

Fuck, ich hatte es gesagt.

Schnell zwang ich mich dazu, mich von der Spüle aus umzudrehen und sie anzusehen. Sie standen beide einfach da und warteten ab, so wie immer.

»Wenn du schwul bist, dann ist das wundervoll«, sagte Seth. Seine Augen glänzten, was mich auch jeden Moment zum weinen bringen würde. »Wir lieben dich genau so wie du bist.« Neben ihm nickte Logan.

»Ich *glaube* schon. Aber ich habe nie…« Es fiel mir schwer zu atmen und ich würde zu hundert Prozent gleich anfangen zu heulen. »Ich bin es aber. Ich bin schwul.«

Dann umarmte Seth mich wieder und Logan legte seine Arme um uns beide und ich weinte nicht nur, ich schluchzte. Wieso hatte ich jemals auch nur für eine Sekunde gedacht, dass meine Dads irgendwie anders reagieren würden, als sie es gerade taten?

»Es ist alles okay«, flüsterte Seth. »Wir haben dich.«

»Und ihr wisst, dass das nicht eure Schuld ist, oder?«

Seth lehnte sich etwas zurück, um mich anzusehen. Seine Augenbrauen zogen sich zusammen und Logan hatte einen ähnlichen Gesichtsausdruck aufgesetzt. Seth fragte: »Was meinst du?«

»Dass ich nicht schwul bin wegen irgendetwas, das ihr getan habt.«

Seths dunkle Augenbrauen schossen in die Höhe und Logan fragte: »Wieso zum Teufel sollten wir das denken?«

»Solltet ihr nicht«, sagte ich schnell. »Ich weiß nur, wie ignorant manche Menschen sein können.«

»Das weiß ich sehr gut, aber diese Menschen interessieren uns nicht«, machte Seth klar. »Die können zur Hölle fahren, hörst du?«

Das waren starke Worte von Seth und ich nickte und wischte mir über das verweinte Gesicht. »Okay. Also. Ähm, jetzt wisst ihr es. Oh Mann, ich hatte nicht gedacht, dass das heute passieren würde.«

»Kann sein, dass wir dich überrascht haben«, sagte Logan. »Aber als wir hörten, dass du mit Ashers Bruder zusammen bist, waren wir einfach wahnsinnig verwirrt.«

Ich schüttelte den Kopf. »Wer hat euch das erzählt?«

Als sie es mir erklärten, schnäuzte ich meine Nase.

Ich hatte gerade mein Coming-out.

Ein Teil von mir dachte, dass ich gleich mit meinem Lehrbuch aufwachen würde, das mir in die Hüfte stach und dass das hier alles ein Traum gewesen war. Aber es war echt und obwohl ich immer noch schniefte, fühlte es sich an, als könnte ich einfacher Luft holen. Ich hatte es getan und es war nicht so furchterregend gewesen wie gedacht.

»Habt ihr es gewusst?«, fragte ich. »Dass ich auch queer bin?«

Sie tauschten einen dieser Blicke aus, mit denen sie eine ganze Konversation führten.

Logan zuckte mit den Schultern. »Es ist uns durch den Kopf gegangen. Jenna meinte, du hättest ihr Gaydar aktiviert.«

Die Erinnerung an den Rest der Familie ließ mich wieder zusammenzucken. »Werdet ihr es ihr erzählen? Und allen anderen?«

»Das kommt ganz auf dich an«, versprach Seth. »Es gibt keine Eile.«

»Ja, okay. Cool. Können wir damit noch bisschen warten?«

Logan nickte. »Wie du möchtest. Du weißt ja, es hat eine Weile gedauert, bis ich es in meinen Dickschädel bekommen habe, dass ich bi bin.«

»Jep«, sagte ich. »Daran erinnere ich mich.« Wenn er sich

nicht in Seth verliebt hätte, wäre ich mir nicht so sicher, ob Logan diese Einsicht je gehabt hätte.

Er rieb sich über sein stoppeliges Gesicht. »Ich bin einfach nur froh, dass es dir gut geht und ich Reid Cabot nicht vermöbeln muss.«

»Und nochmal, ich bin dreiundzwanzig Jahre alt«, sagte ich, musste aber lachen. »Reid ist ein perfekter Gentleman. Ehrlich gesagt, ist er ziemlich cool.«

»Oh?« Seth nippte an seinem Kaffee. »Das freut mich zu hören. Sollten wir brunchen gehen?«

»Wenn wir schonmal in Manhattan sind«, sagte Logan. »Ich glaube, das gehört hier zum Gesetz.«

Schnell sprang ich unter die Dusche und war immer noch seltsam aufgedreht davon, dass ich meinen Dads die Wahrheit gesagt hatte. Das hatte ich an diesem Morgen nicht erwartet, aber ich war wirklich erleichtert.

Wir schafften es, einen Tisch im Galaxy Diner zu ergattern. Die hatten mein liebstes, fettiges Essen in Hell's Kitchen. Ich erzählte Logan und Seth von dem Jazz Club, zu dem Reid mich mitgenommen hatte, während wir Bacon und Eier aßen und einen zweiten Kaffee tranken.

»Es war toll. Sie haben Weihnachtslieder gespielt und der ganze Raum war seidig und cool. Wir haben unsere eigene Flasche Wodka mitgebracht und sie haben uns Gläser und Mixgetränke und Eis gebracht.«

Logans Lippen pressten aufeinander, während er ein Stück von einem riesigen Turm Pancakes abschnitt. »Können die sich nicht einfach eine Alkoholgenehmigung besorgen und eine normale Bar sein?«

Ich lachte. »Naja, schon. Aber dann wäre es ja nicht mehr *underground*. Das macht keinen Sinn, aber es ist cool.« Was ich nicht erwähnte, war dass es so voll gewesen war, dass wir Schulter an Schulter hatten sitzen müssen. Dass sich unsere Knie unter dem kleinen Tisch berührt hatten, auf dem ein kleines Teelicht geleuchtet hatte.

Mein Handy vibrierte und ich grinste, als ich die Nachricht von Reid las, die auf meinem Display erschien. »Er hat mir gerade einen Hinweis auf das nächste Ding geschickt, das wir machen.«

»Das nächste Ding?«, fragte Seth, bevor er sich eine Gabel seines Western Omeletts in den Mund schob.

»Oh, Reid hat für mich eine Liste mit typischen New Yorker Erlebnissen erstellt.«

»Das klingt nach Spaß.« Seth lächelte fragend. »Aber ich dachte, ihr tut nur so, als wärt ihr ein Paar vor seiner Großmutter?«

Schnell riss ich meinen Blick von der Nachricht los, die ich gerade ein zweites Mal gelesen hatte. »Oh, stimmt. Tun wir auch! Das ist nicht – das ist unabhängig davon. Wir sind Freunde, denke ich. Wir haben uns früher öfter getroffen, aber das ist schon ein paar Jahre her.« Reid und ich waren jetzt Freunde, oder nicht? Es schien zumindest so. »Hier ist der Hinweis auf die nächste Aktivität: ‚Don't go low‘. Hmm.«

Seth liebte Rätsel. Er dachte darüber nach. »Das offensichtlichste ist natürlich, dass das Gegenteil von low, high ist.«

»Er will, dass du high bist?« Logan verlagerte seine Aufmerksamkeit von seinen Pancakes auf mich und funkelte böse.

Ich verdrehte die Augen. »Du hörst gar nicht zu. Hmm. Etwas, das hoch, also high ist… The High Line! Das ist so ein cooler, hochgelegener Park. Da war ich mal, aber an dem Abend war ich ziemlich betrunken.«

»Erzähl uns mehr davon«, sagte Seth trocken.

»Hey, ich bin alt genug, um betrunken zu sein. Das ist nicht wie früher, als Asher und ich immer nur ein bisschen was aus den Flaschen im Alkoholregal genommen haben, bis wir kotzen mussten.«

Logan lachte, als Seth das Gesicht verzog und sagte: »Zum Glück.« Er schüttelte den Kopf. »Es ist manchmal schwer vorstellbar, dass du alt genug bist, um Medizin zu studieren, ganz abgesehen vom Alkohol trinken.«

Ich zuckte mit den Schultern. »Kann sein.« Schnell tippte ich eine Antwort an Reid ein, löschte sie dann aber wieder. Sollte ich ihm sagen, dass ich es erraten hatte? Ich wollte ihm die Überraschung nicht versauen. Allerdings konnte ich auch falsch liegen.

»Erde an Connor.« Logan hob eine Augenbraue. »Kein Handy am Tisch.«

»Ich weiß, ich weiß«, murmelte ich.

»Du bist zwar alt genug, um Medizin zu studieren, aber manche Dinge ändern sich nie«, sagte Logan.

»Naja, du weißt mehr darüber, wie es ist, alt zu sein, als ich.« Ich schenkte ihm ein freches, breites Grinsen.

»Na gut ihr zwei«, maßregelte Seth, obwohl auch er lächelte.

Ich aß ein weiteres Stück Bacon und da überkam es mich: Zwar hatte ich mein Coming-out gehabt, aber mit meinen Dads zusammen zu sein, fühlte sich genauso an wie vorher. Ich hatte so lange eine solche Angst davor gehabt, es ihnen zu sagen, aber es war in Ordnung. Mehr als in Ordnung. Es war ziemlich wundervoll. Sie waren immer noch dieselben Dads.

»Wir sind so stolz auf dich«, sagte Seth, als hätte er meine Gedanken gelesen.

Wie machte er das bloß?

»Wartet mal ab, bis ich meine Noten bekomme, und dann sehen wir weiter«, witzelte ich.

Seth lachte. »Das sagst du immer und dann hast du tolle Ergebnisse.«

»Das war wirklich eins der ersten Dinge, die mir deine Mum über dich erzählt hat«, meinte Logan. »Dass du ein verdammtes Genie bist und voller Bullshit, wenn es darum geht, deine Noten vorauszusagen.«

»Ich gehe davon aus, dass sie es mit anderen Worten ausgedrückt hat«, sagte Seth.

Ich lächelte durch die aufkommende Zuneigung und den Schmerz und das Verlangen. »Nee, das klingt nach ihr. Hat sie dir je erzählt, dass sie versucht hat, mich zu verarschen, als ich in Rencliffe angenommen wurde?«, fragte ich Logan.

»Ich glaube nicht.«

»Wochenlang habe ich darüber gesprochen, dass ich die Aufnahmeprüfung verkackt habe und das Stipendium niemals bekommen würde. An dem Tag, an dem der Brief dann kam, war ich zu nervös, ihn zu öffnen, also hat sie es für mich getan. Sie hat keine Miene verzogen, während sie den Brief las, aber als sie dann versuchte zu sprechen, konnte sie es nicht mehr aufrecht halten und hat angefangen zu weinen und zu schreien, dass ich bestanden hatte.«

Logan lächelte. »Das klingt nach Veronica. Ein totales Weichei.«

Plötzlich fühlte sich mein Hals ganz dick an und ich ächzte: »Total«, bevor ich einen Schluck Kaffee trank.

»Sie wäre verdammt stolz auf dich«, grummelte Logan.

Ich nickte und ragte: »Hast du, ähm, das Knicks Spiel gesehen?« Einmal zu weinen reichte für einen Tag vollkommen aus.

Als Logan und ich über Basketball redeten und Seth geduldig zuhörte, dachte ich an Reids altes Knicks T-Shirt, das ich getragen hatte, als ich bei ihm übernachtet hatte.

Nur noch ein Tag, an dem ich für die Klausur lernen musste, und dann würde ich ihn wieder sehen.

Mir war bewusst, dass ich nicht so aufgeregt sein sollte. Wie ich es Logan und Seth schon erklärt hatte, ich *war* in keiner Beziehung mit Reid. Zwar hatte ich in jeder Sekunde, die ich nicht mit Lernen beschäftigt war, über unseren Kuss nachgedacht, aber das war normal. Schließlich war es mein erster gewesen und zwar mit einem Typen, auf den ich schon seit Jahren stand.

Das hatte nichts zu bedeuten.

»Connor?«, fragte Seth. »Hörst du zu?«

Ich blinzelte mich zurück in die Gegenwart. »Tut mir leid, mein Gehirn läuft fast über. Das Lernen und dann…« Ich hielt inne. »Aus irgendeinem Grund war ich so nervös, es euch zu erzählen. Seit Jahren. Jetzt sitzen wir hier und verstopfen unsere Arterien, als wäre nichts passiert.«

Mit einem vollen Mund fragte Logan: »Das ist doch gut oder nicht?«

»Ja.« Ich lachte und vielleicht klang es ein bisschen manisch. »Das ist gut. Es ist das beste. Wisst ihr, Asher hat offenbar Reid gesagt, ich sei queer. Kann sein, dass er es immer schon gewusst hat. Ich sollte ihm sagen, das er recht hatte. Ihm kann ich es sagen. Er wird nichts Komisches denken.«

»Wer wird etwas Komisches denken?«, fragte Logan. »Wenn sie es tun, dann können sie sich selbst ficken.«

»Direkt ins Ohr«, fügte Seth hinzu.

Logan und ich sahen einander an und brachen in schallendes Gelächter aus. Logan legte Seth seinen Arm um die schlanken Schultern und küsste ihn auf die Wange. »Das ist eine richtige Kampfansage von dir.«

Seth errötete. »Ich überlasse euch beiden die Obszönitäten.« Er schüttelte den Kopf und lächelte. Zu mir sagte er dann: »Du kannst Reid auch sagen, dass du dein Coming-out hattest.«

»Stimmt, das kann ich wohl.« Ich trank meinen Kaffee aus und deutete einer vorbeikommenden Bedienung, dass ich gerne noch einen hätte. Logan schlug Kuchen und Sahne als Nachspeise vor und ich stimmte zu, obwohl ich voll war. Als Seth anfing, uns über Angelas neusten Ausbau ihrer Firma zu erzählen, hörte ich nur halb zu.

Meine Nerven kamen wieder zurück bei dem Gedanken, es Reid zu erzählen. Es war schließlich erst ein paar Wochen her, seit dem Thanksgiving Essen, bei dem ich noch penetrant drauf bestanden hatte, hetero zu sein. Wahrscheinlich würde er denken, ich wäre unzuverlässig im besten Fall und ein Lügner im schlimmsten Fall. Oder vielleicht…

Ich konnte nicht aufhören, über den Kuss nachzudenken. Auch, wenn es ein Teil der Show gewesen war. Vielleicht musste es aber keine Show bleiben? Vielleicht konnte ich Reid sagen, dass ich ihn in Wirklichkeit als meinen Freund wollte.

Was hielt mich davon ab?

Gott, abgesehen davon, dass er sich bei dem Gedanken, wirklich mit mir zusammen zu sein, den Arsch ablachen könnte? Das wäre aber zu gemein und würde Reid nie tun. Er würde nicht lachen aber er wäre unfassbar lieb, während er mir einen Korb gab. Das wäre potenziell sogar noch schlimmer.

Nichts ändert sich, wenn sich nichts ändert.

Die Stimme meiner Mum hallte durch meinen Kopf. Ich war seit Jahren im Closet und hatte das endlich geändert. Es war nun vielleicht eine Stunde her, aber mein ganzer Körper vibrierte mit dieser aufgeregten Energie und dem Drang, es noch offizieller zu machen, wenn das Sinn machte.

Zwar hatte ich meinen Dads gerade erst gesagt, dass ich es erstmal noch niemand anderem sagen wolle, aber es fühlte sich an, als wollte ich das doch.

Wenn ich es Reid gestand, würde sich dann etwas Monumentales zwischen uns ändern? Oder bildete ich mir das nur sein?

Es gab nur einen Weg das herauszufinden.

Kapitel Zehn

Reid

ALS CONNOR DIE Subway Station verließ und in seinen Doc Martens in dem schwindenden grauen Tageslicht über die Straße lief, wusste ich, dass ich ein ernsthaftes Problem hatte.

Meine Alarmglocken fingen an zu läuten und das Risiko war untragbar hoch. Ich musste Veto einlegen und flüchten, bevor er mich auf dem belebten Gehweg inmitten des fallenden Schnees entdeckte.

Doch ich bewegte mich nicht. Ich beobachtete, wie er auf mich zukam und sein Gesicht anfing zu leuchten wie ein sprichwörtlicher Weihnachtsbaum, als er mich entdeckte und mir zuwinkte.

Ich wollte ihn wieder küssen.

Es war unakzeptabel und doch nicht von der Hand zu weisen. Die ganze Woche hatte ich mich gefühlt, als wäre ich in meinen Meetings schlafgewandelt und habe an nichts anderes denken können, als dass ich Connor wieder küssen wollte. Ich wollte ihn *mehr* als küssen.

Ein aufgeregter Schauder durchfuhr mich bei dem Gedanken an all die Dinge, die ich mit Connor tun wollte.

An all die Dinge, die ich nicht mit ihm tun *konnte*, weil er nur so tat, als wäre er mein Freund.

Er tat nur so, als wäre er queer, auch, wenn mich das zum Grübeln brachte. Ehrlich gesagt, war ich mir ziemlich sicher, dass er nicht hetero war, aber das Einzige, was zählte, war, was Connor dachte und fühlte.

Ich winkte ihm zu, als er auf mich zulief und, oh *Gott*, wie konnte es sein, dass ich ihn die Woche über so sehr vermisst hatte? Das war verrückt! Er trug sein typisches Outfit bestehend aus Stiefeln, Jeans und dieser Lederjacke. Schnee bedeckte seinen Kopf und seine Hände waren nackt. Wieso hatte er nicht wenigstens Handschuhe an?

»Hey!«, rief ich ihm zu, als er vor mir stand. Dann öffnete ich meine Arme und wir umarmten uns. Connors schlanker Körper presste fest gegen meinen.

Offenbar umarmten wir uns jetzt, wenn wir einander sahen. Connor hielt mich fest und wir lösten uns nur, weil wir den Gehweg behinderten und die Menschen, die um uns herumlaufen mussten, uns mit ihren Ellbogen zu verstehen gaben, was sie davon hielten.

Wir lachten unbeholfen und Connor sagte: »Ähm, hey.« Seine blassen Wangen waren pink und eine Schneeflocke schmolz auf seiner Nase.

»Wie war's?«

Er stöhnte auf. »Keine Ahnung. Ich möchte sagen, dass es ein Desaster war, aber Asher und meine Dads würden nur die Augen verdrehen und dir sagen, dass ich das immer behaupte. Was stimmt.«

»Ich habe vollstes Vertrauen, dass es kein Desaster war. Tut mir leid, das ich dich nicht direkt danach abholen konnte.«

»Ach quatsch, es hätte gar keinen Sinn gemacht, wenn du nach deinem Meeting wieder Richtung Uptown gekommen wärst. Außerdem ist die High Line gleich hier.«

Ich grinste. »Du hast also herausgefunden, was unsere nächste Aktivität ist.«

»Du hast mir einen Riesentipp gegeben.«

»Oder es liegt an deinem riesigen Hirn. Hast du noch Lust

drauf?« Ich hob mein Kinn und beäugte die schweren weißen Massen, die sich auf einigen der Gebäude ansammelten. »Wir scheinen den ersten großen Schneefall des Jahres erwischt zu haben für unseren Spaziergang.«

»Ich bin dabei. Hattest du nicht gesagt, dass du zuerst zu irgendeinem Feiertags-Ding musst?«

Alle anderen Gedanken, die nichts mit Connor zu tun hatten, hatten sich, sobald ich ihn erspäht hatte, aus meinem Kopf verabschiedet. »Scheiße, ja.« Ich sah auf meine Uhr. »Es ist nur eine Happy Hour in einer Bar. Aber es ist ein wichtiger Kunde und meine Großmutter wird da sein. Für einen Moment werde ich erscheinen müssen. Wir holen uns einfach einen Drink und hauen dann wieder ab.«

»Alles gut. Nach der Klausur könnte ich gut einen Drink gebrauchen.« Er gähnte, als wir losliefen.

»Hast du wieder bis tief in die Nacht gelernt?«

Connor nickte. »Ich werde schnell paranoid, dass ich nicht genug gelernt habe und ich etwas Wichtiges übersehe.«

»Hatte Asher nicht gesagt, dass du in Rencliffe nur Einser hattest?«

»Jep. Als ich mich zusammengerissen hatte. Fast haben sie mich rausgeschmissen.«

Ich deutete ihm, an der nächsten Ampel abzubiegen. »Wow, das habe ich gar nicht mitbekommen.«

»Das war ein schwacher Moment, an dem ich mein Potential nicht ausgeschöpft habe.« Er verzog das Gesicht. »Das war kurz nachdem meine Mum gestorben war und alles scheiße war, vor allem mit Logan. Dann hat er sich überreden lassen so zu tun, als wäre er mit Seth verlobt und alles änderte sich. Ehrlich gesagt, war ich so ein Arschloch, dass ich mir nicht ganz sicher bin, wieso Logan mich nicht einfach im Wald ausgesetzt hat.«

Bei den Worten lachte ich laut auf. »Gut, dass er es nicht getan hat. Obwohl, vielleicht wärst du von Wölfen adoptiert worden oder sowas.«

»Ich glaube, man muss ein Baby sein, damit ein Tarzan Szenario funktioniert. Aber naja, da ist jetzt das Medizinstudium. Da kann ich nicht alles für selbstverständlich nehmen. Dank meiner Noten habe ich ein Stipendium bekommen, aber dafür muss ich auch die guten Noten behalten.«

Sanft drückte ich ihn am Arm. »Ich bin mir sicher, dass du das wunderbar gemacht hast.« Mit schief gelegten Kopf begutachtete ich das Schild, als wir der Bar entgegen liefen. Die Fenster waren mit Tannenzweigen und goldenen Lichterketten geschmückt. »Da sind wir schon.«

»Okay. Boyfriend-Modus wird aktiviert.« Er gab mir ein Lächeln und schien, als wolle er noch etwas sagen. Bevor ich danach fragen konnte, legte er mir schon seinen Arm um die Hüfte. Ich legte meinen Arm um seine Schultern und genoss das Gefühl, ihn so nah bei mir zu haben. Allerdings war ‚genießen‘ ziemlich milde ausgedrückt.

Vielmehr schwelgte ich darin.

Als uns die willkommene Wärme entgegenkam, suchte ich den langen Raum ab. Menschen saßen in kleinen Grüppchen an der Bar und den hohen Tischen und unterhielten sich. Zusammen mit einer jazzigen Weihnachtsmusik, die aus den Lautsprechern kam, entstand dadurch eine ordentliche Geräuschkulisse. Ich dachte Ella Fitzgerald erkennen zu können, die über Frosty, den charmanten Schneemann sang.

Sofort entdeckte ich meine Großmutter und hob eine Hand, um ihr zu winken, während ich lächelte und mit dem anderen Arm weiterhin Connor an mich presste. Ihr erwidertes Lächeln war flach und sie widmete sich sofort wieder ihrer Unterhaltung mit einem der Vize Präsidenten, der für einen unserer Kunden arbeitete. Ihre geschmückten Finger hatte sie um ein Glas Weißwein gelegt.

Nachdem ich nicht lange genug bleiben wollte, um unsere

Jacken an der Garderobe abzugeben, und nachdem Connor immer noch kein Fan davon war, jemandem seine Jacke zu überlassen, legten wir sie uns einfach über die Arme und schnappten uns zwei Gläser Champagner von einem Kellner. Ein Anderer hatte ein Tablett voller Frühlingsrollen, doch Connor lehnte ab.

»Kein Hunger?«, fragte ich, als auch ich dem Kellner signalisierte, dass wir nichts wollten.

Er zuckte mit den Schultern und murmelte etwas. Er schien aus irgendeinem Grund nervös zu sein und ich fuhr mit meiner Hand langsam seinen Rücken hoch und runter. Durch seine Kleidung konnte ich ihn zittern spüren, also bewegte ich uns weiter von der Eingangstür weg.

Während ich mit ein paar VIPs Small Talk führte, nickte und lächelte Connor, wenn nötig. Die ganze Zeit über behielt ich meine Hand fest an seinem unteren Rücken.

Als wir für einen Moment an der Bar alleine waren, hängten wir unsere Jacken über einen Stuhl. »Bist du dir sicher, dass du okay bist? Du machst einen nervösen Eindruck?«, murmelte ich.

»Wirklich?« Er schien überrascht, lachte aber sofort darüber. »Das sind die Nerven nach so einer großen Klausur denke ich.«

Ich zögerte. »Bist du dir sicher, das du…das hier…immer noch tun willst?« Ich hob eine Augenbraue und hoffte, dass er verstand was ich sagen wollte.

Sofort nickte Connor. »Jep. Alles in Ordnung.« Er trank seinen Champagner in einem Schluck aus.

»Solange du dir sicher bist.« Irgendetwas stimmte nicht. Ich versuchte möglichst leise zu sprechen. »Wir können aufhören. Du hast deine Aufgabe schon erledigt.«

Seine Augenbrauen trafen sich in der Mitte. »Es ist erst der zwölfte. Wir haben immer noch eine ganze Woche, bevor ich heim fahre. Ich will nicht aufhören.«

Vielleicht hatte es etwas mit dem Geld zu tun? Zwar hatte ich ihn nicht darüber ausgequetscht, wieso er das Geld gebraucht hatte, aber konnte das der Grund für seine Nervosität sein?

»Ich will auch nicht aufhören«, gestand ich ihm ehrlich. »Solange du dir sicher bist.«

»Ich bin mir sicher.« Seine Augen glänzten und er öffnete den Mund um etwas zu sagen, schloss ihn aber dann wieder. Dann lehnte er sich näher zu mir und flüsterte: »Du kannst mich wieder küssen.« Er beobachtete mich genau, bevor er hinzufügte: »Wenn du möchtest, meine ich. Für…das hier.«

War es unehrlich ihn jetzt zu küssen? Vermutlich war es das letztes Wochenende schon gewesen, aber ich hatte es mir nicht verkneifen können zu fragen. Nun bot Connor es an und Verlangen brodelte in meinem Bauch. Die verantwortungsvolle Reaktion wäre, sein Angebot abzulehnen und Distanz zwischen uns aufzubauen. Mein Leben lang war ich immer verantwortungsvoll gewesen. Als der ältere Bruder und Erbe musste ich das sein.

Wäre es so schlimm, wenn ich für eine Minute mal nicht verantwortungsvoll wäre?

Die Hitze, die von Connors Körper ausging, fühlte sich an, wie knackendes Feuer und ich bewegte mich näher auf ihn zu, bevor ich meine Hand an seine errötete Wange legte. Seine Lippen öffneten sich und er traf mich auf halbem Wege, bevor unsere Münder aufeinander pressten. Es dauerte ein paar Herzschläge lang, bevor wir uns lösten und uns in die Augen sahen.

Dann küssten wir uns nochmal.

Diesmal mit mehr Kraft dahinter. Unsere Köpfe bewegten sich und unsere Arme schlängelten sich umeinander. Gerade bevor sich unsere Zungen trafen, erinnerte ich mich daran, dass wir uns in der Öffentlichkeit befanden. Mit einem atemlosen Lächeln trat ich einen Schritt zurück.

»Das sollte ausreichen, *mon amour*«, flüsterte ich und Connor grinste.

Wir lachten und beschäftigten uns damit, uns neue Gläser Wein zu besorgen. Als ich mich umsah, um nachzusehen, ob

Großmutter uns böse anfunkelte, zuckte ich überrascht zusammen, weil ich Asher im Eingangsbereich vorfand.

»Hey!«, sagte ich viel zu laut.

Asher beobachtete uns misstrauisch. »Hey.« Dann erhellte sich sein Gesicht und er winkte Großmutter zu, bevor er seinen Wollmantel auszog, der voller Schnee war. Er verzog das Gesicht und entschuldigte sich bei dem Kellner, der ihm den Mantel abnahm.

»Was machst du hier?«, fragte ich.

»Ich bin hier für Gamma und mein Weihnachtsessen. Es ist der einzige Abend an dem sie Zeit hat. Naja, hiernach.« Er zog an Connors Arm. »Hey, Mann. Wie war die Klausur? Ich hab dir gestern Abend eine Nachricht geschickt.«

»Ja, tut mir leid«, sagte Connor. »Ich musste mich konzentrieren.«

»Cool. Du hast gesagt, es gibt etwas, das du mir sagen möchtest?« Asher schnappte sich ein Glas Weißwein von einem Kellner. »Was gibt's?«

»Oh, gar nichts!« Connor fing an herumzuzappeln und die Hälfte seines Weins schwappte aus dem Glas und auf seinen Pullover. »Ups! Bin gleich wieder da.« Er quetschte sich an ein paar Leuten vorbei und verschwand in Richtung der Toiletten.

Asher sah sich um, bevor er mir mit seinem Finger in die Seite pikste und zischte: »Was ist los? Ist das Ding, das Connor mir erzählen will, dass ihr es miteinander treibt?«

»Schhh! Und nein. Sei nicht albern.«

»Dude, ich habe euch beide gerade küssen sehen, als würdet ihr euch gleich mitten in der Bar die Klamotten vom Leib reißen. Vor Gamma, Gott, und den Mitarbeitenden von welch auch immer Firma das Ding hier veranstaltet.«

»Wenn du Utopia nur ein kleines bisschen Aufmerksamkeit schenken würdest, dann wüsstest du wessen Party das hier ist.«

Asher riss die Augen auf. »Als ob *das* gerade wichtig ist? Raus damit. Ich hatte recht oder?« Er wimmerte. »Nein, sag es mir nicht. Connor sollte das tun.«

»Hör zu, ich weiß nicht, was er dir erzählen will, aber wir haben keinen Sex.« Mein Gesicht brannte. Das war nicht der richtige Ort für diese Diskussion.

»Okay, ich glaube dir.« Er winkte aufgeregt. »Sag Con, dass ich morgen mit ihm reden werde. Ich gehe mal besser Hi zu Gamma sagen.«

»Sag ihr, dass ich schon los muss.« Ich zog meinen Mantel an und schnappte mir Connors Jacke, als er wieder zurück kam.

»Sag es ihr selber!«, erwiderte Asher. »Ich will da nicht in die Mitte geraten.«

»Pech gehabt.« Schnell führte ich Connor aus der Bar. Ich war gekommen und hatte damit meine Pflicht erfüllt. Das musste Großmutter ausreichen.

Natürlich packte mich sofort der Zweifel und die Schuld. Connor und ich duckten uns, als ein Windstoß kam und den Schnee um uns herumwirbelte und machten unsere Jacken zu.

War Großmutter enttäuscht, dass ich nicht länger geblieben war? Entzog ich mich meiner Verantwortung, die ich Utopia gegenüber hatte? Versaute ich mir gerade jegliche Chance, dass sie in mein Wohnprojekt investieren würde?

»Willst du immer noch gehen?«, fragte Connor. Er hatte bereits wieder frischen Schnee in den Haaren, seine Wangen waren gerötet und seine Augen leuchteten.

All meine Sorgen schienen zu verfliegen. »Absolut«, sagte ich. »Hier.« Ich holte eine Beanie aus meiner Tasche und zog sie ihm über den Kopf.

»Was ist mit dir?«, beschwerte er sich.

»Ich hole sie mir später wieder zurück.«

Wir stiegen die Stufen zu dem Park hinauf, der auf einem alten gehobenen Gleisbett gebaut worden war und sich bis Chelsea schlängelte. Sirenen heulten in der Ferne und Hupen klangen von unter uns, als die Montag Rush Hour ihren Höhepunkt fand.

»Es ist der Wahnsinn, wie weit weg man sich hier oben fühlt«, sagte Connor, als wir anfingen, auf der breiten Promenade zu spazieren, die mittlerweile ein paar Zentimeter Schnee aufwies.

»Ich hatte schon eine Weile vor, hier runter zu kommen, habe es aber nie geschafft.«

In dem Moment war ich froh, meine Stiefel angezogen zu haben und reichte Connor einen meiner Handschuhe. »Hast du deine vergessen?«

Er zögerte kurz, nahm mir das Leder dann aber ab und zog es sich über seine linke Hand. Die Rechte steckte er in seine Jeanstasche. »Danke. Jep. Ich bin schon froh, dass ich mich daran erinnert habe, eine Hose anzuziehen, wenn ich ehrlich sein soll.«

Der Gedanke an Connor ohne Hose erwärmte mich innerlich und ich lachte, als wir an einer Jugendstil Statue eines Baumes, der langsam von einer dicken Schicht perfekten Schnees bedeckt wurde, vorbeikamen. Der Schnee dämpfte alles ab, auch unsere Schritte. Während andere Menschen in beide Richtungen an uns vorbeiliefen, schien der Schneesturm die meisten Leute nach drinnen vertrieben zu haben.

Getrocknete Grashalme streckten sich in die Luft und dicker Schnee balancierte auf den Knospen ruhender Blumen. »Ich war noch nie im Winter hier«, gestand ich. »Ehrlich gesagt war ich schon jahrelang nicht mehr hier oben. Das macht mir an der Liste am meisten Spaß. Leider nehme ich zu viel von dem, was New York zu bieten hat, als selbstverständlich hin und ich muss mich bemühen das zu schätzen zu wissen, was sich direkt vor meiner Haustür befindet.«

Connor sah sich um. Dunkelheit war schnell zusammen mit dem Schnee über uns hereingebrochen. »Die Lichter sind der Wahnsinn. Wir sind mitten in der Stadt, und doch irgendwie fernab davon. In einer Blase. Central Park hat denselben Vibe.«

»Hat er«, stimmte ich ihm zu und beobachtete ihn dabei, wie

er die Skyline beobachtete. Ein kleines Lächeln zog an seinen Mundwinkeln und ich erinnerte mich daran, wie sanft und fest sie sich unter meinen Lippen angefühlt hatten. Wie er dieses winzige Geräusch gemacht hatte, ein süßes Seufzen, das—

»Kumpel!«, rief ein Mann, als unsere Schultern aneinander stießen. Connor hatte mich im letzten Moment zur Seite gezogen und seine kalte Hand hielt meine fest, sonst wäre ich direkt in den Typen reingerannt.

»Achte darauf, wo du hingehst, verdammt!«, fügte der Mann hinzu und eilte in die entgegengesetzte Richtung.

»Ups.« Ich versuchte darüber zu lachen.

»Alles in Ordnung?« Connor drückte meine Hand und sah mich so besorgt an, dass mein Herz anfing sich zu verdreifachen.

»Jep. Keine Gehirnerschütterung, versprochen. Das einzige, was verletzt ist, ist mein Stolz. Vielleicht ein Teil meiner Würde. Wahrscheinlich habe ich morgen einen blauen Fleck auf der Schulter. Ich verspreche dir, normalerweise bin ich nicht so tollpatschig.«

Nur, wenn ich dabei bin, dich anzusehen und nicht darauf achte, wo ich hingehe.

Connor lächelte, als er meine Hand los ließ um sanft auf meiner Schulter herumzudrücken.

»Du hast immer so cool gewirkt, als ich noch jünger war. So vornehm.«

»Uh-oh. Mein Geheimnis wurde aufgedeckt. Ich bin nichts davon, trotz meiner Designeranzüge.« Ich kreiste meine Schulter. »Es ist in Ordnung. Wirklich.« Diesmal griff ich nach seiner Hand und unsere nackte Haut traf aufeinander. »Kalt«, bemerkte ich und bewies damit nochmals, dass ich weder cool, noch vornehm, noch charmant oder irgendein anderes Synonym davon war.

Wir standen im fallenden Schnee an dem Geländer und abseits des Weges, auf dem ein paar Menschen vorbeieilten und sahen einander an. Connor verschränkte unsere Finger miteinander, obwohl niemand den wir kannten hier war, der Großmutter davon berichten könnte.

Er blinzelte mich an und seine Lippen öffneten sich, als er einen scharfen Atemzug einsog und dann platzte es aus ihm raus: »Ich wollte dir etwas sagen. Oder… dich etwas fragen.« Die Worte kamen wie Kanonenkugeln aus ihm herausgeschossen.

Es dauerte einen Moment, bis ich sie verstand. »Na gut.«

Connor zögerte und biss sich auf die niedlichste und sexieste Art auf die Lippe.

Ich drückte sanft seine Finger. »Du kannst es mir sagen.«

»Was, wenn ich nicht hetero bin?«

In meinem Kopf fing Handels ‚Halleluja Chor‘ an zu spielen. »Dann würde ich dich nochmal küssen wollen«, brachte ich hervor. »Aber wir sollten uns wahrscheinlich unterhalten, über—«

Mit seiner behandschuhten Hand in meinen Haaren, zog Connor mich zu sich hinunter und küsste mich. Er presste seinen Mund hastig auf meinen und er erschauderte, als wir aneinander festhielten und uns schmeckten, bis wir uns lösen mussten, um nach Luft zu schnappen.

Seine Augen waren dunkel vor Lust und seine Lippen glänzten, als er zu mir aufsah.

»Tut mir leid, ich habe dich unterbrochen.«

»Alles gut. Das ist gut.« Ich atmete schwer und hielt ihn fest gegen mich. Meine Hand rutschte wieder an seinen unteren Rücken. Ich wollte ihn gegen das Geländer pressen oder den nächsten Baum finden, damit wir unsere Schwänze aneinander reiben konnten, aber ich hielt mich zurück. Gerade so.

Ich konnte spüren wie hart er war und ich sah mich um. Danke Mutter Natur, für den zunehmenden, schweren und dichten Schnee. Kurzerhand griff ich nach seinem Hintern in seinen Jeans und rieb mich an ihm.

Connor stöhnte sanft auf. »Ich habe also nicht unrecht? Du willst wirklich…mit mir? Ich weiß, das sollte alles nur zur Schau sein und alles, aber…«

»Ich möchte dich die ganze Nacht küssen.« Sanft fuhr ich mit meinen Lippen an seinem Kiefer entlang bis zu seinem Ohr. »Ich will verdammt nochmal mehr tun, als dich nur zu küssen.« Connor versteifte sich und sein Atem stockte. War das Aufregung oder etwas anders? Ich hob meinen Kopf.

»Veto?«

Er schüttelte den Kopf und Schneeflocken verfingen sich auf seiner Nase und in seinen Wimpern.

»Kein Veto. Können wir uns vorher nochmal küssen?«

Als Antwort fing ich seine Lippen mit meinen und ließ meine Zunge in seinen Mund eindringen. Für einen kurzen Moment wartete ich ab, um zu sehen, ob er sich wieder versteifen würde, doch er schien zu schmelzen und stöhnte sanft. Vorsichtig ließ ich unsere Zungen gegeneinander gleiten und Connor machte kleine, wimmernde Geräusche. Er schien zufrieden damit, mir das Ruder zu überlassen, also erkundete ich seinen Mund.

Er schmeckte nach Champagner und ich hätte ihn verschlingen können. Das hätte ich auch getan, würden wir nicht Gefahr laufen, auf der High Line eingeschneit zu werden.

Zögerlich löste ich mich von ihm. »Meine Wohnung. Taxi.« Connor nickte begeistert.

Mit unseren nackten Händen miteinander verschlungen, rannten wir schon fast die nächstgelegenen Stufen runter und kollidierten fast mit einem Mitarbeiter des Parks, der Schnee schippte. Nachdem wir uns entschuldigt hatten, erreichten wir endlich die Straße und stöhnten beide auf, als wir den Stau sahen.

»Subway geht schneller«, entschied ich und sofort machten wir uns auf zur nächsten Station.

Wenn wir ein Taxi gefunden hätten, hätten wir uns noch mehr küssen können. Zumindest hätten wir uns umarmen und zusammmen kuscheln können. Doch in dem C Train zur Rush Hour? Keine Chance.

»Ich habe dich die ganze Woche über vermisst«, murmelte ich, als wir uns an den Stangen über unseren Köpfen festhielten. Unsere Körper waren aneinander gepresst, nachdem es zur Rush Hour so voll war.

Mein Verlangen nach ihm war so groß, dass ich ihm noch näher sein wollte. Ich wollte, dass meine Haut seine berührte.

»Ich dich auch«, gestand er. Sein Gesicht war errötet, die Augen strahlten und seine Haare waren verwuschelt, als er meine Mütze abnahm und sie mir wieder zurück gab.

Hatte ich *jemals* schon jemanden so dringend küssen wollen? Wenn ich es hatte, dann konnte ich mich nicht mehr daran erinnern.

»Ich bin so froh, dass du an Thanksgiving ja gesagt hast. Das hier hätte ich nie erwartet.« Ich lachte. »Untertreibung des Jahres.«

»Ich auch nicht.« Connors Lachen war aufgeregt. Er sah sich um und senkte dann seine Stimme. »Davon habe ich geträumt.«

Mein Herz fing an zu rasen. »Von mir?«

Er nickte.

Ich lehnte mich an sein Ohr und flüsterte: »Wie hast du dir mich vorgestellt?«

Connors Gesicht lief hochrot an und er stammelte vor sich hin.

»Ist schon okay«, murmelte ich und legte meine Hand auf seine Hüfte, direkt unter der Lederjacke. »Du kannst es mir zeigen.«

»Du gibst mir das Gefühl einen Myokardinfarkt zu haben.«

Ich lachte. »Das geht mir genauso. Denke ich.«

Connor lächelte zu mir auf und das Grübchen erschien. Wieso bewegte sich die Subway so langsam? Wir krochen vor uns hin, bevor wir wieder Fahrt aufnahmen. Ich erinnerte mich daran, das selbst das hier immer noch schneller war, als mit einem Taxi in dem Schnee und Verkehr nach Uptown zu gelangen.

Wir zwängten uns zusammen, während andere Fahrgäste sich

an uns vorbeidrückten, um an der Forty-Second Street auszusteigen. Trotz dessen, dass wir uns inmitten all dieser Menschen befanden und der Geruch von jemandem, der gerade einen Hotdog mit Sauerkraut verspeiste, in der Luft lag, konnte ich Connors Shampoo riechen. Es war sauber und simpel und einfach perfekt für ihn.

Nicht, dass er simpel war. Aber vielleicht ein bisschen…unschuldig?

»Woran denkst du?«, fragte er auf einmal.

»An dich«, antwortete ich ehrlich. »Und daran, wieso diese verdammte Subway nicht schneller fährt.«

Endlich kamen wir an meiner Haltestelle an der Seventy-Second Street an. Mit unseren nackten Händen miteinander verschlungen, liefen wir an Unmengen von Weihnachtslichtern vorbei, die zwischen dem fallenden Schnee auffunkelten. Ein altes Weihnachtslied—das über die singenden Engel—kam in meiner Eingangshalle über die Lautsprecher. Schnell winkte ich Gus zu, der hinter seinem Tisch saß und drückte auf den ‚Schließen‘-Knopf in dem mit Holz verkleideten Aufzug. Ich konnte es kaum abwarten, Connor wieder zu küssen.

Wir keuchten und lachten zusammen und küssten uns wild. Ich wollte jeden Zentimeter an ihm schmecken und dann wieder von vorne anfangen. Mein ganzer Körper kribbelte vor Lust und Glücksgefühlen und ich hätte mich in ihm verlieren können. Er war einfach so lieb und wundervoll und ich wollte in seinen Körper klettern.

»Du bist wunderschön«, murmelte ich, als wir aus dem Aufzug taumelten und immer noch halb umschlungen waren. Natürlich krachten wir so fast in meine Nachbarin rein. »Mrs. Trent!«, rief ich aus und wischte mir mit meinem Handrücken etwas Spucke vom Mund.

Mit weit aufgerissenen Augen starrte die ältere Frau uns an. Sogar ihr Mund stand offen. Ihr Blick wanderte über uns und ihr kleiner schwarz-weißer Sheepadoodle bellte zu ihren Füßen und wackelte so fest mit dem Schwanz, dass es schien, als würde er gleich abfallen.

»Hi Pepper. So ein guter Junge«, säuselte ich und beugte mich runter, um ihn zu streicheln, bevor ich Connor nach mir her zog. »Frohe Weihnachten, Mrs. Trent.«

»Ihnen auch«, antwortete sie und ich konnte deutlich Amüsement in ihrer Stimme erkennen.

»Oh mein Gott«, murmelte Connor. »Wird sie das allen Bewohnern im Haus erzählen?«

Ich fummelte mit meinen Schlüsseln herum und schaffte es endlich, die Tür aufzusperren. »Sie kann gerne herumerzählen, dass ich mit meinem wunderschönen, verdammt sexy Freund im Aufzug rumgemacht hab.«

Connor lächelte, allerdings konnte ich Anspannung in seinen Schultern erkennen und die Atmosphäre schien etwas geladen, als ich realisierte, was ich gerade gesagt hatte. Naja, ein Wort davon.

Schnell schloss ich die Tür hinter uns. »Was ich meine, ist…« Das. Genau das, was ich gesagt hatte. Ein Teil von mir wollte es unter den Teppich kehren und zwar mit beiden Händen, damit ich Connor wieder anfassen konnte, aber ich zwang mich dazu innezuhalten, nachzudenken und darüber zu reden. »Ich weiß, dass du nicht wirklich mein Freund bist. Noch nicht? Aber vielleicht? Wenn du das überhaupt wollen würdest?«

»Ähm…« Connor schluckte schwer. »Darüber sollten wir wahrscheinlich reden?«

»Jap. Aber das muss nicht genau jetzt sein, oder? Können wir uns darauf einigen, dass wir jetzt erstmal wirklich gerne Sex miteinander haben wollen?«

Er stöhnte und zog sich meinen Handschuh aus, bevor er am Reißverschluss seiner Jacke weitermachte. »Jep. Sex, jetzt. Da sind wir uns einig.« Seine Finger zuckten.

»Exzellent.« Sofort streifte ich meinen Handschuh, Mantel

und Stiefel ab.

Die Lichter waren aus und der Schalter war zu weit weg. Ich hatte die Jalousie im Wohnzimmer offen gelassen und das goldene Licht der verschneiten Stadt schien sanft herein. Zum ersten Mal wünsche ich, ich hätte einen Weihnachtsbaum, um meine Wohnung noch gemütlicher zu machen.

Seit wann interessierte ich mich für Gemütlichkeit? So sehr ich Connor seine Kleider vom Leib reißen und ihn ficken wollte, bis wir beide ohnmächtig wurden, hielt ich inne und nahm sein Gesicht zwischen meine Hände, um ihn sanft zu küssen.

Wir standen da und küssten uns, bis ich blind einen Schritt zurück machte und hoffte, die Couch zu treffen. Stattdessen knallte ich gegen eine Wand, aber das sollte reichen. Unsere Küsse wurden immer wilder und ich stöhnte auf, als Connors kalte Hände auf meine nackte Haut unter meinem Pullover stießen.

Er atmete schwer und ließ sich auf die Knie fallen, bevor er mit angespannten Fingern meine Schenkel umfasste. Er sah unter seinen dichten Wimpern zu mir auf und fragte: »Ist das gut?«

Der Anblick von Connor, der mir zu Füßen kniete, war *extrem gut* und mein Schwanz schwoll gegen den Reißverschluss meiner Hose an. »Ja. Gibt es etwas Bestimmtes, das du da unten willst?«, witzelte ich.

Anstelle mir schüchtern oder schmutzig zu antworten, sah Connor nach unten. »Ähm…«

Mit gerunzelter Stirn streichelte ich mit meiner Hand über sein weiches Haar, das durch den schmelzenden Schnee ganz feucht war. »Du musst nichts tun, das du nicht tun willst«, sagte ich.

»Ich will kein Angsthase mehr sein.« Connor schluckte schwer und wenn er nicht schon studieren würde, wäre seine Stimme vermutlich gebrochen, als es aus ihm heraussprudelte: »Ich will einen Schwanz lutschen.«

»Meinen im Speziellen, hoffe ich? Naja, das ist auch der einzige, der gerade im Raum ist. Außer du bist sehr beweglich.«

Er blinzelte mich an und atmete wahnsinnig schnell, und ich konnte fast dabei zusehen, wie er sich in sich verkroch, nachdem mein Witz ganz offenbar seinen Zweck verfehlt hatte. Vorsichtig hob ich seinen Kopf am Kinn leicht an und gab ihm ein ermutigendes Lächeln—hoffte ich jedenfalls.

»Hey, es ist okay. Du kannst tun, was du möchtest. Oder wir hören auf. Es gibt keinen Grund, nervös zu sein.«

Connor blinzelte wieder zu mir auf und, wow, er war wirklich schön.

Diese riesigen braunen Augen waren so verletzlich, obwohl sein Ton kraftvoll war.

»Ich will nicht aufhören. Ich will dich.«

Er öffnete meine Hose und befreite meinen Schwanz, bevor er ihn intensiv ansah und die Eichel mit seinen Fingern berührte. Mein ganzer Körper erschauderte.

»Du bist beschnitten. Das habe ich mich schon immer gefragt. Ich dachte mir, nachdem Asher beschnitten ist, würdest du es auch sein. Tut mir leid, ich sollte jetzt nicht über deinen Bruder sprechen.«

»Ist schon in Ordnung.« Mit einem Finger fuhr ich seine Ohrmuschel nach.

Er leckte sich die Lippen. »Ich will dich in meinem Mund.«

Da konnte ich nur nicken und meine Eier fühlten sich sofort schwer an. »Ich gehöre nur dir.«

Mit einem tiefen Atemzug sprang Connor fast schon auf meinen Schwanz zu und nahm mich fast bis zum Anschlag in den Mund, bevor er anfing zu würden. Er saugte hart und sein Mund fühlte sich wundervoll an. Heiß und feucht und willig.

Ein bisschen zu willig. Er hustete und japste nach Luft und murmelte: »Sorry.«

»Hey, hey. Langsam. Wir haben die ganze Nacht Zeit.«

Er schüttelte seinen Kopf und murmelte: »Wieso kann ich

nichts richtig machen?«

»Whoa.« Ich hob seinen Kopf wieder an. »Ist das das erste Mal, dass du einen Schwanz lutscht?« Das wäre nicht überraschend, nachdem er vor heute Abend darauf bestanden hatte, dass er hetero sei. Obwohl ich definitiv vor meinem Coming-out viele Schwänze gelutscht hatte.

Sein Blick landete überall, nur nicht auf mir, aber er nickte und errötete zugleich. Er zuckte mit den Schultern. Ein Zucken so heftig, dass es schon fast gewalttätig aussah. Wenn er nicht aufpasste, würde er sich die Schulter auskugeln.

Connor murmelte: »Ich habe noch nie wirklich irgendetwas getan.«

Das Rhythmische Piepsen meines mentalen Alarmsystems jaulte auf. »Du meinst mit einem anderen Mann?«

Wieder antwortete er mit einem schmerzhaft aussehenden Schulterzucken. »Mit niemandem.«

»Auch in Harvard lief nichts?«

Er ließ seinen Kopf hängen und murmelte: »Ich musste hart arbeiten, um mein Stipendium zu behalten. Meine Eltern können sich nicht so viel leisten wie deine.«

Na gut, aber über vier Jahre hinweg, die er im College verbracht hatte, hatte man doch sicherlich eine ruhige Minute, um mit jemandem zu schlafen? Er hätte ab und zu mal auf eine Party gehen können und—

Wieso war ich in meinem Lösungsmodus? Es war völlig egal, ob Connor schonmal mit jemandem Sex gehabt hatte im College. Nichts anderes, als jetzt mit ihm hier zu sein, war von Bedeutung.

»Das ist okay.« Ich streichelte ihm über den Kopf, doch er war so angespannt, dass ich mir nicht sicher war, ob er meine Berührungen überhaupt wollte.

»Tut mir leid.« Er ließ seine Hände von meinen Beinen fallen und erst da fiel mir auf, wie fest er meine Schenkel umklammert hatte. »Das ist nicht, worauf du dich eingestellt hattest, ich weiß.«

Das lief alles ganz und gar nicht nach Plan. »Kommst du zu mir hoch? Bitte?« Er stand auf, Kopf immer noch nach vorne gebeugt und ich streichelte ihm über die Wange um ihn darin zu bestärken, mich anzusehen. Er tat es nicht. »Du hast nichts, wofür du dich entschuldigen müsstest. Du hast nichts falsch gemacht.«

Connor verschränkte seine Arme fest über der Brust und knurrte: »Es ist so erbärmlich, noch eine Jungfrau zu sein. Ist schon okay, du kannst lachen.«

Völlig vor den Kopf gestoßen blinzelte ich ihn an. »Nein.« Ich legte eine Hand an seine Wange und presste meine Lippen auf seine heiße Haut. »Baby, ich lache nicht.« Dann küsste ich seine andere Wange, seine Stirn und seine Nasenspitze, wo vorhin die Schneeflocken geschmolzen waren. Sanft streichelte ich ihm über den Rücken und über die Seiten. Seine Augen schwammen mit zurückgehaltenen Tränen und ich konnte kaum Atmen, da ich plötzlich so von dem Drang überkommen war, diesen schönen Jungen zu küssen.

Connor atmete lautstark aus, bevor er sich in meinen Armen entspannte und ich schickte ein stummes Dankgebet in den Himmel. Jetzt musste ich nur noch herausfinden, was ich am besten sagen konnte.

»Es ist alles in Ordnung«, war alles, was ich murmeln konnte. Mein Nacken war ganz feucht, nachdem sein Atem mich dort traf, wo er sein Gesicht gegen meine Haut presste.

Connor schluckte laut. Die Wärme seiner Wörter strich mir über die Haut. »Ich hatte immer zu viel Angst gehabt«, wiederholte er. »Ich will einfach nur…«

Fuck, ich konnte mir nur zu gut vorstellen, was er wollte, denn dasselbe Gefühl floss durch meine Adern. »Sag es mir«, bat ich ihn und rieb mit meinem Daumen über seine Hüfte. Es fühlte sich intim an, ohne dass ich sofort nach seinem Hintern griff und dadurch vielleicht zu forsch war.

»Ich hab genug von meiner Angst.«

»Gut. Es gibt hier nichts, wovor du dich fürchten müsstest. Nicht mit mir.«

Connor hob seinen Kopf. Sein rotes Gesicht war ganz verweint. »Ich weiß. Nachdem du mich bei dieser Party geküsst hattest, war es, als wäre dieses riesige, mysteriöse, gigantische Ding plötzlich echt.« Er presste seine Hände auf meine Brust, bis meine Nippel anfingen, durch meinen Pullover zu kribbeln.

»Also…wir konnten uns anfassen und obwohl ich ein beschissener Küsser bin, weil ich null Erfahrung habe, war es nicht mehr auf diesem hohen Podest. Wahrscheinlich macht das alles keinen Sinn.«

»War das etwa dein erster Kuss?«

»Wie schon gesagt, ich bin erbärmlich.« Er konnte mich nicht ansehen.

Da musste ich ihn einfach küssen und fing seinen Mund sanft aber bestimmt mit meinem ein. Connor seufzte und wir küssten uns langsam und tief. Ich hielt ihn in meinen Armen und ich wollte ihn gleichzeitig in Sicherheit wiegen, seine Unschuldigkeit bewahren, ihn beschützen und gleichzeitig brummte mein Körper vor Lust und mit dem tiefen Verlangen, nackt zu sein und mit ihm zu kommen.

Langsam atmete ich durch die Nase und stellte mir die sanfte weibliche Stimme von der Meditations App vor, die ich gerade ausprobierte.

»Atme friedvoll ein. Halte die Luft in der Mitte deines Herzens. Lass sie noch nicht los. Und nun atme langsam aus, behalte den Frieden in dir und lass dich davon führen, obwohl du gerade ausatmest.«

Allerdings war mein Schwanz immer noch steinhart, mein Puls raste und Schweiß lief mir über die Stirn. Deshalb war Meditation völliger Blödsinn. Connor stöhnte in meinen Mund, während unsere Zungen auf Entdeckungsreise gingen.

Nachdem ich ihn atemlos geküsst hatte und falls er nochmal versuchen wollte, für mich auf die Knie zu gehen, dann würde ich durch seine geschwollenen Lippen dringen und ihm beibringen, wie er mich lecken und berühren und an mir saugen sollte, ohne sich beim ersten Mal zu übernehmen…

In dem Moment fiel mir auf, dass die beste Art und Weise, es ihm beizubringen, war, es ihm zu zeigen. Er war hart und ich fuhr mit meiner Hand zu seinem Schwanz, bevor ich den Kuss brach und fragte: »Ist das okay?«

Connor nickte und rieb sich an meiner Hand.

»Du musst kommen, stimmt's?«

Seine Antwort war nur ein Wimmern.

»Ich hab dich, Baby. Ich werde mich um dich kümmern, okay?« Sanft drückte ich zu, bevor ich von ihm abließ und unsere Positionen vertauschte. Vorsichtig fragte ich: »Möchtest du, dass ich dir einen blase?«

»*Fuck.*« Er ließ seinen Kopf nach hinten gegen die Wand fallen. »Ja.«

»Vorsichtig. Der Herr Doktor kann keine Gehirnerschütterung bekommen.« Mit einem Zwinkern ging ich vor ihm auf die Knie und öffnete langsam seine Jeans. Sein Schwanz spannte den weißen Stoff seiner Boxer Briefs an. Langsam küsste ich ihn durch die Baumwolle und schleckte über den feuchten Fleck, an dem er bereits leckte.

»Oh, fuck«, murmelte er und ballte seine Hände an seinen Seiten zu Fäusten. Sein ganzer Körper war angespannt.

»Ist schon okay, du wirst noch nicht kommen.« Ich zog seine Jeans und seine Unterhose bis zu seinen Knien runter. Sein Schwanz sprang heraus und traf mich fast im Auge, was wahnsinnig bescheuert gewesen wäre, nachdem ich hier der angebliche Experte war.

»Du kannst mich anfassen«, sagte ich ihm. »Leg deine Hände auf meinen Kopf.« Ich lehnte mich gegen seine Finger. »Genau so. Perfekt.«

Ich presste meine Nase gegen seine Leiste, wo krauses Haar

mich kitzelte. Dann fuhr ich über seine Hüfte, während ich mit meinen Fingern Kreise über seine Schenkel zog. Seine Beine waren leicht behaart und seine Muskeln zitterten. Die Versuchung, mich selbst anzufassen, schockierte mich in ihrer Intensität.

Er war noch nicht einmal in meinem Mund. Ich sollte nicht derjenige sein, der vor Lust und Verzweiflung fast verrückt wurde. Tatsächlich konnte ich mich nicht einmal an das letzte Mal erinnern, als ich so dringend Kommen musste.

»Reid.«

Ein Lachen entwich mir. »Wolltest du irgendwas?«

Seine Finger vergruben sich fester in meinem Haar. »Bitte.«

Langsam leckte ich über seine Eier und dann über seinen schlanken Schaft. Von der Unterseite bis zur Spitze, wo ich dann seine Vorhaut runterzog. Ich setzte mich zurück auf meine Knie. Mein eigener Schwanz hing immer noch raus und ich sah ihn an, während ich nachgab und anfing mich zu streicheln.

»Kannst du es sagen? Was du von mir willst?«

Connors dunkle Augen lagen auf mir. In dem Leuchten des Schnees war sein Gesicht blass und wunderschön. »Ich will, dass du meinen Schwanz lutscht«, flüsterte er.

Gerade so verkniff ich mir ein Stöhnen und umfasste meinen eigenen Schwanz fester. »Guter Junge.« Langsam ließ ich meinen eigenen Schwanz los und umfasste stattdessen seine Hüften, um das Zittern seines Körpers zu beruhigen. Ich lehnte mich näher an ihn und leckte über seine glänzende Spitze, wo ich den bitteren Lusttropfen schmeckte. »Ich liebe deinen Geschmack.«

Er stieß nach vorne und sein Schwanz machte einen Satz. Während ich zu ihm aufsah, umhüllte ich seine Eichel mit meinen Lippen und fing an zu saugen. Nicht so hart, wie ich es gerne getan hätte, denn ich hatte mir vorgenommen, es langsam angehen zu lassen.

»Fuck, Reid! Ich kann nicht glauben, dass das gerade passiert.« Seine Hände zitterten auf meinem Kopf. »Davon habe ich so oft geträumt.«

Ein Schauder lief mir den Rücken runter und ich ließ mit einem feuchten *Pop* von ihm ab, um zu ihm hoch zu grinsen. »Hast du das wirklich?«

Er nickte. »Ich habe so für dich geschwärmt.«

Wie hatte ich das nicht gemerkt? Das war ja auch egal, jetzt waren wir schließlich hier. Ich leckte über ihn und legte meine Hand um seinen Schaft, bevor ich sie auf und ab bewegte. »Als du dir uns zusammen vorgestellt hast, war es so wie es jetzt ist?« Mein Herz pochte und Aufregung kribbelte über meine Haut.

Connor nickte wieder. »Genauso. So…alles.«

Ohne Vorwarnung nahm ich ihn tief in den Mund, bevor ich ihn wieder los ließ. *Alles* klang ziemlich gut. »Hast du dir vorgestellt, in meinem Mund abzuspritzen?«

Keuchend erschauderte er und sein Schwanz wurde vor meinen Lippen noch härter, als könne er es kaum abwarten, wieder in mich einzudringen. »*Ja.*«

»Ich will dein Sperma schlucken, Baby. Gibst du es mir?«

Als Connor heiser zustimmte, schluckte ich wieder um seinen Schwanz herum und ließ meine Zunge um seine Eichel kreisen, bevor ich mit einer Hand nach unten griff und seine Eier streichelte. Auch ich war mittlerweile bereit zu Kommen und es dauerte nur ein paar Sekunden, bevor Connor sich versteifte, seine Hände sich in meinem Haar festigten und er sich in meinem Mund entleerte.

Automatisch fing ich an zu schlucken und melkte ihn, bis ich Sterne sehen konnte und meine Nasenflügel sich aufblähten. Er wiederholte meinen Namen, als wäre er ein Gebet, und starrte staunend auf mich hinab, bevor ich nach ein paar gekonnten Handgriffen auch zum Höhepunkt kam. Sein Geschmack lag mir dabei immer noch auf der Zunge.

Zu wissen, das ich der Erste war, der ihn geküsste hatte—ganz abgesehen davon, dass ich der Erste war, der seinen Schwanz gelutscht hatte—war ein nicht abzustreitender Nervenkitzel. War es protzig von mir, es geil zu finden, dass ich sein Erster gewesen war? Vermutlich.

Interessierte mich das?

Als ich aufstand und Connor mich für einen atemlosen Kuss zu sich heranzog, während seine Hände immer noch in meinen Haaren vergraben waren, war das Einzige, für das ich mich interessierte, ihm mehr zu geben.

Ihm *alles* zu geben.

Kapitel Elf

Connor

D AS WAR MEIN Sperma, das ich auf Reids Zunge schmecken konnte. Fast keuchte ich ihm bei der Erkenntnis in den Mund, doch er küsste mich langsam und geduldig und so sanft. Tränen stiegen mir in die Augen. Er war so *lieb*.

Natürlich, zischte mein dämliches Gehirn: *Er ist nett zu dir, weil du bemitleidenswert bist.*

Sofort löste ich mich von ihm und stammelte: »Tut mir leid. Ich weiß, das war—ich bin—« Ich schüttelte meinen Kopf. »Sorry.«

»Hey, hey.« Er strich mir meine Haare aus der Stirn und studierte mein Gesicht, welches wahrscheinlich knallrote Flecken hatte. »Wieso entschuldigst du dich?«

»Weil du—und ich—« Ich verdrehte meine Augen. »Du weißt schon.«

»Ehrlich gesagt, tue ich das nicht. Du bist so verdammt sexy.«

Ich. Reid Cabot sagte das gerade zu mir. Nachdem er mir einen geblasen hatte. *Mir.* Ich versuchte, etwas zu sagen, das nicht komplett cringe war und entschied mich für: »Du auch«, was definitiv cringe war, aber egal.

Er schenkte mir dieses strahlende rote-Teppich-Lächeln. »Hunger? Wir könnten uns was bestellen.«

»Okay.«

»Was hättest du gerne? Vielleicht Pizza?«

»Okay.«

»Oder chinesisch.«

»Okay.«

Reid lachte. Ein tiefes Grummeln in seiner Brust, das meinen Magen dazu brachte, Purzelbäume zu schlagen. »Bist du so ekstatisch, dass du jetzt gerade zu allem ‚ja‘ sagst?«

»Ja.« Plötzlich war ich dankbar für die Wand hinter mir und für Reids große Hände, die meine Seiten auf und ab strichen. Jesus, ich wollte diese Hände auf meiner nackten Haut spüren.

Wir trugen immer noch viel zu viel Kleidung.

Er lachte nochmal. »Wie wäre es mit Keto Proteinriegeln?«

Ich lächelte. »Okay.«

»Thunfisch-Sandwiches von vorgestern aus dem Automaten?«

»Okay.«

Reid küsste mich und fuhr mit seiner Zunge in meinen Mund. Ein weiterer Schauder durchfuhr mich. Er murmelte: »Lass uns wirklich was bestellen. Es muss etwas geben, auf das du Lust hast.«

»Ähm… Empanada Mama ist immer gut. Das ist in Hell's Kitchen.«

»Ich glaube, da war ich noch nie.«

»Und du nennst dich einen New Yorker?«

Er grinste. »Stellt mich einfach bloß. Klassischer New Yorker move.« Er küsste mich erneut und fischte dann sein Handy aus seiner Manteltasche. »Sag mir, was ich bestellen soll.«

Es dauerte einen Moment, bis ich mich davon erholt hatte, dass er mich gerade so beiläufig geküsst hatte und wie es sich so normal angefühlt hatte. In welchem Universum war es *normal*, Reid Cabot zu küssen?

»Connor?«

»Stimmt. Äh…« Meine Gedanken waren leer. Oh Mann, ich war definitiv keine Jungfrau, was das Essen anging und ich hatte schon tausende Male bei dem Restaurant bestellt. Ich könnte die besten Gerichte empfehlen. Gerade wollte ich nach seinem Handy fragen, um meiner Erinnerung auf die Sprünge zu helfen, als es aus mir herausplatzte: »Viagra!«

Er blinzelte mich an. »Pardon?«

Da musste ich lachen. »Das ist ein Meeresfrüchte-Empanada.«

»Oh!« Reid tippte auf seinem Handy rum. »Okay, hab ich. Weizen oder Mais?«

Sofort fing ich an, meine Vorschläge herunterzurattern. Er tippte und nickte. Na also. Keine Essens-Jungfrau. Gut gemacht. »Und die Grieben sind wahnsinnig gut.«

Ich dachte darüber nach, ob ich immer noch eine Jungfrau war. Natürlich wusste ich, dass das sowieso nur ein dummes Konstrukt unserer Gesellschaft war, aber es war etwas, das ich so lange in meinem Kopf hatte, dass es schwierig war, es einfach abzuschalten.

»Connor?«

»Ja?« Ich lehnte immer noch an der Wand mit meinem entblößten Schwanz. Für einen Moment fragte ich mich, ob es wohl seltsamer wäre, ihn wieder einzupacken, als wenn ich einfach keine Aufmerksamkeit darauf zog. Doch Reid schien das völlig egal zu sein.

»Nachspeise? Oder bist du süß genug?« Er wackelte mit seinen Augenbrauen.

Wie konnte dieser Typ mit seinen maßgeschneiderten Armani Anzügen so ein *Nerd* sein? Und wieso passte ich so gut dazu? Denn dieser dämliche Spruch löste bei mir ein breites Grinsen aus. »Die haben einen Kokosnuss Dulce de Leche Kuchen, in den ich mich reinlegen könnte.«

»*Oh.*« Er tippte wieder auf seinem Handy. »Jep. Der muss sein. Okay, ist bestellt.«

Er zog sich seinen Pullover aus und ich starrte seine nackte, behaarte Brust in dem sanften verschneiten Licht an, das von draußen kam. *Dann* entledigte er sich seiner Hose und Unterhose und war nackt, also, nö, es schien, als würde es Reid nicht stören, dass mein Schwanz immer noch raushing.

Er machte einen Schritt auf mich zu und streckte seine Hand aus. »Komm schon. Lass es uns bequem machen.«

Ich ergriff seine warme Hand, obwohl meine verschwitzt und wahrscheinlich eklig war. »Ich weiß ja nicht, ob es möglich für dich ist, noch etwas bequemeres anzuziehen.« Dabei versuchte ich diesen kitschigen alte Leute Spruch zu benutzen, der oft in Filmen vorkam, klang aber wahrscheinlich einfach nur komisch.

Reid lächelte einfach, als er mich in sein Schlafzimmer führte. »Nackt ist bequem, das stimmt.« Er öffnete eine Schublade und holte Flanellhosen und T-Shirts raus. »Allerdings esse ich nicht gerne nackt.«

»Guter Punkt. Das kann…eine Sauerei geben.«

Er ließ meine Hand los, um mir meine Kleidung auszuziehen, als wäre ich ein kleines Kind. Allerdings tat er es auf eine niedliche, coole Weise und es fühlte sich überhaupt nicht seltsam an. »Willst du wieder die Knicks?« Er hielt das ausgewaschene T-Shirt hoch, das ich zuvor schon getragen hatte. Nachdem ich nickte, reichte er es mir.

Für einen kurzen Moment waren wir beide nackt und das außerhalb einer Umkleide. Das hatte ich noch nie zuvor erlebt.

Wir beide sahen einander an und versuchten gar nicht erst unsere Blicke zu verstecken, nachdem es keinen Grund gab, nicht zu gucken. Für einen Moment wollte ich mich umdrehen und mich bedecken, aber es fühlte sich auch befreiend an. Die Art und Weise, wie Reids Blick über meine Haut wanderte, ließ mich erschaudern.

Ihm schien zu gefallen, was er sah.

Sein Körper war muskulös und an all den richtigen Stellen behaart. Als ich mich bückte, um Boxershorts anzuziehen, starrte ich seinen Schwanz an. Er war immer noch feucht und ein Teil davon kam von meinem Mund. Fuck, ich hatte das Gefühl von ihm geliebt. So warm und prall und er hatte mich so komplett gefüllt, dass ich würgen musste.

Reids Penis war dick und seine Eier waren größer als meine. Außerdem haariger als meine aber ich konnte sehen, dass er seine Schamhaare getrimmt hatte. Er war reich, also ging er dafür sicherlich zu einem Salon oder so etwas. Schon war ich wieder bereit, auf die Knie zu gehen und ihn erneut in den Mund zu nehmen, als er in das angrenzende Badezimmer ging und einen Waschlappen unter dem Wasserhahn befeuchtete.

Ich zog die Boxershorts hoch und das T-Shirt an und sah ihm dabei zu, wie er seinen Unterleib wusch. Er wusste, dass ich ihn beobachtete—immerhin starrte ich ihn offen an—und ein kleines Lächeln zog an seinen wahnsinnig küssbaren Lippen. Lippen, die ich bereits geküsst hatte. Lippen, die bereits meinen Schwanz umrandet hatten. Lippen, die ich so schnell wie möglich nochmal küssen musste.

»Komm her.«

Mit trockenem Mund gesellte ich mich zu ihm ins Badezimmer, wo er mich sanft küsste, mit einem Finger unter meinem Kinn. Mein Bauch schlug wieder Purzelbäume. Wenn das hier ein Traum war, dann wollte ich nie daraus erwachen. Bitte und danke.

Wir tranken Bier, während wir auf unser Essen warteten, und als wir den Fernseher anschalteten, lief gerade das letzte Stück von *Stirb Langsam.* Auf der Couch, mit unseren Füßen auf dem Kaffeetisch, lehnte ich mich gegen Reid, der seinen Arm fest um meine Schultern gelegt hatte. Es gab kein anderes Wort dafür: Wir kuschelten.

Die Stella Artois Flasche war kalt in meiner Hand und meine Füße hätten Socken gebrauchen können, doch der Rest meines Körpers war heiß und kribbelte. Und verkrampfte sich ehrlich gesagt etwas, vor Anstrengung, still sitzen zu bleiben. Ich konnte das gleichmäßige Auf und Ab von Reids Atem hören und mein Arm war zwischen seinen und meinen Rippen eingeklemmt.

Vorsichtig nippte ich an meinem Bier.

»Du kannst Dich bewegen, wenn du willst.« Reid drückte meine Schulter.

Sofort versteifte ich mich. »Wieso sollte ich weggehen wollen?«

»Weil du dich so angespannt anfühlst, dass ich befürchte, dass du gleich entzwei brichst.« Er lachte. »Es ist okay, wenn du nicht darauf stehst zu kuscheln.«

»Nein, das tue ich!« Energisch atmete ich aus. »Kann sein, dass ich mir noch nicht sicher bin, ob ich es tue? Ich war noch nie wirklich so nah bei jemanden über einen längeren Zeitraum hinweg. Oder generell irgendeinen Zeitraum.«

»Das macht Sinn.« Er streichelte über meinen Arm und seine Finger tanzten unter dem alten T-Shirt über meine nackte Haut. »Entspann dich. Atme tief durch. Trink dein Bier. Und wir können ein bisschen Platz zwischen uns schaffen, wenn das für dich bequemer ist.«

»Okay. Das ist aber gut so. Mir gefällt es.« Zögerlich fuhr ich mit meiner Hand über seinen Oberschenkel und ließ sie dort ruhen. »Zumindest bis das Essen kommt.«

»Das klingt nach einem Plan.«

Als es endlich da war, schauten wir uns *Kevin—Allein zu Haus* an, während wir aßen. Wie immer, war das Essen von Empanada Mama wahnsinnig lecker. Es gefiel mir, dass Reid genüsslich aufstöhnte—außerdem gefiel es meinem Schwanz—und das Essen lobte. Er hatte einen Klecks Guacamole in seinem Mundwinkel und bevor ich es überdenken konnte—oder generell denken konnte—wischte ich ihn schon mit meinem Daumen weg.

Mit einem Plantain Chip in der Hand zogen sich Reids Mundwinkel nach oben und er lächelte, bevor er meinen Daumen, der immer noch in der Luft schwebte in den Mund nahm, daran saugte und ihn dann langsam wieder los ließ. »Das wäre sonst eine Verschwendung«, sagte er und zwinkerte mir zu. Aus mir kam ein Geräusch heraus, das zum Teil klang wie eine blökende Ziege und zum Teil nach etwas, das ich nicht einmal bestimmen konnte.

Kevin McAllister hatte den Wet Banditen gerade ihre siebzehnte Verletzung hinzugefügt, wobei sie eigentlich vor sechzehn Verletzungen schon hätten sterben müssen, als ich bemerkte, dass Reid eingeschlafen war. Wir hatten uns nach dem Essen gegeneinander gelehnt und seine Hand lag schwer auf meinem Schenkel. Seine Finger berührten meine Oberschenkelinnenseite.

Seine Lippen waren leicht geöffnet, sein Atem war tief und seine Augen bewegten sich in seinem REM Schlaf. Seine dunklen, dichten Wimpern fächerten über seine Haut und ich wollte jede Einzelne davon küssen. Wie konnte er so schön und intelligent und witzig und lieb sein—und irgendwie auf *mich* stehen?

War es seltsam, dass ich fast meine Dads anrufen wollte, um ihnen zu erzählen, dass ich mit jemandem geschlafen hatte? Die Antwort darauf war: *Ja*, das war wahnsinnig seltsam, Dude. Aber nachdem ich so viel Zeit im Closet verbracht hatte, wollte ich es von den Hausdächern herunter schreien. Zwar hatte ich meinen Dads gesagt, ich wolle mein sSchwul-sein noch nicht öffentlich machen, aber darüber war ich mir gar nicht mehr so sicher.

Reid murmelte etwas und bewegte sich und ich hielt den Atem an, während ich hoffte, dass er seine Hand auf meinem Schenkel behalten würde. Das tat er auch, bewegte sich nur ein paar Zentimeter, was sofort Funken an meine Eier entsendete. Einfach nur so berührt zu werden, so intim, brachte mich dazu, Räder schlagen zu wollen.

Es wäre vermutlich auch komisch, es Asher zu erzählen, nachdem Reid sein Bruder war. Plötzlich machte ich mir Sorgen. Würde Asher mit unserer Beziehung einverstanden sein? Nicht, dass ich jetzt schon über eine Beziehung nachdenken sollte.

Das laute Piepsen meines Handys ließ mich zusammenzucken und ich fluchte, als ich mich in Reids Schlafzimmer flüchtete, um es aus meiner Jeans zu holen. Reid hatte sich nochmal bewegt und etwas gemurmelt und ich hoffte, dass ich ihn nicht aufgeweckt hatte. Während ich über den Namen auf dem Display nachdachte, nahm ich den Anruf bereits an.

»Kann ich mit Connor Lisowski sprechen?«, fragte eine Frau. »Ich bin von der Apotheke und rufe wegen des Jobs an, auf den Sie sich beworben haben.«

»Oh, hi!« Ich räusperte mich. »Ich bin Connor.«

»Auf Ihrer Bewerbung steht, dass Sie Student sind?«

»Ja, ich bin Medizinstudent in Columbia. Ich suche nur eine Möglichkeit, nebenbei etwas Geld zu verdienen.«

Für einen Moment war sie still. »Sie wissen, dass das eine Position ist, bei der lediglich über Nacht die Ware aufgefüllt werden muss? Es ist keine Position im Apothekengeschäft selbst.«

»Ja, weiß ich. Ich habe Unterricht und Vorlesungen, also ist über Nacht für mich ideal.«

Die Frau stellte mir noch ein paar Fragen und wir machten einen Termin für ein persönliches Interview aus. Allerdings klang das mehr nach einer Formalität um sicher zu gehen, dass ich kein Serienmörder war. Sie sagte: »Ist es für Sie in Ordnung, ab Januar eine bis drei Schichten pro Woche zu übernehmen?«

»Perfekt.«

Ich hatte die Schlafzimmertür offen stehen lassen und ich wusste, dass Reid aufgewacht war, sobald ich zurück in das Wohnzimmer schlich, nachdem ich aufgelegt hatte. Er winkte mir von der Couch aus zu. »Hey.«

»Ähm, hey. Tut mir leid, dass ich dich geweckt habe. Das war nur wegen einem Job.«

»Bist du nicht etwas zu beschäftigt für einen Job?«

Ich befand mich zwischen der Couch und dem Schlafzimmer und fühlte mich wie versteinert. »Es ist nur Teilzeit. Das passt schon. Ich muss dir das Geld zurück zahlen und sowas.«

Reid winkte ab und etwas wie Ärger huschte über sein Gesicht. »Mach dir darüber keine Sorgen. Ich will nicht, dass du ein

Burn-Out kriegst. Vergiss das Geld.«

Whoa. »Ähm. Ja, nein, ich werde nicht vergessen, dass ich dir Zehntausend Dollar schulde. Auf keinen Fall.« Ich verschränkte meine Arme über meiner Brust. »Selbst wenn wir…wenn wir…auf keinen Fall. Ich zahle dir alles zurück.«

Er hob seine Hände. »Okay. Aber du musst wissen, dass du so viel Zeit dafür hast, wie du brauchst.«

»Okay, danke.«

Scheiße. Jetzt war die Atmosphäre plötzlich angespannt und ich war mir nicht sicher, was ich tun sollte. Sollte ich mich wieder zu ihm auf die Couch setzen, um etwas mehr zu kuscheln? Oder wollte er mich insgeheim loswerden? Es schien zwar nicht so, aber ich sollte auch nicht einfach annehmen, dass er wollte, dass ich hier blieb, richtig?

»Tut mir leid, dass ich eingeschlafen bin. Großartiger Sex, gefolgt von Bier und gutem Essen ist eine todsichere Methode, mich außer Gefecht zu setzen.«

Ich konnte mir ein Grinsen nicht verkneifen und entspannte mich etwas. »War es wirklich großartig?«

»Was denkst du?« Er stand auf und kam langsam auf mich zu. Dabei erinnerte er mich an eine Urwaldkatze, die sich bereit machte, anzugreifen. Seine Boxers hingen tief an seinen Hüften und er schälte sich sein weißes Shirt über den Kopf, bevor er es fallen ließ.

»Es war großartig. Aber ich habe auch keine weiteren Referenzen, mit denen ich es vergleichen könnte.«

Er lachte, tief und sexy. »Soll das heißen, dass ich vielleicht schlecht im Bett bin?«

»Entschuldigung, das habe ich *nicht* gesagt.«

Langsam schlich er sich näher an mich heran und fuhr mit seinen Händen unter das Knicks T-Shirt. Gänsehaut breitete sich auf meinem ganzen Körper aus und ich erschauderte. »Wie wäre es, wenn wir ins Bett gehen und die Angelegenheit noch weiter erforschen?«, flüsterte er mir ins Ohr, bevor er seine Nase in meinem Nacken vergrub.

»Äh, jap. Weitere Ermittlungen sind notwendig.«

Mit Reid nackt auf seinem Bett zu sein, die Bettdecke ganz runter zum Bettende gestrampelt, fühlte sich wahnsinnig erwachsen an. Hier war ich nun, in New York City im Bett mit meinem…was? Schwarm? One Night Stand? Potenziellen Freund?

»Ist das gut?«, fragte er.

»Ah-ha.«

Wir lagen auf unserer Seite und sahen einander an. Es dauerte nur einen Moment, bis wir nach dem anderen griffen. Spucke glänzte auf Reids Lippen, als er unseren Kuss mit einem Stöhnen brach.

»Was möchtest du tun?«

»Weiß ich nicht.«

Mit einem Finger fuhr er meine Lippen nach und lächelte. »Was macht dich neugierig? Gibt's da irgendwas?«

»Also… machst du…Hintern Sachen?«

»Tue ich«, antwortete er einfach. »Soll ich weiter ausholen?«

»Jep.« Mein Schwanz pochte und ich rollte meine Hüften gegen seine, um etwas Reibung zu schaffen.

»Ich hatte schon Schwänze und Dildos in mir. Eine meiner Ex-Freundinnen hat es geliebt, mich mit einem Strap-on zu ficken.«

Da konnte ich nur schwer schlucken. »Wow.« Obwohl ich nicht auf Mädchen stand, dieses mentale Bild war heiß. Reid, der gefickt wurde? Jesus.

Er fuhr mit einer Hand über seinen Arsch. »Wenn du Fragen hast, dann frag ruhig.«

»Hast du… warst du dazu auf deinen Händen und Füßen?«

»Ja. Nicht nur für sie, auch für Männer. Auf Händen und Füßen. Auf dem Rücken. Ich bin ihre Schwänze geritten. Es gibt viele verschiedene Arten, auf die man es tun kann.«

Meine Kehle war so trocken, dass ich nur krächzen konnte. »Und du hast auch schon Leute in den Hintern gefickt?« Wir rieben unsere Schwänze aneinander, während wir redeten und Reids Finger glitten über meine Arschfalte.

»Habe ich.« Sein Finger wanderte über mein Loch. »Hast du hier schonmal selber experimentiert?«

Wie sollte ich so ganze Worte aussprechen können? Uff, vor allem diese Worte. Irgendwie schaffte ich es: »Nicht wirklich.«

»Das ist in Ordnung«, sagte er sanft und schien es ernst zu meinen.

Trotzdem zuckte ich zusammen. »Wirst du mich nicht fragen, wieso nicht?«, wollte ich wissen. Eine Mischung aus Scham und komischem Ärger stieg in mir auf. Nicht Reid gegenüber aber mir selbst gegenüber, weil ich immer zu viel Angst gehabt hatte. Ich fühlte mich wie ein Kind, das auf verteidigende Aggression zurückfiel, so wie es schon lange nicht mehr der Fall war.

Er hörte auf mich zu streicheln, aber ich war dankbar, dass er seine Hand nicht weg nahm und sich nicht von mir weg drehte. Vorsichtig beobachtete er mich. »Du kannst Veto einlegen, wenn du möchtest, dann müssen wir nicht reden. Wir können…ehrlich gesagt, nein.«

»Nein?« Ich war stocksteif und mein Herz raste. Wieder einmal hatte ich es vermasselt. Das warme Gewicht seiner Hand auf meiner Hüfte war das einzige, was mich davon abhielt, in eine Millionen kleine Teile zu zerfallen.

»Wir müssen reden. Ich muss wissen, was da drinnen vor sich geht.«

»Es ist alles in Ordnung! Tut mir leid, mach einfach weiter.« Fast war ich schon bereit ihn anzubetteln. Ich sollte erwachsen sein. Wie sollte ich ein richtiger Arzt werden, wenn ich mich fühlte, wie ein dummes Kind? Reid beobachtete mich immer noch. Er wartete.

Da platzte es aus mir heraus: »Ich hatte zu viel Angst. Mich zu fingern.« Oh mein Gott. Wie erbärmlich. »Ist schon okay, du kannst lachen.«

Nicht einmal ein Lächeln erschien auf seinem Gesicht und sein Ausdruck war ruhig und ernst. »Du bist hier sicher. Ich werde niemals über dich lachen. Du kannst mir alles erzählen.«

Dafür musste ich ihn einfach küssen. Ich seufzte vor Erleichterung, dass er den Kuss erwiderte und mich in seine starken Arme nahm. Der vorübergehend aufgekommene Ärger verflog wieder und wurde von Reids geduldigen, süßen Berührungen komplett vertrieben.

Als wir nach Atem schnappten, fragte er: »Möchtest du, dass ich dir etwas zeige?« Seine reiche, tiefe Stimme kräuselte meine Zehen. Verzweifelt nickte ich.

Reid rollte sich für eine Sekunde von mir weg und ich griff bereits nach ihm, um ihn wieder zu mir zurück zu bringen.

Er lachte, mit Gleitgel in der Hand. »Ich bin hier, versprochen.«

»Kalt ohne dich«, sagte ich, was zum Teil auch stimmte.

»Willst du unter die Bettdecke?« Er hielt inne. »Soll ich das Licht ausmachen?«

Ehrlich gesagt war das ziemlich verlockend, doch ich schüttelte den Kopf. »Ich will dich sehen.«

Reid küsste mich hart, seine Zunge tief in meinem Mund. Wir stöhnten gemeinsam auf und ich hätte mich ganz einfach an ihm reiben können. Aber nein, er bot mir mehr und ich wollte jedes einzelne Bisschen davon.

Ich lag auf meiner linken Seite und sah ihn an. Er bedeckte meinen rechten Mittelfinger mit Gleitgel, bevor er meine Hand hinter mich bewegte. »Du kannst jederzeit Veto einlegen, ja?«

»Ja.«

Auf gar keinen Fall würde ich auch nur irgendetwas veto-en.

»Du musst am Analrand vorbei.« Er nickte und sprach mir gut zu. »Genau so.«

Es war bizarr, dass ich mich selbst fingerte, aber vor allem, dass Reid mir dabei zu sah. Gleichzeitig…war es das aber auch nicht?

Als ich vorsichtig anfing meinen Mittelfinger in mir zu bewegen, bestärkte er mich mit dem Selbstbewusstsein, das ich immer bewundert hatte. Damals, als ich ihn aus der Ecke auf Teenager Partiys beobachtet hatte und nicht aufhören konnte, für ihn zu schwärmen. Als ich über ihn fantasiert hatte aber niemals in einer Millionen Jahre gedacht hätte, dass Reid bi sein könnte und auf Männer stehen.

Auf *mich*.

Doch das schien er tatsächlich zu tun, nachdem er mir dabei zusah, wie ich mit einem Finger in mich eindrang und ich seinen harten Schwanz an meinem Oberschenkel spüren konnte. Es brannte, als ich den Finger weiter rein schob, aber ich mochte es. *Liebte* es.

»Krümm deinen Finger. Ein bisschen mehr.« Er führte mich, mein rechtes Bein lag über seiner Hüfte. Seine Hand stahl sich zwischen meine Beine und er rieb über meinen Damm, was mich erschaudern ließ.

»Ich bin mir nicht sicher, ob du es aus dem Winkel erreichst. Kann ich es versuchen?«, fragte er.

Als ich nickte, beschmierte er seinen eigenen Finger mit Gleitgel und griff zwischen meine Beine. Ich stöhnte auf, als sein Finger meinen ersetzte, und als er den Punkt in mir berührte, den mein medizinisches Gehirn als Prostata erkannte, beschloss mein Sex Gehirn, dass sie das beste Teil des Körpers in der ganzen Geschichte war.

»Fuck!« Fast schrie ich schon.

»Na siehst du. Fühlst du das?«

»Jesus, ja, fuck, oh mein Gott! Fuck, ich brauche—« Die Sensation war fast zu viel, als er diesen perfekten Punkt wieder berührte. Ich verzog das Gesicht.

Sofort zog Reid seinen Finger aus mir raus, was dazu führte, dass ich lautstark winselte, obwohl es mir zu viel gewesen war.

»Ist schon okay. Baby.« Reid presste sanft gegen meine Schulter, bis ich auf dem Rücken lag. »Soll ich dich zum Höhepunkt bringen?«

Aufgeregt nickte ich. »Du kannst mich ficken.«

Reid zögerte, bevor er meine Beine auseinander schob. Seine Hände waren warm auf meinen Schenkeln. »Ist es okay, wenn wir damit noch warten und es an einem anderen Abend tun?«

Ein Teil von mir wollte jammern und nein sagen. »Du willst noch einen Abend mit mir? Nicht nur jetzt?«

»Darauf kannst du deinen engen Hintern verwetten.« Er lehnte sich zu mir runter und küsste mich, bevor er an meiner Lippe knabberte.

»Ich will alles. Aber jetzt gerade möchte ich dir einen blasen, während ich dich mit meinem Finger ficke.«

»Ja, okay, das klingt ziemlich gut.« Untertreibung des verdammten Jahres. Ich öffnete meine Beine so weit ich konnte und er presste sie nach oben, um mich komplett zu entblößen.

»Du bist wunderschön«, murmelte er, während seine Hände über meine Beine und meinen Hintern fuhren. Scheiße, ich hoffte, dass ich da unten keine Pickel hatte.

Er lehnte sich runter und küsste meine Arschbacken. Seine Bartstoppeln hatten genau die richtige Rauheit, als sie über meine errötete Haut strichen.

Vor allem, als er anfing, an meinen Eiern zu lutschen. Er leckte und saugte, während er seinen Finger wieder in mich einführte. Es brannte, ihn wieder in mir zu spüren und—

»Oh Gott! Ja! Reid.« Die Prostata war wahrlich ein Geschenk, mit dem ich schon vor Jahren hätte Bekanntschaft schließen müssen.

Mein Schwanz tropfte und er schaffte es nicht einmal, mich wieder in den Mund zu nehmen, bevor ich schon kam. Mein Körper war in der Hälfte zusammen geklappt und ich zitterte, während ich seinen Namen immer wieder wiederholte. Er nannte mich noch einmal wunderschön und leckte das Sperma von meinem Bauch, während sein Finger immer noch in mir war. Ein paar Tropfen kamen noch aus mir heraus.

»Wie hättest du gerne, dass ich komme?«, fragte Reid atemlos. Es hätte sich komisch anfühlen können, dass er mich diese ganzen Sachen fragte, aber stattdessen, empfand ich es als wahnsinnig sexy.

Fast wollte ich sagen: »Auf mir«, aber er hatte sich schon am Nachmittag selbst zum Höhepunkt gebracht.

»Diesmal möchte ich dich zum Orgasmus bringen.«

Er stöhnte. »Bitte«, und schien darauf zu warten, dass ich mich dafür entschied, wie ich es tun wollte.

Es war nicht sonderlich ausgefallen, aber naja. »Auf dem Rücken, so wie du es gerade für mich getan hast?«

Willig drehte Reid sich um und öffnete sich selbst für mich, indem er seine Beine aufhielt. Er nickte in Richtung des Gleitgels und ich verteilte noch mehr davon auf meinen zittrigen Fingern.

Es half wirklich, dass er mir gezeigt hatte, wie ich mich selbst fingern sollte. Vorsichtig drang ich in ihn ein und obwohl der Winkel anders war, die Grundlage war gleich. Ich wusste, dass ich den richtigen Punkt gefunden hatte, als er aufschrie. Es dauerte einen Moment, bis ich es schaffte, seinen Schwanz in den Mund zu nehmen, damit ich an ihm saugen konnte, während ich ihn im Inneren rieb, aber er sprach mir nur gut zu.

»So gut, Connor. Du bist ein Naturtalent.«

Dieses Wort—Naturtalent—beflügelte mich. Ich stöhnte um seinen Schaft herum, welcher in meinem Mund pulsierte. Bittere Tropfen landeten auf meiner Zunge. Fuck, ich liebte es, Schwänze zu lutschen. Zwar wusste ich, dass ich nicht sonderlich gut darin war, aber ich spannte meine Lippen um ihn und nahm ihn so tief wie ich konnte.

»Baby, ich muss—« Reid versteifte sich und seine Hand landete auf meinem Kopf, um mich dazu zu bringen von ihm abzulassen.

Nein, dieses Mal wollte ich alles. Ich wollte Reids Sperma in meinem Mund und ich würde alles schlucken—

Schon würgte und stotterte ich, während sein Sperma mein Kinn runterlief. Trotzdem ließ ich nicht von ihm ab und schluckte so viel ich nur konnte. Seine Finger hatte er in meinen Haaren vergraben und der Schmerz, wenn er daran zog, verengte meine leeren Eier. Es war die perfekte Mischung an Sensationen, vor allem, als Reid seinen Halt lockerte und mir über den Kopf streichelte.

Ich wollte seinen Schwanz nicht los lassen, wusste aber aus Erfahrung—hey! Die hatte ich jetzt!—dass er gleich überempfindlich werden würde. Also entließ ich ihn aus meinem Mund und zog meinen Finger aus ihm raus, als sein Schwanz weich wurde. Schwer atmend starrten wir einander an, während ich zwischen seinen Beinen aufrecht saß.

»Wow«, sagte ich. »Hintern Sachen sind der Wahnsinn.«

Reid grinste. »Da gibt es noch viel mehr.«

Mehr! Ich grinste zurück. »Kein Veto in Sicht.«

Er zog mich auf sich drauf, um mich zu küssen, und wir waren klebrig und eklig, aber wunderbar. Es fühlte sich richtig an. Natürlich. Das Wort Naturtalent hallte in meinem Kopf. So lange hatte ich befürchtet, dass Leute meine Gefühle nicht für echt anerkennen würden und vielleicht waren manche immer noch misstrauisch und würden meinen Dads die Schuld geben. Aber auf gar keinen Fall könnte irgendjemand jemals beeinflussen, wie zu Hause ich mich in Reids Armen fühlte. Das war genau richtig.

Im Badezimmer wuschen wir uns und Reid putzte sich die Zähne, bevor er mir die Zahnbürste anbot. Der Gedanke daran, sich mit jemandem die Zahnbürste zu teilen, sollte ekelhaft sein, aber mein Herz flatterte, nachdem Reid sie mir so beiläufig hinhielt.

Es fühlte sich leicht und richtig an, als ich in die Spüle spuckte und er Creme auf seinem Gesicht verteilte, die in einem winzigen Behälter steckte und vermutlich unfassbar viel kostete.

Er schien nicht zu wollen, dass ich wegging. Es wäre ein Schlag in die Eier gewesen, wenn er es gewollt hätte. Aber nein, er ging seiner nächtlichen Routine nach und fragte mich über die Uni aus. Wir waren immer noch nackt und der Badezimmerboden war warm unter unseren Füßen.

Reid sagte: »Bevor du dich umsiehst, bist du schon Dr. Lisowski.« Er runzelte die Stirn.

»Was machst du so ein Gesicht?«

»Hm?« Ich hob meinen Blick, von wo er gerade noch auf die Cremepackung gerichtet war, um die Bestandteile zu lesen.

»Als ich ‚Dr. Lisowski‘ gesagt hab, hast du—da. Genau das Gesicht. Eine Mischung aus Zusammenzucken und einer Grimasse.«

Nervös lachte ich. »Eine Zufasse? Ein Grucken?«

»Jap. Was soll das sein?«

»Nichts. Es fühlt sich nur an, als wäre das noch eine Million Jahre weit weg.« Mir war überhaupt nicht aufgefallen, dass mein Gesicht sich verändert hatte. Zwei mal, sogar.

Reid lehnte sich mit der Hüfte gegen das Marmorwaschbecken und studierte mich. »Der Antwort muss ich ein Veto geben.«

»Ich bin mir nicht sicher, ob Veto so funktioniert.«

»Irrelevant und du wechselst das Thema. Sollte es dich nicht freuen, ‚Dr. Lisowski‘ zu hören?«

Nur zu gerne hätte ich mich von seinem intensiven Blick weggedreht. Auf einmal war mir wahnsinnig bewusst, dass ich nackt war. Letztlich zuckte ich nur mit den Schultern und zupfte das Handtuch, das neben dem Waschbecken hing zurecht. »Es ist nicht der Doktor Teil. Es ist mein scheiß Name.«

»Was stimmt mit deinem Namen nicht?«

»Technisch gesehen gar nichts. Es liegt nicht am Namen an

sich. Es liegt daran, dass ich ihn von meinem Vater bekommen habe.«

»Ah.« Reid streichelte mit mir seiner Hand über den Rücken. »Irgendwie habe ich das Gefühl, dass das ungefähr das Einzige ist, das er dir gegeben hat?«

»Ja, sowas in der Richtung.« Als Kind hatte ich nicht realisiert, wie viel Glück ich gehabt hatte, dass er mich monatelang und manchmal sogar jahrelang geghostet hatte. Dann war er im Sommer immer wieder aufgetaucht. Und nun hatte er mehr zurückgelassen als nur seinen Namen. *Juhu, vielen Dank auch für die exorbitanten Schulden.* Immerhin hatte ich den neuen Job. Ein paar Mitternachtsschichten würde ich schon aushalten.

»Du stehst niemandem auf der Seite der Familie nahe?«

»Nee, Mike hat es sich mit allen verkackt.«

»Das ist schade. Hast du dir mal überlegt Kontakt aufzunehmen?«

Ich blinzelte ihn an. »Nein, ehrlich gesagt nicht. Ich habe seit Jahren nicht an sie gedacht. Ich hab meine Dads und ihre ganze Familie. Logans Familie, Seths Familie ist furchtbar. Die haben ihn einfach vor die Tür gesetzt, als sie herausgefunden hatten, dass er schwul ist.«

Über die Jahre hatte ich hier und da etwas mitbekommen und ich wusste, dass sie Seth tief verletzt hatten. Ich wusste außerdem, dass Logan ihnen nur zu gerne sagen wollte, was er von ihnen hielt und diese Ansprache würde fast ausschließlich aus Obszönitäten bestehen.

»Das ist furchtbar«, sagte Reid leise. Er ließ seine Hand von meinem Rücken fallen und drehte den Deckel wieder auf die Zahnpasta. »Ich habe Glück, dass meine Familie mich so akzeptiert wie ich bin.«

»Ja, aber du hast gegruckt, als du das gesagt hast.«

Er lachte reumütig. »Sicherlich weißt du, das das bei dem Gedanken an meine Großmutter rausgekommen ist. Ist in

Ordnung. Es ist ja nicht so, als hätte sie mich enterbt.«

Langsam legte ich ihm einen Arm um den Rücken. »Ja, aber das ist, wie wenn Leute über Toleranz reden. Das ist ganz und gar nicht dasselbe wie Akzeptanz.«

Reid blinzelte zu mir runter und legte seine Hand an meine Wange. »Genau das ist es. Danke, dass du es in Worte gefasst hast.«

»Äh, gern geschehen.«

Mit seinem Daumen streichelte er mir über die Wange. »Weiß deine Familie Bescheid?«

Ich lächelte und erinnerte mich an Logan und Seths Besuch. »Meine Dads haben es ehrlich gesagt gerade erst herausgefunden. Sie waren wunderbar. Offensichtlich. Keine Ahnung wieso ich so nervös war, es ihnen zu sagen. Sie haben es mir auch gleich geglaubt. Dass ich schwul bin.«

Reids Augen verengten sich etwas. »Wieso hätten sie dir nicht glauben sollen?«

»Es ist dämlich.« Ich fing an zu zappeln und verschränkte meine Arme. »Jahrelang habe ich mir wegen nichts und wieder nichts wahnsinnigen Stress gemacht.«

»Das ist in Ordnung. Das ist jetzt in der Vergangenheit.« Er presste unsere Lippen aufeinander, bevor er mich umarmte. »Lass uns ins Bett gehen.«

Wir kuschelten uns nackt unter der Bettdecke aneinander. Reids Arm hielt mich fest umschlungen und er positionierte mich so, dass mein Kopf auf seiner Brust lag. Er strich mit seinen Fingern durch meine Haare, wodurch meine Kopfhaut und mein Nacken anfingen zu kribbeln.

Dem gleichmäßigen *Ba-Bumm* seines Herzens zuzuhören, seine Haare an meiner Wange zu spüren, die mich dort kitzelten und die Sensation seiner Brustwarze an meinem Kiefer…wie sollte ich mich da nicht verlieben?

Kapitel Zwölf

Connor

»Wow, entweder hast du die Klausur gerockt oder du hast jemanden zum Vögeln gefunden.«

Während ich gerade dabei war, meine Jacke auszuziehen, erstarrte ich. Asher grinste mich von einem Tisch im hinteren Teil des Pubs an. Er trug einen grauen Anzug, in dem er zur Arbeit ging. Dämlich sah ich mich um, um zu sehen, ob jemand ihn gehört hatte und hatte außerdem das dringende Bedürfnis einen Spiegel zu suchen. Sah ich anders aus?

Ashers Augenbrauen schossen in die Höhe. »Oh mein Gott! Hast du!«

»Schhh!« Wieder sah ich mich um, doch der lange Tisch an dem Büromitarbeiter saßen und laut beim Mittagessen miteinander lachten und Geschenke austauschten, schenkte uns keine Aufmerksamkeit. Ich schaffte es, meine Jacke in die Ecke der roten, verfleckten Stoffbank zu werfen und mich ihm dann gegenüber zu setzen. »Jep. Klausur war gut.«

Er schenkte mir ein Pint von dem Pitcher ein. »Und?«

»Was?« Schnell nahm ich dankbar einen Schluck von dem kühlen Lager, bis mir auffiel, dass ich meine Handschuhe gar nicht ausgezogen hatte. Asher beobachtete mich mit einem breiten Grinsen, als ich die Lederhandschuhe in meine Jackentasche stopfte.

Wir hatten nie darüber gesprochen, dass ich immer noch

Jungfrau war. Zu unserer Rencliffe Zeit hatte ich einfach mitgemacht, wenn er und die Jungs über Titten und heiße Bräute geredet hatten, aber nach einiger Zeit hatte Asher aufgehört, mich nach Mädchen zu fragen, wenn wir unter uns waren.

Als er seine Jungfräulichkeit verloren hatte, hatte er mir das Ganze in viel zu kleinem Detail erzählt, doch mein Liebesleben—oder die Abwesenheit dessen—war zu einem unausgesprochenen Thema geworden.

Er nippte an seinem Bier. »Als du reingekommen bist, habe ich gleich gesehen, dass du nicht ganz so angespannt bist.«

Schon immer hatte er mich damit geneckt, dass ich zu angespannt sei. »Ja, wie schon gesagt, die Klausur lief gut.«

Mit meinen Fingern fuhr ich über das Kondenswasser an dem Glas. Fuck, ich hoffte, dass es gut gelaufen war. Was, wenn—

»Aha! Da haben wir's. Du machst dir Sorgen wegen deiner Klausur. Irgendetwas anderes hat dich zum Entspannen gebracht.«

»Wie viel Bier hast du getrunken? Du musst wieder in die Arbeit. Für dich ist jetzt Schluss.« Meine Wangen brannten und ich nahm einen weiteren Schluck.

Ashers Grinsen verschwand. »Du weißt, dass du mir alles erzählen kannst, stimmt's? Also, falls du mit jemandem geschlafen hast oder so. Oder wenn du es nicht hast. Oder was auch immer.«

Die alte Panik flatterte mit ihren Flügeln und ich war kurz davor, zu schnauben und das Thema zu wechseln, hielt mich aber davon ab. In der unangenehmen Stille starrten wir einander an.

Asher wusste es. Ich wusste, dass er es wusste. Verdammt, er hatte offenbar Reid in der Vergangenheit erzählt, dass ich queer war. Wieso war das immer noch so schwierig? Das lag nicht nur daran, dass der Typ, mit dem ich es getrieben hatte, Ashers Bruder war.

Okay. Ein Schritt nach dem anderen. »Ähm ja. Ich denke, das ist passiert. Dass ich mit jemandem geschlafen habe.«

Asher fing an zu leuchten wie der Weihnachtsbaum, der in der

Nähe unseres Tisches stand. »Ich wusste es!« Er hob seine Hand für ein High Five, das ich ihm automatisch gab. »Erzähl mir von…der Person.«

»Es ist, ähm…« Ein weiterer Schluck Bier, mein Pint war schon leer. »Ein Kerl.«

Asher nickte begeistert. »Cool, Mann. Das ist großartig.«

Zuneigung breitete sich in mir aus. Er bemühte sich so sehr, mich zu unterstützen. Er verengte nicht die Augen, sah mich nicht skeptisch an und fragte auch nicht, wieso ich queer war und ob Logan und Seth etwas damit zu tun hatten. Natürlich tat er das nicht. Und ich war auch gar nicht wirklich davon ausgegangen, dass er es tun würde. Nicht Asher. Und dennoch hatte ich nie jemandem etwas gesagt.

»Es ist dämlich, dass ich es dir nicht schon vor ein paar Jahren gesagt hab«, gestand ich und meine Brust schnürte sich zusammen. »Ich bin schwul. Was du ganz offensichtlich sowieso schon wusstest.« Meine Lungen dehnten sich aus und Erleichterung überwältigte mich. Diese Worte zu sagen wurde immer leichter.

Sanft trat Asher unter dem Tisch mit seinem Stiefel gegen meinen. »Ich bin froh, dass du es mir jetzt gesagt hast.« Sein besorgter Blick verwandelte sich in ein teuflisches Grinsen.

»Jetzt erzähl schon. Hast du es schon die ganze Zeit über mit Kerlen getrieben?«

Ich lachte. »Nö. Letzte Nacht hatte ich mein erstes Mal«, murmelte ich.

Ashers Augen weiteten sich. »Whoa, Bro, du musst so viel aufholen. Fast bin ich ein bisschen neidisch. Sex wird über die Jahre so viel besser. Mein erstes Mal…« Er zog eine Grimasse. Er *gruckte*, dachte ich mir, was mich zum Grinsen brachte. »Uff. Wir hatten keine Ahnung was wir taten. Es war gut aber…kurz.«

»Glaube ich dir.« Ich nickte dem Kellner zu, als er sich unsere Standard-Essensbestellung aufschrieb. Burger und Pommes.

Asher schenkte mir ein weiteres Glas Bier ein. »Wir sind jetzt aber älter. Hatte dieser Typ Erfahrung? Wenn man bedenkt, wie entspannt du gewirkt hast, als du reingekommen bist, könnte ich wetten, dass er dich richtig gut durchgefickt hat.«

Oh Gott. Das war der Moment, in dem ich ihm sagen musste, dass der Typ, der mich gefickt hatte, sein Bruder war. Was er offensichtlich aus irgendeinem Grund nicht sowieso schon vermutete?

Bevor ich etwas sagen konnte, verzog Asher das Gesicht, als er auf sein Handy sah, und tippte mit den Daumen eine Antwort.

»Was ist?«, fragte ich.

»Reid will, dass ich am Wochenende zu so einer Wohltätigkeitsveranstaltung für die Firma gehe. Auf keinen Fall, ich hab Pläne.«

Bei der Erwähnung von Reids Namen fing mein Puls an zu rasen. Meine Eier kribbelten und ich versuchte meine Irritation zu unterdrücken. War Asher seinem Bruder gegenüber schon immer so unfair gewesen?

Vermutlich. Obwohl ich schon immer für Reid geschwärmt hatte, war mir nie in den Sinn gekommen, dass er diesem unfairen Druck ausgesetzt war, nachdem ihr Vater verstorben war. Reid tat so viel für seine Familie.

Ich nippte an meinem Bier. »Kannst du nicht zu dieser einen Veranstaltung für ihn gehen?«

Asher blinzelte mich an. »Was ist los mit dir?«

Okay. Offensichtlich hatte ich es nicht geschafft, meinen Ton neutral zu halten. »Nichts. Es kommt mir nur vor, als wäre das keine große Sache.«

»Ich habe schon etwas vor. Das ist Reids Ding. Ich arbeite nicht für die Firma und gehe schon zu genügenden von Gammas Events.«

Fast rutschte mir raus, dass Reid vielleicht gar nicht für die Firma arbeiten wollte, schaffte es aber mir auf die Zunge zu beißen.

»Außerdem dachte ich, du bist sein fake Freund und der einzige Grund dafür war, dass du mit ihm zu diesen ganzen Veranstaltungen gehst, damit Gamma ihn in Ruhe lässt und aufhört ihn mit…wie-heißt-sie-noch-gleich verkuppeln zu wollen.«

»Ja, aber wir waren schon bei einigen. Ich bin mir ziemlich sicher, dass deine Großmutter es glaubt.«

»Hmm. Ja das stimmt. Sie hat gestern Abend überhaupt kein Wort über euch beim Abendessen verloren. Wenn sie misstrauisch wäre, dann hätte sie mich auf ihre höfliche Art und Weise ausgefragt, die irgendwie effektiver ist, als direkt Antworten zu verlangen.«

Wieso machte es mich so glücklich, dass Mrs. Cabot es glaubte? Vielleicht würde sie uns akzeptieren können? Wenn Reid und ich ein echtes Paar wären—

Nein. Piep, piep, piep. Einen Schritt zurück. Eins nach dem anderen.

Asher sagte: »Naja, zurück zu dem Kerl, mit dem du etwas hattest. Wirst du ihn wieder sehen? Wird es ihn stören, dass du und mein Bruder in der Öffentlichkeit so tut, als wärt ihr wahnsinnig ineinander verliebt? Ihr habt eine ziemlich gute Show abgeliefert.«

»Ähm…«

Seine Kinnlade fiel fast bis zum Boden. »Verdammte Scheiße. Dude. Warte, warte, warte. Das war keine Show, oder? Ich dachte vielleicht, aber—auf keinen Fall. Du und Reid? Reid ist der Kerl, mit dem du letzte Nacht geschlafen hast? Heilige Scheiße. Er ist es. Ich erkenne es an dem dämlichen Gesichtsausdruck, den du gerade aufgesetzt hast. Wow. Teenage Dreams werden also manchmal doch wahr.«

»Was?«, stammelte ich. »Wovon sprichst du?«

Asher grunzte. »Dude. Während unserer ganzen Zeit in Rencliffe warst du so geil auf meinen Bruder. Und im College.«

»Du wusstest es?« Ich stöhnte auf und vergrub mein Gesicht in meinen Händen. »Sag mir bitte, dass du das Reid nie erzählt hast.«

»Natürlich nicht.«

Unser Mittagessen kam und wir wechselten uns mit der Ketchupflasche ab.

Asher dippte seine Pommes erst in Mayo und dann in das Ketchup auf seinem Teller. Wie üblich verzog ich das Gesicht. »Igitt, Mayo.«

Und wie üblich sprach Asher in einem übertriebenen französischen Akzent. »Primitivling. Du verstehst nichts von guter Küche. Wenn du in Europa gewesen wärst, so wie ich, müsste ich es nicht erklären.«

Dann lachten wir, so wie wir es immer taten und ich wollte Asher auf seine Füße ziehen und ihn fest umarmen.

Er sagte: »Oh Mann, ich hatte gestern so ein komisches Gefühl, habe mir aber eingeredet, dass ich mir das nur einbilde. An Thanksgiving habe ich dich ermutigt, bei dem fake-Boyfriends Ding mitzumachen, weil ich dachte, es würde dir Spaß machen, nachdem du schon immer für ihn geschwärmt hast.«

Ich nahm das Gürkchen von meinem Teller und legte es auf Ashers. »Hast du gedacht, es hilft mir bei meinem Coming-out oder sowas?«

»Ja, vielleicht? Es ging alles so schnell. Hauptsächlich habe ich gedacht, es würde deine Fantasien anheizen. Also, erzähl schon. Also nicht von meinem Bruder, der dich fickt.« Schnell fügte er hinzu: »Nicht, weil es schwul ist. Wäre es irgendjemand anders, könntest du mir alles erzählen.«

»Das ist in Ordnung, verstehe ich.« Eine weitere Welle Zuneigung wärmte mir die Brust. »Keine Ahnung. Wir haben über die letzten Wochen viel Zeit miteinander verbracht.«

Asher schluckte einen Bissen Burger runter: »Stimmt. Ihr seid auf viele arschlangweilige Weihnachtsfeiern gegangen.«

»Ja. Außerdem hat Reid eine Liste erstellt mit essenziellen

New York Erlebnissen.«

»Was meinst du?« Er wischte einen Klecks Mayo/Ketchup von seiner Krawatte und fluchte.

»Essenziell bedeutet—«

»Haha, Arschloch. Ich hatte auch eine Punktzahl von 1500 in meinen SATs. Warte, ist das der Grund wieso er mich gefragt hat, ob du die High Line oder die Brooklyn Bridge bevorzugen würdest?«

Er hatte Asher gefragt, was ich mochte? »Denke schon.« Ich erinnerte mich an den Vorabend, als wir uns auf der High Line im Schnee befunden hatten. Die Stadt, die direkt unter uns war, aber trotzdem so weit weg schien. Reid und ich in unserer eigenen Welt…

Asher lachte. »Dude. Du *schmilzt* förmlich dahin. Das bedeutet—«

»Halt die Klappe!« Ich trat nach ihm und für eine Minute führten unsere Füße einen Kampf unter dem zerkratzten Holztisch aus.

Wir hörten auf, als der Kellner vorbeikam um zu fragen, ob wir noch etwas brauchten und wir versuchten beide nicht zu lachen. Es war so lange her, seit wir das letzte mal einen Fußkampf gehabt hatten.

»Jedenfalls«, sagte ich. »Wir haben einiges von der Liste abgehakt.«

»Was zum Beispiel?«

Ich erzählte es ihm und endete mit: »Keine Ahnung, was als nächstes kommt. Er möchte, dass es eine Überraschung ist.«

»Scheiße. Ich hatte ja keine Ahnung, dass mein Bruder so ein Romantiker ist.«

Mein Gesicht glühte und ich kämpfte gegen ein Lächeln. Es war romantisch, oder nicht? »Es ist Spaß, keine große Sache.«

Ashers Lächeln verschwand. »Okay. Seid ihr…Werdet ihr euch nach Weihnachten noch sehen?«

Ja, sonst sterbe ich.

Der Gedanke daran, Reid nach Weihnachten nicht mehr wieder zu sehen, nahm mir die Luft weg. Ich zwang mich zu einem Schulterzucken. »Das sehen wir dann.«

»Okay«, wiederholte er und Besorgnis stand ihm ins Gesicht geschrieben, obwohl er hinzufügte: »Nur Spaß. Alles rauslassen. Kein Stress.«

»Absolut. Kein Stress. Wir haben nur in der Weihnachtszeit Spaß. Es ist ein Weihnachtswunder, dass ich endlich mein Coming-out hatte *und* endlich Sex.«

Und mich verliebt hatte.

Asher hob sein Glas. »Darauf stoßen wir an.«

Wir klirrten unsere Gläser aneinander und ich befahl mir selbst, aufzuhören darüber nachzudenken, dass ich mich verliebt hatte. Das lag nur daran, dass ich schon so lange für Reid schwärmte, dass ich mich von diesen riesigen Emotionen mitrei-ßen ließ. Wenn man die Jungfräulichkeit bedachte, war es völlig logisch, dass ich mir einbildete, verliebt zu sein. Dabei durfte ich jetzt nicht meinen Kopf verlieren und sollte meine Zeit mit Reid genießen. In weniger als einer Woche würde ich nach Hause fahren.

Während der Gedanke an Weihnachten zuhause mich norma-lerweise mit Vorfreude füllte und ich die Tage abzählte, hoffte ich jetzt, dass die Zeit nur kriechend vorbei ging. Oder vielleicht sogar gänzlich stolperte und in ein tiefes Koma fiel.

Als die Rechnung kam, reichte Asher dem Kellner seine Karte und sagte: »Geht auf mich.«

»Aber ich bin dran.«

»Nö, es ist Weihnachten.« Er wandte seinen Blick ab und ich versteifte mich. Sein Benehmen und das Ausweichen meines Blicks ließ meine Alarmglocken läuten. Schon in Rencliffe hatte ich ein Stipendium gehabt und Asher war immer großzügig gewesen, wenn es darum ging, mich auf Dinge einzuladen. Sobald ich meinen ersten Sommerjob angefangen hatte, hatte ich darauf bestanden, Halbe-Halbe zu machen.

Ich funkelte ihn böse an. »Dude. Spuck's schon aus.« Er war noch nie ein guter Lügner gewesen.

Asher seufzte. »Reid hat etwas davon gesagt, dass du Geld brauchst.«

Mein Herz fiel wie ein Stein. Die meiste Zeit über konnte ich den Fakt, dass ich Reid zehntausend Dollar schuldete, von mir wegschieben. Außerdem hatte ich gedacht, es wäre unser Geheimnis und es kränkte mich zu hören, dass er das scheinbar anders empfunden hatte.

»Hat er…es dir erzählt?«, fragte ich.

Ashers Augenbrauen trafen sich in der Mitte. »Ich denke nicht? Er hat nur vor ein paar Wochen danach gefragt.«

»Was hat er genau gesagt?«

»Dude, keine Ahnung. Ich glaube, er hat gefragt, ob ich wüsste, ob du Geld brauchst oder sowas.« Er runzelte die Stirn immer noch. »Brauchst du Geld? Du weißt, dass du mich danach fragen kannst, stimmt's?«

»Ich weiß.« Das hätte ich tun müssen, wenn die Abmachung mit Reid nicht dazwischengekommen wäre. Okay, also hatte Reid es ihm nicht gesagt. Es war verständlich, dass er Asher gefragt hatte, ob er etwas wusste.

Ich konnte ihm nicht böse sein, dass er neugierig geworden war, nachdem ich ihm keinerlei Hinweise gegeben hatte.

»Aber brauchst du Geld?«

»Nein, alles in Ordnung. Danke dir.«

»Okay.« Er sah auf sein Handy. »Scheiße, ich muss zurück. Die Excel-Tabellen warten auf mich.«

»Gedanken und Gebete.«

Er zeigte mir den Mittelfinger und wir verließen den Pub. Als ich mit der Subway in den Norden fuhr, dachte ich darüber nach, Reid die Wahrheit zu sagen. Ich wusste, dass ich das Pflaster einfach abreißen sollte. Aber alles zwischen uns war gerade so perfekt. Mein Hintern schmerzte ein ganz kleines Bisschen und ich spannte alle Muskeln an. Ich liebte die Erinnerung.

Ich bildete mir ein, ihn immer noch schmecken und sein erdiges Parfüm riechen zu können. Es hatte einen Hauch von…Lilien? Flieder? Jasmin? Als könnte ich irgendeinen Blumenduft zuordnen. Abgesehen von Rosenduft hatte ich keine Ahnung.

Sicher, wenn ich jetzt einatmete, dann füllte der eklige Subway Geruch meine Nase. Schweiß, fettiges Essen und alter Zigarettenrauch kamen von dem Typen, der nur ein paar Zentimeter von mir wegstand, als wir uns gerade beide zur Seite lehnten, um uns für den nächsten Halt vorzubereiten.

Aber in meinen Gedanken konnte ich Reid riechen und seinen Mund schmecken, anstelle von Bier und Burger. Ich erschauderte voll Vorfreude, dass ich ihn heute Abend wieder sah. Zwar musste ich bis dahin noch lernen, aber die schlimmsten Klausuren waren vorbei. Alles, was ich wollte, war bei Reid zu sein und ihn zu berühren. Es war wie eine Droge, oder zumindest wie ich mir das Gefühl dieses Wahnsinnsverlangens vorstellte.

Am Times Square angekommen, drückte ich mich durch die Menschenmasse. Vorbei an Touristen und Betrügern und Menschen, die Flyer für Comedy Shows verteilten. Es war der einfachste Weg, hier auszusteigen und ein paar Straßen weiter in meine Wohngegend zu spazieren. Hell's Kitchen war immer noch voller Menschen, aber es war immer eine Erleichterung an der Eighth Avenue vorbeizukommen und die meisten Touristen hinter sich zu lassen.

Der Nachmittag war schwermütig und grau und die Weihnachtslichter, glitzernden Kränze und Girlanden erleuchteten die Häuser aus Beton. Nicht, dass ich den ganzen Weihnachtstrubel brauchte. Für mich war es am schönsten, wenn die Sonne schien, Vögel zwitscherten und ich zu Hause in Albany über mein

Motorrad gebeugt war, während der Wind mir ins Gesicht wehte.

Der Gedanke daran, Reid zu beichten, wie verdammt gutgläubig ich gewesen war, gab mir das Gefühl mich übergeben zu wollen. Alles mit Reid war noch brandneu. Es glitzerte und leuchtete wie eine Weihnachtskugel. Die Worte laut auszusprechen schien mir unmöglich. Das mit der Jungfrau war schon schlimm genug gewesen und Reid hatte wundervoll darauf reagiert.

Wundervoll.

Mein Herz pochte, als ich daran dachte, wie geduldig und lieb und fantastisch er letzte Nacht gewesen war. Er würde nicht über mich urteilen, wenn ich ihm gestand, wie blöd ich mit dem Geld umgegangen war. Obwohl ich mir fast sicher war, erinnerte ich mich daran, dass es im Leben keine Garantie gab.

Kurzerhand betrat ich Amy's Bread, um zu sehen, ob sie noch Cupcakes übrig hatten. Nachdem ich mir nicht sicher war, ob Reid Red Velvet oder Devil's Food bevorzugen würde, nahm ich beide mit, zusammen mit ein paar Snickerdoodles.

Nach den Feiertagen würde ich es Reid erzählen. Bald würde ich sowieso nach Hause fahren und dann würde ich ihn vor Silvester nicht mehr sehen. Zumindest hoffte ich, dass wir das gemeinsam feiern würden. Angst schlich sich ein und ich versuchte, sie wieder loszuwerden, als ich die Tenth Avenue überquerte und mich meiner Wohnung näherte. Am Samstag würde ich mit dem Zug nach Albany fahren. Das gab mir noch vier Tage, die ich mit Reid verbringen konnte. Außerdem musste ich noch lernen und zwei Klausuren schreiben und er hatte seine Arbeit.

Da blieb kaum Zeit übrig und das bisschen, das wir hatten, würde ich nicht ruinieren. Ich wollte nicht über Geld oder Mike oder irgendetwas davon reden. Diese Tage gehörten nur Reid und mir. Ich hatte endlich mein Coming-out gehabt und alles was ich nun tum wollte, war, zu lachen, zu küssen, zu ficken und die Bettdecke über unsere Köpfe zu ziehen.

Kapitel Dreizehn

Reid

»DU FICKST ALSO meinen besten Freund.«

Ich blinzelte zu Asher auf, der im Türrahmen meines Büros, dessen Wände aus Glas waren, aufgetaucht war. Er trug immer noch seinen Mantel und seine Wollmütze. »Mach die Tür zu«, zischte ich und war erleichtert, dass der Gang leer zu sein schien.

Er kam rein und ließ sich in den Stuhl fallen, der für Gäste reserviert war, bevor er die Arme verschränkte.

»Solltest du nicht in der Arbeit sein?«, fragte ich.

»Es ist nach sechs.«

Erschrocken versuchte ich die Uhrzeit in der Ecke meines Computerbildschirms zu lesen. Gerade war ich dabei gewesen, klassische New Yorker Restaurants zu recherchieren. Sardi's erschien ziemlich oft und ich hatte gedacht, dass eine Nacht am Broadway mit Connor eine gute Aktivität für unsere Liste wäre. Bald würde ich ihn für eine letzte Weihnachtsfeier treffen. Dieses mal fand die Party in einem Restaurant eines Hotels statt, das unserem Hauptrivalen gehörte. Großmutter würde dementsprechend noch angespannter sein als sonst.

»Also. Was ist jetzt? Mit dir, der meinen besten Freund fickt, meine ich.«

»Schhh!« Aus Erfahrung wusste ich, dass das Glas nicht sonderlich dick war.

»Du tust so, als wärt ihr zusammen. Wieso solltest du nicht darüber sprechen? Ich denke, ihr seid jetzt *wirklich* zusammen.« Asher funkelte mich böse an. »Stimmt's?«

»Fragst du mich nach meinen Absichten aus?«

»Jep. Schließlich darfst du Connor das Herz nicht brechen.«

Mein eigenes Herz machte einen Satz. Connor zu verletzen war das Letzte, was ich wollte.

Waren wir jetzt wirklich zusammen? »Es ist gerade erst passiert. Atme mal tief durch.«

Asher seufzte. »Okay. Sei aber vorsichtig.«

»Immer.« Ich schloss ein paar Tabs auf meinem Computer und fragte beiläufig: »Was hat er über mich gesagt?«

»Oh nein. Nein, nein, *nein.*« Asher sprang auf die Füße. »Das Spielchen mach ich nicht mit. Ich bin nur vorbeigekommen, um sicherzugehen, dass du meinen Bro nicht verarscht. Ihr könnt euch ohne mich in der Mitte unterhalten. Das ist ein hartes Veto.«

»Ist notiert.« Ich salutierte ihm witzelnd.

Asher hielt an der Tür nochmal inne. »Alles, was ich sagen werde, ist, dass er sich beim Mittagessen keine fünf Sekunden auf mich konzentrieren konnte, bevor er wieder aussah, als würde er gleich deinen Namen mit Herzchen in die Speisekarte malen.« Er deutete auf mich. »Und dabei dasselbe dämliche Gesicht gemacht hat, das du gerade aufsetzt. Also vermassle es nicht.«

»Hey, mag Connor Musicals?«

»Keine Ahnung. Wenn du ihn mitnimmst, wird er es mögen. Und so nebenbei, bist du nicht froh, dass ich ihn darin bestärkt habe, deinen fake Freund zu spielen? Addison und ich sollten als Produzenten eurer Beziehung aufgeführt werden. Vorausgesetzt, du vermasselst es nicht.«

Asher verschwand so schnell er aufgetaucht war und ich verbrachte die nächsten zehn Minuten damit, im Internet nach Broadway Tickets zu suchen, bevor ich zum Grand Hyperion eilte. Connor stand nicht davor, obwohl er geschrieben hatte, er wäre bereits da. Im Inneren, nahm mir ein Mitarbeiter meinen Mantel ab und zeigte mir den Weg zum Restaurant.

Leises Gemurmel erklang aus dem Saal und ein Pianist spielte ‚The First Noel‘, was ich zu meiner Zeit im Rencliffe Chor hatte singen müssen. Kellner:innen gekleidet in schwarz und weiß verteilten elegante Hors d'oeuvres. Allerdings hatte ich kein Interesse an in Bacon eingewickelte Spargelbissen mit Walnuss-Orange Confit. Nicht, nachdem ich gerade in dem Moment Connor erblickt hatte.

Er trug einen roten Pullover, der sich an seinen straffen, schlanken Körper schmiegte, und seine schwarzen Skinnyjeans sahen aus, als wären sie auf seine Beine aufgemalt worden. Ein Grinsen machte sich auf meinem Gesicht breit, als ich sah, dass er seine Doc Martens trug, und erinnerte mich an den Schuh-Vorfall auf dem Karussell.

Oh Gott, ich wollte ihn so wahnsinnig gerne ficken.

Als ich den Raum durchquerte, nickte und lächelte ich den gesichtslosen Menschen zu, die mich grüßten. Meine Augen waren jedoch starr auf Connor gerichtet. Erst nachdem ich ihn für einen langen Kuss an mich herangezogen hatte und ihn dankbar einatmete, bemerkte ich, dass er sich mit Addison und Olivia unterhalten hatte.

Nur schwer schaffte ich es meinen Blick von Connors traumhaften Lächeln abzuwenden und ihm einen Arm über die Schultern zu legen. »Na…Hallo, meine Damen.« *Sag irgendetwas anderes.* »Frohe Weihnachten.«

Addison hatte ein viel zu erfreutes Lächeln aufgesetzt und trug eine schimmernde goldene Bluse.

»Dir auch. Gott segne uns alle. Mir war nicht bewusst, dass du dich der Schauspieler Vereinigung angeschlossen hattest.« Sie drehte sich zu Olivia und…wie hieß er noch gleich? Dylan, um.

Addison fragte: »Seid ihr nicht auch furchtbar beeindruckt von dieser Darbietung?«

Dylan schien etwas verwirrt. »Ähm, sicher?«

Doch Olivia nickte und klatschte langsam. »Fast schon Oscar-verdächtig.«

Connor zischte: »Schhh. Es soll doch keiner wissen.«

Addison und Olivia sahen einander an und fingen an zu lachen. »Zerbrich dir mal deinen hübschen kleinen Kopf nicht darüber«, sagte Addison. »Niemand wird auch nur eine Sekunde daran zweifeln, dass eure Beziehung echt ist.«

Connor versteifte sich unter meinem Arm und traf meinen Blick. Ich bedachte Addison mit einem bösen Funkeln. Selbst wenn sie und Olivia vermuteten, dass mehr zwischen Connor und mir lief, hieß das nicht, dass Connor bereit war, seine Sexualität zu offenbaren. Sein Gesicht war rot und seine Knöchel weiß, an der Hand, in der er sein Cocktailglas festhielt.

Addison und Olivias breite Grinsen verschwanden. Schnell wandte Olivia sich Connor zu: »Hey, wie lief eigentlich die Klausur? Das wollte ich vorhin schon fragen.«

Doch auch der abrupte Themenwechsel entspannte Connors Schultern nicht.

»Gut, denke ich. Vielleicht.«

»Deine Ergebnisse sind immer brillant«, versicherte Olivia ihm.

Vorsichtig streichelte ich ihm über den Rücken, bevor mir auffiel, dass das eventuell mehr Schaden anrichtete. Also ließ ich meinen Arm fallen. Auf der einen Seite taten wir in der Öffentlichkeit so, als wären wir ein Paar, aber nun, wo wir auch privat zusammen waren und ein paar unserer Freunde es offensichtlich herausgefunden hatte, löste das für Connor nur Druck aus, nachdem er gerade erst sein Coming-out vor seinen Eltern gehabt hatte.

Meine Gedanken kreisten und ich musste meine Hände in meine Hosentaschen stecken, um mich selbst davon abzuhalten, Connor anzufassen, der mich mittlerweile fragend ansah.

Irgendetwas hinter mir zog seinen Blick auf sich.

»Sie kommt«, flüsterte er, lehnte seinen Körper gegen mich und legte mir seinen Arm um. Ich hätte mich nicht davon abhalten können, dasselbe zu tun, selbst wenn ich es versucht hätte. Der Drang ihn zu berühren war zu stark. Er fühlte sich so gut an, wie er an meine Seite gepresst war, so, als hatte er dort schon immer hingehört.

Ich lächelte Großmutter an, die mir im Gegenzug ein Nicken zuwarf und sich dann von uns abwandte, um stattdessen mit einer ihrer High Society Freundinnen zu sprechen. Auf der einen Seite war es eine Erleichterung aber auf der anderen schmerzte es trotzdem. Connor musste das gespürt haben und seine Finger an meiner Hüfte drückten sanft zu. Ich küsste seine Schläfe und er lächelte mich liebevoll an.

»Moment mal. Seid ihr wirklich zusammen?«, fragte Dylan und Olivia stieß ihm sofort mit ihrem Ellbogen in die Seite. Fest.

Der Pianist begann ‚Jingle Bells‘ zu spielen, während sich unser kleines Grüppchen still ansah. Dann lachte Connor leise und seine Schultern zogen sich unter meinem Arm leicht hoch.

»Jep«, bestätigte er. »Ich weiß nicht, wieso ich da so ein großes Ding draus mache. Ich bin übrigens schwul.«

»Willkommen im Club«, sagte Addison und hob ihr Glas mit einem breiten Grinsen.

Dylan sagte zu Addison: »Moment, du auch?«

Olivia stöhnte sanft auf. »Babe, versuch einfach mitzukommen.« Sie strahlte Connor an und küsste ihn auf die Wange. »Ich bin stolz auf dich«, flüsterte sie.

Das war ich auch, also küsste ich ihn erneut. Und dann nochmal. Und nur noch einmal, bis die Mädels uns sagten, wir sollen uns ein Zimmer nehmen. Woraufhin wir alle lachten. Aus dem Augenwinkel konnte ich Großmutter sehen, die uns beobachtete. Ein über uns lauernder Zuschauer.

Erneut küsste ich Connor und hoffte, dass sie genau hinsah.

Hoffte, dass es endlich einsank, dass ich wirklich bi war. Dann, bevor ich inne hielt, um die potenzielle Gefahr zu evaluieren, führte ich Connor an der Hand und stellte mich direkt in Großmutters Weg, gerade, als sie versuchte zu fliehen.

»Großmutter!«, sagte ich viel zu laut. »Wie geht's dir?« Schnell lehnte ich mich an sie hin, um ihr einen Kuss auf beide Wangen zu geben. »Du erinnerst dich an Connor? Meinen Partner?« Mittlerweile schrie ich schon fast und Großmutter blinzelte mich an.

Als ich die beiden an Thanksgiving einander vorgestellt hatte, war Connor fast noch ein Fremder gewesen. Zwar nicht mehr der grimmige Junge im Hintergrund, aber lediglich mein Business Partner. War das etwa erst einen Monat her? Jetzt war Connor so viel mehr.

Ziemlich schnell wurde er zu allem, was ich brauchte.

Connor drückte meine Hand sanft, bevor er sich räusperte. »Hallo, Mrs. Cabot. Schön, Sie wieder zu sehen.«

Sie lächelte kühl. »Ja. Hallo, Mr…was war Ihr Nachname noch gleich?«

»Lisowski«, antwortete Connor und ich stellte mir eine Welle der Anspannung vor, die ihn durchströmte, nachdem ich mich daran erinnerte, was er mir erzählt hatte. Dass er seinen Nachnamen nicht mochte, weil er ihn mit seinem biologischen Vater assoziierte.

»Ah«, war alles, was Großmutter zu sagen hatte.

Wir warteten auf mehr, aber nein. Offenbar war's das.

Er fügte hinzu: »Bitte nennen Sie mich einfach Connor.«

Großmutter nickte und bot Connor absolut nicht an, sie irgendetwas anderes als Mrs. Cabot zu nennen. Frustration und Ärger kochten in mir auf und ich hielt mich gerade so zurück, nicht zu schreien. Ich war mir nicht einmal sicher, welche Worte aus mir rauskommen würden, ich wollte einfach nur schreien.

In der Stille fragte Connor Großmutter: »Was sind Ihre

Weihnachtspläne?«

»Mein traditionelles Frühstücksevent für die weniger Privilegierten. Reid wird mit mir dort sein.« Das klang nach einem Befehl.

»Cool«, meinte Connor.

Ich ließ Connors Hand los, um meine Handfläche in seinen Nacken zu legen.

»Du solltest irgendwann mal mitkommen. Wir servieren hunderten von Leuten Frühstück und es gibt einen Weihnachtsmann und Geschenke.« Zu Großmutter sagte ich: »Wir können immer mehr Freiwillige brauchen, nicht wahr?«

Ihre Lippen hoben sich kurz zu einem Ausdruck, der nur mit viel Wohlwollen ein Lächeln genannt werden konnte. »Natürlich.«

Ich kämpfte dagegen an, meine Hände zu Fäusten zu ballen. Vorher, als Connor nur mein fake Freund gewesen war, hatte Großmutters Verhalten mich frustriert. Doch Connor war nun so real. Wieso konnte sie nicht an seinem Geschlecht vorbeisehen und erkennen, was für ein wundervoller, liebenswerter, lustiger, vergnüglicher, liebender Mensch er war? Konnte sie nicht sehen, wie wichtig er mir war? Es musste aus mir heraus strahlen, wie ein blinkendes Neonschild.

Sie entschuldigte sich mit den Worten, dass sie mit jemandem auf der anderen Seite des Raumes sprechen musste und war weg, bevor ich meine kreisenden Gedanken in Worte fassen konnte. Das war vermutlich das beste, nachdem mein Erfolg davon abhing, wie artikuliert ich mich zeigte.

»Okay?«, murmelte Connor und streichelte mir über den Rücken.

»Lass uns gehen. Ja?« Ich verbannte Großmutter aus meinen Gedanken.

Er grinste. »Kein Veto von mir.«

EINIGE ZEIT SPÄTER, im Eingang zu meiner Wohnung, stolperten wir zurück, lachten und küssten uns und entledigten uns unserer Mäntel.

»Hi«, sagte Connor atemlos.

»Hi.« Oh Gott, wann hatte ich mich zuletzt so ausgelassen gefühlt?

Vermutlich nie.

»Hast du Durst?«, fragte ich und versuchte mich darauf zu konzentrieren, ein guter Gastgeber zu sein, anstelle nur herumzustehen und Connors feuchten Mund anzustarren.

»Ja.«

Bevor ich fragen konnte, was er trinken wollte, war Connor zurück in meinen Armen und seine Zunge erkundete meinen Mund. Mit den Händen fuhr ich ihm über den Rücken, dann unter den Pullover und breitete meine Finger über seiner nackten Haut aus. Seine Hände lagen auf meinem Nacken und meinem Gesicht und fühlten sich kalt an. Überall sonst wüteten Flammen.

Mein Handy dingte und wir beendeten den Kuss. Connor lehnte sich runter, um seine Stiefel auszuziehen, während ich die Nachricht des Ticketverkäufers las. Schnell zog ich an meinen Stiefeln und Socken, bevor ich fragte: »Hast du am Abend bevor du nach Hause fährst Zeit für noch einen Punkt auf der New Yorker Liste?«

»Jep.«

»Okay, aber du wirst lachen.«

»Werde ich nicht.« Connor stellte sich aufrecht hin und sah mich mit ehrlicher Ernsthaftigkeit an, bevor seine Hand meine Hüfte fand. »Versprochen.«

Es war nur ein Musical. Wenn er darauf nicht stand, war das kein Problem. Es war ja nicht so, als wäre ich ein riesiger Theater Fan oder so etwas. Trotzdem wollte ich seine Zustimmung. Das wollte ich mehr als ich irgendetwas in einer langen, langen Zeit wollte.

»Reid?« Sanft drückte er seine Finger tiefer in meine Hüfte. »Du hast mich nicht ausgelacht. Wieso denkst du, dass ich über dich lache?«

»Du wirst so ein guter Arzt sein«, kam es plötzlich aus mir heraus.

»Hä?« Er lachte und war offensichtlich verwirrt.

»Du gehst einfach wahnsinnig gut mit Menschen um.«

Connor blinzelte auf seine Hand, die immer noch auf meiner Hüfte lag. »Ähm, das ist bei Patient:innen nicht angebracht.«

Da musste ich lachen. »Ich meine die Art wie du zuhörst. Nicht *das*. Obwohl ich mich darüber nicht beschwere.«

»Keine Beschwerden?« Connor fuhr über den Beginn meines Hinterns.

»Nö.«

»Also, was ist deine Idee?« Wieder sah er mich mit diesem geduldigen, standhaften Interesse an und ich führte ihn zur Couch. Wir setzten uns nebeneinander und das Leder knarzte, als wir uns aneinander kuschelten.

»Was hältst du von singenden Werwölfen? Ich glaube außerdem, dass sie rappen.«

Connor blinzelte. »Äh…Oh! Das neue Musical, von dem alle reden?«

»*Full Moon*. Du hast davon gehört?«

»Ja. Olivia meinte, es hätte den selben Effekt für Werwölfe, wie *Hamilton* für die toten weißen Männer auf unserem Geld hatte.«

»Ich könnte uns Tickets besorgen. Außer du möchtest Veto einlegen?«

Er grinste. »Kein Veto. Es klingt absolut verrückt. Die einzige Show, die ich je gesehen habe, ist, als Rencliffe uns mit zu *Hamilton* genommen hat. Es scheint mir die perfekte Fortsetzung.«

»Wenn rappende Werwölfe nicht echt New York sind, dann

weiß ich es auch nicht.«

»Absolut. Sind wir jetzt fertig mit reden?«, fragte er.

»Absolut.«

Connors Lippen öffneten sich unter meinen und ich küsste ihn innig. Ich ließ meine Zunge gegen seine gleiten, während ich meine Hand an seine Wange legte. Er machte dieses süße, wunderbare kleine Geräusch. Ein Seufzten, das sich jeden Moment in ein Stöhnen verwandeln könnte. Ich hätte ihn für immer küssen können.

Mit einem Satz löste ich mich von ihm. Seit wann dachte ich über *für immer* nach?

Connors Lippen waren feucht und pink und ich war völlig machtlos, als ich ihn erneut küsste. Dieses Mal nahm ich sein Gesicht zwischen beide meiner Hände und vertiefte den Kuss noch mehr. Connor krallte sich an meinem Schenkel fest und lehnte sich noch weiter gegen mich.

Er lehnte sich so weit, dass ich kaum bemerkte, dass er sich auf meinen Schoß gesetzt hatte und ein Stöhnen von sich gab, das eine direkte Leitung zu meinem Schwanz zu haben schien. Der Großteil des Blutes in meinem Körper machte sich gleich mit auf den Weg in Richtung Süden. Wir lachten und küssten uns schmutzig.

Connor war auf meiner Wellenlänge und er bewegte sich auf mir, um seine eigene Erektion an mir zu reiben. Er löste den Kuss mit einem Japsen und öffnete die ersten paar Knöpfe meines Hemds, nachdem er mich meiner Krawatte entledigt hatte. Er presste seine Lippen an meinen Hals, atmete tief ein und murmelte: »Du machst mich so geil.«

Ich ließ meine Hände über seinen Rücken wandern und drückte seinen Arsch. »Das Gefühl kann ich nur erwidern.«

»Können wir uns zum Höhepunkt bringen?«

»Weiß ich nicht. Können wir?«

Connor hob seinen Kopf und starrte mich an. »Bringst du

jetzt ernsthaft nervige große Bruder Energy in unser Sexleben?«

Ich lachte. »Tut mir leid.« *Unser Sexleben.* Diese Worte hätten wahrscheinlich einen Alarm auslösen sollen. Stattdessen spürte ich Aufregung. Tief in meinen Eiern. »Wie kann ich es wieder gut machen?«

»Ich will dich reiten.« Sein schönes Gesicht errötete und er ließ den Blick fallen.

Die Schnelligkeit seiner Antwort und sein Erröten gab mir den Eindruck, dass das keine spontane Antwort war. »Wieso ist dir das peinlich?«

»Ist es nicht«, murmelte er. Seine Finger pressten in meine Schultern, als er sich nervös bewegte.

»Wieso kannst du mich dann nicht ansehen?«

Nach einem langen Ausatmen traf Connor meinen Blick. Mit einer Hand streichelte ich ihm in langsamen, zärtlichen Berührungen über den Rücken.

»Sag es mir, Baby«, flüsterte ich.

Sein Atem stockte und er biss sich auf die Lippe. »Du wirst es für komisch halten.«

»Werde ich nicht.« Ich sprach mit einer gleichmäßigen Stimme und blieb ernst, in der Hoffnung, seinen Umgang mit Menschen zu imitieren. »Ich verspreche es.« Nachdem ich eine Vermutung hatte, fragte ich: »Hast du darüber fantasiert?«

Er nickte. »Das ist eine der größten Fantasien. Als ich noch jünger war und wahnsinnig für dich geschwärmt habe.«

»Wie süß.«

Er stöhnte auf und ließ seine Stirn gegen meine Schulter fallen. »Ich war der seltsamste Jugendliche der Welt.«

»Jetzt bist du aber erwachsen.«

Wieder umfasste ich seinen Hintern und drückte zu. Lust strömte durch meine Adern. »Erzähl mir von deinen Fantasien. Was waren die Anderen, die du am öftesten hattest?« Ich machte einen Buckel mit meinem Rücken, bevor ich meine Hüften nach oben presste. Ich hob eine Augenbraue. »Abgesehen hiervon.«

Connor lachte und ich konnte spüren, wie die Anspannung in seinem Körper abebbte. Sanft küsste ich ihn und rieb unsere Nasenspitzen aneinander.

»Muss ich dir das jetzt sagen?«

Ich lehnte mich zurück. »Natürlich nicht. Willst du aufhören?«

Er griff nach meinen Schultern, während seine Schenkel meine Hüften fester umfassten. »Nein.«

»Okay, wir hören nicht auf. Ich muss auch Kommen. Willst du Kommen, Baby?«

Connor stöhnte auf und bewegte sich wieder gegen mich. »Ja.«

»Willst du mich reiten? Das war die Fantasie?«

Er nickte. »Aber wir brauchen Zeug und das ist alles im anderen Zimmer.«

Wir rieben uns aneinander und liefen Gefahr, einfach so in unserer Kleidung zu Kommen. »Oh Gott, ich weiß.«

So sehr hatte ich mich seit Ewigkeiten nach niemandem mehr verzehrt. Ich zog an meinem Gürtel und unseren Hosenställen und Connor hob sich genug an, damit ich unsere Schwänze befreien konnte. Wir stöhnten auf, als ich unsere Schwänze mit einer Hand umfasste und unsere Lusttropfen als Gleitgel benutzte. Zwar trug ich immer noch den Anzug, der viel zu viel gekostet hatte, als dass ich ihn einfach ruinierten konnte, aber es war unmöglich aufzuhören.

»Erzähl mir wie du mich reiten willst«, sagte ich.

Connor starrte mich an und atmete schwer. »Wie…«

»Sag mir, wie du es dir vorgestellt hast. In der Position, in der wir jetzt sind? Während du auf mir sitzt?«

»Jaha. Nur nackt.«

Ich streichelte uns und versuchte meine Stimme ruhig zu halten. Trotzdem klang sie etwas heiser, als ich fragte: »Auf einer Couch, so wie der hier?«

»Im Bett.« Connor leckte sich über die Lippen und seine Brust hob und senkte sich.

Ich wollte ihm das Hemd vom Leib reißen und an seinen Nippeln saugen, aber gleichzeitig hätte ich nicht von unseren Schwänzen ablassen können, selbst wenn bewaffnete Scharfschützen ins Haus gestürmt wären. »Du willst mich in dir haben?«

Er nickte verzweifelt, als er sich gleichzeitig mit meiner Hand bewegte.

»Aber du willst die Kontrolle haben? Mich reiten und mich genau so haben, wie du es möchtest?«

Wieder nickte Connor und niedliche kleine Geräusche der Lust brachen aus ihm hervor.

»Willst du, dass ich dich anfasse?«

»*Ja.*«

»So?« Ich bearbeitete uns härter. Ohne Gleitgel war es ziemlich rau, trieb aber die Lust weiter an. Schweiß stand mir auf der Stirn und mein gesamter Körper spannte sich an. Meine nackten Zehen krampften sich auf dem Boden zusammen. »Wie hart wirst du kommen, wenn mein Schwanz in deinem Arsch versinkt und—«

Mit einem Schrei fing Connor an zu zittern und entleerte sich auf meinem Hemd. Der Rest tropfte an meiner Hand herunter. Sein Rücken drückte sich durch und er warf seinen Kopf in den Nacken. Mit geschlossenen Augen ritt er die Welle seines Orgasmus. Ich leckte über seinen Hals und konnte salzigen Schweiß schmecken, während er seine Hände in meinen Haaren vergrub.

»*Fuck*«, wimmerte er.

Zwar war ich immer noch schmerzhaft hart, aber ich ließ von uns ab und leckte über meine Finger. Connor starrte mich mit weit aufgerissenen Augen voller Lust an. »*Doppel fuck*«, stöhnte er.

Unsere Blicke trafen sich, als ich mit meiner Zunge meinen Zeigefinger entlangfuhr und ihn schmeckte.

Wortlos hielt ich ihm einen anderen Finger hin und er saugte ihn in seinen Mund.

Wir stöhnten beide auf.

Meine Eier waren kurz davor zu explodieren und bevor ich mich selbst mit meiner schmutzigen Hand zum Höhepunkt bringen konnte, erhob Connor sich, presste meine Beine auseinander und ließ sich auf die Knie fallen. Er musste meinen willigen, tropfenden Schwanz nur kurz in den Mund nehmen, bevor ich in ihm abspritzte.

Schnell zog ich ihn zurück auf meinen Schoß und küsste ihn. Ich konnte uns beide schmecken und es war schmutzig und wundervoll und ich flüsterte: »Nächstes mal reitest du meinen Schwanz.«

Er nickte begeistert und ich machte eine mentale Notiz, herauszufinden, worüber Connor sonst fantasiert hatte, damit ich jede einzelne davon wahr werden lassen konnte.

Wir waren klebrig und mussten uns waschen, aber trotzdem bewegten wir uns nicht von der Couch weg. Ich lehnte mich zurück, mein Schwanz immer noch draußen und meine Beine gespreizt. Connor rollte sich neben mir zusammen und warf seine Beine über meinen Schoß. Daran könnte ich mich gewöhnen.

Daran könnte ich mich wirklich gewöhnen.

Mein Handy fing auf dem Beistelltisch an zu vibrieren. Ich sagte: »Danke, aber ich werde jetzt keinen Anruf von einer unbekannten Nummer aus Texas annehmen.« An sich redete ich mit mir selbst.

Doch Connor setzte sich auf, Beine immer noch über meinen. »Das könnte Angela sein. Sie sagte, sie schaut sich deinen Entwurf diese Woche an.«

Sofort schnappte ich mir mein Handy und nahm den Anruf an. Ein nasaler, texanischer Akzent grüßte mich. »Hiya, Liebes. Hier ist Angela Barker.«

»Hallo, Mrs. Barker.« Ich hob Connors Beine und fing an vor dem Fenster auf und ab zu gehen. Während ich mir das Handy ans Ohr hielt, versuchte ich mir die Hose wieder anzuziehen.

Zwar konnte sie mich nicht sehen, aber es fühlte sich trotzdem respektlos an.

»So besonders bin ich nicht. Einfach nur Angela, bitte. Also, ich bin wahnsinnig begeistert von Ihrem Business Plan. Sie haben ganz offenbar ganze Arbeit geleistet. Ich hätte Interesse daran herauszufinden, in wie weit BRK helfen kann und würde das mit Ihnen gerne genauer besprechen.«

Mein Mund war staubtrocken. »Oh, das bin nur ich. Im Moment sind meine Großmutter und Utopia nicht involviert.«

Angela schnaubte. »Was Sie nicht sagen. Ich wäre überrascht gewesen, wenn sie das gutheißen würde. Auch, wenn es wirtschaftlich explosiv sein könnte. Keine Panik, ich meinte nur Sie.«

»Oh, stimmt. Okay.«

Connor beobachtete mich aufgeregt von der Couch aus. Er hatte sich auch wieder angezogen und saß aufrecht da.

»Wenn Sie möchten, hätte ich ein paar Ideen. Im Moment warte ich auf einen Flug und wollte nur kurz durchklingeln, um zu sehen, wo Ihnen der Kopf steht.«

»Okay. Danke! Ich bin heiß.« *Moment. Was? Mein Kopf ist heiß! Oder?*

»Das sagt meine Tochter auch.«

»Nein! Ich meinte—« Ich rieb mir über das Gesicht. Wieso fiel es mir gerade so schwer Worte zu finden? »Ich bin sehr interessiert an…ähm…« diesem Ding?

»Ich mach nur Spaß. Na gut, ich melde mich bald wieder.«

»Vielen Dank. Ich schwöre, normalerweise bin ich sprachgewandter.«

»Das glaube ich Ihnen, Liebes. Außerdem ist jeder Freund von Connor ein Freund von mir. Er sagte, er sei mit Ihrem Bruder zur Schule gegangen?«

»Ja.« Ich sah Connor an, der mich anlächelte. »Vor kurzem haben wir uns besser kennengelernt.«

»Ist er nicht bezaubernd? So intelligent. Und er ist zu einem so fantastischen jungen Mann herangewachsen. Ich bin so stolz auf ihn.«

Connor verdrehte die Augen, als er die lobenden Worte hörte. Ich hatte keinen Zweifel daran, dass er das gesamte Gespräch verstehen konnte, nachdem Angelas durchdringende Stimme sicherlich durch die ganze Wohnung hallte. Trotzdem fing er an, nervös auf der Couch herumzurutschen, was mir das Gefühl gab, dass er sich insgeheim über das Lob freute.

Whoa. Woher wusste ich das? Doch jeder meiner Instinkte sagte mir, dass ich recht hatte.

»Er ist tatsächlich gerade bei mir. Er lässt schön grüßen.«, sagte ich ins Handy.

»Ist er das? Reichen Sie ihm mal den Hörer.«

Während Connor Fragen beantwortete, die mit seiner Weihnachtsplanung und Familie zu tun zu haben schienen, sah ich aus dem Fenster und beobachtete die Lichter der Stadt. Gerade so konnte ich die Turmspitze auf dem Dach vom Utopia im Süden ausmachen. Mein Herz schlug schneller.

Es war Monate her, nein, Jahre, seit ich angefangen hatte, meinen Business Plan zu erstellen und auszuarbeiten. Ehrlich gesagt, hatte ich gedacht, Angela Barker würde vielleicht ein paar Kommentare dazu abgeben, als Gefallen für Connor.

Das hier hatte ich nicht erwartet. Ich hatte nicht erwartet, dass etwas *passieren* würde.

Noch war zwar nichts in die Wege geleitet worden, aber es bestand die Möglichkeit. Großmutter oder dem Vorstand hatte ich meine Ideen nie präsentiert, weil ich wusste, dass sie nie ihr Geld reinstecken würden. Nicht in einer Million Jahre. *Veto.*

Dann würde ich zu meinem Büro zurückkehren und weiterhin als Vizepräsident einer Firma agieren, die zwar mein Erbe darstellte, die mich aber nicht forderte oder begeisterte.

Ich drehte mich um, als Connor das Gespräch mit Angela

beendete, und mein rasendes Herz fühlte sich an, als würde es gleich aus meiner Brust kommen.

Connor schenkte mir ein Halblächeln. »Was ist?«

Er war absolut unerwartet in mein Leben gekommen und ich war nie aufgeregter gewesen.

»Nichts«, antwortete ich. »Danke, dass du bei Angela ein gutes Wort für mich eingelegt hast.«

Er gesellte sich zu mir ans Fenster. »Natürlich, kein Problem.« Nach einem Moment nickte er mit dem Kinn in die Ferne. »Ist das dein Hotel da drüben?«

»Ist es.« Mein Blick fiel wieder auf das Gebäude. »Eins von vielen.«

»Was genau findest du an nachhaltigem Wohnraum so spannend? Ich glaube, das hast du mir noch nicht erzählt.«

Ich verzog den Mund. »Du wirst lachen.«

Connor legte mir einen Arm um die Hüfte. »Und nochmal. Ich werde dich nicht auslachen.«

»Obwohl wir das Gespräch gerade in meinem luxuriösen Upper West Side Apartment führen? Und Ausblick auf eins der Luxushotels haben, das meiner Familie gehört?«

»Menschen mit Geld haben die Ressourcen, um tatsächlich etwas zu verändern. Wir brauchen mehr reiche Menschen, die sich um andere kümmern, abgesehen von Wohltätigkeitsveranstaltungen.« Schnell fügte er hinzu: »Das soll nicht heißen, dass deine Großmutter nicht viel Geld für gute Zwecke aufbringt.«

»Ist schon okay.« Ich legte meinen Arm um seine Schultern.

Wieso fühlte sich das so *richtig* an mit ihm? Als könnte ich ihm alles sagen und er würde mich wahrlich nicht auslachen.

Also fing ich an es ihm zu erzählen. »Ich weiß, was du meinst und du hast recht. Okay. Es war irgendsoein Youtube Video. Die Wohnraumkrise, exorbitante Mieten, sowas alles. Irgendwie bin ich in ein Loch voller dieser Videos gefallen und ich konnte mich am nächsten Tag in der Arbeit nicht konzentrieren. Wen kümmern schon schicke Hotels, die nur einem Bruchteil der Bevölkerung dienen, wenn man genauso gut nachhaltigen, bezahlbaren Wohnraum schaffen könnte?«

»Ich lache immer noch nicht«, sagte Connor ernst und sein Arm verengte sich um meine Hüfte.

In dem Moment musste ich ihn küssen. Es gab nichts, was ich tun oder sagen konnte, bevor ich ihn erneut schmecken musste und ihn fest an mich halten. So verlockend es auch war, ihn in mein Bett zu schleifen, sein Magen fing an zu knurren. Wir lachten.

»Wie wäre es, wenn wir einen weiteren Punkt von der Liste streichen?«, fragte ich. »Die beste Pizza in New York.«

»Die hatte ich schon. Joe's in The Village.«

Sofort jauchzte ich überspielt. »Sakrileg! Die gibt es bei Patsy's in der Seventy-Fourth Street. Wir können hinlaufen.«

»Okay, aber wir müssen einen Geschmackstest machen. Patsy's heute, Joe's morgen.« Connor stöhnte auf. »Aber ich muss lernen.« Er sah auf sein Handy. »Ich sollte zurück zu meiner Wohnung gehen.«

»Nachdem wir bei Patsy's waren. Du brauchst Nervennahrung. Ich lasse dich nicht auf leeren Magen lernen. Und dann können wir Joe's auf nächste Woche verschieben, wenn du bis dahin lernen musst.«

Er biss sich auf die Lippe. »Da bin ich nicht da. Ich bin über Weihnachten in Albany.«

»Stimmt, natürlich.« Ich setzte ein breites Grinsen auf. »Erster Schritt: Patsy's. Auch bekannt als: Die beste Pizza in New York.«

»Das werden wir noch sehen. Aber auf keinen Fall lege ich Veto ein. Zu hungrig.«

Wir machten uns auf und ich war mir nicht sicher, wer von uns zuerst nach der behandschuhten Hand des anderen griff. Es fühlte sich so natürlich an, unsere Finger miteinander zu verschränken, während wir nebeneinander hergingen.

Ich versuchte nicht daran zu denken, wie unfassbar einsam es sich anfühlte, an Weihnachten nächste Woche zu denken, ohne Connor.

Kapitel Vierzehn

Connor

AUF EINEM ZETTEL, den Olivia an den Badezimmerspiegel geklebt hatte, stand:

Verbringe die Nacht mit Dylan. Hoffe die Klausur lief gut!

Gähnend zog ich das klebrige Papier vom Glas und knüllte es zusammen, bevor ich es in den Mülleimer fallen ließ. Es war ziemlich goldig, dass Olivia mir Nachrichten wie diese hinterließ, anstelle mir einfach eine SMS zu schicken. Sie sagte ihre Mutter hatte immer Nachrichten im Bad hinterlassen, weil sie dort gelesen werden würden. Schließlich müsse ‚jeder mal pipi‘, um Angela zu zitieren.

Ich pisste—Entschuldigung, *machte pipi*—und gönnte mir eine heiße Dusche, während ich versuchte, mich zu entspannen und nicht über jede einzelne Antwort nachzudenken, die ich bei dem multiple-choice Test ausgefüllt hatte. Es war jetzt vorbei und mich deshalb verrückt zu machen würde meine Note nicht ändern.

Mit einem Handtuch um die Hüften wanderte ich an dem glitzernden Weihnachtsbaum vorbei in die Küche und starrte den eher unfestlichen Inhalt des Kühlschranks an. Ein Kopf Eisbergsalat, ein Karton Eier, übrig gelassenes Kung Pao Hühnchen und ein Apfel. Zusammen mit Ketchup, Mayo und ein paar anderen Saucen.

Seufzend schloss ich die Tür wieder und holte eine Schachtel

Ritz aus dem Küchenschrank. Die war fast leer, also aß ich die buttrigen Kekse komplett auf. Ich vermisste es, immer am Tisch zu essen. Logan war zu einem erstaunlich guten Koch mutiert an Tagen, an denen er Lust drauf hatte und Seth wollte immer neue Rezepte ausprobieren.

Würde Seth ein neues Dessert an Weihnachten machen oder einen der leckeren Kuchen, die er in der Vergangenheit schon gebacken hatte? Ich sollte ihn fragen, ob er den Eggnog Tres Leches machen konnte. Oder vielleicht den Sticky Toffee Pudding, den er ausprobiert hatte, als er in der Phase gesteckt hatte, in der er klassisch britisches Essen gekocht hatte, nach einem *Downton Abbey* Marathon.

Das plötzliche Heimweh ließ mir die Tränen in die Augen steigen. »Beruhig dich«, murmelte ich, als ich die Crackerschachtel auffaltete und sie in die Recycling Kiste unter dem Spülbecken steckte. Sicher, ich vermisste mein Zuhause manchmal, aber ich lebte jetzt schon seit Jahren nicht mehr daheim. Wieso fühlte ich mich heute also so emotional und einsam?

Na gut, ja. Es machte mich traurig, dass Reid keine Zeit hatte. Vor allem, nachdem seine Antwort eher vage gewesen war. Er musste lange arbeiten, was ich absolut verstand. Doch als ich ihn gefragt hatte, an was er arbeitete, hatte er mir nicht wirklich geantwortet.

In zwei Tagen fuhr ich schon weg. *Na gut*, ja, ich war nicht auf dem Weg zum Mond und ich würde am einunddreißigsten zurückkommen. Aber wollte er nicht jede freie Sekunde zusammen verbringen? Hatte er mich schon satt?

Ich stöhnte laut auf und murmelte: »Jesus, so wird man zu einem Klammerer der höchsten Stufe.«

Zwar schwärmte ich schon seit der High School für Reid, aber ich war jetzt ein erwachsener Mann. Ich konnte nicht erwarten, jede Nacht miteinander zu verbringen, nur weil wir es jetzt miteinander trieben.

Ein Schauder lief mir den Rücken runter, nur wenn ich diese Worte dachte. Aber sie waren wahr! Nicht nur in meiner notgeilen Fantasie sondern im echten Leben. Zwar war ich mir immer noch nicht sicher, was Reid in mir sah, aber er schien genauso drauf zu stehen wie ich. Oh Gott, wie er mich so fest hielt und küsste, mit diesem heißen, kleinen Stöhnen…

Ich fuhr mit meiner feuchten Hand über meine Brust und spielte mit meinen Nippeln. Natürlich könnte ich mir einen runterholen, das würde mir sicher bei der Entspannung helfen.

Meine Klausuren waren vorbei und die Weihnachtsferien hatten offiziell begonnen. Ho-ho-ho, oder? Ich sollte mir etwas Gutes tun. War es seltsam, dass ich das für Reid aufheben wollte? Ich lachte laut auf. Seit wann hatte ich Schwierigkeiten dabei, steif zu werden? Es war nicht so, als wäre ich morgen nicht geil, nur weil ich heute Abend wichste.

Trotzdem wollte ich warten. Ich wollte Reids teures, süßes-doch-pfeffriges Parfüm in meiner Nase und seinen Geschmack auf meiner Zunge. Ich wollte endlich seinen Schwanz in mir spüren und—

Okay, ich würde mir definitiv einen runterholen müssen, wenn ich die Gedanken nicht auf etwas anderes lenkte. Noch mehr als das, wollte ich Reid lächeln sehen und herausfinden, wie sein Tag war. Ich wollte ihm von meiner Klausur erzählen und von meiner konstanten Angst, dass ich nicht genug gelernt hatte, obwohl ich die Lehrbücher fast auswendig kannte.

Ich wollte ihn bestärken, seinen Job zu kündigen, der ihn so unglücklich machte, auch wenn es seine Familientradition war oder so ein Scheiß. Ich wollte mit ihm zu Abend essen und über alles sprechen. Und über nichts. Also, zum Beispiel über das witzige neue viral gegangene Video mit dem Baby und dem Mops Welpen.

Der Gedanke an Abendessen ließ meinen Magen knurren— und gab mir eine neon-helle Idee, wie meine Mutter zu sagen gepflegt hatte. Ich atmete durch das wohlbekannte aufsteigende Gefühl der Liebe und Trauer.

Sie wäre überglücklich für mich, das wusste ich. Wenn sie noch am Leben wäre, dann würde sie mich und Reid—oder mich und welchen Typen auch immer, schließlich durfte ich nicht zu viel in die aktuelle Situation reinlesen—mit ganzem Herzen akzeptieren.

Das Problem war nur, dass ich bereits zu viel in die aktuelle Situation reinlas. Als hätte ich das Buch im Schnelldurchlauf in mir aufgenommen, mit Reid an meiner Seite.

Okay, eins nach dem anderen. Wenn Reid lange arbeiten musste, dann könnte ich ihm Abendessen machen und ihn einladen oder? Schließlich war ich fertig mit lernen und da interessierte es mich nicht, ob es spät wurde. Wir könnten einfach essen und schlafen gehen, wenn er zu müde war, um Sex zu haben.

Was könnte ich kochen? Eisbergsalat half mir nicht viel, aber ich könnte eine Art Omelett zusammen bekommen mit…hatte ich Käse?

Mit einem Anflug von neu entfachter Energie öffnete ich den Kühlschrank und führte einen Siegestanz auf, als ich den Block gereiften Cheddar und ein Dreieck Parmesan im Gemüsefach fand. Olivia ließ das Obst und Gemüse immer in den normalen Fächern liegen, statt sie ins Gemüsefach zu packen, damit wir nicht vergaßen es zu essen. Manchmal hatte sie damit Erfolg.

Schnell holte ich mein Handy aus meiner Hosentasche, die ich zusammengeballt auf dem Badezimmerboden hatte liegen lassen. Scheiße. Wie sollte ich ihn nur fragen, ob er später noch vorbeikommen wollte? Beiläufig? Als wäre es keine große Sache, oder? Wieso machte ich eine so große Sache daraus, wo ich ihm doch nur ein lahmes Omelett anzubieten hatte?

Nachdem ich ihm eine kurze Nachricht geschrieben hatte—gut, ich hatte sie sieben Mal neu verfasst—in der ich ihn fragte, ob er für ein spätes Abendessen vorbeikommen wollte, schmierte ich mich mit Creme ein und wog ab, mich zu rasieren. Schließlich entschied ich mich dagegen. Es wäre typisch, wenn ich mich dabei schnitt, oder Schlimmeres. Eine offene Wunde war nicht sexy.

Als ich die Tür zu meinem Schlafzimmer öffnete, nachdem ich nochmal nachgesehen hatte, ob er geantwortet hatte, hielt ich inne und schrie fast laut auf. Mein Handy flog mir aus der Hand und landete dankbarer weise auf dem Bett und nicht auf dem harten Parkett.

Reid war auch auf dem Bett.

Auf dem Rücken, ausgestreckt, ein Knie angezogen und streichelte sich selbst.

Mit Kondomen und Gleitgel neben ihm auf der Matratze.

Nackt. Hatte ich nackt schon erwähnt?

»W-was?«, stotterte ich und hielt mein Handtuch fest, wo es sich gerade lösen wollte.

»Guten Abend.« Mit seiner freien Hand hielt er sein Handy hoch. »Weißt du, ich *habe* Zeit für ein spätes Abendessen. Das klingt perfekt, danke. Sollten wir erstmal unseren Appetit erarbeiten? Du hattest etwas von einem Ritt erzählt.« Er sah an sich runter und bearbeitete seinen Schwanz, bis er seine volle Härte erreichte.

»Überraschung. Ich dachte, du hast dir eine Belohnung nach deiner Klausur verdient.«

Meine Augen waren in einem Kreislauf zwischen Reids schönem Gesicht und seinem schönen, erröteten Schwanz gefangen. Er schwoll an, während ich zusah, und alles, was ich tun konnte war, stehen zu bleiben und ihn anzustarren.

»Äh…« Nach dem Stress der Klausur hatte ich nicht mehr viele Gehirnzellen übrig.

Plötzlich verlor Reid seinen gelassenen, sexy Vibe. Er stützte sich auf seinen Ellbogen ab und fragte: »Veto?«

»Gott, nein!« Ich ließ das Handtuch fallen und sprang fast

zwischen seine Beine. »Frohe Weihnachten an mich!«

Die Matratze wippte unter uns und er lachte, als er mich für einen langen, schmutzigen Kuss mit viel Zunge zu sich runter zog. Ich kniete mich über ihn und war bereits schmerzhaft hart. Nur zu gerne hätte ich mich auf ihn fallen lassen und mich an ihm gerieben, doch ich musste geduldig sein.

»Ich dachte, du würdest die Tür nie öffnen«, stöhnte er. »Fast wollte ich schon aufgeben und dir sagen, dass du deinen süßen Arsch hier reinbewegen sollst.«

»Sorry!« Ich lachte und küsste ihn erneut.

»Fandest du es nicht seltsam, dass deine Tür zu war?«

»Nö. Die ist eigentlich immer geschlossen, nachdem mein Zimmer, wie du sehen kannst, unordentlich ist.« Ich deutete auf die vielen Stapel Lehrbücher und Notizen und Kleiderhaufen.

»Olivia hat mich vorgewarnt.« Reid zog meinen Kopf zu sich runter und saugte hart an meinem Hals. »Mir egal«, murmelte er gegen meine Haut.

Ich ließ mich zurück auf meine Knie fallen und sah ihn mir genau an. Die schwarzen gelockten Haare auf seiner Brust, sein freches Grinsen, der Streifen Haare, der zu seinem wundervollen Schwanz führte. Seine muskulösen Schenkel, langen Finger, die Narbe auf seiner Schulter, die er sich zugezogen hatte, als er von einem Klettergerüst gefallen und auf einer zerbrochenen Glasflasche gelandet war. Die—

»Connor?«

Blinzelnd traf ich seinen Blick. »Ja?«

»Du kannst mich auch anfassen, weißt du. Nicht nur hinsehen.« Er war sanft, als er diese Worte zu mir sagte. Er lachte mich nicht aus.

»Okay.« Zwar hatte ich ihn bereits berührt, aber irgendwie war es verdammt einschüchternd, Reid in meinem Bett zu haben. Wo ich bisher nur gewichst hatte und dabei fantasiert.

»Mein Teenager-Ich würde niemals glauben, dass das wahr

ist.« Es war keine Absicht diese Worte laut auszusprechen und mein Gesicht wurde heiß.

Wieder lachte Reid mich nicht aus. Er lächelte einfach und nahm meine Hand, die er sich dann auf die Brust legte. »Fairerweise muss ich sagen, dass ich mir das auch nie hätte vorstellen können. Aber du bist erwachsen und ich will dich so sehr, dass ich gleich anfange, dich anzuflehen, mich bitte zu berühren.«

Ich streichelte ihm über die Brust und war ziemlich zufrieden, als ich an seinen Nippeln ankam und ihm das ein Stöhnen entlockte. Vorsichtig lehnte ich mich nach vorne und küsste sie und saugte daran und Reid legte seine große Hand auf meinen Kopf.

»Hmmmm«, murmelte er. »Das fühlt sich gut an.«

Ich experimentierte noch etwas weiter mit Berührungen und Küssen und Reid bestärkte mich darin. Es war immer noch nervenaufreibend, derjenige zu sein, der die Zügel in der Hand hielt. Er war lieb und geduldig, während ich mein Bestes gab und mein Kopf sich durch einige verschiedene Szenarien durcharbeitete.

Sollte ich mir einfach ein Kondom schnappen und auf seinen Schwanz klettern? Darüber hatten wir gesprochen und wir waren beide hart. Aber es fühlte sich an, als wolle er zuerst mehr. Als würde er sich mir hingeben, obwohl ich keine Ahnung hatte, was zum Teufel ich tat.

»Hey.« Er hob mein Gesicht an und rieb mir langsam mit dem Daumen über die Schläfe. »Wieso bist du so angespannt? Bist du dir sicher, dass du kein Veto einlegen willst?«

»So sicher. Ich bin nur—« Ich hielt inne und Reid nickte, als wolle er mich anspornen, es einfach auszuspucken. »Ich weiß nicht, was ich tun soll.«

Seine Augenbrauen hoben sich. »Das sehe ich anders. Schließlich bist du letztens auf meinen Schoß geklettert und hast mich so geil gemacht, dass ich fast in meiner Hose gekommen wäre. Oder etwa nicht?«

»Ja, aber…« Ich zuckte mit den Schultern und sah weg.

»Das ist okay. Möchtest du einen Vorschlag?«

Ich nickte.

Reid lehnte sich auf seinem Ellbogen auf, bevor er mein Gesicht zu sich runter zog. Seine Lippen streiften mein Ohr. »Kannst du meinen Mund ficken, bevor du mich reitest, Baby?«

Das Geräusch das aus mir herauskam, konnte nur als Jauchzen beschrieben werden und alles was ich tun konnte, war zu nicken und an seinem Körper hinaufzukriechen. Er schmiss das Kissen vom Bett und öffnete seinen Mund für mich—für *mich*!—und er war feucht und eng und wahnsinnig gut.

Reid fuhr mit seinen Händen meine Schenkel auf und ab und um meine Hüften herum, als er meinen Schwanz so weit es ging in den Mund nahm. Ihn so unter mir zu haben, ließ mich am ganzen Körper erschaudern und mit einer Welle Selbstbewusstsein, fand ich einen Rhythmus. Dass er mir vertraute, das hier zu tun, während ich auf ihm saß und ihn auf das Bett presste, ließ meine Gedanken auf die beste Art und Weise kreisen.

Er schlürfte und stöhnte und ich wusste überhaupt nicht, was für Geräusche aus meinem Mund kamen. Mein Zimmer war voller Hitze und körperlichen Geräuschen und es war alles, was meine schmutzigen Träume sich hätten ausmalen können.

Fast.

Ich zog mich zurück und presste meine Hand auf die Basis meines Schwanzes um den Orgasmus abzuwenden, der auszubrechen drohte. Noch wollte ich ihn nicht. Unbeholfen entfernte ich mich von Reids Gesicht, bis ich auf seiner Hüfte saß. Seine Lippen waren rot und glänzten und er grinste, als er nach einem Kondom griff.

»Bist du bereit, Cowboy?«, fragte er.

Und *wie*.

Nachdem ich mich großzügig und mit zitternden Händen mit

Gleitgel beschmiert hatte, ließ ich Reid Zentimeter für Zentimeter in mich eindringen, während er mich an den Hüften festhielt. Er zog nicht an mir oder versuchte mich zu bewegen, er war einfach bei mir. Schritt für Schritt.

»Du bist so groß«, japste ich, bevor ich anfing zu lachen. »Ich klinge, als wäre ich in einem Porno.«

Auch er fing an zu lachen. »So lange es sich gut anfühlt. Das ist das einzige, was zählt. Ich würde mich ja für meinen offensichtlich überdurchschnittlich großen Schwanz entschuldigen, aber…Sorry not sorry.«

Jesus, fühlte er sich groß an. Allerdings hätte ich nicht mal angesichts der Gefahr einer Atombombe aufgehört. Keine Chance. Ich atmete tief durch und setzte mich vollends auf ihn. Mein Atem stockte. Nie in meinem Leben hatte ich mich so voll gefühlt. Überall, nicht nur in meinem Hintern.

Meine Brust war eng, als wäre mein Herz angeschwollen. Ich versuchte an dem Knoten in meinem Hals vorbei zu schlucken. Nach all den Jahren, in denen ich zu viel Angst gehabt hatte, tat ich es endlich. Ich hatte einen Schwanz in mir.

»Baby?« Reid streichelte mit seinem Daumen über meine Wange und ich realisierte, dass mir eine Träne entkommen war. »Tut es weh?«

»Nein. Ja. Ein bisschen. Es ist nicht—« Ich zwang mich zu einem langen, tiefen Atemzug. »Gerade hatte ich angefangen zu denken, dass ich das hier nie erleben würde. Und jetzt tue ich es. Mit dir.« Ich blinzelte weitere Tränen aus meinen Augen und ein wildes Lachen brauste in mir auf. »Du bist wirklich groß. Fühlt sich toll an.« Probeweise spannte ich mich um ihn herum an.

Reid stöhnte. »Wenn das ein Porno wäre, würde ich jetzt sagen ‚du bist so eng‘ und dir sagen, dass du mich zum Höhepunkt bringst. Nur damit du es weißt, obwohl das hier kein Porno ist, du bist so eng und ich werde gleich so verdammt explodieren.«

Wieder lachten wir und ich wischte mir die Tränen vom Gesicht, bevor ich mich nochmal um ihn anspannte. Es fühlte sich etwas wund an, aber der Schmerz war Teil der Lust. Langsam erhob ich mich ein paar Zentimeter und ließ mich wieder fallen. Ich experimentierte mit den verschiedenen Gefühlen, die ich spüren konnte. Bei dem Gefühl der Völle wurde mir schwindelig.

So viel passierte gleichzeitig. Reids Schwanz in mir, der mich dehnte. Unsere Haut, die überall schwitzig war, wo wir uns berührten. Reid, der über meine Schenkel und Hüfte streichelte und mit jeder Bewegung seiner beherrschenden Hände mehr Hitze in mir auslöste.

»So ist's gut«, murmelte er. »Du fühlst dich so gut an, Baby.«

Es schien, als könne Reid nicht aufhören, mich zu berühren. Er fuhr mit seinen hungrigen Händen über jeden Zentimeter, den er erreichen konnte und sagte mir, wie gut ich war. Als ich anfing, ihn richtig zu reiten, drückte ich meinen Rücken durch und fand einen gleichmäßigen Rhythmus, durch den sein Schwanz über meine Prostata rieb, wodurch sich immer mehr Lusttropfen an meiner Schwanzspitze sammelten.

Meine Schenkel fingen an zu zittern, als ich mich über Reid bewegte und ich konnte nicht fassen, dass er nackt in meinem Bett auf mich gewartet hatte, um mich zu überraschen, während ich in der Dusche gewesen war und aus Frust Cracker gegessen hatte.

»Danke«, sagte ich, oder stöhnte es viel mehr. Vielleicht war es auch ein anderes Geräusch, das ich nicht benennen konnte.

»Nicht notwendig.« Er zog einen scharfen Atemzug ein und biss sich auf die Lippe. Seine Finger verengten sich auf meinen Oberschenkeln und Schweiß stand ihm auf der Stirn. »Gerade wollte ich sagen, dass ich das den ganzen Tag tun könnte, aber das wäre eine Lüge, nachdem ich kurz vorm Explodieren bin.« Sein Atem stockte. »Sehr, sehr bald.«

Sein Schwanz war leicht gekrümmt und ich rollte meine Hüften, um den perfekten Winkel zu finden, während ich mich auf seiner Brust abstützte. »Ich auch«, war alles, was ich sagen konnte.

»Kann ich dich anfassen?«

»*Bitte*«, stöhnte ich und als Reid meinen Schwanz in seine feuchte Hand nahm, dauerte es nur einen kurzen Moment, bevor ich stockte und mich über ihm entleerte.

Ich spannte meine Unterleibsmuskeln an, erschauderte und sah Sterne, als Lust mich erfüllte. Reid krallte sich an meinen Hüften fest und stieß nach oben, und ächzte, während er meinen Namen stöhnte.

Meinen Namen.

Reid Cabot kam in mir mit nur einer dünnen Schicht Latex zwischen uns. Ich ließ mich auf ihn fallen, während wir zitterten und Blödsinn vor uns hin murmelten und Reid wickelte mich in seinen Armen ein. Unsere Haut war klebrig, als wären wir gerade fünf Kilometer gerannt.

»Okay?« Reid ließ mich sanft auf die Matratze neben sich rollen.

»Äh…« Wie sollte ich in diesem Moment Worte finden?

»Wenn ich dein dämliches Grinsen deuten müsste, dann würde ich es für ein Ja halten.« Lachend fuhr Reid mit einem feuchten Tuch—er war wirklich vorbereitet gewesen—über meinen Unterleib und dann zärtlich zwischen meine Arschbacken. »Wund?« Vorsichtig fuhr er drüber.

»Alles gut.« Ja, mein Hintern schmerzte etwas, aber ich versuchte, das zu verstecken.

»Das habe ich gesehen. Das war ein Grucken.«

Ich lachte. »Nur ein bisschen. Ehrlich. Mir geht's gut. Großartig.«

»Fabelhaft? Prächtig?«

»Man könnte fast sagen spektakulär.«

»Grandios?«, schlug Reid vor.

»Hmmm. Wunderbar.«

Wir lächelten durch zarte, kleine Küsse. Manchmal konnten wir beide solche Idioten sein und irgendwie machte das Reid noch heißer.

»Ich fühle mich, als hätte ich eine richtig geile, stundenlange Motorradtour gemacht. Muskelkater aber überglücklich.«

»Mich zu reiten ist viel sicherer als das Motorrad.« Er rieb seine Nase an meiner Wange, bevor er sich weg drehte.

»Nein, bleib hier.« Ich versuchte nach ihm zu greifen, als er mich zudeckte.

»Ich komme sofort zurück. Muss nur das Kondom loswerden.« Sein Blick fiel auf seine Brust. »Und dein Sperma aus meinen Brusthaaren waschen.«

»Wir sollten zusammen duschen. Ich habe mich immer gefragt, wie das wohl ist.«

Er zog eine Augenbraue hoch. »Hast du darüber fantasiert? Du und ich, unter dem Wasser? Wie wir uns gegenseitig einseifen?«, sagte er langsam, anzüglich.

»Jep. So ziemlich jedes Mal, als ich mir in der High School in der Dusche einen runtergeholt habe.« Vielleicht sollte es mir peinlich sein, das zuzugeben, aber die Worte kamen einfach aus mir raus.

Ein langsames Lächeln zog an Reids wunderschönen Mundwinkeln. »Das werd ich mir merken.«

So sehr ich jetzt mit ihm unter die Dusche steigen wollte, meine Gliedmaßen fühlten sich schwer an und ich konnte ein Gähnen nicht unterdrücken. Reid küsste mich und rückte das Kissen unter meinem Kopf zurecht, bevor er das Zimmer verließ. Eine Minute später war er bereits zurück.

Als wir uns unter der Decke zusammen gekuschelt hatten, fuhr ich mit meinen Fingern durch seine feuchte Brustbehaarung. »Ich wünschte, du müsstest nicht über Weihnachten hier bleiben«, sagte ich, zu müde um mich davon abzuhalten.

Er seufzte laut in der Dunkelheit. »Ich auch. Aber ich darf Großmutters Weihnachtsevent nicht verpassen. Sie ist schon genug genervt von mir, ich kann mir nicht wirklich erlauben, sie zu verärgern.«

»Wieso nicht?« Zur Hölle mit ihr. Ich wusste, dass das leichter gesagt als getan war. Ich hatte es nicht einmal geschafft, meinen Vater aus meinem Leben zu verbannen, und das hätte ich schon vor Jahren tun sollen.

Reid versteifte sich. »Asher und ich sind alles, was sie hat. Unser Dad war ein Einzelkind. Ich habe sie schon genug enttäuscht.«

»Weil du bi bist?« Frustration und Ärger zwängten sich durch den schläfrigen Dunst, der über mir zu liegen schien. »Das ist so unfair. Und das ist ihr Problem, nicht deins.«

»Ich weiß«, flüsterte er. Reid konnte wahnsinnig schnell von selbstbewusst und kontrolliert zu verletzlich übergehen.

»Risiken sind nicht immer schlecht.« Sanft küsste ich seinen Nacken. »Manchmal ist einen Sprung zu wagen, die beste Entscheidung, die man hätte treffen können.« Um die Atmosphäre aufzuhellen, sagte ich: »Man könnte sogar sagen verblüffend. Bemerkenswert. Atemberaubend…«

Jedes dieser Worte begleitete ich mit kleinen Küssen auf seine Wange, Nacken und Schulter.

»Umwerfend?«

»Mhhh. Definitiv.« Ich lehnte mich auf und presste unsere Lippen aufeinander. Wir seufzten in den Kuss, bevor wir uns wieder niederließen. Diesmal umarmte Reid mich von hinten und kuschelte sein Gesicht in meinen Nacken. Ich gähnte und sagte: »Eigentlich wollte ich dir ein furchtbares Omelett kochen aber ich bin zu müde.«

Sein warmer Atem kitzelte meine Haut, als er lachte. »Lass uns was bestellen. Nochmal Empanada Mama? Ich bin süchtig.«

»Sicher.« Es gefiel mir, dass er es so gerne mochte. »Warte, mein Handy ist irgendwo hier drunter.«

»Alles gut.« Die Wärme seines Körpers verschwand, als er nach seinem eigenen Handy griff.

»Nein, du hast das letzte Mal schon bestellt.« Ich setzte mich auf und suchte mit der Hand unter der Bettdecke herum. Hoffentlich hatten wir es nicht zerdrückt.

Reid tippte bereits auf seinem Display herum. »Keine Sorge, ich bin schon dabei.«

Irgendetwas zischte in mir. »Nein. Wir sind in meiner Wohnung, also zahle ich. Du hast gezahlt, als wir bei dir waren. Ich schulde dir schon genug.«

Er seufzte laut. »Lass es uns einfach abschreiben. Vergiss es. Ich habe Geld.«

»Zehntausend Dollar? Nein.« Ich wollte ihm sein Handy wegnehmen, schluckte diesen Impuls aber runter. Durch zusammengepresste Zähne bat ich: »Reid, kannst du bitte aufhören, zu bestellen?«

Er öffnete seinen Mund als wolle er mir widersprechen, schloss ihn aber wieder und legte sein Handy auf den Nachttisch. »Sorry.«

»Danke.« Gerade war ich noch schläfrig gewesen und nun vibrierte ich fast vor Ärger. Ich atmete tief ein. »Ich werde zehntausend Dollar nicht einfach vergessen. Das zahle ich dir zurück.«

»Okay.« Er nickte. »Verstehe ich. Es gefällt mir nur nicht, dass du Nachtschichten in der Apotheke übernehmen willst, wenn ich mehr Geld habe, als ich je ausgeben könnte.«

»Spende es.«

»Tue ich! Glaub mir, tue ich.«

Das glaubte ich ihm tatsächlich. »Okay. Aber ich bin kein Wohlfahrtsfall. Ich war ein Idiot und ich muss diese Schulden zurückzahlen und das werde ich.«

»Was ist passiert?«, fragte er sanft.

Uff. Das war das Letzte, worüber ich mich unterhalten wollte, so kurz, nachdem ich zum ersten Mal gefickt worden war. Fairerweise musste man sagen, dass ich mit dem Thema angefangen hatte, aber nein. Das musste warten.

»Darüber möchte ich gerade nicht sprechen.« Ich rieb mir über das Gesicht. »Können wir bitte einfach wieder kuscheln?«

Er griff nach meiner Hand und ich drückte seine Finger. »Absolut. Lass uns dein Handy suchen«, antwortete er.

Es steckte zwischen der Matratze und der Unterseite des Kopfteils fest, war aber unversehrt. Schnell tippte ich unsere Bestellung ein und sagte: »Ich zahle, wenn wir bei mir sind und du kannst bei dir zahlen. Deal?«

»Deal. Jetzt haben wir noch einige Kuscheleinheiten vor uns, bevor das Essen kommt.«

Er hob die Bettdecke und wir machten es uns wieder bequem. Sanft fuhr er meine Ohrmuschel mit seinen Fingern nach und fragte: »Fühlst du dich immer noch wundervoll?«

Ich kuschelte mich an ihn und entspannte mich. »Jep. Fast schon umwerfend.«

»Hmmm. Phänomenal.«

Ich dachte an ein anderes Wort: *Fantastisch.* Obwohl das auch seltsam oder skurril bedeuten konnte. Es war definitiv wild, dass ich gerade in Reid Cabots Armen lag.

Und es war *echt* zwischen uns. Wir lagen in meinem Bett. Das war nicht nur gespielt. Egal, was passierte, Reid wollte mich heute. Ich zwang mich dazu, nicht daran zu denken, wie sich unsere Beziehung auf lange Sicht entwickeln könnte, oder an das Geld, das ich ihm schuldete.

Diese Gespräche würden noch kommen. Erstmal würde ich schon viel zu bald ohne ihn über Weihnachten nach Hause fahren. Egal was morgen und morgen und die Tage danach bringen würden, heute Nacht gehörte nur uns.

Kapitel Fünfzehn

Connor

»WIE GEHT'S DEINEM fake Freund?«, fragte Seth, als wir uns in seinem SUV anschnallten. »Eure Abmachung ist jetzt vorbei, oder? Hattest du nicht gesagt, ihr spielt das nur vor bis Weihnachten?«

Die Frage traf mich stärker als ich erwartet hatte. Für einen Moment dachte ich, ich würde in Tränen ausbrechen, was Seth definitiv verstört hätte.

»Ähm ja, alles gut. Absolut in Ordnung.« Oh Mann, wieso war jeder Muskel in meinem Körper angespannt? Reid und ich hatten uns nicht getrennt oder so etwas. Wir hatten uns darüber überhaupt nicht unterhalten.

»Bist du dir sicher?« Seth bremste an einer gelben Ampel. »Ich weiß, Logan war ein bisschen…überfürsorglich, aber Ashers Bruder ist ein guter Mann, oder nicht?«

»Ein hundert Prozent! Ja, er ist großartig!« Fast hätte ich gesagt ‚wundervoll‘ und jetzt lief ich Gefahr über ihn zu schwärmen. Zwar bemühte ich mich, einen gleichmäßigen Tonfall zu benutzen, doch mein Bein wippte unermüdlich auf und ab. »Er ist ein cooler Typ. Ich bin froh, dass ich ihm helfen konnte.«

Das entsprach alles der Wahrheit.

Es hielt mich nichts davon ab, Seth zu erzählen, dass Reid und ich tatsächlich etwas miteinander hatten. Natürlich ohne die Details, weil…oh nein, ich wollte definitiv nicht mein Sexleben mit meinen Dads besprechen.

Aber es war immer noch so neu und…zerbrechlich. Ich musste im neuen Jahr erst einmal herausfinden, wo die Beziehung mit Reid hinführen würde, bevor ich es meiner Familie erzählte. Das war verständlich, oder?

»Okay. Und du bist dir sicher, dass deine Klausuren alle gut gelaufen sind? Fühlst du dich etwas dereguliert?«

Ich lachte sanft. »Das Wort habe ich schon seit einer Ewigkeit nicht mehr gehört.«

Früher, als ich noch ein Teenager war und Logan und ich uns immer noch wahnsinnig oft gestritten hatten—obwohl sich das alles gebessert hatte, nachdem Seth in unser Leben getreten war—hatte Seth ein paar Psychologie Bücher gelesen, um Bewältigungsstrategien zu finden. Er hatte stets ruhig zwischen uns vermittelt, während ich fauchte und fluchte.

Ich sagte: »Es ist so seltsam darüber nachzudenken, wie wütend ich damals war. Wie…als stünde ich am Rande eines Abgrunds. Keine Ahnung wie ihr mich und meine Stimmungsschwankungen ausgehalten habt. Und ja, meine Klausuren waren in Ordnung. Hoffe ich. Das werde ich wohl im Januar herausfinden.«

»Okay. Du klingst bemerkenswert ruhig, was das angeht.« Er checkte seinen toten Winkel und fuhr auf den Highway. Wir fuhren an Einkaufszentren und jeder Menge Outlet Läden vorbei.

»Ich bin super ausgeglichen.«

Seth drückte mir sanft auf den Arm. »Das freut mich zu hören. Jetzt, wo deine fake Beziehung vorbei ist, denkst du darüber nach, mit jemandem auszugehen?«

»Sicher.« Mein Fuß wippte wieder und ich rutschte auf meinem beheizten Sitz herum.

»Bestimmt kennst du dich damit aus, welche Apps heutzutage angesagt sind und welche Vorsichtsmaßnahmen du ergreifen solltest.«

Ich stöhnte auf. »*Ja.* Hör bitte auf, ich flehe dich an.«

»Na gut.« Er lachte leise.

»Und ihr habt es Jenna und allen anderen nicht erzählt, stimmt's? Ich will nicht, dass alle versuchen mich an Weihnachten mit irgendjemandes Cousin oder Kollege zu verkuppeln, nur weil sie eine andere queere Person kennen.«

»Wir haben kein Wort gesagt. Aber ich hoffe, du weißt, dass, wann auch immer du bereit bist, der Rest der Familie erfreut sein wird. Ganz abgesehen von Angela.«

Da musste ich lachen. »Sie liebt es, den Regenbogenteppich auszurollen.«

Fast erzählte ich ihm, dass Angela Reid mit seinem Projekt half, wollte aber nicht zu viel über Reid sprechen. Außerdem könnte es sein, dass es zu nichts führte. Auch, wenn ich hoffte, dass es das tat. Reid musste ein paar mehr Risiken eingehen, anstelle sich unter Familienobligationen begraben zu lassen, auch wenn diese Obligationen bedeuteten, dass er reich war.

Ich scrollte mich durch Seths Playlisten und grinste, als ich den Soundtrack zu *Full Moon* fand. »Das habe ich gestern Abend gesehen! Es war so gut!«

»Wie bist du an Tickets gekommen? Das war die ganze Zeit über unmöglich. Seit wann interessierst du dich für Musicals?«

»Ich bin jetzt schwul«, witzelte ich. »Ich glaube, das steht in der Jobbeschreibung.«

»Ha-ha.«

Reid und ich hatten gelacht und geklatscht und einen großartigen Abend am Broadway verbracht. Er hatte uns großartige Plätze beschafft—ich wollte gar nicht daran denken, wie viel die wohl gekostet hatten—und wir hatten in dem italienischen Restaurant mit all den Karikaturen berühmter Menschen an den Wänden zu Abend gegessen.

»Ich hatte Glück bei der Lotterie. Außerdem bin ich ein New Yorker, ich muss die heiße, neue Broadway Show sehen«, sagte ich.

»Das ist in deiner Jobbeschreibung«, stimmte Seth zu. »Erzähl mir davon!«

Dem ging ich nur zu gerne nach. Ohne ihm irgendwelche Spoiler zu verraten, die er nicht wissen konnte, wenn er nur den Soundtrack gehört hatte, natürlich. Als er über sein Lieblingslied sprach, wanderten meine Gedanken zu Reid. Wir hatten ein paar Drinks gehabt und waren in der fünften Reihe gesessen. Unsere Knie waren die ganze Zeit aneinandergepresst gewesen. Ich hatte mich entspannt gefühlt und glücklich und…

Verliebt.

Das war ein Problem für später und ich konzentrierte mich wieder auf Seth. Wir waren der gleichen Ansicht, was das Crescendo des Liedes anging. Reid und ich hatten unser eigenes Crescendo am Ende des Abends gehabt, als ich ihn zurück in seiner Wohnung mit mehr Selbstbewusstsein geritten hatte.

Es gab so viele Stellungen, die ich ausprobieren wollte und ich vermisste Reid bereits mehr, als ich mir hätte jemals vorstellen können.

Natürlich vermisste ich meine Mum riesig. Aber diese Art der Sehnsucht war etwas komplett anderes. Elektrisch und unmittelbar, eine schmerzhafte Vorfreude. Ich war nur für eine Woche zurück in meinem Elternhaus und dennoch schien es mir eine Ewigkeit zu sein.

Der Nachmittagshimmel verdunkelte sich bereits und ich sah den Weihnachtslichtern dabei zu, wie sie zum Leben erwachten, als wir in Tante Jennas Gegend voller kleiner, ordentlicher Häuser mit kleinen Gärten ankamen.

Jenna und Juns Haus erschien in einem goldenen Schein. Viele kleine Lichter erstreckten sich über den Dachrinnen und an den Fenstern entlang. Ich konnte es kaum abwarten, unser Haus zu sehen. Seth und Logan gingen immer auf's Ganze.

Die Einfahrt war voller Autos, also parkte Seth seinen SUV an der Straße. Ich fragte: »Schmeißt Jenna eine Party oder sind es nur wir?«

»Eine Party, aber es werden nicht so viele Leute da sein.«

Im Inneren gab es jede Menge Begrüßungen. Logan klopfte mir während seiner typischen Umarmung kräftig auf den Rücken. Jenna zog mich nah an sich ran und roch nach dem Victoria's Secret Vanille Parfüm, als sie mir, wie üblich, sagte, ich sei gewachsen, was nicht stimmte. Jun winkte mir von der Küche aus zu und fragte Jenna, ob die Sauce kochten sollte.

Sollte sie nicht.

Die anderen Gäste bestanden aus Arbeitskolleg:innen von Seth und Jenna. Will und sein Partner Michael und Matt und seine Verlobte Becky. Wills Eltern waren aus Schottland angereist und ich schüttelte ihre Hände, bevor ich prompt ihre Namen wieder vergaß. Sie gingen in die Küche und bestanden darauf, mit dem Essen zu helfen.

Als Kind hatte ich Matt immer lustig gefunden, mit seinen wuscheligen blonden Haaren und seiner witzelnden Persönlichkeit. Doch nun, als er mich beiläufig fragte: »Hast du jemanden mitgebracht?«, löste das meinen Alarm aus.

Zu viele begierige Blicke lagen auf mir. »Nö«, antwortete ich. »Nur ich.«

Becky meinte: »Meine Cousine hat dich in New York mit Reid Cabot gesehen.«

Immerhin fragte sie mich direkt, das wusste ich zu schätzen. »Oh ja, wir sind Freunde. Ich bin früher mit seinem kleinen Bruder zur Schule gegangen.«

Vielleicht wäre es einfacher mein Coming-out zu haben und allen die Wahrheit zu erzählen.

Sie um ihre Aufmerksamkeit bitten und ihnen sagen, dass ich schwul war und Reid fickte und im Moment keine Fragen annahm. Stattdessen versteifte ich mich und mein Herz fing an zu rasen. Nein. Noch nicht.

»Lass den Armen in Ruhe«, tadelte Will in seinem wahnsinnig sexy schottischen Akzent.

Er hatte dunkle Stoppeln und blaue Augen und ich hoffte, es war Reid gegenüber nicht untreu zuzugeben, dass Will heiß war.

Doch Will hatte nur Augen für Michael, der blond und süß war und im Moment seinen Kopf in Matts Richtung schüttelte. Michael sagte: »Ihr zwei seid schamlos.«

»Wer, wir?« Matt legte sich eine Hand auf die Brust. »Ich bin zutiefst verletzt von deiner Richtigkeit.«

Ich hätte den Moment ergreifen sollen, um mich zu Seth und Logan zu gesellen, die vermutlich auch über mich sprachen. Stattdessen konnte ich es mir nicht verkneifen, Will und Michael zu fragen: »Stimmt es, dass ihr so getan habt, als wärt ihr zusammen, bevor ihr es wirklich wart?«

Sie tauschten ein sanftes Lächeln aus, das mich in der Vergangenheit so eifersüchtig gemacht hätte, und Michael legte einen Arm um Wills Hüfte. Michael sagte: »Jep. Ich war schon jahrelang in ihn verliebt und er hatte keine Ahnung. Dann haben wir so getan, als wären wir zusammen, weil…naja, es klingt ziemlich verrückt.«

»Das ist in dieser Gegend normal«, sagte Matt. »Wir lieben eine Geheimmission. Schau dir doch Connors Dads an.«

»Jep, das ist ziemlich gut gelaufen«, stimmte ich zu und lächelte Will und Michael an. »Ich bin froh, dass es auch euch geholfen hat.«

»Es war das Beste, was mir je passiert ist«, gab Will zu und küsste Michaels Wange. »Natürlich musste ich erstmal meinen Kopf aus dem Sand ziehen.«

Sollten Reid und ich tatsächlich zusammenkommen, dann waren das drei von drei Pärchen, die fake anfingen, aber dann zur Realität wurden.

Lass dich nicht mitreißen!

Trotzdem fiel es mir schwer, mich nicht meinen Tagträumen

hinzugeben…

Jenna und Juns Söhne, Ian und Noah, spielten Videospiele in der Lounge, wo auch Logan und Jennas Vater, mein Opa, in seinem Sessel saß. Er trug Kordhosen, einen grünen Pullover und hatte seine geschwollenen Füße in extra-großen Pantoffeln hochgelegt.

Die Kinder saßen im Schneidersitz auf dem Teppich und nahmen für eine Sekunde die Augen vom Bildschirm, um mir ein »Hey!«, entgegenzurufen. Ich winkte zurück und sie fingen wieder an, wild auf ihren Controllern herumzudrücken.

In der Vergangenheit hätte ich mich direkt zu ihnen gesetzt, aber mir fiel auf, dass ich das Spiel, das sie spielten, überhaupt nicht kannte. Oh Mann, ich wurde alt. Oder vielleicht war ich einfach nur zu beschäftigt.

Beschreibe, dass du Medizin studierst, ohne zu sagen, dass du Medizin studierst.

Der Weihnachtsbaum gegenüber von Opas Sessel und neben dem Fernseher, leuchtete mit goldenen Lichtern und glänzendem, silberfarbenen Lametta. Der Baumschmuck war eine Mischung aus Macaroni Projekten aus dem Werkunterricht, glitzernden Kugeln und Tropfen aus dem Supermarkt.

Eingepackte Geschenke umringten den Baumstamm.

»Hey, Opa.« Ich drückte seine Hand und ließ mich auf der Armlehne des Sessels nieder.

So ziemlich alle nannten ihn Opa, also tat ich das auch.

Er grunzte und drückte zurück, doch sein Blick war starr auf den Bildschirm gerichtet, obwohl ich mir nicht sicher war, ob er das schnelle Spiel verstand. Das Ödem, das er wegen einer Herzinsuffizienz hatte, war schlimmer geworden, und ich verkniff mir nachzufragen, welche Medikamente er einnahm, um dann zu überlegen, ob daran etwas geändert werden sollte.

»Wie geht's dir?«, fragte ich und bewegte meine Finger zu seinem Handgelenk, um seinen Puls zu prüfen.

Opa schüttelte mich ab. »Du benimmst dich schon wie ein Arzt. Alles gut, Junge.« Er keuchte sanft während dem Atmen und sein weißes Haar war sogar noch lichter geworden. Er war aber nicht schwach. Seine Stärke war geblieben.

Da musste ich lachen. »Okay. Das freut mich zu hören.« Ich lehnte mich über ihn und versuchte einen Blick auf seine Beine zu erhaschen. »Trägst du deine Kompressionsstrümpfe?«

Seine Antwort war ein Grummeln, das ich als nein deutete und ich wusste, dass das ein Thema war, über das er sich schon mit Tante Jenna und Logan gestritten hatte. »Du weißt, dass die helfen, auch wenn es anstrengend ist, sie an und auszuziehen.«

Er grunzte. »Wie läuft's bei dir? Machst du sie alle fertig in der Uni? Brichst allen Mädels das Herz?«

Für den Moment ließ ich das Strümpfe-Thema fallen. »Ich versuche, niemanden fertig zu machen. Das kommt nicht gut, wenn man Medizinstudent ist. Und nö. Keine Mädels, keine gebrochenen Herzen.« Hoffentlich würde meins nicht bald in tausend Teile zerspringen.

»Dann halt Jungs.«

Opa starrte immer noch den Fernseher an. Ian und Noah schrien sich gegenseitig an und das Spiel machte wahnsinnig viele Geräusche. Entweder piepste es, oder irgendetwas explodierte. Ich musste tief Luft holen und wieder ausatmen. Es fühlte sich an, als hätte ich Sägespäne im Mund, als ich Opa anstarrte. Woher wusste er das?

»Ähm…Ehrlich gesagt, ja«, sagte ich. »Da gibt es einen besonderen.« Ich war mir nicht ganz sicher, wieso ich ihm das erzählte, wo ich doch vor ein paar Minuten erst darauf bestanden hatte, dass ich noch nicht bereit war, allen von meiner Sexualität zu erzählen.

Es war so einfach gewesen. Ich hatte nicht einmal eine Ansprache halten müssen. Eine Person weniger der ich es sagen musste.

»Das ist gut. Holst du mir noch ein Bier?«

Ein Teil von mir wollte ihm sagen, dass es in seinem Alter und mit seiner Gesundheit ein Risiko war, Alkohol zu trinken. Doch ich drückte nur seinen Arm und sagte: »Sicher doch.«

Als ich aus der Küche zurückkam, wo Jenna und Jun sich leise über Mini-Quiches und Bao Buns mit knusprigem Schweinebauch stritten, ließ ich mich neben Opas Sessel auf die Couch fallen. Wir tranken beide Pabst aus der Flasche und sahen den Jungs beim Spielen zu.

Als Teenager hatte ich unzählige Stunden auf diesem Teil der Couch verbracht und mit Opa Football, NASCAR und Spielshows angesehen. Manchmal sogar Soaps. Wir hatten uns kaum unterhalten, aber die Stille war wie eine warme, tröstliche Decke gewesen, unter die ich mich kuscheln konnte, während ich dabei war wieder auf die Beine zu kommen und meine komplizierte Beziehung zu Logan zu navigieren. Die Stille war mir nur recht gewesen.

Manchmal, während der Werbepausen, hatte er Dinge gesagt wie: »*Mein Junge kann ein ziemlicher Idiot sein, aber er würde dir sein letztes Kleidungsstück geben.*« Oder: »*Es ist okay, deine Mama zu vermissen. Aber sie wird es dir nicht übel nehmen, wenn du glücklich bist. Sie ist glücklich im Himmel.*« Dann würde er stundenlang nichts mehr sagen.

Obwohl ich nicht an den Himmel glaubte, konnte ich mich daran erinnern, überrascht zu sein, dass Opa irgendwie gewusst hatte, dass sich meine Schuldgefühle verschlimmert hatten, je mehr ich mich in die Familie eingefunden hatte. Er hatte eine Art Dinge auszudrücken, die mich mehr ansprach als alles, was mein Therapeut mir erzählt hatte. Auch wenn die grundlegende Aussage dieselbe war.

Da fiel mir auf, dass ich nicht wusste, wie das Gespräch verlaufen war, als Logan Opa erzählt hatte, dass er bi war und mit Seth in einer Beziehung. Vielleicht so ähnlich wie bei mir jetzt?

»Danke«, sagte ich mit einem Kloß im Hals.

»Für was?«

»Du weißt schon.«

Er grunzte und ich lächelte vor mich hin. Opa war schon immer gut darin gewesen, nur die wichtigen Worte auszusprechen.

ALS DER VIDEOANRUF leise piepste, hastete ich nach meinem Handy, das neben mir auf der Matratze lag, wodurch ich Hercules, die Tigerkatze meiner Dads, aufscheuchte. Er hatte sich am Ende der Matratze neben meinen Füßen zusammengerollt.

Schnell setzte ich mich auf und nahm den Anruf an. Reids Gesicht erschien auf meinem Display und wir sagten gleichzeitig: »Hey!« Wir trugen beide kein Shirt.

»Ich vermisse dich«, platzte es aus mir heraus, bevor ich mich auch nur ein bisschen zusammenreißen konnte.

Mein Coolness-Brunnen war staub trocken. Reid war heute morgen mit mir zur Penn Station gefahren, um mich zum Zug zu bringen. Das war erst ein paar Stunden her.

Doch er lachte mich nicht aus. Er antwortete einfach: »Ich dich auch.«

Normalerweise wäre ich jetzt meine Checkliste durchgegangen, um sicherzustellen, dass mein erhöhter Puls kein Symptom eines größeren Problems war.

Außerdem ließ die Tatsache, dass er mit mir so früh aufgestanden war, mein Herz immer noch höher schlagen.

Ich hatte ihm versichert, dass ich mir einfach ein Uber bestellen und selber zum Bahnhof fahren könnte, nachdem es keinen Grund für ihn gab, mitzukommen. Schließlich musste er den ganzen Weg wieder zurück. Penn Station war eine wilde Mischung aus Menschen und Gerüchen und *igitt*, aber Reid hatte meine Hand bis zu meinem überfüllten Bahnsteig gehalten.

»Bist du in dem Zimmer, in dem du aufgewachsen bist?«,

fragte er.

»Als Teenager, ja.«

»Was ist das hinter dir und wieso gruckst du?«

»Weil das ein Poster von Ricky Tortuga ist. Ja, der Rennfahrer. Ich hatte eine NASCAR Phase, okay?«

Reid lachte. »Und Ricky war das Objekt deiner Zuneigung?«

»Oh ja, zusammen mit dir.«

Er grinste schief. »Da war ich ja in guter Gesellschaft.«

»Tatsächlich. Mein Teenager-Ich würde sterben, wenn es wüsste, dass ich eines Tages in diesem Bett liegen und mit dir sprechen würde.«

»Naja, wir könnten mehr tun, als nur sprechen.« Er schenkte mir ein anzügliches Lächeln.

Ich quiekte. *Quiekte.* »Du meinst Telefonsex? Ich kann nicht! Meine Dads sind direkt nebenan!«

»Hmm. Du könntest ertappt werden.« Seine Stimme war immer noch tief und verführerisch.

»Du solltest derjenige sein, der ein Problem mit Risiken hat!«, zischte ich. »Veto!«

»Na gut, na gut. Wir heben uns den Telefonsex für ein andermal auf.«

»Es ist nicht so, dass ich generell etwas dagegen habe, nur damit du's weißt. Ich will nicht, dass du denkst ich sei prüde.«

»Du hattest meinen Finger in deinem Arsch und meinen Schwanz in deinem Mund. Mal ganz abgesehen von meinem Schwanz in deinem Arsch. ‚Prüde' ist nicht das Wort, das mir da einfällt.«

Hitze überkam mich und mein Schwanz zuckte in den alten Boxershorts, die ich im Bett anhatte. »Du machst es nicht einfacher.«

Reid hob eine Hand. »Tut mir leid. Ich ergebe mich.«

»Außerdem ist Hercules hier. Ich kann *das* nicht tun, während der Kater mir zusieht.«

Ich drehte mein Handy und säuselte auf Hercules ein: »Sag hi zu Reid.«

Hercules kratzte nur an der Tür, also stand ich auf und ließ ihn raus. »Er wird in wahrscheinlich zwei Minuten wieder rein wollen.«

»Klingt nach einer Katze. Du hast also dein Zimmer nicht neu dekoriert, seit du in der High School warst? Lass mich den Rest sehen. Ich habe nur ein winziges Stück ausmachen können.«

Ich stöhnte. »Es ist viel zu peinlich.«

Reid hob eine Augenbraue und ich wollte durch den Bildschirm greifen und sie lecken. War es normal, Augenbrauen lecken zu wollen?

Er sagte: »Ich warte.«

Laut seufzend drehte ich mein Handy um und ließ es langsam über mein kleines Zimmer wandern. Die Jeans und der Hoodie, die ich heute getragen hatte, lagen über der Lehne des Schreibtischstuhls. Der Tisch an sich war voller alter Notizbücher und Harvard Lehrbücher, die nicht mehr in meinen bereits übervollen Koffer gepasst hatten. Außerdem lagen dort ein alter Deoroller, ein Stapel alter Busfahrkarten und was weiß ich noch alles.

»Unordentlich, ich weiß.« Er hatte mein Zimmer in New York gesehen, also war das sicherlich keine Überraschung für ihn. Das peinlichere war das Poster eines Victoria's Secret Models mit Engelsflügeln, von einer dieser Fashion Shows.

»Mein Versuch hetero zu sein«, erklärte ich.

Reid lachte. »Süß.« Er blinzelte. »Was ist das für ein Gemälde über der Kommode?«

»Ehrlich gesagt, weiß ich das gar nicht.« Das eingerahmte Bild war mir so vertraut, dass ich es fast gar nicht bemerkt hatte. Ich konzentrierte mich auf die goldenen Pinselstriche die Weizen in einem Feld darstellten und niedrig hängende Wolken mit der leichten orangenen Färbung des Sonnenaufgangs—oder Sonnenuntergangs? Keine Ahnung. »Meine Mum hat das bei einem

Flohmarkt gekauft, als ich noch klein war. Wir sind oft umgezogen, aber das Bild ist immer mitgekommen.«

»Es ist sehr schön.«

»Danke.« Ich räusperte mich, nachdem der Kloß in meinem Hals zurückgekehrt war.

»Du musst sie vermissen«, sagte Reid leise.

Ich kletterte wieder auf das Bett und drehte mich auf die Seite, bevor ich mich zudeckte. Das Handy lehnte ich gegen das Ende meines Kissens, damit mein Gesicht noch sichtbar war. Reid lag auch im Bett und tat es mir gleich. Fast konnte ich mir vorstellen, wir wären zusammen. Mit aneinanderstoßenden Knien und aneinanderreihenden Füßen.

»Das tue ich«, sagte ich. »Das geht nie weg. Es verändert manchmal die Form, aber es ist immer da. Weißt du was ich meine?«

Reid nickte und stützte seinen Kopf auf seiner Hand ab. »Ich vermisse meinen Dad, aber es fühlt sich jetzt anders an als am Anfang.«

»Meinst du, du würdest bei Utopia feststecken, wenn er noch hier wäre?«

Sobald die Frage meinen Mund verlassen hatte, bereute ich sie. »Tut mir leid. Das war eine Arschloch Frage.«

»Schon okay. Aber vermutlich. Oder vielleicht würde ich erstmal wo anders arbeiten, bevor ich zu Utopia wechseln würde, um es in der Familie zu behalten. Es ist meine Bestimmung, et cetera, et cetera.«

»Aber nicht Ashers.«

»Es ist verrückt, ich weiß. Wären wir im alten England, würde ich den Titel erben und er würde die Überreste abkriegen. Ich fände es super, wenn er jetzt den Titel übernehmen würde, aber er will ihn nicht.« Reid zuckte mit den Schultern und seine nackte Schulter schien kurz im Bild.

»Wolltest du schon immer Arzt werden? Ich glaube, darüber

haben wir noch nicht gesprochen.«

Mein Magen krampfte sich zusammen und mein Blick fiel auf das Gemälde meiner Mum. »Als ich klein war, wollte ich…«

»Warte, lass mich raten. Ein Rennfahrer werden?«

»Nö. Das habe ich auch während meiner NASCAR Phase nie in Betracht gezogen.«

»Hmm.« Reid tippte sich überspielt aufs Kinn. Er hatte eine winzige Kerbe im Kinn. Keine Furche, aber eine kaum sichtbare Narbe. Die wollte ich auch lecken. Er fragte: »Pilot?«

»Nein!« Ich erschauderte. »Fliegen ist beängstigend.«

»Was? Aber du fährst ein *Motorrad*!«

»Nur bei guten Wetterbedingungen und ich habe immer die Kontrolle. Das ist etwas anderes.«

Reid schnaubte. »Du weißt, dass die Statistiken von Flugzeug-abstürzen im Gegensatz zu Motorradunfällen auf der Seite der Luftfahrt sind, oder? Das Risiko beim Fliegen ist winzig klein. Natürlich kommt das auch auf die jeweilige Fluggesellschaft an. Es gibt Fluggesellschaften in verschiedenen Ländern, die ich nie nutzen würde, nachdem ihre Sicherheitsvorkehrungen nicht auf dem neusten Stand sind. Aber generell ist das bei weitem die sicherste Art zu reisen.«

»Rational weiß ich, dass das alles stimmt«, gab ich zu.

»Okay, okay. Standpauke vorüber. Verstehe ich. Hmm. Woll-test du ein Feuerwehrmann werden? Ein Polizist?« Er riet weiter und ich schüttelte den Kopf. »Lehrer? Astronaut—nein, zu riskant.« Wieder tippte sich gegen das Kinn. »Musiker?«

»Ja!« Es gefiel mir, dass er es erraten hatte. »Schlagzeuger. Meine Mum hat mich einmal mit zur Symphonie genommen, weil sie sagte, ich müsse ‚Kultur lieben lernen'. Ich habe das Schlagzeug geliebt, vor allem die Becken.«

»Das klingt, als würde es zu einem Kind passen.«

Ich lachte. »Vermutlich hat sie es direkt danach bereut, aber wollte meine Träume unterstützen.«

»Wann hast du angefangen, von der Medizin zu träumen?«

Ich wusste, dass er das fragen würde und ich hatte versucht, mich darauf vorzubereiten, ihm zu antworten, ohne mich in meinen Erinnerungen zu verlieren. Natürlich verfehlte ich das Ziel bei weitem. Wie üblich. Ich spannte mich an und das Bild ihrer nackten Füße mit pink-lackierten Zehennägeln füllte meinen Kopf. Das war das erste, was ich gesehen hatte, als ich ihre Schlafzimmertür geöffnet hatte.

Meine Stimme war heiser. »Als meine Mutter starb.«

Reids Augen weiteten sich. »War es…war sie krank?«

»Du kennst die Geschichte nicht? Asher hat es dir nie erzählt?«

»Ich glaube nicht. Tut mir leid, du musst darüber nicht sprechen.«

Seltsamerweise wollte ich es. Obwohl ich nach Atem rang, wollte ich Reid davon erzählen.

Am liebsten hätte ich all meine Erinnerungen einfach in sein Gehirn übertragen und wollte mich in seiner Haut verkriechen. Wollte, dass er *alles* wusste.

Ich schluckte schwer. »Meine Mum ist an einem Aneurysma gestorben. Es ist in der Nacht passiert und ich habe sie am nächsten Morgen gefunden, als es schon zu spät war.«

Reid zog scharf die Luft ein. »Oh Baby, das tut mir so leid.«

Scheiße. Meine Augen brannten und ich blinzelte schnell. Die Geschichte hatte ich schon so oft erzählt und war nie so emotional geworden, doch die Zärtlichkeit in Reids tiefen, braunen Augen traf mich schwer. Stocksteif atmete ich durch die Nase.

Er murmelte: »Du kannst weinen.«

Ich war mir sicher, dass er nicht die erste Person war, die das zu mir gesagt hatte. Logan und Seth hatten das sicherlich getan. Aber irgendwie war es anders. Reid war *in* mir gewesen. Und auch, wenn das anderen Menschen nichts bedeutete, es bedeutete mir wahnsinnig viel. Noch nie hatte ich mich so nackt gefühlt, wie ich es mit Reid tat und das, obwohl ich im Moment meine

Boxershorts trug.

Also tat ich es. Ich weinte.

Ich versuchte, die Tränen nicht aufzuhalten, und mein Gesicht war feucht und fleckig, als ich laut schniefte. Dann erzählte ich ihm davon, wie ich sie auf dem Boden gefunden hatte. Grau und wachs-artig und wie ich tief in mir gewusst hatte, dass sie tot war. Wie ich den Notarzt gerufen und versucht hatte, sie wiederzubeleben. Wie ihre Rippen geknackst hatten, obwohl ich nur knochige, schwache Arme gehabt hatte.

Ich wischte mir mit der Hand über die Nase. »Lange habe ich mich gefragt, ob ich sie hätte retten können, wenn ich da gewesen wäre, als sie zusammengebrochen war. Die Ärzte sagten, dass es keinen Unterschied gemacht hätte, aber ich habe trotzdem immer darüber nachgedacht. Dann habe ich beschlossen, dass, wenn ich schon ihr nicht helfen konnte, ich anderen Menschen helfen wollte.« Ich zuckte mit den Schultern. »Das ist die Geschichte.«

Reid atmete lange aus und seine Augen glänzten. »Danke, dass du sie mir erzählt hast.«

»Es ist kein Geheimnis oder so.« Allerdings fühlte ich dieses Mal, wenn ich die Geschichte erzählte, nicht die nachhängende Wut, die normalerweise in mir aufstieg. Zwar würde ich niemals Frieden damit schließen, sie verloren zu haben, aber die Rage, die mein Leben bestimmt hatte, war wahrlich ein Ding der Vergangenheit.

»Nein, aber ich kann sehen, dass es dich belastet. Ich wünschte, ich könnte dich gerade küssen.«

»Ich auch.«

»Ich bin so froh, dass du zu diesem Thanksgiving Event gekommen bist.«

Mein Herz schlug schneller. »Ich auch«, wiederholte ich. Am liebsten würde ich ihm sagen, dass ich mich verliebte. Dass ich bereits verliebt war, aber mein Fall nicht aufzuhalten war. Würde er mich auffangen?

»Es ist Zeit zu schlafen«, sagte Reid. »Du musst dich ausru-hen.«

»Jep.« Es war zu früh für Liebesbekundungen, also sagte ich: »Ich wünschte, du wärst hier.« Für einen Moment hielt ich inne. »Also offensichtlich wäre das seltsam, oder? Es ist zu früh, meine Eltern kennenzulernen. Und ich weiß, dass du über Weihnachten in New York sein musst. Naja, jedenfalls, wollte ich fragen, ob du an Silvester zu Ashers Party kommst? Da komme ich zurück. Ich weiß, dass du normalerweise nicht hingehen würdest, du hast deine eigenen Freunde und so.«

Irgendwie konnte ich nicht aufhören zu reden, also zwang ich mich nun dazu. Am liebsten hätte ich ihn gefragt, bevor ich weggefahren war, aber alles war so perfekt gewesen, dass ich nicht an die Zukunft denken wollte, nur für den Fall, dass er nein sagte. Auch, wenn es nur ein paar Tage entfernt war. An der Penn Station hatten wir nur gesagt, wir würden einander bald wieder sehen.

Reid lächelte. »Das würde ich nie verpassen.«

Ich ließ mein Grinsen all meine Gefühle darüber ausdrücken.

Kapitel Sechzehn

Reid

War meine Wohnung schon immer so…leer gewesen? So langweilig? Wieso hatte ich keine Weihnachtsdekoration? Ich trank meinen Kaffee in nur meinem Morgenmantel und wanderte ins Wohnzimmer. Es war immer noch dunkel—einer dieser Wintermorgen, wo es genauso gut mitten in der Nacht sein könnte anstelle von sieben Uhr.

Ich hätte eigentlich ins Fitnessstudio gehen sollen, hatte aber auf Schlummern gedrückt, als mein Handywecker angegangen war. Drei Mal. Oder Fünf. Allerdings hatte ich kaum geschlafen. Ich war die halbe Nacht wach gewesen und hatte mich gedreht und gewendet und mir gewünscht, Connor wäre bei mir.

In dem Licht der Küche stellte ich mir einen Baum neben dem Fenster vor. Einen Baum, der in allen Regenbogenfarben erstrahlte und glitzernden Schmuck trug. Geschenke, die sich darunter ansammelten, alle mit großen Schleifen drauf.

Ich schnaubte. Geschenke? Für wen denn? Connor war in Albany. Mit meiner Familie hatte ich als Erwachsener nie Geschenke ausgetauscht. Der lustige Teil von Weihnachten war nur für Kinder gedacht. Alles, was ich noch übrig hatte, waren soziale und wirtschaftliche und wohltätige Verpflichtungen. Und die bittere Wahrheit war, dass die Wohltätigkeit eigentlich mit Utopia und unserem Ansehen verbunden war. Da ging es nur ums Geschäft.

Wie würde Connor die Wohnung dekorieren, wenn er hier wäre? Er und Olivia hatten nette Girlanden aufgehängt und einen schiefen kleinen Baum, der mich auf die beste Art und Weise an Charlie Brown erinnerte.

Ich stellte mir vor, wie Connor Lichter an unseren Baum hängte. Würden wir uns einen echten oder einen unechten besorgen? Der Duft eines echten Baumes wäre unschlagbar…

»Ich drehe durch«, sagte ich laut in das leere Zimmer. Durch das Fenster schienen die Lichter der vorübergehend stillen Stadt mir zuzustimmen.

Connor in Albany war nur ein paar Stunden von mir entfernt und ich stellte mich an, als befände er sich auf der anderen Seite der Welt. Wie konnte ich ihn nur so sehr vermissen?

Wir hatten uns unterhalten, wir hatten uns Nachrichten geschrieben und noch mehr unterhalten. Aber ich verzehrte mich danach, bei ihm zu sein.

Zwar wusste ich nicht, wie Connors Mutter aussah, aber mentale Bilder wie Connor sie gefunden hatte, verfolgten mich. Der Tod meines Dads war plötzlich gekommen. Ein Herzinfarkt, der vermutlich das Endprodukt davon war, dass er ein Leben lang getrunken und geraucht hatte, und das war zunächst nicht auszuhalten gewesen. Doch das Trauma, das Connor durchgemacht haben musste, konnte ich mir nicht im entferntesten vorstellen.

Alles was ich tun wollte, war, ihn festzuhalten und sicherzugehen, dass niemand ihn jemals wieder verletze.

»Was stimmt mit mir nicht?«, murmelte ich. Schließlich konnte ich mich noch nicht verliebt haben. Ich war noch niemals verliebt gewesen, also konnte ich meine Gefühle mit nichts vergleichen, aber…

Wenn das keine Liebe war, dann hatte ich mir eine tropische Krankheit zugezogen. Und im Dezember gab es absolut keine Mücken in New York City. Das war nicht Malaria, egal wie fieberig und rastlos ich mich fühlte.

In der Küche klingelte mein Handy mit einer Erinnerung und ich stöhnte. Ich hatte Verpflichtungen denen ich nachgehen musste. Berichte, die ich im Büro fertigzustellen hatte, ein weiteres Wohltätigkeitsmittagessen, blah, blah, *blah*. Hatte ich diese Dinge jemals gern getan? Hatte ich irgendetwas in meinem Leben genossen, bevor Connor erschienen war?

»Das ist verrückt«, sagte ich mir ernst. »Komm mal klar.«

Das Problem war, dass ich das gar nicht wollte. Ich wollte mich so überschwänglich in etwas hineinstürzen, so wie ich es an Thanksgiving getan hatte. Connor zu fragen, ob er meinen fake Freund spielen würde, war wild und verrückt gewesen und potenziell die beste Entscheidung, die ich je getroffen hatte.

Ich musste einen Schritt zurücktreten und das Risiko evaluieren. Diese Zeit, in der Connor und ich getrennt waren, dafür nutzen, um herauszufinden, ob es sich nur um eine Schwärmerei handelte, oder ob wir wirklich eine Zukunft zusammen haben könnten.

Mein Handy klingelte und ich lief zur Küchenzeile. Manche hätten vielleicht gesagt, ich wäre gerannt. Fast schon geflogen. Doch erst, als ich den Anruf annahm, realisierte ich, dass es Großmutters Assistentin Sonia war, die anrief.

»Hi, Reid. Tut mir leid, dass ich so früh anrufe. Du musst dir heute die Mittagszeit frei halten.«

»Hätte Brett nicht meinen Kalender teilen können?« Normalerweise kümmerte sich mein Assistent um diese Dinge. Ich hatte mich schon immer mit Sonia und Brett geduzt und hatte von Anfang an darauf bestanden, dass sie mich beim Vornamen nannten, was meiner Großmutter zuwider war.

»Er sagte die Mittagszeit wurde blockiert, er weiß aber nicht, wieso. Es ist wichtig, deshalb rufe ich selbst an. Ich entschuldige mich für die Unannehmlichkeiten.«

»Na gut, lass mich nur…« Meine Gedanken waren so voll mit

Connor, dass ich fast an nichts anderes gedacht hatte. Ich stellte das Gespräch auf Lautsprecher und tippte auf meinem Handy herum, um meinen Kalender zu öffnen. »Oh, ich kann nicht.« Da hatte ich ein weiteres Gespräch mit Angela Barker, die mir wahnsinnig großzügig ihre Zeit und Energie schenkte. »Da habe ich…« Ich versuchte an etwas zu denken, um einen Befehl meiner Großmutter zu trumpfen, aber mir fiel nichts ein. »Ich kann nicht.«

Sonia machte eine Pause, bevor sie leise sagte: »Ich glaube nicht, dass Mrs. Cabot eine andere Antwort akzeptiert, als dass du sie und die anderen Teilnehmer in Le Gabriel um Punkt 12 Uhr Mittags triffst.«

»Na gut,« antwortete ich besänftigend. »Danke, Sonia. Ich hoffe du und deine Familie habt schöne Feiertage, falls ich dich vorher nicht nochmal sehe.«

»Danke. Du gehst zu Mrs. Cabots Frühstücksevent am ersten Weihnachtsfeiertag, oder? Ich hoffe, du hast auch noch etwas anderes Schönes geplant.«

»Ja, definitiv. Danke.«

Wenn man die Tatsache, dass ich Connor vermisste und all meine bisherigen Lebensentscheidungen vor ihm in Frage stellte, als ‚schön‘ bezeichnen konnte, dann sicher. Weihnachten würde fantastisch werden.

NACHDEM ICH DEM Fahrer Trinkgeld gegeben und die App geschlossen hatte, sah ich nochmal in meine Nachrichten. Ich hatte immer noch keine Antwort von Großmutter, nachdem ich sie angerufen und zwei SMS geschrieben hatte, in denen ich wissen wollte, was das für ein Mittagessen war. Ich stand vor dem Restaurant, also würde ich es bald herausfinden.

Angela hatte freundlich und verständnisvoll darauf reagiert, dass ich ihr in letzter Sekunde hatte absagen müssen und wir hatten das Gespräch auf nach Weihnachten verschoben. Sie sagte, sie würde eine Technologie-Detox machen, um Zeit mit ihrer Familie in Texas zu verbringen. Connor hatte erwähnt, dass Olivia nach Hause flog.

Neben dem Restaurant befand sich eine Bar, die im Moment dunkel war und ich stellte mich in dem Eingang unter, um dem kalten Regen zu entkommen. Der Schnee war abgetaut und die Stadt war trostlos und kalt. Mit Connor an meiner Seite hatte es sich angefühlt, als läge Weihnachtsmagie in der Luft, doch die war nun verflogen.

Ich versuchte die Enttäuschung, heute nicht mit Angela sprechen zu können, herunterzuschlucken, brauchte aber einen Moment, bevor ich mein fröhliches Utopia Business Gesicht aufsetzen konnte. Ich hätte über die Feiertage an Angelas Vorschlägen arbeiten können, nachdem ich sowieso nur Zeit totschlug, bis Connor zurückkam. Jetzt schienen mir die Tage noch viel länger.

Wie konnte ich jemanden nur so vermissen, obwohl wir erst seit ein paar Wochen zusammen waren? Und die Hälfte der Zeit nur so getan hatten?

Ich seufzte niedergeschlagen—und hatte, ehrlich gesagt, ziemlich viel Selbstmitleid, das ich abschütteln musste—und trat wieder in den Regen hinaus, bevor ich durch die Tür von Le Gabriel kam. Im Inneren bemerkte ich die frischen weißen Tischdecken, die leise Weihnachtsmusik auf dem Klavier und angemessen leises Gemurmel der Gäste, das von makellosen, cremefarbenen Wandbehängen weiter gedämpft wurde. Alles in Le Gabriel war sorgfältig geplant worden. Vom Wein, zum Foie Gras, bis zum Klientel.

Klientel, das Cecilia Weston beinhaltete. Ihr goldenes Haar fiel in sanften Locken um ihre Schultern und passte perfekt zu ihrem Cranberry Kleid.

Mir gefroren die Adern, als ich der Hostess meinen Mantel reichte und ich meinen Blick nicht von Cecilia abwenden konnte, die am anderen Ende des Speisesaals auf einer plüschigen Eckbank saß. Sie sah wie immer schön und herausgeputzt aus und lächelte über etwas, das eine ihrer Begleitungen gesagt hatte. Sie saßen in ähnlich plüschigen Stühlen mit dem Rücken zu mir, aber ich würde Großmutters perfekte Haltung überall erkennen, ganz abgesehen von ihrem pinken Businesskostüm und ihrem glatten, silbernen Haar.

»Mr. Cabot? Hier entlang bitte.«

Ich blinzelte die Hostess an. Für einen Moment spielte ich mit dem Gedanken meinen Mantel zurückzuholen und abzuhauen. Ich würde Großmutter eine Entschuldigung schicken und sie würde damit leben müssen. Oder ich—

Cecilia winkte mir zu und ihr Lächeln weitete sich. Großmutter und der Mann neben ihr—Stephen Weston, Cecilias Schönheitschirurg Vater—drehten sich auf ihren Stühlen um und auf einmal hatte ich keine Möglichkeit mehr zu entkommen.

Ich nahm all meine Stärke und meinen Mut zusammen und gesellte mich zu ihnen. Nachdem es die einzige Option war, setzte ich mich zu Cecilia auf die Eckbank. Ich hatte nicht inne gehalten, um Großmutter auf die Wange zu küssen, was für uns schon fast eine Rebellion bedeutete.

Nach einer Runde Freundlichkeiten und Cocktails mit Champagner, bestellten wir Mittagessen und ich fragte: »Was ist der heutige Anlass?«, durch zusammengebissene Zähne, was ich nicht ganz unterlassen konnte. Cecilias Lächeln verblasste und sie sah ihren Vater an. Schnell fügte ich hinzu: »Natürlich weiß ich die Möglichkeit, sich wieder zu sehen, zu schätzen.«

Cecilia sagte: »Es ist ein paar Jahre her, stimmt's? Ich glaube, wir waren beide noch im College, als wir uns das letzte Mal richtig unterhalten haben.«

Großmutters Gesichtsausdruck war neutral genug um die

meisten Leute hinter's Licht zu führen, aber ich konnte das nervöse Zucken an ihrem Auge erkennen, als sie sagte: »Wusstest du, dass Cecilia jetzt mit ihrem Vater zusammenarbeitet? Sie erweitert sein Geschäft.«

Das beantwortete zwar nicht meine Frage, aber ich machte interessierte Geräusche. Cecilia sprach als nächstes: »Ich habe ein Spa Hotel in den Hamptons aufgemacht, in dem wir uns auf medizinischen Tourismus spezialisieren.«

»Medizinischen Tourismus«, wiederholte ich. »Schönheitschirugie?«

»Ja, aber nur kleine Eingriffe ohne Risiko.«

»Ah. Gesichtslifting und Fettabsaugung für die Reichen und Schönen?«

Cecilia hob ihr Glas, als würde sie gleich eine Rede halten. »Genau. Es ist ein lukratives Geschäft und wir denken, dass es auch noch andere Weltmärkte gibt, wo es Sinn machen würde, eine Luxushotelerfahrung mit Wellness und angemessenen Eingriffen zu kombinieren.«

Kellner brachten uns unser Mittagessen und ich pikste meine Enten- und Schweinecasolette, während das Grauen mich packte. Deshalb wollte Großmutter mich so gerne mit Cecilia verkuppeln? Damit Utopia neue Immobilien eröffnen konnte für Schönheitschirugie Touristen? Cecilia und ich mussten kein Paar sein, um zusammen zu arbeiten. Vielleicht hatte Großmutter einfach beschlossen, dass Cecilia die begehrenswerteste junge Frau in der Stadt war.

Betonung auf Frau.

Meine Krawatte fühlte sich an, als würde sie mich erwürgen. Ich löste sie etwas, was mir geschürzte Lippen von Großmutter einbrachte. Als Stephen einen neuen Eingriff erläuterte, bei dem es um Nackenfett ging, war ich versucht, mir einen weiteren Drink zu bestellen. Ich fragte mich, was Connor darüber denken würde. Hatte Dr. Weston sich als idealistischer junger Mann dazu entschieden, in den Medizinbereich zu gehen in der Hoffnung, Menschen zu helfen oder wollte er von Anfang an ein Geschäft mit den Unsicherheiten der Leute machen?

Ich nahm einen Bissen der reichhaltigen Ente mit weißen Bohnen und Dill. Wahrscheinlich war ich unfair. Also fragte ich Stephen: »Hatten Sie jemals Patienten mit Entstellungen, oder Menschen, die Unfälle erlitten hatten?«

»Gelegentlich, aber mein Fokus liegt auf der Kosmetik. Keine Panik, wir würden keine verzweifelten Fälle in Ihr Hotel bringen.«

Und da war es. Ich setzte ein flaches Lächeln auf und wirbelte mein Glas Bordeaux. »Mein Hotel?«

»Das ist, was wir besprechen müssen«, sagte Großmutter gelassen.

»Weißt du was, ehrlich gesagt, würde ich gerne erschwinglichen Wohnraum besprechen«, posaunte ich heraus.

Drei Augenpaare starrten mich nichtssagend an. Ich trank von meinem Wein und befahl mir, nicht weiter zu sprechen.

Cecilia fragte: »Erschwinglicher Wohnraum? Ja, ich denke, dass es daran fehlt.« Ihre perfekt gezupften Augenbrauen trafen sich in der Mitte. »Aber du musst dir darüber keine Gedanken machen.«

»Müssen tue ich das nicht, nein. Keiner von uns muss das.« Mit einer Handbewegung indizierte ich alle am Tisch. »Aber wir sollten es. Wir sollten uns um viele der Dinge kümmern, die wir ignorieren.«

»Darling, ich bewundere deine Leidenschaft. Lass uns aber beim Thema bleiben«, sagte Großmutter.

»Tust du nicht.« Was tat ich da? Wieso nickte ich nicht und lächelte, so wie immer? »Meine Leidenschaft liegt nicht bei Luxushotels. Das weißt du, aber du ignorierst es.«

Großmutters Nasenflügel blähten sich auf. Sie verschüttete einen Tropfen Coq au Vin auf ihrer frischen weißen Bluse. »Wir sind hier, um die Saison zu zelebrieren und eine exzellente

Geschäftsmöglichkeit mit den Westons zu besprechen. Du und ich können uns später um… andere Themen kümmern.«

Als Großmutter und ich uns gegenseitig böse anfunkelten, sagte Cecilia: »Ähm, äh, was sind deine Pläne für Weihnachten? Meine Eltern sind ab morgen auf einer Südamerika Kreuzfahrt, die wirklich toll aussieht. Stimmt's, Daddy?«

»Oh ja, wir sehen uns all die Highlights an. Machu Picchu, diesen riesigen Wasserfall in Argentinien…zumindest glaube ich, es ist Argentinien?«

»Das werden Sie bald herausfinden«, sagte Großmutter.

»Ich gehe davon aus, dass Sie beide bei Elizabeths jährlichem Weihnachtsfrühstück sein werden?«, vermutete Stephen.

»Ja«, antwortete ich. »Obwohl ich viel lieber bei meinem Freund wäre, aber mir wird keine Wahl gegeben.« Sobald die kindischen Worte meinen Mund verlassen hatten, zuckte ich innerlich zusammen. Zwar bereute ich es nicht, Connor erwähnt zu haben—zur Hölle mit was Großmutter davon hielt—aber Gereiztheit kam nicht gut an. In der Stille meldete Cecilia sich zu Wort. »Es…Naja, es ist für einen guten Zweck.«

Scham durchflutete mich. »Ja, natürlich. Einen wunderbaren Zweck.« Ich schüttelte den Kopf. »Ich bitte um Verzeihung, ich vermisse Connor einfach.« Das würde zwar die Laune meiner Großmutter nicht heben, war aber die Wahrheit.

Cecilias Gesicht erhellte sich. »Verständlicherweise. Ihr zwei habt wahnsinnig verliebt gewirkt, als ich euch letzte Woche gesehen habe.« Sie lehnte sich näher an mich heran und flüsterte verschwörerisch. »Er ist sehr süß. Ich habe gehört, er studiert Medizin?«

Es schien, als hätte Cecilia kein Interesse an mir, was eine Erleichterung war. »Ja, an der Columbia University. Er wird ein wundervoller Arzt werden.«

»Wenn er sich dazu entscheidet, in die Schönheitschirurgie zu gehen, geben Sie mir Bescheid«, sagte Stephen, bevor er sich ein

Stück Steak in den Mund schob.

»Werde ich tun«, versprach ich und erinnerte mich erst verspätet daran, höflich zu bleiben. »Danke.«

Großmutter räusperte sich zart. »Ja, naja. Cecilia, meine Liebe, wie kommt's, dass Sie noch nicht weg vom Markt sind?«

Cecilia winkte ab. »Oh, ich habe nicht vor, mich in der nächsten Zeit niederzulassen.«

Für einen Moment war Großmutter sprachlos.

Ich sagte: »Deine Eltern haben nicht versucht, dich zu verkuppeln?«

»Oh doch, sie haben es versucht.« Sie zwinkerte ihrem Vater zu, der nichtssagend mit den Schultern zuckte. »Sie haben mir sogar einen der Masterson Jungs vorgeschlagen.«

Ich zog eine Grimasse—*gruckte*. »Veto.«

»Oh ja«, pflichtete Cecilia mir bei. »Wieso begleitet Connor dich nicht zu dem Frühstück an Weihnachten?«

»Er besucht seine Familie in Albany.« Was tat er wohl gerade? Oh Mann, ich wünschte, ich könnte bei ihm sein.

Sie fragte: »Wie habt ihr euch kennengelernt?«

Bevor ich antworten konnte, hustete Großmutter und gab vor, kurz vorm Ersticken zu sein, was eine exzellente Ablenkung darstellte. Ehrlich gesagt, wollte ich mich zurücklehnen und die Arme verschränken, bis sie mit dem Schauspiel fertig war, schaffte es aber, die erwarteten mitleidigen Geräusche zu machen.

»Ach herrje, so ein Aufstand«, sagte Großmutter, nachdem sie etwas Wasser getrunken hatte. »Mir geht es gut, Cecilia. Wir würden gerne mehr von Ihrem Wellness Plan hören. Ich denke, Utopia würde wunderbar zu Ihrer Vision passen.«

»Das denke ich auch, Mrs. Cabot.« Cecilia warf mir ein entschuldigendes Lächeln zu, bevor sie mit ihrem Vortrag anfing.

Ich hörte zu und nickte und sagte all die richtigen Dinge. Großmutter entspannte sich etwas und als sie die exorbitant hohe Rechnung zahlte, konnte man nicht mehr erkennen, dass ich sie verärgert hatte.

Als ich sie zu ihrer wartenden Limousine begleitete und ihr einen Regenschirm über den Kopf hielt, griff sie nach meinem Arm mit überraschender Kraft. Ihr Ton war eiskalt als sie sagte: »Darling, ich kann mir nicht vorstellen, was in dich gefahren ist.«

»Wir müssen uns unterhalten.« Ich öffnete die Autotür für sie. Es war an der Zeit ihr alles zu sagen, was mir den Kopf zerbrach. Ihr meinen Plan zeigen, alles. Worauf wartete ich? »Wenn du jetzt Zeit hast—«

Ohne meinen Blick zu treffen, sagte sie lediglich: »Veto«, und ließ sich auf der Rückbank nieder. »Ich sehe dich am ersten Weihnachtsfeiertag in der Früh.«

Kapitel Siebzehn

Connor

ACHT TAGE. *ACHT Tage.* So sehr ich Weihnachten liebte, wie konnte ich noch weitere *acht* Tage von Reid getrennt verbringen?

Morgen war Heiligabend und selbst in meinem Zimmer um Mitternacht, roch das Haus nach den Lebkuchenplätzchen, die Seth vor ein paar Stunden gebacken hatte. Es fühlte sich behaglich und gemütlich an und ich lag in mein Bett gekuschelt, während Schneeflocken an meinem Fenster vorbeisegelten und der Himmel einen weißen Schein ausstrahlte.

Außerdem war ich unfassbar geil.

Ich hatte Jahre ohne Sex ausgehalten, doch nun, nachdem das Siegel gebrochen war—sozusagen—war ich einfach nur hungrig. Wie sollte ich das weitere acht Tage aushalten?

Es war nicht nur der Sex. Ich wollte Reid umarmen und sein Pfeffer-Flieder-oder-vielleicht-Lilien Parfüm einatmen. Ihn fest an mich halten und seine Arme um mich herum spüren und das Grummeln seines Lachens gegen meine Brust. Mit ihm stundenlang über irgendetwas reden.

Über alles reden.

Und ja, ich wollte ihn auf jede Art und Weise ficken, die der Menschheit bekannt war. Wenn die Aliens irgendwelche Ideen hatten, war ich auch bereit, deren Tipps anzunehmen.

Ich drehte mich von einer Seite auf die andere und seufzte so laut, dass ich schon fast erwartete, dass Logan und Seth anfingen zu rufen, ich solle endlich still sein. Ich hatte den ganzen Nachmittag über nichts von Reid gehört, aber dann hatte er mir geschrieben, dass er mit Addison und ein paar Freunden zum Abendessen verabredet war. Was toll war. Toll! Das war der Moment, an dem ich hätte schlafen gehen sollen und am nächsten Morgen wieder mit ihm reden.

Ich trat die Bettdecke von mir und zog mir rastlos das T-Shirt aus. Nachdem ich dann auf der ganzen Brust Gänsehaut bekam, zog ich es wieder an.

Natürlich könnte ich mir einen runterholen. Das hatte ich eine Million Male getan und dadurch hätte ich den Orgasmus, den ich so dringend brauchte. Aber es würde sich ohne Reid einfach falsch anfühlen. Ich wollte *ihn*. Ich war nicht normal geil. Ich war next-level geil. An sich hatte ich gedacht zu wissen, wie geil eine Person werden konnte.

NÖ.

Mein Handy vibrierte mit einem Videoanruf und ich schaltete die Lampe an, bevor ich schnell über den Bildschirm swipte, um Reids schönes Gesicht zu sehen. Er sagte: »Hey, Baby.« Und in dem Moment hätte ich zu einer Pfütze zerfließen können. Er strahlte mich an und oh Gott, ich wollte über sein gesamtes Gesicht lecken. Das konnte nicht normal sein.

Ich setzte mich auf und lehnte mich an dem Ricky Tortuga Poster an. »Hey zurück.«

Reid fragte: »Hast du geschlafen?« Seine Stirn runzelte sich und ich stellte mir vor, die Falten mit meiner Zunge nachzufahren. »Deine Haare sehen aus, als hättest du geschlafen.«

»Oh!« Ich blinzelte mein Gesicht in der Ecke des Bildschirms an und versuchte meine Haare glattzustreichen.

»Es sieht süß aus. Ändere ja nichts. Ich will dich nur nicht wach halten, falls du müde bist.«

»Ich habe nicht geschlafen«, sagte ich ehrlich. »Wie war das

Abendessen? Wie war dein Tag?«

»Abendessen war super. Addison lässt dich grüßen.«

»Cool. Hast du heute Mittag mit Angela gesprochen? Das war heute, oder?«

Sein Gesichtsausdruck verdunkelte sich. »Ich musste es verschieben. Das Gespräch ist jetzt erst nach den Feiertagen, weil sie mit ihrer Familie beschäftigt ist.«

»Scheiße, tut mir leid. Warten macht keinen Spaß. Ist etwas auf der Arbeit passiert?«

Reids Antwort war eine Mischung aus Schulterzucken und einem Nicken und wirkte definitiv angespannt. Er trug immer noch einen Anzug, also musste er gerade erst nachhause gekommen sein. »Ja, da war so ein Ding. Keine große Sache.«

»Bist du dir sicher? Es sieht aus, als wäre es eine große Sache gewesen.«

Er lächelte, war aber sichtlich aufgebracht. Zusammen mit der Frustration, die ich schon öfter bei ihm gesehen hatte, schien er einfach müde. Mehr als das, er schien traurig.

Reid sagte: »Mach dir deshalb keine Sorgen. Wie läuft's in Albany? Habt ihr Schnee? Anscheinend erreicht das die Stadt nicht und bleibt im Norden. Ich denke nicht, dass wir hier ein weißes Weihnachten bekommen.«

»Ich will mir aber Sorgen machen. Was ist los?«

Er rieb sich über das Gesicht und die Kamera bewegte sich, und wanderte über Reids Wohnzimmer, bevor er sein Tablet auf dem Beistelltisch abstellte und sich auf die Couch fallen ließ. Seine dunkelgraue Anzugsjacke stand offen und er löste den Knoten seiner lila Krawatte, bevor er sie sich über den Kopf zog und neben sich auf das Kissen fallen ließ. Die Kamera sah zu ihm auf—und zu seinem Unterleib, aber ich konzentrierte mich auf sein erschöpftes, schönes Gesicht.

»Ich glaube, ich habe eine Midlife-Crisis. Mit neunundzwanzig.« Er schnaubte. »Ich bin fast dreißig und was habe ich in meinem Leben schon geschafft? Ich könnte morgen Utopia verlassen und es würde nichtmal einen Hauch von Unterschied machen. Die Firma und Großmutter würden einfach weitermachen, ohne auch nur einen Moment zu zögern.«

»Weshalb bleibst du dann dort? Abgesehen von deinen Schuldgefühlen?«

»Gute Frage.« Er schüttelte den Kopf. »Muss ich das sofort beantworten?«

»Nö. Du musst überhaupt nichts sofort tun. Wir können einfach abhängen. Uns entspannen.«

Sein Lächeln war dieses mal zweifellos liebevoll. »Das klingt gut.« Er zog sich seine Jacke aus und öffnete die ersten drei Knöpfe seines weißen Hemds. Ich konnte vereinzelte dunkle Haare unter seinem Hals ausmachen.

Erwartungsgemäß wollte ich dieses Dreieck weicher Haut ablecken.

Erinnerungen daran, wie ich mich auf seinem Schoß gerieben hatte, kamen in mir hoch und ich schluckte schwer. »Es gibt da einen Weg, wie wir den Stress abbauen könnten.«

»Hm?« Er gähnte. »Nacht-Yoga? Was empfiehlst du?«

»Ich dachte eher an Orgasmen.«

Das ließ ihn aufhorchen, doch sein Grinsen wurde schnell durch eine gerunzelte Stirn ersetzt. »Du hast Veto gegen Telefonsex eingelegt.«

»Ich kann meine Meinung ändern, oder nicht?«

»Kannst du. Solange du es nicht tust, nur um mich aufzuheitern. Du musst es auch wollen.«

»Glaub mir, ich will es. Die Aussicht hat mich inspiriert. Oh Mann, weißt du eigentlich wie gut du in diesem Anzug aussiehst? So heiß.«

Er grinste. »Ich versuch's. Du siehst auch heiß aus.«

Ich schnaubte. »In meinem Harvard T-Shirt mit Ricky Tortuga hinter mir?«

»Zieh's aus, wenn's dir nicht gefällt.«

Lust durchfuhr mich wie ein Blitz. »Stimmt, das könnte ich tun.« Während ich mein Handy fest hielt, bewegte ich mich etwas, damit ich mit meiner freien Hand an meinem T-Shirt Kragen ziehen konnte. Hatte ich ein Fieber? Blut rauschte mir in den Ohren.

»Du musst das nicht tun. Ich bin sehr wohl in der Lage mir einen runterzuholen und an dich zu denken. In letzter Zeit habe ich mental einige Wichsvorlagen abspeichern können.«

Ein Lachen brach nur so aus mir hervor. »Du bist so ein Depp. Ich hätte mir nie in einer Million Jahre erträumt, dass ich hören würde, wie Reid Cabot das Wort ‚Wichsvorlage' ausspricht.«

»Ich bin einfach nur vornehm. Wie könntest du mir wiederstehen?«

»Kann ich nicht. Die Sache ist die…Ich brauche dich.« Mein Blick fiel auf die Tür. Ich hatte keinen Mucks von meinen Dads gehört, seit sie um zehn Uhr rum ins Bett gegangen waren. »So.«

Reid leckte sich über die Lippen und, oh Mann, dieses schiefe Lächeln, das er dabei aufsetzte. »Sag mir, was du brauchst.«

Ich seufzte laut. »Ich bin einfach verdammt geil, okay?«

»Geht mir genauso.« Er spreizte seine Beine und legte eine Hand auf die Beule in seiner weichen, maßgeschneiderten Hose. »Willst du das?«, fragte er, und seine tiefe Stimme ließ mir einen Schauer den Rücken runterlaufen.

»Verdammt, ja.«

»Ja?« Er beobachtete mich intensiv und hielt inne, um mir die Möglichkeit zu geben, mich umzuentscheiden.

»Ja.«

»Zieh es aus.«

Mein Blick fiel auf die Tür. »Warte kurz.« Ich sprang auf und schaltete den Ventilator, der in einer Ecke stand, an, um Geräusche zu erzeugen. Ich drehte ihn um, damit er nicht auf das Bett zeigte, bevor ich die Tür zusperrte. Schnell zog ich das Shirt und meine Boxershorts aus, bevor ich wieder aufs Bett kletterte und mein Handy in die Hand nahm. Meine andere Hand griff nach der Lampe.

»Ich will dich sehen«, sagte Reid. »Außer, du möchtest das nur über Audio machen?«

»Aber dann kann ich dich nicht sehen. Ach, fuck, lass es uns tun.« Verdammte Scheiße, war ich wirklich kurz davor, Telefonsex zu haben? Mit eingeschalteter Kamera? Hier?

»Bist du schon nackt? Ich kann das aus dem Winkel nicht erkennen.« Reid hatte sein eigenes Hemd komplett aufgeknöpft und ließ es aufhängen. Er spielte mit seinen Nippeln.

»Ja«, flüsterte ich. »Ich bin nackt. Wir müssen leise sein.«

Er rieb sich über seinen Schwanz. »Hmm. Ich werd's versuchen.«

Schnell drehte ich die Lautstärke meines Handys runter, nachdem Reids Atem, trotz des Ventilators, immer noch laut durch das Zimmer hallte. Ich lehnte mich zurück gegen Rickys Füße und begutachtete mein eigenes Bild in der unteren Ecke, um sicherzustellen, dass es in Ordnung war und ich Reid nicht den Inhalt meiner Nasenlöcher zeigte oder so etwas.

Meine Finger umklammerten das Pop Socket auf der Rückseite meines Handys und ich stützte mein linkes Handgelenk auf meinem angezogenen Knie ab.

Reid flüsterte: »Herr Doktor. Ich habe eine schmerzhafte Krankheit. Ich habe bereits alles ausprobiert.«

Mein Herz zersprang. Telefonsex *und* ein Rollenspiel? Mein Teenager-Ich würde das wirklich nie im Leben glauben. Gleichzeitig wollte ich Reid sagen, es nicht zu verschreien. Schließlich war ich noch kein Arzt. Was, wenn ich durch all meine Klausuren geflogen war? Dann würden sie mir mein Stipendium wegnehmen. Dann würde ich jede Nacht in der Apotheke arbeiten…

»Veto?«, fragte Reid in seiner normalen Stimme.

»Nein!«, krächzte ich. »Was ist das Problem? Das ist Ihr, äh, Arzt hier.« Blind griff ich nach dem Gleitgel, das in meiner Nachttischschublade steckte, ohne meine Augen vom Bildschirm abzuwenden.

Mit dem niedrigen Winkel von Reids Kamera, sah sein Schwanz riesig aus, als er ihn rausholte. »Ich bin so hart.« Seine Augen funkelten und ich konnte mir ein Lachen nicht verkneifen.

Dann versuchte ich mich an einer ernsten Arzt-Stimme. »Da werden wir ein paar Tests durchführen müssen. Ich habe noch nie etwas so Großes und…Schwellendes gesehen.«

Reid schnaubte und wir fingen beide an zu kichern. Wirklich, wir *kicherten*. Er setzte wieder ein ernstes Gesicht auf, also tat ich es ihm gleich. »Herr Doktor, es tut weh. Ich kann nicht aufhören, es anzufassen.«

»Ziehen Sie die Hose aus und streicheln sie ihn. Lassen Sie mich mal sehen.«

Das tat er. Er zog sich seine Hose und Briefs aus und behielt nur das offene Hemd an. Seine Brust errötete, als er anfing sich einen runterzuholen. Mein Atem wurde immer schneller. Flache, kleine Japser, während ich wichste. Am unteren Rand des Bildschirms konnte ich sehen, dass mein Gesicht pink war und meine Lippen offen standen.

»Gefällt es Ihnen, mir zuzusehen, Herr Doktor?«, flüsterte Reid.

Ich konnte nur nicken. Die Tatsache, dass ich ihn nicht riechen oder fühlen konnte, oder das Salz seines Schweißes und den verbleibenden Kaffeegeschmack auf seiner Zunge schmecken konnte, machte es noch intensiver, ihn einfach zu beobachten.

Zwar hatte ich ihn mir eine Million Mal angesehen und bewundert, wie heiß er war, doch ihn jetzt zu beobachten… Meine Augen konzentrierten sich auf die Haare um seinen linken Nippel, die Muskeln in seinem Genick, während er seine Hand auf und ab bewegte und auf die Anspannung in seinen breiten Schenkeln.

»Es hilft. Es geht mir schon besser.« Er stöhnte und strich mit seinem Daumen den Lusttropfen von seiner Schwanzspitze, über den Schaft. Wenn wir im selben Zimmer gewesen wären, hätte ich mich auf die Knie geschmissen, um ihn herunterzuschlucken. Ich wollte an seinem Schwanz würgen.

Schwer-atmend biss ich mir auf die Lippe und schluckte ein Stöhnen runter.

»Lass mich dich sehen«, murmelte Reid.

Ich hielt mein Handy weiter von mir weg und versuchte den richtigen Winkel zu finden. Vermutlich hätte mir das ganze peinlich sein müssen, aber es war Reid. Er sollte alles bekommen, was er brauchte, ich wollte ihm alles geben.

»Herr Doktor, ich muss sehen, wie Sie zum Höhepunkt kommen. Das ist die einzige Möglichkeit mich zu heilen.«

Ich stöhnte und hätte mir eine Hand vor den Mund geschlagen, wenn ich eine frei gehabt hätte. Meine Knie waren angezogen und gespreizt und ich presste meine Fersen in die Matratze, als meine Handbewegungen immer schneller wurden. Ich bäumte mich auf und versuchte die Kamera auf meinem Schwanz zu halten. Mein Arm zitterte und meine Eier kribbelten.

Ich entleerte mich auf meinem Bauch, während Reid stöhnte und mir gut zusprach: »Baby, das ist so gut. Fuck, du bist so schön.«

Als ich das Handy bewegte, damit ich besser auf den Bildschirm sehen konnte, konzentrierte ich mich auf ihn. Ich atmete immer noch schwer und hatte mich nach hinten gegen Ricky fallen lassen. Reids Arm bewegte sich schnell, seinen Rücken hatte er durchgedrückt. Seine Eier waren rot und schwer und ich wollte daran saugen und seine krausen Haare auf meiner Zunge spüren.

»Genau so«, flüsterte ich. »Sie sind so ein guter Patient. Zeigen Sie mir ihr Loch.« Keine Ahnung, woher diese Worte kamen, aber ich versuchte, mich nicht davon abzuhalten, sie laut auszusprechen.

Willig spreizte Reid seine behaarten Beine noch mehr und stützte seine Füße auf dem Beistelltisch ab, bevor er seinen Hintern bis zum Rand der Couch bewegte. Es war schwer, tatsächlich etwas sehen zu können, doch dann drang Reid mit seinem Mittelfinger in sich ein. Sein Blick lag dabei fest auf mir. Mein ganzer Körper erzitterte, als ich meinen entleerten Schwanz streichelte.

»Du wirst mich wieder hart machen«, stöhnte ich sanft.

Das ließ Reid zum Höhepunkt kommen, und ich hätte nicht wegsehen können, selbst wenn man mir eine Million Dollar angeboten hätte. Er kam auf seinen Bauch und Brust, während er sich immer noch selbst mit dem Finger fickte.

»Jesus«, flüsterte ich.

Schweratmend nickte Reid. »Ich bin geheilt.«

»Ich auch.«

»Wie lautet dieses alte Sprichwort? ‚Arzt, heile dich selbst?' Tat vollbracht.«

Wir lachten und Reid fuhr mit seinen Fingern durch das Sperma auf seiner Haut.

Er lag völlig entspannt auf seiner Couch und hatte offensichtlich keine Eile, sich zu waschen.

»Oh mein Gott«, murmelte ich. »Wie bist du so heiß?« *Und wie kann es sein, dass du mich willst?* »Ich hätte mich zwei Mal eingesaut und wäre gestorben, wenn mein High-School-Ich das gesehen hätte.«

»Schön, dass ich dir jetzt von Nutzen sein kann. Und Danke«, murmelte Reid. Er zog eine samtige Decke über sich und gähnte weit.

Bald würde ich mich ins Badezimmer stehlen müssen, um das trocknende Sperma abzuwaschen, aber bis dahin deckte auch ich mich zu.

»Es war mir eine Freude. Wie du gesehen hast.« Aufregung packte mich erneut. Mit Reid zusammen zu sein war besser, als ich es mir in meinen wildesten Träumen vorgestellt hatte. Und ich hatte ein paar…kreative Fantasien gehabt. »Hey, haben wir alles von deiner New Yorker Liste erledigt?«

»Nicht ganz. Ich kann nicht aufhören Punkte hinzuzufügen. Wir können im neuen Jahr wieder damit anfangen.«

Mein Herz schlug schneller. »Cool. Gibst du mir einen Tipp?«

»Hmm. Vielleicht. Such dir eine Zahl aus.«

»Zwölf.«

Reid drehte sich auf die Seite, damit sein Kopf auf der Armlehne der Couch lag.

»Wieso zwölf?«

»Das war die Lieblingsnummer meiner Mum.«

»Lieblingsnummer? Nicht Glücksnummer?«

»Nein. Es war einfach die Zahl, die sie immer gewählt hat.«

»Beispiel?«

Ich hielt mein Handy hoch und rutschte etwas runter, damit mein Kopf auf dem Kissen lag.

»Wenn wir ein neues Chinesisches Restaurant ausprobierten, dann nahm sie immer Vorspeise Nummer zwölf, egal, was es war. Wenn sie Lotto spielte, dann war zwölf immer ihre erste Nummer. So etwas. Kann sein, dass sie gehofft hat, dass es ihr Glück bringen würde.« Das hatte nicht funktioniert.

Reid holte sein Handy aus seiner Hosentasche und tippte auf das Display.

»Also, Nummer zwölf ist vermutlich die authentischste New York Erfahrung, die es gibt: Steig auf eine Ratte.«

Lachend rief ich: »Veto!«, bevor mir wieder einfiel, dass meine Dads ganz in der Nähe schliefen. Ich legte meinen Finger auf meine Lippen und machte »Schhh!«, als wäre Reid derjenige gewesen, der geschrien hatte.

»Ich mache die Regeln nicht. New York tut das.« Seine Schultern bebten unter der Decke vor Lachen.

»Du bist ein Blödmann.«

»Ich liebe, dass ich mit dir ein Blödmann sein kann.«

Mein Atem stockte. *Liebe.* Wir starrten einander an, beide plötzlich still.

Ich flüsterte: »Ich kann mir vorstellen, dass Bitsy das nicht so toll findet.«

»Überhaupt nicht.« Er griff nach etwas, das auf dem Boden lag und hob seine lila Krawatte hoch. »Ich fühle mich, als würde ich schon so lange ich denken kann eine Verkleidung tragen.«

»Du hattest aber dein Coming-out. Du hast langsam Teile der Verkleidung abgelegt.«

Er schien darüber nachzudenken und strich über das glatte, weiche Material. »Kann sein.«

Sein Blick fiel auf mich. »Aber du bist die erste Person, die mich wirklich sieht. Die mir zuhört. Die mich *hört*.«

»Ich…« Mein Mund war staubtrocken. »Da bin ich froh.« Das war keine ordentliche Antwort, aber es war das Einzige, was mir gerade einfiel. Morgen würden mir definitiv eine Million eloquente Gedanken dazu kommen.

»Wir sollten schlafen gehen. Danke nochmal. Dass du mir vertraut hast.«

»Natürlich. Das ist das Nächstbeste, bis ich dich wieder sehe.«

»Noch acht Tage«, sagte Reid.

Dass auch er die Tage zählte, war das beste Weihnachtsgeschenk der Welt.

Kapitel Achtzehn

Reid

ASHER STÖHNTE, ALS er: »Hallo?«, murmelte.

»Hey, ich bin's.« Ich fummelte an dem Bindegürtel meines Morgenmantels rum, während ich durch meine Wohnung tigerte. Der Parkettboden knarzte an manchen Stellen unter meinen nackten Füßen. Es war immer noch dunkel und tief hängende Nebelschwaden hingen über der Stadt und dämpften die bekannten Lichter. »Habe ich dich aufgeweckt?«

»Dude, es ist sieben Uhr morgens am Heiligabend. *Natürlich.*«

»Tut mir leid. Hör zu, ich brauch einen…« Eigentlich wollte ich gerade ,Gefallen' sagen, hielt mich aber davon ab. »Du musst etwas für mich tun. Für die Familie.«

»Hä? Was ist los? Ist alles in Ordnung?«

Ich verkniff mir meine gewöhnliche Antwort und sagte: »Ehrlich gesagt, nein.«

Mit einem Mal klang Ashers Stimme wach. »Was ist passiert? Hattest du einen Unfall?«

»Nein, nichts dergleichen. Ich bin nicht verletzt. Aber du musst morgen für mich zu Großmutters Frühstücksevent gehen.«

Nach einem Moment der Stille fragte Asher: »Moment mal, was? Dude, wieso bist du so dramatisch? Und das geht nicht, ich gehe Skifahren im Stowe.«

»Es wäre mir wirklich wichtig, dass du mich vertrittst.« *Dass du mehr tust.*

»Das war immer deine Aufgabe. Du bist Gammas goldener Enkelsohn.«

Ich stotterte. »Als wärst du nicht ihr Lieblingsenkel?«

»Wer, ich? Hast du Drogen genommen? Gamma liebt mich, klar, aber ihr zwei habt euer Utopia Ding.«

»Ja, naja, ich will es nicht.« Ich presste mir das Handy ans Ohr.

»Was? Seit wann?«

»Weiß ich nicht. Seit ein paar Jahren.«

Für einen Moment war Asher still. »Aber...*was*? Warte mal. Sprichst du spezifisch von morgen oder im Generellen?«

»Generell.«

»Aber das war immer dein Ding. Selbst als Dad noch gelebt hat, wussten wir alle, dass du irgendwann die Firma übernimmst.«

»Kannst du gerne haben.«

»Nein, nein, nein. Will ich nicht. Ich werde Makler. Mir ist bewusst, dass das nicht sonderlich originell ist, aber mir gefällt's und ich bin gut darin. Das Familienunternehmen gehört dir und Gamma.«

»Ich habe keine Lust darauf, mein Leben damit zu verbringen, dem reichsten Prozent zu dienen, wenn ich Menschen helfen könnte.«

»Aber du tust so viel für die Wohlfahrt.«

»Ja, und das ist toll, aber es ist nicht mein *Job*. Das könnte es aber sein. Wieso nicht? Wieso sollte ich Großmutters goldener Enkel sein? Ich bin sowieso schon nicht der hetero, perfekte Enkelsohn, den sie sich gewünscht hat. Wieso sollte ich jetzt aufhören?«

»Ich meine...ja. Wenn du nicht glücklich bist, dann solltest du etwas ändern.«

Für einen Moment holte ich tief Luft und atmete dann wieder aus. Aufregung strömte mir durch die Adern. »Das sollte ich. Ich muss etwas ändern. Angefangen mit Weihnachten.«

»Okay, wieso kannst du morgen nicht zu Gammas Event gehen?«

»Ich will Weihnachten mit Connor verbringen. Seit über zehn Jahren verbringe ich meine Weihnachtstage in der Öffentlichkeit und repräsentiere Utopia und unsere Familie. Das Frühstück und das Spielzeug ist alles für Menschen, die es wirklich verdient haben, was großartig ist. Aber ich möchte endlich mal ein Weihnachten für mich. Vielleicht ist das furchtbar und egoistisch, aber ich vermisse Connor. Ich bin es Leid, Großmutters Befehlen zu folgen.«

Asher seufzte laut. »Verstehe ich. Außerdem, es ist echt seltsam, dass du…was? Dich in meinen besten Freund verliebst?«

»Vielleicht. Ich weiß nicht. Ehrlich gesagt, ja. Ja. Ich habe mich in Connor verliebt. Schwer.«

»Das war ein ziemliches Abenteuer.« Er stöhnte. »Na gut. Ich fahre morgen Nachmittag nach Stowe, anstelle von heute.«

Fast wurde mir schwindelig vor Erleichterung. »Danke, Mann. Ich schulde dir was. Ehrlich gesagt, nein, tue ich nicht. Du musst dich auch mal um Großmutter kümmern.«

»Da hast du mich jetzt auf noch ein Abenteuer mitgenommen. Aber ja, okay, das ist fair.«

»Ist es? Ich meine…ja. Ist es.« Ich fühlte mich so leicht, als könnte ich einfach wegfliegen. Anstelle angespannt durch die Wohnung zu tigern, drehte ich mich jetzt mit einem albernen kleinen Tanzschritt um mich selbst. Wie ging der Spruch nochmal? Tanze, als würde dich niemand sehen? Ich hätte ein Rad schlagen können, würde ich nicht immer noch mein Handy in der Hand halten.

»Es bedeutet dir so viel, dass du morgen nicht zu diesem Frühstück musst? Seit wann interessierst du dich für Weihnachten?«

»Das liegt nicht an dem einen Event. Es ist symbolisch. Und ja, Weihnachten war mir immer egal gewesen. Es gibt so viele soziale Verpflichtungen. Aber das ist das erste Jahr, in dem ich tatsächlich Spaß hatte. Ich möchte dekorieren und Geschenke kaufen und Maroni rösten. Ich kann nicht aufhören Mariah Carey Weihnachtssongs zu summen.«

»Verdammte Scheiße, du bist verliebt.«

Für einen Moment wartete ich darauf, dass Angst oder Leugnung sich meldeten.

Nichts.

Alles, was ich tun wollte, war, dieses Rad zu schlagen. Ich lachte. Eine übersprudelnde Blase des Glücks.

»Bin ich.«

»Hä. Du klingst…glücklich. Mir war überhaupt nicht bewusst, wie angespannt du normalerweise bist.«

»Ich bin verliebt. Ich muss Connor anrufen. Ich muss es ihm sagen.«

»Am Telefon? Nein. Veto. Wenn du meinem Bro sagst, dass du ihn liebst, dann musst du das persönlich tun. Geh ihm ein Geschenk kaufen, sobald die Läden aufmachen, entstaube deinen Audi in der Tiefgarage und überrasch ihn in Albany.«

Mein Puls raste. Würde ich das wirklich tun? »Ich kann ihn am Heiligabend nicht überraschen! Er ist bei seiner Familie!«

»Die sind cool, vertrau mir. Das wäre das beste Weihnachtsgeschenk der Welt.«

»Aber sie haben Pläne. Sie erwarten mich nicht. Connor will vielleicht gar nicht, dass ich komme.«

Asher lachte. Laut. »Bro, er will, dass du kommst. Vertrau mir. Moment mal, lass mich einfach…«

Nachdem die Stille am anderen Ende anfing sich zu ziehen, fragte ich: »Lass dich was?«

»Da. Ich habe Con eine Nachricht geschrieben und gefragt, ob ich über Weihnachten vorbeikommen kann.«

»Und ich soll einfach mitkommen und mich aufdrängen? Auf keinen Fall!«

Er seufzte laut. »*Ich* gehe nicht, *du* gehst. Aber so wissen sie, dass jemand kommt, und es ist keine so große Überraschung.«

»Das ist eine furchtbare Idee. Vielleicht sagen sie nein.«

»Logan und Seth lieben mich. Die werden nicht nein sagen. Sie werden sagen: ,Je mehr, desto besser'. Also, wirklich, diese exakten Worte werden aus Seths Mund kommen, das garantiere ich.«

»Aber sie kennen mich nicht einmal.«

»Es gibt keinen besseren Zeitpunkt, den Mann kennenzulernen, der ihren kleinen Jungen nagelt.«

Ich stöhnte auf. »Du hilfst nicht.«

»Aha! Connor hat gerade geantwortet: *Natürlich. Ist alles okay?* Siehst du. Alles erledigt. Sie erwarten offiziell einen Gast und du kannst Connors Schornstein runterklettern. Gott segne uns alle.«

Meine Gedanken kreisten und trotz meiner anhaltenden Zweifel, war der Drang, ein Rad zu schlagen, zurückgekehrt. »Sag ihm bitte, dass es dir gut geht. Sonst macht er sich Sorgen.«

»Ja, Mum. Oh, wo wir gerade von ihr sprechen. Hast du die Fotos von dem Segelschiff gesehen? Vielleicht sollten wir Weihnachten nächstes Jahr mit ihr verbringen.«

Nachdem wir aufgelegt hatten, fing ich an, im Internet nach Geschenkideen zu suchen. Ich brauchte etwas Perfektes für Connor und was war mit seinen Dads? Außerdem traf sich seine gesamte Familie am Heiligabend, hatte er gesagt. Irgendwie musste ich das gut durchplanen.

Bevor ich damit anfing, legte ich allerdings mein Handy beiseite und schlug ein zittriges Rad, was damit endete, dass ich neben der Couch auf dem Rücken lag und an die Decke lachte.

Alles, was ich an Weihnachten wollte, war Connor. Und ich würde nicht aufgeben, meinen Mann zu bekommen.

»DU BIST NICHT rasiert.«

Großmutter starrte mich in dem Foyer ihres zweistöckigen Apartments an. Sie musste gehört haben, wie ich mit der Haushälterin gesprochen hatte, die mir die Tür geöffnet hatte. Und die nun schnell einen Gang runterflüchtete, vorbei an eingerahmten Bildern von Utopia Werbung der letzten Jahrzehnte. Eine Überschrift lautete:

Flüchten Sie in eine Welt, in der das Meer den Himmel trifft.

Was sollte das überhaupt bedeuten? Der Meer traf den Himmel überall auf diesem Planeten, wo sich ein Meer befand.

»Darling? Was ist los?«

Es war Heiligabend und sie war nicht im Büro, aber Großmutter sah aus, als wäre sie es. Marineblauer Anzug und ein Hermès Schal, der an ihrem Hals zugeknöpft war. Perlenohrringe und ein dazu passendes Armband um ihr Handgelenk. Das einzige Anzeichen dafür, dass sie keine Gesellschaft erwartet hatte, war, dass ihre Lesebrille an einer goldenen Kette um ihren Hals hing. Die trug sie nie in der Öffentlichkeit.

Im starken Kontrast dazu, hatte ich nur Jeans und einen Pullover an. Meinen Mantel hatte ich in der erdrückenden Hitze des Taxis auf dem Weg hierher aufgeknöpft und…nein, ich hatte mich zum ersten Mal nicht rasiert.

»Bist du krank?«, fragte sie, während ihr Blick intensiv auf mir lag.

»Nein«, krächzte ich. Schnell räusperte ich mich und hielt ihr den Ordner, den ich in meinen schwitzigen Händen hielt, hin. »Bitte lies das. Daran arbeite ich schon seit Monaten. Ich würde unsere Firma gerne ausbauen und in bezahlbaren, nachhaltigen Wohnraum investieren. Wir könnten ganz leicht ein erstes Projekt starten, während wir unsere momentanen Hotels und Resorts behalten, wenn wir die Hotelexpansion für einen Moment pausieren.«

Sie starrte den einfachen schwarzen Ordner an, als würde sie kein Wort verstehen. »Das ist, wovon du gesprochen hast, bei dem

Lunch mit den Westons?«

»Ja.« Ich hielt ihr den Ordner immer noch hin und hoffte, dass meine Hände nicht anfingen zu zittern. Sie mochte zwar nicht wirklich adelig sein, doch in meiner Welt war sie es. Ich fühlte mich, als sollte ich einen Knicks machen. »Wirst du es bitte lesen?«

Mit aufeinandergepressten Lippen nahm sie den Ordner und bedachte mich dann mit einem durchdringenden Blick.

»War's das? Du musst dich morgen vor dem Event rasieren.«

»Ehrlich gesagt, komme ich nicht.«

Sie riss die Augen auf und auch ihr Mund stand offen. Ich konnte mich nicht daran erinnern, Großmutter jemals so durcheinander gesehen zu haben. Nicht einmal an Thanksgiving, als ich Connor als meinen Freund vorgestellt hatte.

Nachdem sie offenbar sprachlos war, machte ich einfach weiter. »Asher kommt aber. Keine Sorge, die Familie wird repräsentiert werden.«

Großmutters Nasenflügel blähten sich auf. »Asher ist nicht der zukünftige Präsident von Utopia. Es ist wundervoll, dass er sich angeboten hat, aber du weißt, wie wichtig dieses Event für unsere Marke ist. Du bist immer bereit Menschen in Not großzügig zu helfen. Es wird erwartet, dass du kommst.«

Ich zuckte mit den Schultern. Zuckte tatsächlich mit den Schultern. Was sich gigantisch anfühlte, als hätte ich ihr den Mittelfinger gezeigt. »Die Marke wird ohne mich auskommen müssen.«

»Was soll das heißen?«, fragte sie scharf.

»Keine Ahnung. Für den Moment heißt es, dass ich morgen nicht zu dem Event komme und dass du und Utopia es verkraften werdet.«

Sie zerquetschte den Ordner fast zwischen ihren Händen. »Wo wirst du sein?«

»In Albany, mit Connor. Um Weihnachten zu feiern.«

Das Geräusch des Ordners, der auf dem Marmorboden aufschlug, hätte ein Schuss sein können. Aus meinem Augenwinkel entdeckte ich die Haushälterin, die auf uns zueilte und sich dann genauso schnell wieder entfernte.

Großmutter ballte ihre Hände zusammen. »Genug mit dem Unfug! Der Junge ist unpassend.«

»Er ist kein Junge. Und wieso ist er das?«

»Du weißt genau, wieso.«

»Sein Geschlecht, oder weil er durch ein Stipendium Rencliffe besucht hat?«

»Genug.« Sie drehte sich auf der Stelle um, während der Ordner immer noch offen und vergessen auf dem Boden lag.

»Nein! Sag mir, wieso Connor nicht gut genug ist. Weil er zwei Väter hat?«

Ihre Nase kräuselte sich, als sie sich zu mir umdrehte. »Großer Gott. Die haben ihn offensichtlich verdorben.«

»Um Himmels Willen, mach dich nicht lächerlich.«

»Ich werde nicht in meinem eigenen Zuhause stehen und so mit mir umgehen lassen. Was ist los mit dir? Was würde dein Vater dazu sagen?«

»Keine Ahnung. Ich erinnere mich kaum an ihn. Als wäre er ein Schatten.«

»Ich erinnere mich an jede Minute.«

Schuld und Trauer schlugen hart zu. »Tut mir leid. Ich wünschte, ich könnte mich besser an ihn erinnern.«

»Du warst zwölf, als er von uns gegangen ist. Du musst dich erinnern.«

»Nicht wirklich. Er hat immer gearbeitet und ich war in Rencliffe. Ich bin schon länger ohne ihn am Leben.«

Ihre Stirn runzelte sich und sie war still, als würde sie die Jahre zählen und nicht glauben, dass das stimmen konnte.

»Er war mehr dadurch präsent, dass er abwesend war und durch den Druck, der mir auferlegt wurde, als damals, als er noch am Leben war.« Als sie zusammenzuckte, fügte ich hinzu: »Ich wünschte, das wäre nicht der Fall. Und ich weiß, dass du nicht willst, dass ich bisexuell bin—«

»Genug.« Sie hob ihre Hand und bemühte sich, ihren Gesichtsausdruck wieder unter Kontrolle zu bringen. »Diese lächerliche Rebellion muss aufhören. Du und Cecilia passt nicht zueinander, so viel steht fest. Aber—«

»Das ist keine Rebellion. Das ist wer. Ich. Bin. Ich bin bisexuell und ich bin in einen Mann verliebt.« Ich deutete auf den Ordner. »Und ich möchte helfen, diese Welt zu einem besseren Ort zu machen. Ich möchte meine Privilegien dafür nutzen, eine praktische, nachhaltige Veränderung zu schaffen. Es zumindest versuchen. Und nicht, neue Hotels für Gesichtslifting und Kollagen Injektionen zu eröffnen.«

Großmutter presste sich Daumen und Zeigefinger auf den Nasenrücken. »Diesen idealistischen Blödsinn hatte ich von dir während deiner Collegezeit erwartet. Ich denke, ich kann mich dafür bei *Connor* bedanken.«

»Das habe ich schon seit einer ganzen Weile in mir. Und ja, Connor hat mir geholfen das klarer zu sehen. Ich verbringe Weihnachten mit ihm. Wenn du meinen Antrag über die Feiertage liest, können wir im Januar darüber sprechen. Angela Barker ist sehr interessiert.«

Großmutter atmete angewidert aus. »Diese stillose Frau.«

Ich biss die Zähne aufeinander. »Sie hat sich viel Mühe gegeben, mir zu helfen.«

»Wie wundervoll.« Sarkasmus tropfte von Großmutters Zunge.

Ich konnte meinen Antrag nicht vergessen auf dem Boden liegen lassen, also platzierte ich ihn auf den kleinen runden Seitentisch, neben einem Lehnsessel, in dem nie jemand saß.

»Ich muss mich auf den Weg machen. Es wurde ein großer Schneesturm für die Gegend upstate vorhergesagt. Frohe Weihnachten.«

Ich schritt zu dem privaten Aufzug und drückte auf den Knopf. Obwohl ich mir nicht erlaubte, einen Blick zurück zu werfen, spürte ich, dass sie immer noch da war.

»Darling.«

Mein Herz zog sich zusammen. Es sollte mir egal sein, was sie von mir und meiner Beziehung zu Connor dachte, aber das war es nicht. Ich wollte, dass sie mich in all meiner bisexuellen Pracht liebte. Ich wollte immer noch ihr Darling sein. Also drehte ich mich um und hob hinter mir den Arm, um die Aufzugtüren offen zu halten.

»Fahr vorsichtig.«

Damit schritt sie würdevoll aus dem Foyer. Mit erhobenen Kopf und ihren Stöckelschuhen, die auf dem Marmorboden aufschlugen.

Zwei Stunden später befand ich mich auf dem Highway, als immer mehr Schnee fiel und der Verkehr fast zum Stehen kam. Alles, was ich sehen konnte, war ein Meer aus roten Bremslichtern und ich pausierte den Podcast, von dem ich noch kein Wort in mir aufgenommen hatte. Ich tippte auf das Navigationsdisplay, um zu sehen, ob Connor auf meine Nachrichten geantwortet hatte, ohne dass das System es mir gesagt hatte. Kein roter Punkt neben seinem Namen.

Ich wählte seine Nummer mit einem kurzen Tippen. Es klingelte, aber ich hinterließ keine weitere Nachricht.

Sobald ich mich auf den Weg gemacht hatte, hatte ich beschlossen, dass ihn—und seine Eltern—zu überraschen eine furchtbare Idee war, egal, was mein Bruder sagte. Hatte die Stille als Antwort auf meine Nachrichten zu bedeuten, dass ich nicht willkommen war? Wenn es ein Problem wäre, hätte Connor mir das doch sicherlich einfach gesagt, oder?

Es war immer noch am frühen Nachmittag, aber es hätte genauso gut Sonnenuntergang sein können. Die Sicht nahm immer weiter ab und wir krochen an einem Auto vorbei, das in den Graben geschlittert war. Die Blinklichter eines Polizeiautos schienen in der Dunkelheit etwas unheimlich. Mit jeder Meile, die ich mich von er Stadt entfernte, fragte ich mich, ob ich besser wieder umkehren sollte.

»Wo ist er?«, fragte ich laut.

Hatte er einen Unfall gehabt? Wollte er mit mir Schluss machen? Schließlich hatte er all seine fake Freund Verpflichtungen erfüllt und vielleicht hatte er sich, was die Weiterführung unserer Beziehung anging, nochmal umentschieden? Hatte ich etwas getan oder gesagt? In meinem Kopf wiederholte ich die letzte Konversation die wir geführt hatten. Den wahnsinnig heißen Telefonsex und die Momente danach.

Natürlich schwoll mein Schwanz an, nachdem ich mich daran erinnerte und ich rutschte rastlos auf meinem Sitz umher. Die Scheibenwischer bewegten sich vor und zurück und der dicke, nasse Schnee klebte fest. Mittlerweile bereute ich zutiefst, dass ich keine Winterreifen für mein Auto gekauft hatte. Doch ich fuhr so unregelmäßig und dann auch nur in der Stadt. Immerhin konnte ich langsam und vorsichtig in der rechten Spur bleiben, während mutigere Fahrer links an mir vorbeizogen.

»Wo ist Connor?«

Kapitel Neunzehn

Connor

»ENTWICKLUNGSKARTE, BITTE«, SAGTE ich und streckte Seth meine Hand entgegen.

Grummelnd händigte er mir eine aus. Im Allgemeinen war Seth nicht sonderlich wetteifernd, aber das Spiel Catan holte es aus ihm heraus.

»Ich kann jetzt eine Straße bauen«, bemerkte ich. »Cool.«

Logan saß mir am Esstisch gegenüber und würfelte. Er lehnte sich zurück, um die Zahl zu lesen und ich fragte endlich: »Wann hast du zuletzt deine Augen untersuchen lassen?«

Logan knurrte fast, aber da steckte kein richtiger Ärger dahinter. »Meine Augen sind in Ordnung.«

»Du brauchst eine Lesebrille«, antworteten Seth und ich gleichzeitig.

»Ich war bei der verdammten Marine«, murmelte Logan, während er eine Year of Plenty Entwicklungskarte ablegte.

»Ah, ich befürchte, das rettet dich nicht vor dem Altern, mein Schatz.« Seth drückte Logans Arm sanft und küsste ihn auf die Wange.

Die dekorative Wanduhr tickte unter grünen Kränzen, die mit weißen Beeren und roten Schleifen verziert worden waren, vor sich hin. Ich blinzelte aus dem Fenster.

»Hoffentlich sind die Straßenbedingungen nicht zu schlimm. Ich sollte nachsehen, ob Asher geschrieben hat.«

»Netter Versuch«, meine Logan. »Keine Handys während der Spielzeit.«

»Was, wenn er einen Unfall hat?«

Logan und Seth tauschten einen Blick aus und wie üblich, führten sie mit diesem einen Blick ein ganzes Gespräch. Seth sagte: »Ja, ich glaube, das ist eine Ausnahme.«

Ich rannte schon fast zur Küchenzeile, auf der unsere Handys lagen, und hoffte, dass ich auch Nachrichten von Reid hatte. Gott, ich vermisste ihn so sehr. Doch als ich auf meinen Bildschirm sah, fand ich keine Nachrichten von irgendjemandem vor. Keine Benachrichtigungen.

»Scheiße!« Kein WLAN Signal und hier draußen hatte man kaum Empfang. Der eine Balken brachte mir gar nichts. »WLAN geht nicht!«, rief ich Logan und Seth zu.

Letzterer gesellte sich zu mir in die Küche. »Ich schalte das Kästchen mal aus und wieder an. Dann schauen wir, ob sich etwas ändert. Hoffentlich kriegen wir keinen Stromausfall.«

Mein Blick wanderte aus dem Fenster. Die Schneeberge wurden immer höher, aber immer hin war es nicht zu windig. Die Sicht war hoffentlich okay. »Ich hoffe Asher ist bald da. Mir gefällt es gar nicht, wenn ich ihn nicht erreichen kann.« Oder Reid.

»Ähäm«, sagte Seth durchdringlich, gefolgt von einem leisen Summen.

Ich drehte mich um und fand ihn mit dem Höher des alten Festnetztelefons in der Hand vor. Das Telefon stand in der Ecke der Küchenzeile in all seiner beigen Plastikpracht.

»Oh, stimmt.«

»Genau deshalb haben wir es noch«, meinte Seth mit gehobener Augenbraue.

»Okay, okay.« Ich hatte sie in der Vergangenheit deshalb geärgert, nachdem es nicht einmal kabellos war. Anscheinend funktionierten kabellose Telefone nicht, wenn es einen Stromausfall gab, aber die uralt Telefone, die man in die Wand stecken musste, gingen noch. Es war seltsam einen Wählton zu hören, als ich Ashers Nummer eintippte. Eine Nummer, die ich aus meinen Kontakten heraussuchen musste, nachdem ich keine einzige Telefonnummer auswendig konnte, abgesehen von meiner eigenen.

»Geht halt nicht ran«, grummelte ich, nachdem Ashers Mailbox sich meldete. Ich hinterließ eine kurze Nachricht und überlegte, ob ich Reid anrufen sollte, verwarf den Gedanken aber wieder, nachdem Seth immer noch in der Küche stand und sich ein Rezept ansah, das er nachher ausprobieren wollte. Kaum hatte ich den Hörer aufgelegt, klingelte das Telefon auch schon wieder. Ich ging ran. »Wo bist du, Arschgesicht?«

»Zuhause und mache mir wegen des Wetterberichts Sorgen«, antwortete Tante Jenna. »Obwohl ich es zu schätzen wüsste, wenn man mich nicht als Arschgesicht betitelt.«

Lachend schlug ich mir eine Hand über den Mund. »Sorry, meine Schuld. Ich dachte du wärst Asher. Das Telefon hat nicht einmal eine Displayanzeige.«

»Immerhin funktioniert es. Ich habe Seth und Logan Nachrichten geschickt, aber ich gehe davon aus, dass sie nicht durchgehen.«

»Ja, sorry. Einen Moment.«

Schnell reichte ich Seth den Hörer und öffnete den Kühlschrank. Nachdem ich den ganzen Inhalt durchsucht hatte, nahm ich mir schließlich eine Scheibe Käse und zog die Plastikfolie ab. Meine Dads hatten immer Schmelzkäse im Kühlschrank, wenn ich sie besuchte, nachdem ich ein großer Fan von Grilled Cheese Sandwiches war. Richtiger Käse war auch gut, aber irgendwie empfand ich den Schmelzkäse als seltsam beruhigend.

»Hm«, sagte Seth. »Sehe ich genauso. Du möchtest das Risiko nicht eingehen. Ihr besucht Juns Eltern nur ein paar Mal pro Jahr. Es ist das Beste, wenn ihr euch sofort auf den Weg macht. Lass mich Logan holen.«

Ich aß eine weitere Scheibe Käse und lehnte mich gegen die Küchenzeile, während Logan mit Jenna sprach und Seth mit gesenkten Schultern wartete.

Logan sagte: »Und du bist dir sicher, dass du Dad mitnehmen willst? Er kann bei uns bleiben. Ich weiß, dass er es die Treppen nicht hoch schafft, aber wir könnten eine Matratze runtertragen oder sowas.« Nach einem Moment Stille murmelte er: »Okay.«

Als Logan auflegte, nachdem er ihr gesagt hatte, sie sollen vorsichtig fahren und anrufen, wenn sie angekommen waren, fragte ich: »Sie kommen heute Abend nicht?«

Logan seufzte schwer. »Der Schnee, den wir gerade kriegen, wandert über Nacht in Richtung Westen und wird immer schlimmer. Morgen würden sie in einem Schneesturm stecken bleiben. Vermutlich werden die Highways gesperrt.«

»Scheiße«, fluchte ich. »Ja, ich denke es ist besser, wenn sie gleich fahren.« Es war zur Tradition geworden, zusammen den Heiligabend mit Truthahn und all den Beilagen zu feiern, bevor wir einen entspannteren ersten Weihnachtsfeiertag nur zu dritt verbrachten. Normalerweise fuhren Tante Jenna und Onkel Jun zu seiner Familie oder sie kamen an dem Tag zu Besuch.

»Selbst wenn das bedeutet, dass wir Tante Jennas Truthahn nicht essen können«, fügte ich hinzu und es klang verdächtig nach Jammern.

Seth sah bereits in den Tiefkühler. »Wir haben Steaks. Wir können den Schnee von der Terrasse kehren und den Grill anfeuern.«

»Sicher«, sagte Logan abwesend und starrte auf seine Füße. Seine Arme waren über der Brust verschränkt und er lehnte sich gegen die Küchenzeile.

»Schade, dass wir Heiligabend nicht wie sonst auch zusammen feiern können«, meinte ich.

»Jep«, stimmte Logan mir zu, sah aber immer noch abwesend

aus.

Seth legte das Fleisch auf die Ablage und ging zu Logan. Er sagte nichts und wartete einfach nur, bis Logan uns mitteilte, was ihm auf der Seele lag.

Nach einer Minute sagte Logan: »Die Medikamente, die Dad für die Schwellungen in seinen Beinen nehmen muss… Jenna muss ihn fast zwingen, sie zu schlucken.« Er drehte sich zu mir um und sah mich an. »Gibt es irgendwas, das er sonst nehmen könnte? Er hasst es.«

»Da bin ich mir nicht sicher, aber soweit ich weiß nicht. Hasst er sie denn, weil er zu oft urinieren muss? Was bedeutet, dass er öfter aufstehen muss? Vermutlich ist es ein Beweglichkeitsproblem.«

»Stimmt.« Logan schien darüber nachzudenken. »Daran liegt es wahrscheinlich. Er will einfach nur noch in dem Sessel sitzen. Sogar noch mehr als er es früher schon wollte.«

Seth fragte: »Wieso schwellen ihm durch eine Herzinsuffizienz die Beine an? Der Grund ist mir noch nicht ganz klar.«

Er fragte mich und auch Logan sah mich an. Ich erklärte ihnen den Zusammenhang zwischen seinen Herzproblemen und dem Ödem und sie nickten, bevor sie mir noch ein paar andere Fragen stellten.

»Spricht schon ganz wie ein Arzt«, meinte Logan mit einem riesigen Grinsen und ich lief vor Stolz rot an.

»Ich muss noch eine Menge lernen«, murmelte ich.

»Und das wirst du«, sagte Logan bestimmt. »Du warst schon immer so gut im Lernen. Erinnerst du dich, als ich dich das erste Mal getroffen habe? Die meisten Kinder hätten Videospiele gespielt, aber du hast das Periodensystem auswendig gelernt mit diesen Karten. Wie heißen die nochmal?«

Ich fummelte an Seths Rezept für Butternut Kürbis Auflauf herum, das auf der Küchenzeile lag und ließ das Blatt Papier unter meinen Fingern kreisen. »Karteikarten.«

»Stimmt, stimmt.« Logan sah wieder abwesend aus. »Veronica war so verdammt stolz auf dich.«

Mein Hals war zu fest, um zu sprechen. Also zuckte ich mit den Schultern und öffnete den Kühlschrank. Ich dachte an die Nacht, in der sie gestorben war und daran, dass ich in dieser Nacht wirklich Videospiele gespielt hatte. Mir war bewusst, dass ich mich dieser Gedankenspirale nicht hingeben sollte, doch mein Arschlochgehirn hörte nicht auf mich.

Wenn ich keine Kopfhörer aufgehabt hätte, hätte ich sie nach Hilfe schreien hören können? Selbst wenn sie nicht hätte rufen können, vielleicht hätte ich gehört, wie sie auf den Boden gefallen war…

Stattdessen hatte sie die ganze Nacht dort gelegen. Alleine. Bevor ich sie am Morgen endlich suchen gegangen war. In dem Moment war ich verärgert gewesen, dass sie mir kein Frühstück gemacht hatte, weil ich ein egoistischer kleiner—

»Alles in Ordnung?«, fragte Logan. Ich spürte, dass er und Seth dicht hinter mir standen. Während ich versuchte die Tränen aus meinen Augen zu blinzeln, starrte ich weiter in den offenen Kühlschrank.

»Jep«, ächzte ich und schnappte mir den Wasserkrug, bevor ich die Kühlschranktür zu fest schloss. Ich schenkte mir ein Glas Wasser ein, wobei ich das Wasser über der ganzen Küchenzeile verteilte, sowie über Seths Rezept. »Scheiße! Tut mir leid.«

»Schon okay«, murmelte Seth. Er drückte liebevoll meine Schulter und schüttelte das Papier aus.

Manchmal überkam mich die Erinnerung daran, wie ich sie an diesem Morgen gefunden hatte so heftig, dass es schien, als würde der Rest der Welt nicht mehr existieren. Ich versuchte, ruhig zu atmen und wusste, dass das auch wieder vorbeigehen würde. Dann könnte ich mich um etwas anderes kümmern. Ich könnte wieder glücklich sein und das durfte ich auch.

Oh Gott, ich wünschte Reid wäre bei mir. So sehr ich meine

Dads liebte, verzehrte ich mich nach Reids Geborgenheit. Das waren vermutlich nur Schwärmereien, das wusste ich.

Alles war glänzend und neu und ich durfte mich nicht an das Gefühl gewöhnen.

Ich lachte spitz auf. Zu verdammt spät.

»Hey.« Logan berührte meinen Arm. »Was ist los?«

»Tut mir leid, ich bin in Gedanken. Alles okay.«

Vielleicht war es ein Fehler, Reid vor ihnen zu verheimlichen. Obwohl ich dieses wunderbare neue Ding zwischen uns für mich behalten wollte, bis ich mir sicher sein konnte, dass es real war und morgen nicht verschwinden würde, war der Drang, alles aufgeregt auszuplappern, wahnsinnig groß.

Asher war bald hier und dann konnte ich mit ihm reden. Ich schaffte es, ein ehrliches Lächeln für meine Dads aufzusetzen und lehnte die Tür zu meinen Mum-Erinnerungen an. Die Tür würde ich nie vollends schließen, aber ich hatte mit der Zeit gelernt, mit der Tür im Hintergrund zu leben.

»Wirklich«, versprach ich. »Wir sollten die Steaks und sowas auftauen, oder?«

Seth lachte. »Wer ist ‚wir‘? Seit wann hilfst du in der Küche?«

»Ich helfe!«

»Bitte lege Beweise dieser vergangenen ‚Hilfe‘ vor«, witzelte Seth.

»Ich hab den Parmesan gerieben, als wir die Walnuss-Pesto-Nudeln hatten.«

»Das war letztes Jahr!«

Das Telefon klingelte erneut und Logan ging ran, während ich mich bemühte an ein Beispiel zu denken, das noch nicht so lange her war. »Uh…Oh! Ich hab definitiv im Sommer Sangria für das Barbecue an Onkel Juns Geburtstag gemacht!«

Seth legte die eingepackten Steaks in das Wasser, mit dem er die Spüle gefüllt hatte. »Na gut. Das lasse ich dir. Gerade so.«

Logan knurrte. »Nein, Connor lebt hier nicht mehr. Keine

Ahnung, wo er ist.« Mit einem Lauten Knall legte er den Hörer auf.

Seth runzelte die Stirn. »Wer war das?«

Logan sah mich mit einem grimmigen Gesichtsausdruck an und mein Magen zog sich zusammen. »Was ist?«

Seth hob die Hände. »Na gut, was auch immer los ist, lasst uns alle tief durchatmen und ruhig darüber sprechen.«

»Das war ein verdammtes Inkassobüro«, zischte Logan.

Nein. Nein, nein, *nein*. Ich schüttelte den Kopf und stammelte: »I-Ich habe das bezahlt! Letzten Monat!«

Fuck. *Fuck*. Das sollte nicht passieren. Ich hatte mir extra das Geld von Reid geliehen und die ganzen dummen Schulden bezahlt. Es war vorbei und meine Dads sollten nie davon erfahren. Es war Heiligabend und das war nicht richtig.

»Wenn du Geldprobleme hast, sag uns was los ist«, sagte Seth ruhig.

»Nein!«, widersprach ich. Keine Ahnung was ich da sagte und ich zuckte zusammen, als ich merkte, wie kindisch ich klang. »Ich meine, ich habe keine. Es ist alles okay.«

Logans Mund war eine dünne Linie und er tigerte auf der anderen Seite der Küchenzeile auf und ab. »Wieso würden sie dann anrufen?«

»Keine Ahnung«, hörte ich mich selbst sagen. »Du hast einfach aufgelegt, sonst hätten wir fragen können.«

Er schnaubte. »Man geht nie hin, wenn ein Inkassobüro anruft. Oder lässt sie wissen, dass sie die richtige Nummer haben, glaub mir.« Seine Nasenflügel blähten sich auf. »Sag es uns einfach.«

Es klingelte an der Tür und ich war sofort erleichtert. Asher war hier und er würde hoffentlich genug Ablenkung darstellen, dass wir dieses Gespräch nicht sofort führen mussten. Konfrontation vielmehr. Das konnte bis nach Weihnachten warten. Ich brauchte Zeit, um mir zu überlegen, wie ich das erklären sollte.

Logan hastete aus der Küche und in den Flur. Er verschwand in dem kleinen Foyer, als Hercules sich nach oben verzog. Gerade wollte ich Logan zur Tür folgen, als seine angespannte Frage durch das Haus hallte:

»Wer zum Teufel bist du?«

Kapitel Zwanzig
Reid

IN DER EINFALLENDEN Dunkelheit strich ich mir dicken Schneeflocken aus den Haaren und wartete vor der Tür eines netten kleinen Hauses, während ich versuchte, mein rasendes Herz zu beruhigen.

Connor ging immer noch nicht an sein Handy und jetzt erschien ich doch ohne Vorwarnung. So hatte ich eigentlich seine Dads nicht kennenlernen wollen. Ein letztes Mal sah ich auf mein Handy, doch ich hatte kein Signal mehr.

Sicherlich würden sie irgendwann ein Auto auf ihrer Einfahrt bemerken, und ich konnte nicht die ganze Nacht vor der Tür stehen bleiben. Also klingelte ich, und es läutete angenehm. Mein Koffer und meine Tüte voller Geschenke waren immer noch im Kofferraum, nachdem es mir schon unangenehm genug war, einfach aufzutauchen.

»Das war eine furchtbare Idee«, murmelte ich in meinen Bart und verfluchte meinen Bruder, bevor ich mich umsah. Ich hatte auf der linken Seite einer langen Auffahrt geparkt und das Auto war jetzt schon ganz verschneit. Connors Dads lebten etwas abseits von Albany, obwohl ich die blau, gold und roten Weihnachtslichter der Nachbarn durch die kahlen Bäume sehen konnte. Dennoch fühlte es sich abgelegen an und ziemlich ländlich. Für mich zumindest.

Ich war so an den Lärm von Manhattan gewöhnt, dass diese

absolute Stille mir fast unheimlich war. Mein Atem erzeugte jedes Mal, wenn ich ausatmete, eine Dampfwolke. Was für ein perfekter Ort, um Weihnachten zu feiern. Schritte kamen immer näher und ich stellte mich aufrecht hin. Das Haus war mit Lichtern in allen Regenbogenfarben dekoriert worden und ein goldener Schein kam vom Inneren. Ich konnte mir vorstellen, wie gemütlich und friedlich—

Der fröhliche Kranz aus hellen Baumkugeln wackelte wild, als die Tür aufgerissen wurde und ein grollender Mann mich böse anfunkelte. »Wer zum Teufel bist du?«

»Uh…« Okay, Connor hatte definitiv meine Nachrichten nicht bekommen. »Ich bin Reid Cabot.«

Der muskulöse Mann—laut Connors Beschreibungen musste es sich um Logan handeln—blinzelte mich verwirrt an, bevor er mich anblaffte: »Was willst du? Asher ist noch nicht da.«

»Weiß ich. Er kommt gar nicht.«

Logans wütende Miene wurde etwas weicher. »Ist alles okay?«

»Oh ja! Ihm geht's gut. Keine Sorge. Ist, ähm, Connor daheim?«

Oh Mann, ich klang und fühlte mich, als wäre ich sechzehn Jahre alt.

Erleichterung durchfuhr mich, als Connors Stimme immer näher kam und ich ihn: »Seit wann klingelst du?«, sagen hörte. Er erschien hinter Logan und seine Kinnlade fiel fast auf den Boden, während seine Augen sich weiteten.

Und, oh, wow. Ich war so in Connor verliebt.

Jegliche Zweifel gingen in Luft auf. Ich hatte ihn mehr vermisst, als ich es für möglich gehalten hatte, dass man einen anderen Menschen vermissen konnte. Es war fast schmerzhaft, nicht in seine Arme zu springen. Der Drang, ihn zu berühren und ihn zu schmecken und ihn mit jeder Faser meines Körpers einzuatmen, war riesig.

Zuerst musste ich aber sprechen. »Hey, ich weiß, ich hab nicht

Bescheid gesagt. Und habe nicht einmal eine Einladung… aber ich musste dich sehen.«

Connor streckte sofort seinen Arm nach mir aus. »Ist alles in Ordnung? Ist etwas passiert?« Er nahm meine Hand und da fiel mir auf, dass ich meine Handschuhe im Auto gelassen hatte.

»Ja, nein. Alles gut. Auch Asher geht's gut. Hast du meine Nachrichten nicht bekommen? Offensichtlich nicht. Tut mir leid, dass ich einfach so aufgetaucht bin. Ich suche mir ein Hotel.«

»Was?« Connor zog mich ins Innere und schob dabei Logan aus dem Weg. »Sei nicht albern.«

Ich machte einen Schritt ins Warme und trampelte auf der Eingangsmatte den Schnee von den Schuhen. Vorsichtig lächelte ich den anderen Mann an, der erschienen war. »Hi. Ich bin Reid.«

»Hi! Ich bin Seth und das ist mein Ehemann Logan.« Seths Blick fiel auf—Uups, Connor und ich hielten immer noch Händchen. »Scheint, als hätten wir etwas zu besprechen.«

»Eins nach dem anderen«, murmelte Logan und schloss die Tür.

Connor war das sichtlich unangenehm und er ließ meine Hand los, um seine Hände über der Brust zu verschränken. »Ich sagte doch, es ist nichts.«

Schnell bückte ich mich, um meine Lederstiefel auszuziehen und die Anspannung zu verstehen, die offenbar nur zum Teil wegen mir in der Luft lag. Seth nahm einen Kleiderbügel von der Garderobe und wartete offensichtlich darauf, meinen Mantel aufzuhängen. Ich lächelte vorsichtig, als ich ihn ihm reichte.

Dann dankte ich ihm und sagte: »Ich störe bei etwas. Soll ich…?« Da fiel mir auf, dass ich mir nicht genau sicher war, was ich anbot.

»Nein«, sagte Connor und rieb sich über das Gesicht. »Du solltest das auch hören.« Er nahm wieder meine Hand und schien erst dann zu realisieren, was er da tat. Nachdem er seinen Dads einen Blick zugeworfen hatte, zuckte er mit den Schultern und führte mich durch das aufgeräumte Haus. Wir gingen an hellgrauen Wänden vorbei und einer Küche aus rostfreiem Stahl mit einer Rückwand aus hellblauen Metrofliesen sowie grauen Arbeitsflächen aus Quartz und weißen Küchenschränken.

Wir betraten ein schönes Wohnzimmer im hinteren Bereich des Hauses mit einer gewölbten Decke und weißen Balken. Ich atmete einen frischen Kiefernduft ein, der von dem Weihnachtsbaum mit verschiedenfarbigen Lichtern und einer wilden Mischung aus Baumschmuck kam. Offensichtlich hatte es kein klares Thema gegeben, ganz im Gegensatz zu den ordentlichen Bäumen, die meine Familie aufgestellt hatte, selbst als ich noch ein Kind war.

Gegenüber eines riesigen Fernsehers der an der Wand hing, ruhte eine Ledercouchgarnitur und ein gut gepolsterter Sessel. Ein Kamin aus Gas flackerte in der Ecke neben der Schiebetür. Dahinter bedeckte Schnee eine Terrasse.

Connor deutete mir, ich solle mich auf die Couch setzen und ließ sich neben mir nieder. Sein Fuß wippte auf dem Parkettboden. Er ließ meine Hand los und sah sichtlich nervös aus. Logan lief hin und her und Seth setzte sich ans andere Ende der Couch.

Das war nicht, wie ich mir das vorgestellt hatte.

Seth fragte Connor: »Also, wie hast du dich verschuldet?«

Oh. Das hatte ich auch nicht erwartet. Allerdings war ich sehr interessiert daran, die Antwort herauszufinden.

Connor knackste mit seinen Knöcheln und sagte: »Das ist egal. Ich habe es bezahlt.«

Ich ging davon aus, dass es sich um die zehntausend handelte. Oder war es mehr? Ich murmelte: »Wenn du mehr Geld brauchst—«

»*Nein.*« Connor sah mich nicht an. »Ich habe den Rest mit dem Geld, das du mir geliehen hast, abbezahlt. Ich brauche nicht mehr. Das ist nicht, wieso—« Er deutete zwischen uns hin und her. »Das ist nicht wegen deinem Geld.«

Ehrlich gesagt, hätte ich das auch für keinen Moment gedacht, und alleine die Idee war wie ein Schlag ins Gesicht. »Ich weiß«, sagte ich. »Es war eine Leihgabe und hat nichts mit uns zu tun. Mit dem uns, zu dem wir geworden sind.«

Connor presste seine Augen zusammen. »Ich weiß, es tut mir leid.« Er sah mich flehend an. »Keine Ahnung, wieso ich das gesagt habe.«

Offenbar war er in einem Abwehrmodus. »Verstehe ich.« Vorsichtig nahm ich seine Hand und gab ihm die Möglichkeit, sie wieder zurückzuziehen. Mein Atem stockte, als er seine Finger um mich verengte.

»Wieso hast du uns den Blödsinn mit der fake Beziehung erzählt?«, fragte Logan scharf. »Das verstehe ich nicht.«

»Es war kein Blödsinn, als ich es euch erzählt habe«, schnappte Connor zurück.

Seth hob seine Hände und sein Gesichtsausdruck war vor Sorge ganz zusammengekniffen. »Time Out. Wir sind aufgebracht, weil wir uns Sorgen machen. Wir sind alle auf der selben Seite.« Er warf mir einen Blick zu. »So wie Reid auch.«

»Definitiv«, stimmte ich ihm zu.

Nachdem er sich über das Gesicht gerieben hatte und seine Stoppeln ein kratziges Geräusch machten, nickte Logan und bewegte sich wieder hin und her. »Okay. Lasst uns das Reid-Ding für später aufheben. Inkassobüro zuerst. Raus damit. Wieso hast du uns nicht gesagt, dass du Schulden hast?«

Als Connor ein paar Sekunden lang nicht antwortete, sagte Seth: »Ich gehe davon aus, weil es etwas ist, von dem er wusste, dass es uns aufbringen und wir uns Sorgen machen würden. Also holen wir jetzt mal alle tief Luft, *setzen uns hin* und sprechen darüber. Ohne zu schreien, okay?« Er bedachte Logan mit einem durchdringenden Blick.

Logan nickte und setzte sich auf die Kante des Sessels. »Ich—«

Er holte erneut tief Luft und rieb sich mit seinen Knöcheln über die Brust.

»Okay?« Seth stand auf und ließ sich auf der Armlehne von Logans Sessel nieder. Als Logan sich leicht nach vorne beugte, fuhr Seth mit seiner Hand in einer langsamen Kreisbewegung über Logans Rücken.

»Tut mir leid«, flüsterte Connor kläglich und ließ die Schultern hängen. Er hielt immer noch meine Hand fest und ich verengte meinen Halt, den ich an ihm hatte.

Seth lehnte sich über Logan und sie murmelten auf einander ein. Logan drückte Seths Knie und ich sah ihnen mit etwas Sehnsucht zu. Die Jahre, die sie damit verbracht hatten, einander zu lieben, waren nicht nur in großen Momenten präsent, sondern auch in den kleinsten.

Logan atmete laut aus und als er sprach, war seine Stimme viel ruhiger. »Ich weiß, wie es ist, wenn diese Arschtüten dich verfolgen. Das wollte ich niemals für dich. Ich verstehe einfach nicht, was passiert ist. Deine Studiengebühr wird komplett übernommen, du hast im Sommer immer gearbeitet und wir helfen dir mit Miete und Essen. Du hast jahrelang gespart, damit du dir das verdammte Motorrad kaufen konntest. Wieso kleben die Inkassoleute an deinem Hintern?«

»Mike«, flüsterte Connor.

»Dieses verdammte Stück—« Logans Nasenflügel blähten sich auf und sein Gesicht war hochrot. Wäre er eine Figur in einem Cartoon, dann würde jetzt Dampf aus seinen Ohren kommen. Aber er sprach nicht weiter.

»Okay«, sagte Seth, der immer noch auf der Armlehne von Logans Sessel saß und seine Hand auf Logans Schulter gelegt hatte. »Hat er dich genötigt, ihm Geld zu leihen?«

»Nein.« Connor seufzte. »Er hatte mir eine Nachricht geschrieben und gefragt, wie es mir geht. Dann hat er nach meiner Adresse gefragt und ich dachte…« Er gruckte. »Es ist dämlich, ich weiß. Ich dachte, vielleicht würde er mir eine Karte zum Geburtstag oder sowas schicken wollen. Dass er sich vielleicht bemühen wollte, den Kontakt aufrecht zu halten. Trotz all seiner Versprechen habe ich ihn schließlich nie in Florida besucht. Aber was er wirklich wollte, war, Kreditkarten auf meinen Namen beantragen.«

Dieser furchtbare Verrat war wie ein Schlag in die Magengrube. So abwesend meine Eltern gewesen waren, sie würden mich nie so verletzen. »Das ist nicht deine Schuld«, sagte ich sanft.

Connors Lächeln war brüchig. »Ist es doch. Ich hätte es besser wissen müssen. Nachdem ich alle meine Rechnungen digital bekomme, flatterten keine Briefe ins Haus. Aber irgendwann kam eine Inkassoanzeige. Connor Lisowski war im Verzug mehrerer Konten.«

Ich fragte: »Hast du ihnen gesagt, was passiert ist?«

»Ja, sie meinten, sie würden einen Alarm hinter meinen Namen setzen oder sowas. Damit er keine neuen Konten in meinem Namen eröffnen kann. Das hat offenbar nicht geklappt.«

»Wir rufen da nach Weihnachten an und fordern Antworten«, versicherte ihm Seth. »Vielleicht hatte er das Konto schon vorher eröffnet und es ist deshalb einfach durchgerutscht.«

»Das sollte nicht an dir hängen bleiben«, sagte Logan. »Wir sollten deinen Namen bereinigen können. Das sind nicht deine Schulden.«

Ich hatte Connor noch nie so niedergeschlagen gesehen und ich wollte ihn einfach nur umarmen. Er sagte: »Sie haben gemeint, ich müsse Anzeige bei der Polizei erstatten. Ich…« Er zuckte mit den Schultern, was fast schon schmerzhaft aussah. »Ich konnte es einfach nicht. Ich weiß, ich sollte ihn hassen, aber…«

»Nein, Liebling«, sagte Seth und setzte sich auf Connors andere Seite.

»Es ist meine Aufgabe, dieses Stück Scheiße zu hassen«, fauchte Logan. »Nicht deine.«

Connor nickte. »Du musst ihn mehr hassen als sonst jemand. Wenn er auch nur ein halbwegs—einviertelt—normaler Vater gewesen wäre, dann säßest du nicht mit mir fest.«

»*Festsitzen*«, wiederholte Logan, als hätte er etwas Ranziges geschluckt. »Denkst du das nach all den Jahren wirklich? Nach, nach…« Er wedelte mit seinen Armen in der Luft rum. »Nach all dem?« Er blinzelte und fuhr zurück, als wäre er geschlagen worden.

Ich wünsche, ich könnte die Worte für Connor zurücknehmen, doch alles, was ich tun konnte, war, dabei zuzusehen wie sich seine Augen erschrocken weiteten und er den Kopf schüttelte. »Nein!«, krächzte er. »Nein! Tue ich nicht. Tut mir leid. Ich weiß, dass es nicht stimmt. Ich bin einfach—«

Connor ließ meine Hand los, um sein Gesicht in beiden Händen zu vergraben. »Ihr habt beide so viel für mich getan, dabei hättet ihr es nicht müssen. Und ich will euch stolz machen. Mittlerweile sollte ich erwachsen sein. Bald Arzt! Ich wollte nicht, dass ihr wisst, wie dumm ich gewesen bin.«

»Wir sind stolz«, sagte Seth. Sein Adamsapfel hüpfte und seine Stimme war rau.

Logan stand auf. »Wir könnten nicht stolzer sein.«

»Ich weiß«, murmelte Connor. Er hob seinen Kopf und blinzelte Tränen aus seinen Augen.

»Bisher dachte ich immer, es wäre einfacher erwachsen zu sein.«

Seine Dads tauschten einen Blick aus und lachten. Logan sagte: »Willkommen im Erwachsensein, wo jeder einfach versucht, durchs Leben zu kommen.«

Connor schüttelte den Kopf. »Ich habe fünftausend Dollar mit den restlichen Ersparnissen meines Sommerjobs bezahlt und dann habe ich mir zehntausend von Reid geliehen, um es zu beenden. Ich *dachte*, ich würde das Leben meistern.«

Da konnte ich nur schnauben. »Willkommen im Club.«

Er sah mich an. »Was ist mit Bitsys Event morgen? Gehst du einfach nicht hin?«

»Asher geht für mich hin. Großmutter und ich haben uns ausgesprochen und ich wollte an Weihnachten mit dir zusammen sein.« Ich lachte nervös. »Es war Ashers Idee zu sagen, dass er kommen würde, damit ich dich überraschen konnte. Eine wirklich furchtbare Idee und nur damit du's weißt, ich habe dich angerufen und Nachrichten geschickt, um dich vorzuwarnen. Ich kann trotzdem noch ins Hotel gehen.«

Connors Gesicht verwandelte sich und das perfekte Grübchen kam zum Vorschein. »Das ist die beste Überraschung. Ich habe dich diese Woche so sehr vermisst.«

»Ich dich auch.« Kaum konnte ich es abwarten, mit ihm alleine zu sein, damit ich ihn atemlos küssen konnte.

»Jeder, der so ein Lächeln auf das Gesicht unseres Sohnes zaubert, kann über Weihnachten bleiben«, sagte Logan. Er streckte mir seine Hand hin. »Logan Derwood. Unser Kennenlernen war etwas holprig.«

Sofort sprang ich auf und schüttelte seine Hand. »Es ist schön, Sie kennenzulernen.« Auch Seths Hand schüttelte ich. »Sie beide.«

Seth sagte: »Du, bitte. Und du hast Connor das Geld für seine Schulden geliehen?«

Ich nickte und Connor stand neben mir auf und sagte: »Ich zahle ihm die zehntausend Dollar zurück. Ab Januar arbeite ich in der Apotheke.«

Seth und Logan fingen an übereinander zu rufen und sprachen davon, dass das Studium an erster Stelle kommen musste und sie ihm das Geld geben würden. Connor hob seine Hände mit einem Lächeln hoch.

»Danke. Darüber können wir später sprechen, oder? Es ist Heiligabend. Können wir einfach einen Wein aufmachen und Abendessen kochen und ein paar Geschenke öffnen?« Seine Augen weiteten sich, als er mich ansah. »Für dich habe ich nichts.«

»Du hast mir schon mehr als genug geschenkt.« Ich strich ihm die Haare aus dem Gesicht und gab dem Drang nach, ihn zu berühren.

»Na gut, na gut. Bemüht euch, jugendfrei zu bleiben«, sagte Logan belustigt.

Connor schnaufte mit einem Lächeln auf dem Gesicht. »Ich bin keine dreizehn mehr.«

»Zum Glück«, antwortete Logan. »Damals warst du wirklich ein Dorn in meinem Arsch.«

Sofort öffnete ich den Mund, um Connor in Schutz zu nehmen, doch er fing an zu lachen. »War ich wirklich.«

Seth sagte: »Ihr wart beide ein Dorn im Gesäß. Zum Glück habt ihr mich getroffen.« Er küsste Logan sanft. »Und jetzt lasst uns den Wein öffnen und hören, wie unser Sohn und sein neuer Freund zusammengekommen sind. Und wieso wir davon erst jetzt erfahren.«

Wir setzten uns um die Küchentheke herum und tranken Wein und unterhielten uns. Seth bereitete eine Steakmarinade vor, während Connor und Logan Gemüse schnitten. Ich hatte die Aufgabe, in der Spüle Kartoffeln zu schälen und ich hatte nicht zugegeben, dass ich das noch nie zuvor in meinem Leben getan hatte. Also krämpelte ich lediglich meine Ärmel hoch und machte mich an die Arbeit.

Connor erzählte seinen Dads unsere Geschichte und ich mischte mich hier und da ein. Weihnachtslieder liefen im Hintergrund, während draußen der Schnee die Welt in eine schöne, friedvolle Decke einhüllte. Weihnachtslichter erstrahlten in der Dunkelheit.

Mein Gesicht war vom Wein und dem Gelächter ganz heiß und als ‚Silent Night‘ lief, fühlte sich die Stelle: ‚all is calm, all is bright‘ absolut richtig an. Denn alles war ruhig und hell.

Als Connor von unseren New Yorker Aktivitäten berichtete, drehte ich mich zu ihm um und da platzte es aus mir heraus: »Die

Lichter scheinen mit dir heller.«

Drei Augenpaare starrten mich an. Connor fragte: »Welche Lichter?«

»Alle. Wie in der Stadt. Es ist, als wäre ich schlafgewandelt. Ich habe mich nie darum gekümmert, wie schön die Welt um mich herum ist. Wenn ich jetzt aus meinem Fenster blicke, dann sehe ich alles durch deine Augen. Und es strahlt heller.« Ich zwang mich dazu, zu lachen. »Irgendwie drücke ich mich nicht richtig aus. Das liegt am Wein.«

Connor beobachtete mich und biss sich auf die Lippe. »Du drückst dich genau richtig aus.«

Wir lächelten einander an und er war so schön und so lieb und nett und intelligent und—

Logan hustete laut und nickte Seth zu. »Lass uns den Grill vom Schnee befreien.«

Vielleicht sollte es sich komisch anfühlen, dass Connors Dads uns alleine ließen, damit wir uns küssen konnten. Aber das Einzige, was jetzt wichtig war, war, dass Connor wieder in meinen Armen lag und er gegen meine Lippen seufzte.

Kapitel Einundzwanzig

Connor

»E S IST SCHADE, dass wir den Rest der Familie nicht sehen und Tante Jennas Truthahn essen können, aber die Steaks sind der Wahnsinn«, sagte ich.

»Hm.« Reid schluckte mir gegenüber gerade seinen Bissen runter.

»Mein Kompliment an den Koch.«

Am Kopf des recycelten Holztisches und mit einem frischen Kiefernkranz mit Schleifen hinter sich an der Wand, lächelte Seth. »Steak ist vielleicht kein traditionelles Weihnachtsessen, aber ich gebe zu, dass es sehr lecker ist.«

»Ich hatte kein Weihnachtsfest mehr, seit ich ein kleiner Junge war«, verriet Reid. »Egal ob Truthahn oder Steak oder Tofurkey, ich bin glücklich.«

Am anderen Ende des Tisches zu meiner Linken, erschauderte Logan. »Kein Tofu an Weihnachten.«

»Du weißt, dass wir anfangen müssen, mehr pflanzenbasiertes Protein zu uns zu nehmen«, meinte Seth, während er eine geröstete Kartoffel aufspießte. »Aber vielleicht nicht an Weihnachten.«

Er runzelte die Stirn und sah Reid an. »Deine Familie feiert nicht?«

»Nicht so wie ihr. Großmutter hat ein Wohltätigkeitsevent am ersten Weihnachtsfeiertag. Ein Frühstück. Es ist eine wunderbare

Sache, aber...« Sein Blick fiel auf mich. »Es ist ziemlich erfrischend, ein ruhiges Weihnachten zu erleben.«

Ich konnte nicht fassen, dass Reid tatsächlich hier war und mir gegenüber am Tisch saß. Irgendwie stand ich immer noch unter Schock, dass ich zugeben musste, was mit meinem Vater passiert war. Außerdem gab es einen Anruf, den ich tätigen musste, den ich schon viel früher hätte machen sollen. Aber zuerst würde ich das Abendessen mit meinen Dads und meinem wahr gewordenen, richtigen Freund genießen.

»Danke nochmal, dass ich bleiben durfte«, sagte Reid. »Nicht, dass ich euch eine richtige Wahl gegeben hätte.«

Ich studierte Logan und Seths Lächeln und versuchte irgendwelche Risse unter der Oberfläche festzustellen. Aber sie schienen Reid zu mögen, oder konnten es wahnsinnig gut überspielen. Und Logan war furchtbar darin, so zu tun, als würde er jemanden mögen, wenn er es gar nicht tat.

Bitte, lass sie Reid mögen. Vielleicht eines Tages sogar lieben.

Eigentlich sollte ich nicht über Liebe nachdenken, aber es füllte mich wie einen Helium Luftballon, der bereit war abzuheben, und der in mir herumsprang. Ich liebte Reid. Ich liebte meine Dads. Ich liebte Weihnachten und Wein und gegrilltes Fleisch.

Hatte ich erwähnt, dass ich Reid liebte?

Es gab da nur diesen einen schwarzen Schatten, der in der Ecke herumschwebte. Als Reid Logan und Seth von seinem Wohnraum Projekt erzählte, versuchte ich mich zu motivieren, so wie ich es für eine Klausur tat. Vielleicht hatte ich für diese hier schon mein Leben lang gelernt.

Als wir voll waren, half ich dabei, die Teller in die Küche zu bringen, bevor ich Reid versicherte, dass ich gleich zurückkommen würde. Oben in meinem Zimmer, schloss ich die Tür. Im Moment hatte ich gerade genug Empfang. Das Telefon klingelte. Und klingelte und meine nervöse Energie sackte etwas ab.

Sag mir bloß nicht, dass er nicht ran geht.

Ich wollte damit abschließen. Vorbei. Ich *brauchte*, dass es *vorbei* war.

»Hey, Kleiner«, raunte Mike in seiner tiefen Raucherstimme. »Rufst du an, um deinem alten Herren ein frohes Weihnachten zu wünschen? Kann mich gar nicht an's letzte Mal erinnern.«

Energisch hielt ich das Handy fest und befahl mir ruhig und konzentriert zu bleiben.

»Nein«, antwortete ich.

»Nein?« Er lachte verwirrt. »Naja, okay. Ehrlich gesagt, könnte ich dich brauchen. Ich hab diesen Schmerz im Bauch.«

»Wo?«, fragte ich und verfluchte mich selbst.

»Auf der linken Seite. Kommt und geht aber es tut weh wie ein Hurensohn.«

»Unterer linker Quadrant? Oder der obere?« Wieso sagte ich ihm nicht einfach, er solle zur Hölle fahren?

»Unterer.« Er beschrieb ein paar mehr Symptome.

»Geh zum Arzt. Bestimmt brauchst du eine Darmspiegelung. Klingt nach Divertikulitis. Das heißt, dass du Divertikulose im Dickdarm hast und da eine Entzündung vorliegt.«

»Darmspiegelung? Ist das das, wo sie einem eine Kamera in den Arsch schieben? Auf keinen verdammten Fall.«

Ich biss die Zähne aufeinander. »Es ist ein medizinischer Eingriff.« *Das macht dich nicht queer, du homophober Volltrottel.* Mir war bewusst, was er dachte als könne ich seine dämlichen, lächerlichen Gedanken lesen.

Ich war so *fertig* mit ihm.

»Mir ist bewusst, was du getan hast. Ich weiß von den Kreditkarten, die du in meinem Namen beantragt hast.«

Es gab nichtmal eine Pause, bevor er anfing sich zu verteidigen.

»Wovon sprichst du? Ich hab das nicht getan!«

»Hast du. Das weiß ich und du weißt es auch.«

»Überhaupt nichts habe ich getan. Wieso beschuldigst du mich? Was ist mit diesen zwei—«

»Nicht! Wehe du benutzt dieses Wort.«

Fast konnte ich ihn vor mir sehen, wie er die Augen verdrehte. »So empfindlich. Ich habe schon immer gesagt, dass sie ein schlechtes Vorbild sind, oder nicht?«

Das hatte er. Mein Vater sagte das schon seit Jahren. Von der Sekunde, in der er herausgefunden hatte, dass Logan und Seth eine Beziehung führten, hatte er über sie gespottet und sie beschimpft. Mehr als das, er hatte Hass verbreitet.

Er ergriff die Gelegenheit, um von seinen Taten abzulenken. Als ich zuhörte, wie er seine übliche Rede hielt, die davon handelte, dass Logan und Seth mich verweichlicht hatten und dass es ihnen verboten sein sollte, Kinder zu haben, blieb mir der Atem weg.

Mein Puls rauschte in meinen Ohren und ich fing an, am ganzen Körper zu zittern. Meine Brust war so eng, dass ich mich vor Schmerz nicht bewegen konnte.

Aber ich brauchte nach keinen anderen Symptomen eines Herzinfarkts suchen. Nachdem ich jahrelang versucht hatte, ihn zu ignorieren, ohne ihn vor den Kopf zu stoßen, weil ich mich aus irgendeinem Grund immer noch nach der Anerkennung meines Vaters gesehnt hatte, hatte ich damit abgeschlossen.

Es war nicht nur seine Anerkennung, die ich mir gewünscht hatte, sondern ein Zeichen, dass er sich auch nur ein winziges Bisschen für mich interessierte. Vielleicht hatte ich seinen Hass toleriert, weil ich dachte, solange er wütend auf Logan und Seth war, musste das bedeuten, dass er sich um mich scherte.

Das tat er nicht.

Mein Vater kümmerte sich um niemanden außer um sich selbst. Ich schuldete ihm überhaupt nichts und wollte nie wieder auch nur irgendetwas von ihm.

»Halt den Mund«, presste ich zwischen zusammengebissenen

Zähnen hervor. »Halt deinen verfickten, hasserfüllten Mund.«

Stille.

Dann: »Was hast du gerade zu mir gesagt?«

»Du hast mich gehört.« Das war das erste mal in meinem gesamten Leben, dass ich mich ihm widersetzt hatte. Auch, wenn ich zitterte, würde ich nicht klein beigeben. Nicht jetzt. Nie wieder.

»Junge, sprich nicht so mit mir. Ich bin dein Vater—«

»Nein!«, schrie ich. Mein Hals fühlte sich mit der Macht dieses einzelnen Wortes wund an. Ich musste ein paar zittrige Atemzüge holen, bevor ich weitersprechen konnte.

»Nein. Du warst nichts weiter als ein Samenspender. Du warst nie ein richtiger Vater. Meine Mutter hat mich alleine aufgezogen und dann haben Logan und Seth für sie übernommen. Sie haben alles für mich getan. Mehr als ich verdient habe. Selbst, als ich ein undankbares kleines Arschloch war, haben sie mir so viel Liebe geschenkt. Sie sind meine Dads. Die einzigen Väter, die je gezählt haben. Du bist gar nichts.«

Ich konnte mir vorstellen, wie sich seine Lippe vor Ekel kräuselte. »Diese Homos—«

»Ja, sind sie! Du denkst, das sei eine Beleidigung, aber das ist es nicht. Fick dich. Und weißt du was? Ich bin auch ein Homo. Und das liegt nicht an Logan und Seth. Sie haben mich keiner Gehirnwäsche unterzogen oder mich ‚so herangezogen‘ oder irgendwas von dem anderen hasserfüllten Bullshit, den du mir seit Jahren erzählst. Ich bin stolz darauf, wer ich bin und darauf, wer sie sind.«

Ich drückte das Handy so fest gegen mein Ohr, dass es wehtat. Als Mike fluchte und schrie, holte ich einen tiefen, reinigenden Atemzug und atmete dann langsam wieder aus. Das mit der Angst war vorbei.

Über seine Schimpftirade sagte ich ruhig: »Ich melde der Polizei, was du getan hast. Sprich nie wieder mit mir. Du bist derjenige, der sich schämen sollte.«

Ich legte auf.

Auf dem Weg die Treppe runter, zitterten meine Knie. Reid, Logan und Seth standen nahe der untersten Stufe und warteten mit besorgten Blicken auf mich, die meine Seele mit noch mehr Liebe füllten. Der Heliumballon war zurück. Ich hätte schweben können.

Ein schwaches Lächeln machte sich auf meinem Gesicht breit. »Also, das ist gut gelaufen. Aber mir geht's gut. Wirklich. Ist es schon Zeit für den Nachtisch?« Zwar konnte ich nicht aufhören zu quasseln, aber es war *wirklich* okay. »Ich hatte immer Angst davor, ihm recht zu geben. Zwar wusste ich, dass das irrational war, aber jedes Mal, wenn ich euch oder Asher oder sonst jemandem sagen wollte, dass ich schwul bin, habe ich zu viel Angst bekommen. Ich habe seine Stimme in meinem Kopf gehört, die so viele furchtbare Sachen gesagt hat.«

Bevor einer von ihnen antworten konnte, fügte ich hinzu: »Nicht du, Reid. Dir hätte ich es gar nicht sagen wollen. Hauptsächlich, weil ich so verdammt für dich geschwärmt hab und wir nicht wirklich geredet haben.« Ein Lachen blubberte auf diesem tollen Heliumballon in mir auf. »Ich habe keinen Nervenzusammenbruch, versprochen.«

Alle drei tauschten besorgte Blicke aus und ich umarmte jeden einzelnen von ihnen. Als ich bei Reid ankam, erlaubte ich mir ein paar Sekunden mehr, um seinen mittlerweile wohl bekannten Duft einzuatmen. Ich konnte es kaum abwarten, ihn für mich alleine zu haben und—

Moment mal. Ich trat einen Schritt zurück. »Also, wir haben ja kein Gästezimmer.« Mein Blick fiel auf meine Dads. »Es ist in Ordnung, wenn Reid bei mir schläft, richtig?« *Unangeneeeehm.*

Seth sagte: »Ihr seid beide erwachsen und wir vertrauen euch, euch respektvoll zu verhalten.«

»Natürlich.« Reid nickte ernst. »Ich sollte meine Taschen aus dem Auto holen.«

»Oh! Lass mich dir mein Motorrad zeigen!« Ich sprang herum als wäre ich ein Flummi. »Es ist in der Garage.«

»Na gut. Auch, wenn ich immer noch denke, dass es viel zu gefährlich ist.«

Sofort meldete Logan sich zu Wort: »Danke! Schön, dass dein Freund so intelligent ist.«

»Ja, ja«, murmelte ich und schaffte es nicht, mein Grinsen zu verbergen. *Mein Freund.*

Ich schlüpfte in meine Lederjacke und stapfte nach draußen, ohne auch nur kurz inne zu halten, um meine Stiefel zuzubinden, oder mir eine Mütze und Handschuhe zu schnappen. Dicke Schneeflocken fielen um uns herum, als wir zu Reids Auto eilten und dann in die kalte Betongarage. Er stellte seinen Koffer und eine große Nordstrom's Tasche am Eingang ab.

Reid folgte mir tiefer in die Garage hinein und wir schlüpften zwischen Seths SUV und Logans Pick-up Truck durch. Die Glühbirne an der Decke half bei der Dunkelheit nicht viel, aber ich gestikulierte trotzdem wie wild mit den Händen.

»Hier ist sie. Mein ganzer Stolz.« Ich rieb meine Handfläche über den Ledersitz.

»Sehr schön. Sieht robust aus.«

Ein Bein schwang ich über den kalten Sitz. »Extrem robust.« Ich deutete auf meinen Helm, der auf einer unordentlichen Arbeitsfläche lag. »Und Sicherheit ist die Priorität, versprochen.«

»Hm-hm.« Reid beobachtete mich und leckte sich über die Lippen.

Mit einem frechen Grinsen lehnte ich mich nach vorne und stellte meinen Hintern zur Schau. »Du überdenkst dein Veto nochmal, hab ich recht? Stell dir vor, du könntest dich von hinten um mich wickeln. Der kraftvolle Motor zwischen unseren Beinen, der Wind in unseren Gesichtern und die Straße, die sich vor uns ausbreitet. Habe ich erwähnt, wie fest du an mich gepresst sein würdest?«

»Ich gebe zu, es hat einen gewissen…Reiz.«

»Versprichst du, darüber nachzudenken mal mitzufahren? Ganz ohne Druck.«

»Oh, ich werde darüber nachdenken. Vor allem darüber, wie dein Arsch aussieht, wenn du auf diesem Motorrad sitzt.«

»Komm her.« Ich krümmte meinen Finger.

Es wäre nachher in meinem Zimmer so seltsam, miteinander zu schlafen, obwohl meine Dads nur ein paar Türen weiter waren. Ich stolperte vom Motorrad runter und zog an Reids Reißverschluss, als er meinen Mund vereinnahmte.

In Rekordzeit hingen unsere Schwänze raus und Reids große Hand wickelte sich um uns beide, während wir uns küssten und keuchten. Ich leckte über Reids Wange und Kinn. »Ich liebe die Stoppeln.«

»Hmm. Vielleicht behalte ich sie. Übrigens habe ich ein Geschenk für dich.«

»Weiß ich«, stöhnte ich und stieß in seine Hand, wodurch unsere Schwänze rau aneinander rieben.

Wir lachten darüber, wie schlecht mein Witz war, und dann war alles, was wir tun konnten, in den jeweils anderen Mund zu stöhnen, als wir zum Höhepunkt kamen.

Zum Glück hatte Reid ein extra Paar Socken in seinem Koffer, das wir benutzten, um uns sauber zu machen. Ich beäugte die Nordstrom's Tasche. »Ist mein Geschenk da drin?«

»Du darfst nicht schummeln. Allerdings sag ich dir schonmal, dass ich deinen Dads eine Le Creuset Auflaufform gekauft habe. Meinst du, das wird ihnen gefallen? Ich habe außerdem ein paar Schokoladentrüffel und—«

Ich küsste ihn lautstark. »Es ist alles perfekt. Danke.«

»Bist du okay? Nach dem Gespräch mit deinem…Mike?«

»Bin ich. Wirklich. Und bevor du etwas sagst, ich zahle dir das Geld zurück. Ich kann ein paar Schichten pro Woche in der

Apotheke verbringen. Ob es dir und meinen Dads passt oder nicht.«

»Oder—und hör mir zu—wir verschieben die Leihgabe bis du als Arzt arbeitest.«

Mein Kiefer verspannte sich. »Reid. Wir haben eine Abmachung.«

»Ja, aber es ist vollkommen verrückt, dass du Nachtschichten für den Mindestlohn in der Apotheke einlegen willst, wenn du lernen und dich ausruhen solltest.«

»Ich muss mich an Schlafentzug gewöhnen.«

Er seufzte. »Gibt es keine Sommerjobs in Krankenhäusern oder Kliniken oder Forschungslaboren, die besser zahlen?«

»Ja schon. Und das werde ich auch machen! Aber das dauert noch ein paar Monate.«

»Baby, das ist in Ordnung. Du weißt, dass ich das Geld nicht sofort brauche und ich weiß, dass du es mir zurückzahlen wirst. Aber bitte hol dir kein Burn-Out von einem beschissenen Nachtjob.« Er nahm mein Gesicht zwischen seine Hände und fuhr mir sanft mit seinem Daumen über die Wange. »Da werde ich mir nur Sorgen machen. Wäre es für dich nicht dasselbe, wenn die Rollen vertauscht wären?«

Ich wollte ihm widersprechen, aber er hatte Recht. »Aber ich weiß nicht, was für Schulden noch auf mich zukommen. Obwohl ich ihn bei der Polizei anzeigen werde, also bin ich die Schulden vielleicht los. Kann meinen Ruf bereinigen.«

»Ja! Siehst du? Lass uns das gleich nach Weihnachten angehen. Und in der Zwischenzeit kannst du dich aufs Lernen konzentrieren. Ganz abgesehen davon, Zeit mit mir zu verbringen. Ich bin selbstsüchtig. Nachts möchte ich dich ganz für mich haben. Die Apotheke kann sich verpissen.«

Ich musste zugeben, dass ich mich nicht darauf freute, Regale aufzufüllen und keinen Schlaf zu kriegen. Erleichterung packte mich und vermischte sich mit der Euphorie, dass ich Mike endlich meine Meinung gesagt hatte.

»Okay«, stimmte ich zu. »Dann ist das geklärt. Danke. Küsst du mich jetzt nochmal, obwohl es hier draußen eiskalt ist?«

Reid grinste. »Auf jeden Fall.«

Später hatten wir es uns auf der Couch bequem gemacht und schauten mit meinen Dads *Stirb langsam* an, weil der Film einfach immer gut war. Reid und ich hielten Händchen, genauso wie Logan und Seth. Es war ehrlich gesagt so verdammt süß, dass ich es kaum aushalten konnte.

Als Hans Gruber seinen Handlagern im englischen Original befahl: *Schieß. Dem. Fenster*, sagte ich: »Ich will seinen Namen nicht. Lisowski. Der ist das einzige, was ich noch von ihm habe und ich will ihn nicht.«

Logan und Seth tauschten einen Blick aus, bevor sie nickten. Seth sagte: »Wie können wir helfen?«

Reid streichelte über meine Knöchel, als ich einen Knoten Emotionen runterschluckte. »Ihr habt schon geholfen. So viel. Ich weiß, dass, als ihr geheiratet habt, Seth seinen Namen zu Derwood geändert hat.«

Seth nickte. »Marston ist der Name einer Familie, die nichts mit mir zu tun haben will. Den vermisse ich überhaupt nicht.«

»Wäre es in Ordnung, wenn ich meinen Namen auch zu Derwood ändere?«

Logan saß neben mir und atmete schwer aus. »Machst du Witze? Natürlich. Ich würde es lieben. Wir würden es alle lieben.«

Das war die Antwort, die ich erwartet hatte, aber ich war dennoch erleichtert. »Meine Mum würde das nicht stören, oder? Sie hatte Mikes Namen und hat ihn dann zu deinem gewechselt. Sie sagte, nachdem sie immer ein Pflegekind war, war ihr ihr alter Name immer egal gewesen.«

Logan nickte. »Ich glaube Veronica würde sich freuen, wenn du unseren Namen annimmst.«

»Das würde sie, oder?« Meine Augen brannten.

Logan war der einzige, der sie gekannt hatte. So desaströs ihre kurze Ehe auch gewesen war, er hatte sie einst geliebt. Und ich hatte so, so viel Glück, dass er mich liebte.

»Auf jeden Fall«, ächzte Logan und seine Augen schimmerten. Er wischte sich drüber.

»Connor Derwood. Klingt gar nicht schlecht.«

»Das ist bald *Dr.* Connor Derwood«, sagte Seth emotional. »Und das ist Musik für meine Ohren.«

»Ja.« Freude blubberte in mir auf und ich lachte, während ich mir über die Augen wischte. »Für mich auch.« Neben mir hielt Reid immer noch meine Hand und grinste.

»Na gut, das war jetzt genug Kitsch«, sagte Logan. »Lasst uns ein paar Geschenke öffnen. Es ist Weihnachten.«

Er und Seth liebten die blaue Auflaufform von Reid und ich freute mich darüber, dass sie noch schnell eine Packung Lindt Pralinen für ihn eingepackt hatten, während wir in der Garage waren. Ich riss das glänzende Geschenkpapier von der schmalen Schachtel, die Reid mir gegeben hatte und hob den Deckel.

»Wow!« Begeistert holte ich die buttrigen, schwarzen Lederhandschuhe raus und zog sie an.

»Der Mitarbeiter sagte, die seien perfekt zum Motorradfahren. Die sollten flexibel und anpassungsfähig sein«, erklärte Reid. »Aber mit verstärkten Material, um deine Hände zu schützen.«

»Sie sind perfekt. Danke.« Ich zog den anderen Handschuh an und bewegte meine Finger. Dann zog ich Reid für einen Kuss an mich heran, bevor mir einfiel, dass meine Dads direkt neben uns saßen.

Sie lächelten nur und reichten mir ein weiteres Geschenk.

Kapitel Zweiundzwanzig

Reid

GROSSMUTTERS SELBSTSICHERES PROFILBILD erschien am nächsten Morgen auf meinem Handydisplay und ich setzte mich ruckartig in Connors Bett auf. Sofort war ich von verschlafen zu hellwach gewechselt. Es war nicht ihre Assistentin, es war sie selbst. Schnell richtete ich den Kragen meines T-Shirts, obwohl sie mich gar nicht sehen konnte.

Neben mir saß Connor in seiner Jogginghose auf dem Bett und legte sein Tablet hin, als er mich beobachtete. Ich nahm den Anruf an und hielt mir das Handy ans Ohr.

»Reid, es ist deine Großmutter.«

»Ja, hallo. Ähm. Wie war das Frühstück?«

Asher hatte eine Nachricht geschickt, dass alles gut gelaufen war, doch Großmutter hatte vielleicht eine andere Meinung dazu. Er hatte auch gesagt, dass er ‚eine kleine Unterhaltung‘ mit ihr geführt hatte, wollte mir aber nicht mehr darüber erzählen.

Sie sagte: »Es ist wie immer alles glatt gelaufen. Wir haben dich nicht einmal vermisst.«

Neben mir konnte Connor offenbar hören, was sie sagte, denn seine Augen weiteten sich auf. Ich war mir nicht sicher, ob ich mich beleidigt oder erleichtert fühlen sollte. »Freut mich, dass alles glatt gelaufen ist.«

»Ich habe mich falsch ausgedrückt. Was ich sagen wollte, ist, dass Asher deinen Part ohne Probleme übernommen hat. Du hattest recht. Du musst nicht jedes Weihnachten hier sein. Es ist schön, dass du dir etwas Zeit mit deinem…Kumpel nehmen kannst.«

Selbst als die Erleichterung über mich hereinbrach, musste ich sie berichtigen: »Freund. Connor ist mein fester Freund.«

»Ja.« Sie räusperte sich leicht. »Ich…erkenne das an.«

Wow. Offensichtlich hatte Ashers ‚kleine Unterhaltung‘ Früchte getragen? Ein Teil von mir wollte ob ihrer Anerkennung die Augen verdrehen und sagen: ‚Na toll‘, aber ich fing stattdessen an zu grinsen. »Danke.«

»Außerdem habe ich mir heute Morgen deinen Antrag angesehen. Der ist sinnvoll und vielversprechend.«

Mein Puls hämmerte und Connor rieb mir beruhigend über den Oberschenkel. »Wirklich? Was ich meine ist. Ja. Danke. Ich denke, es wäre eine wirklich gute Möglichkeit, unsere Firma zu expandieren und etwas Gutes zu tun.«

»Hm. Mach dich bereit, das Ganze dem Vorstand bei dem nächsten Meeting im Januar zu präsentieren. Ich werde meine Reise in den Süden verschieben, damit ich dabei sein kann.«

»Damit du Veto einlegen kannst?«, fragte ich, bevor ich mich davon abhalten konnte.

Ihre Stimme blieb ernst, geschäftlich. »Nein, Darling.«

Darling. Das Wort der Anerkennung bedeutete mir mehr, als ich zugeben wollte. »Danke. Wir sehen uns im neuen Jahr. Ich nehme mir die Zeit bis dahin frei.«

»Scheint so«, sagte sie und ich konnte mir vorstellen, wie sie an ihrem alten Tisch in ihrem Büro saß. Bevor ich noch etwas sagen konnte, legte sie auf.

»Das war in Ordnung?«, fragte Connor.

»Das war großartig.«

»Das ist traurig.«

Da musste ich lachen. »Die Latte liegt sehr niedrig.«

»Offensichtlich hat Ashers Standpauke etwas bewirkt.«

»Moment mal. Weißt du darüber Bescheid? Sag schon, was hat er gesagt?« Ich war mir nicht sicher, ob ich vor Freude lachen oder weinen sollte, dass mein kleiner Bruder sich so für mich eingesetzt hatte.

Connor hob die Hände. »Da musst du ihn fragen. Aber es freut mich, dass sie versucht, sich zu ändern.« Er rieb sein Gesicht gegen meins und gegen meine Stoppeln.

Wir küssten uns und ich jagte den Kaffeegeschmack in Connors Mund. Vorher war ich aufgewacht und hatte gemerkt, dass er nicht mehr neben mir gelegen hatte. Das Gemurmel verschiedener Stimmen vom unteren Teil des Hauses und der Geruch von frischgebrühtem Kaffee waren aber so beruhigend gewesen, dass ich gleich wieder eingeschlafen war.

»Bist du dir sicher, dass deine Dads nicht da sind?«, fragte ich.

Connor nickte. »Die wandern zum Fluss. Das dauert ein paar Stunden, bis sie wieder zurück sind.«

»Wie wäre es mit einer Dusche?«

»Sicher. Die ist gleich nebenan, erinnerst du dich? Brauchst du ein frisches Handtuch?« Er stand auf und ich hielt ihn am Handgelenk fest.

»Ich meinte zusammen.«

»Oh!« Connors Gesicht wurde niedlich rot. »Stimmt.« Ein noch viel niedlicheres Lächeln hob seine Lippen. »Klingt gut.«

Die Dusche war die übliche Badewanne mit Duschvorhang Konstellation. Der Wasserdruck war schön und stark und wir wechselten uns ab, uns einzushampoonieren und uns unter den Wasserstrahl zu stellen.

Das brachte mich zum Lachen. »Ich gebe zu, ich bin eine größere Dusche gewöhnt.«

Connor grinste. »Ist zusammen duschen eins der Dinge, was in Filmen sexy aussieht aber verdammt unbequem und nervig im echten Leben ist?«

»Naja, ja. Aber ich habe da noch einen Trick.«

Schnell verteilte ich Duschgel auf meiner Hand und fuhr mit meinen Fingern zwischen Connors Arschbacken, bevor ich ihn für einen Kuss an mich heranzog. Unsere Schwänze standen auf Halbmast und rieben aneinander. Mit einem Finger umfuhr ich sein Loch.

»Hmm.« Connor schenkte mir ein seichtes Lächeln. »Wird schon besser.«

»Wart nur ab«, flüsterte ich in sein Ohr und ging vor ihm auf die Knie.

Als meine Zunge zum ersten Mal sein Loch berührte, zuckte er zusammen und ich hielt ihn mit meinen Händen fest an den Hüften aufrecht. Danach leckte ich mit meiner ganzen Zunge über ihn und hörte nicht auf, bis ich ganz oben an seiner Ritze angekommen war, bevor ich den ganzen Weg wieder zurückfuhr, während meine Daumen seine Backen auseinanderzogen.

»Oh Gott, Reid!« Connors Knie zitterten schon.

»Ist dir kalt?« Ich blies heiße Luft über sein Loch.

»Was?« Er lehnte sich gegen die Wand am Ende der Badewanne und hatte seine Arme auf den Fliesen verschränkt. »Ich zittere, weil du meinen Arsch leckst und es sich unfassbar gut anfühlt.«

»Die Fliesen. Ich wollte wissen, ob die Fliesen kalt sind.« Das heiße Wasser plätscherte auf meinen Rücken, wo ich am Boden der Wanne kniete.

»Oh. Ja, aber wen kümmert das schon, wenn du *meinen Arsch leckst*?«

Lachend stand ich auf und schaltete das Wasser aus. »Du sagtest Stunden, richtig? Meinst du, wir können es riskieren, zurück in dein Zimmer zu gehen?«

Connor antwortete mir gar nicht erst. Er stolperte fast aus der Badewanne, warf mir ein Handtuch zu und eilte in sein Zimmer, während er sich selber abtrocknete.

Nachdem wir seine Tür fest verschlossen hatten, fielen wir auf sein Bett. Immer noch nass und es war uns vollkommen egal. »Willst du auf meiner Zunge kommen, Baby?«, fragte ich und rieb mich an ihm.

»Oh mein Gott«, stöhnte er. »Ja. Aber ehrlich gesagt—« Er legte eine Hand auf meine Brust und ich setzte mich auf seinen Schenkeln auf.

»Hmm?«, fragte ich und streichelte über seine schlanke Brust, bevor ich mit den Daumen seine Schlüsselbeine nachfuhr.

»Du hast gesagt, du wurdest schonmal gefickt. Penetriert, meine ich.«

»Auf jeden Fall. Ist das, was du willst?« Die Lust, die mein Blut sowieso schon zum Kochen brachte, fing an noch heißer zu werden. »Willst du deinen Schwanz in mir?«

Mit geöffneten Lippen nickte Connor. »Wenn es okay ist?«

Mir entfleuchte ein lautes Lachen, während ich von ihm runter kletterte. »Absolut. Hol das Kondom und das Gleitgel aus meinem Koffer. Wie willst du mich?«

»Ähm…« Connor starrte mich mit weit aufgerissenen Augen an. »Das war einfach.« Er warf sich schon fast quer durch den Raum, um zu meinem Koffer zu gelangen. »Wie magst du es?«

Ich begab mich auf Hände und Knie. »Kannst du mich von hinten ficken?«

Das musste ich ihn nicht zweimal fragen.

Als er vorsichtig in mich eindrang, presste ich mich ihm entgegen. »Du wirst mich nicht zerbrechen«, versprach ich ihm. Sein Schwanz hatte eine gute Größe und das Brennen war absolut herrlich.

»*Fuck*«, murmelte er, als er fester in mich stieß. Seine rechte Hand war glitschig vom Gleitgel, wo er sich an meiner Hüfte festklammerte. »Gleich fang ich wieder an zu reden, als wäre ich in einem Porno.«

Ich lachte. »Bin ich schön eng für dich, Baby?«

»*Ja*. Es ist so gut.«

Seine Schamhaare kitzelten meinen Hintern und ich spannte mich um ihn herum an. Wahrscheinlich würde er nicht lange aushalten, aber das war mir egal. Es ging hierbei um Connor. Noch ein erstes Mal, das ich mit ihm erleben durfte.

Ich wollte sie alle. Ich wollte *alles*.

Wir spannten uns an und fluchten und ich ließ mich auf die Ellbogen fallen um mich gegen Connors unsichere Bewegungen zurückzupressen. Mein Schwanz wippte auf und ab, pochte und wurde feucht, obwohl ich ihn nicht einmal berührte.

»Fühlt sich so gut an«, stöhnte ich und liebte das Geräusch unserer feuchten Haut, die aneinander klatschte, sowie Connors unregelmäßiges Keuchen. »Komm in meinem Arsch, Baby. Ich will dich so sehr. Ich wollte noch nie jemanden so sehr.«

Er machte einen Ruck und erzitterte. Seine Finger pressten sich in meine Hüften, als er zum Höhepunkt kam.

Ich drehte meinen Kopf, um sein Gesicht zu sehen. Sein Mund stand in einem stillen Schrei offen. Seine Haut war rot und sein nasses Haar lag über seiner Stirn. Ich wollte ihn in mir behalten, doch als ich mich um ihn anspannte, verzog er das Gesicht und zog sich zurück. Offenbar war er bereits überempfindlich.

Bevor ich etwas sagen konnte, schmiss er das Kondom in den kleinen Mülleimer unter seinem Tisch und ließ sich auf den Rücken fallen. »Fick meinen Mund?«

Sofort kniete ich mich über ihn und fütterte ihm meinen Schwanz zwischen seine Lippen. Wir beide stöhnten. Das Geben und Nehmen zwischen uns fühlte sich an wie ein perfekter Kreis. Schon bald entleerte ich mich in seinem heißen, feuchten, großzügigen Mund.

Am Ende hüpften wir nochmals in die Dusche. Wir küssten uns und lachten und fassten uns zärtlich an. Ich erzählte ihm von meinen Gedanken über den Kreis und Connor strahlte mich an.

»Wie ein Ouroboros«, sagte er. »Eine Schlange, die ihren

eigenen Schwanz isst, nur…ähm…auf eine sexy Art?«

»Sehr, sehr sexy«, stimmte ich ihm zu und küsste ihn erneut. »Wir sollten lieber aus der Dusche gehen. Uns anziehen. Von deinen Dads erwischt zu werden, wäre sehr, sehr unsexy. Außerdem habe ich ein komisches Anliegen.«

Er runzelte die Stirn. »Komisch wie? Nach dem, was wir gerade getan haben…«

»Es hat nichts mit Sex zu tun. Es ist komisch auf die Art, dass es wahrscheinlich total nerdy ist und jegliche noch bestehende Mystik um mich herum zerstört.«

»Wenn du denkst, dass ich noch nicht weiß, was für ein massiver Nerd du bist, dann muss ich dich leider enttäuschen.«

Dem konnte ich nicht widersprechen und schon bald befanden wir uns in unseren Winterklamotten vor dem Haus und inmitten von dicken, gleichmäßig fallenden Schneeflocken. Connor bückte sich und formte einen Schneeball in seinen behandschuhten Händen.

»Es ist dein Glückstag. Perfekt klebriger Schnee.« Er warf den Ball in die Luft und fing ihn wieder. »Wenn ich nicht so erwachsen wäre, würde ich den jetzt auf dich schmeißen.«

»Zum Glück würde Dr. Lis—« Ich stoppte mich und korrigierte meine Aussage. »Dr. Derwood würde so etwas nie tun, wo er mir doch etwas Wichtiges beibringen sollte.«

Connor grinste. »Wirklich zum Glück. Mir gefällt wie das klingt.« Er biss sich auf die Lippe. »Dr. Derwood.«

»Mir auch.«

Er warf den Schneeball über seine Schulter. »Du hast wirklich noch nie einen Schneemann gebaut?«

»Nie.«

»Na, heute ist der perfekte Tag um damit anzufangen. Nichts drückt Weihnachten mehr aus, als Schneemenschen zu bauen. Auf die Knie mit dir und fang an zu rollen.«

Ich hob eine misstrauische Augenbraue.

Connor verdrehte die Augen. »Weg mit den schmutzigen Gedanken! Zumindest für den Moment. Später können wir darauf zurückkommen.«

»Wäre meine Großmutter hier, würde sie jetzt sagen, ich hätte jegliche Würde verloren.«

Connors Gesichtsausdruck wurde ernst und er küsste mich sanft. »Wenn sie dich nicht so akzeptiert, wie du bist, dann ist das ihr Problem.«

Ich atmete tief ein und nickte. »Würde wird sowieso überbewertet.«

Connor ließ sich auf die Knie fallen und fing an Schnee zu sich zu schaufeln. Sofort machte ich mich daran, ihm zu helfen. Als wir einen ordentlichen Ball zusammen hatten, rollten wir ihn vorwärts. Uns war völlig egal, dass wir unsere Jeans durchnässten. Unser Lachen gehörte nur uns und wurde lediglich von dem fallenden Schnee gedämpft.

Epilog

Connor

❄ 🌲 ❄

Fünf Jahre später

FRÖHLICHE SCHREIE ERFÜLLTEN das Gemeindezentrum, als Kinder sich gegenseitig jagten und mit ihrem neuen Spielzeug spielten. Zwar war ich mir nicht sicher, wieso sie sich bei den vollen Mägen nicht die Seele aus dem Leib kotzen mussten, aber Kinder konnten das scheinbar.

Ich wurde am Waffelstand stationiert und platzierte sie mit einer Zange auf Teller, bevor ich Ahornsirup, der extra aus Quebec importiert wurde, drüberkippte. Reids Großmutter akzeptierte schließlich nur das Beste.

Hunderte Menschen hatten sich für das Frühstück und dafür, den Weihnachtsmann zu treffen, angestellt. Der war etwas länger geblieben und unterhielt sich gerade mit Reid und Bitsy und ein paar ihrer High Society Damen. Sie ‚Bitsy‘ zu nennen war zuerst wahnsinnig komisch gewesen, aber ich hatte mich daran gewöhnt.

Ich biss von meinem Frühstückssandwich ab, das ich aus den Überresten der Waffeln, Bacon und dem Rührei gezaubert hatte. Mein Handy vibrierte in der Tasche meiner Lederjacke, die ich über einen Klappstuhl gehängt hatte.

Asher hätte mich aus Griechenland anrufen sollen, wo er seine und Reids Mum besuchte, doch stattdessen erschien Olivias Gesicht auf meinem Bildschirm. Schnell nahm ich den Video-anruf an, während ich schluckte und meinen Pappteller auf dem

Stuhl ablegte.

»Hey, Liv!«

»Frohe Weihnachten!« Sie drehte ihre Kamera, damit ich ihre Eltern und kleine Schwester sehen konnte, die gerade auf einer Terrasse frühstückten und von Palmen, dem perfekt blauen Ozean und viel Sonnenschein umgeben waren. »Hallo aus Aruba! A.k.a. dem Paradies, das wir nie verlassen werden.«

»Das glaube ich dir.« Ich drehte mein Handy. »Hallo aus dem neuen Utopia Vision Gemeindezentrum.«

Angela klatschte erfreut. Sie trug ein Rentiergeweih mit Glöckchen in ihrem hohen, blonden Haar. »Ich liebe das ganze natürliche Licht! Kann kaum abwarten, es im März in echt zu sehen. Hat Reid dir gesagt, dass ich für die Grundsteinlegung der neuen Mieteinheiten vorbeikomme?«

»Jep! Ich freue mich schon, dich zu sehen.«

»Funktionieren die Solarpanele im Zentrum?«

»Perfekt. Obwohl der Himmel dauerhaft grau ist. Damit wird den pessimistischen Menschen, die nicht verstehen wie Solarpanele funktionieren, der Wind aus den Segeln genommen.«

»Habt ihr ein weißes Weihnachten?«, fragte Makayla, Olivias jüngere Schwester, die mittlerweile mein altes College in Boston besuchte.

»Nicht in der Stadt. Ich glaube heute Nacht soll es aber in Albany schneien. Reid und ich fahren bald hoch.«

»Grüß Will und Michael schön von mir, falls du sie siehst«, sagte Makayla.

»Sie kommen heute Abend zum Abendessen, also mache ich das ganz bestimmt.«

»Grüß sie von uns allen!« Angela grinste. »Ich liebe diese Jungs einfach. Und sag Reids Großmutter, dass ich mich darauf freue, sie im März zu sehen«, fügte sie mit einem frechen Augenzwinkern hinzu.

Angela war eine integrale Partnerin im Aufbau des neuen

Zweiges Utopias gewesen: Utopia Vision. Eine separat gegründete Firma, dessen Präsident sowie CEO Reid war.

»Und Reid natürlich auch. Wie geht es deinem Zuckerplätzchen von einem Mann? Richte ihm frohe Weihnachten von den Barkers aus.«

»Ihm geht's gut und das werde ich.«

Olivia schüttelte grinsend den Kopf. »Wie dein müde aussehendes Gesicht einfach aufhellt, wenn du seinen Namen hörst.«

Ich verdrehte meine Augen, konnte aber mein Grinsen nicht verstecken, als ich zu Reid rübersah, in seinen Slacks und seinem eng anliegenden roten Kaschmirpullover. Sein dunkler, getrimmter Bart machte sein breites Grinsen irgendwie noch sexier.

Die Barkers pfiffen und lachten und ich wusste, dass ich errötete. Angela sagte: »Liebes, du siehst aber tatsächlich müde aus.«

»Ja, es war eine anstrengende Nacht. Eine lange Woche voller Nachtschichten, aber so läuft das in der Assistenzzeit. Vor allem, nachdem ich momentan in der Notaufnahme stecke.«

Ich gähnte. Letztendlich hatte ich mich für Neurologie entschieden und musste feststellen, dass die Akutversorgung stressiger war, als auf der Station zu arbeiten. Allerdings war es auch aufregend. Am Vorabend hatte ich subtile Anzeichen eines Schlaganfalls bei einer jungen Frau identifiziert und wir konnten sofort mit der Behandlung beginnen.

Die Aufregung verflog jetzt allerdings und ich gähnte erneut. »Tut mir leid. Lange Nacht. Moment, das habe ich schon gesagt.«

Die Barkers lachten aber Angela runzelte die Stirn. »Ich hoffe, du isst vernünftig.«

Ich erzählte ihr nicht, dass mein gestriges Abendessen aus einem Twix um Mitternacht aus dem Snackautomaten im Krankenhaus bestanden hatte. »Jep, mach dir keine Sorgen.«

»Naja, ich weiß ja, dass deine Daddies sich darum kümmern. Wir haben gerade erst mit ihnen gesprochen und sie arbeiten schon hart an der Küche.«

»Ich freu mich schon drauf.«

Der Gedanke daran, heimzufahren, erwärmte mein Herz. Vor ein paar Jahren war ich in Reids Wohnung gezogen und es war mittlerweile zu meinem Zuhause geworden. Reid gehörte sie zwar, aber wir teilten uns die Rechnungen gleichmäßig auf. Und nachdem ich nach einem langen rechtlichen Verfahren die zehntausend Dollar zurückbekommen hatte, war es uns möglich gewesen, zusammen einen Neustart zu wagen.

Aber mein Zuhause-Zuhause in Albany würde immer etwas Besonderes bleiben. An Thanksgiving hatte ich gearbeitet und auch an Silvester stand ich auf dem Dienstplan, aber immerhin gehörte der erste Weihnachtsfeiertag mir.

Wir verabschiedeten uns und ich ließ mich auf den Stuhl fallen, um mein Sandwich fertig zu essen. Mein unterer Rücken schmerzte etwas davon, so lange im Krankenhaus gestanden zu haben und dann nochmal, als ich die Waffeln verteilt hatte. Als ich fertig gegessen hatte, traf ich Reids Blick und er nickte, ohne dass ich ein Wort sagen musste.

Nachdem ich meine Jacke geschlossen hatte, wartete ich an der Tür, während Reid sich verabschiedete. Er hatte gerade meine Hand genommen, als ein Mann uns zurief: »Sorry, könnte ich noch ein letztes Foto von den Cabots und dem Weihnachtsmann bekommen?«

Reid gesellte sich wieder zu seiner Großmutter, die neben dem riesigen Weihnachtsbaum stand, der mit Regenbogen Lichtern und selbstgemachten Kugeln der Kinder aus der Nachbarschaft geschmückt war. Bitsy trug einen ihrer eleganten Hosenanzüge. Dieser war in einem festlichen Grün und wurde durch glitzernden Rubinschmuck ergänzt. Ihre Version eines Weihnachtspullovers.

»Du auch«, sagte Bitsy.

Aus irgendeinem Grund sah sie mich an und es dauerte ein paar Sekunden, bis ich verstand, dass ja, sie redete mit mir. Ich deutete auf meine Brust und sie nickte.

Reid *strahlte* mich an,—und ich wollte immer noch sein ganzes Gesicht lecken, wenn er das tat—bevor er mir seinen Arm hinstreckte, um mich an seine Seite zu ziehen. Ich legte meinen Arm um seine Hüfte und lehnte mich seiner Wärme entgegen, bevor ich ein Lächeln für die Kamera aufsetzte.

Der Fotograf knipste uns ungefähr fünfundzwanzig Mal und mein Gesicht schmerzte schon vom ganzen Grinsen, als er fragte: »Name?«

Bitsy antwortete: »Das ist Dr. Connor Derwood. Der Partner meines Enkelsohnes.«

Meinen Namen hatte ich nun offiziell geändert, ein Prozess, von dem ich wusste, dass Reid ihn beschleunigt hatte. Offenbar hatte er ein paar ausstehende Gefallen eingelöst. Ich liebte es jetzt, meinen Namen zu hören. Ihn aus Bitsys Mund zu hören, vor allem mit der Ergänzung ‚Partner‘, gab mir nochmal einen extra Schub Adrenalin.

»Alles klar.« Der Fotograf hob die Daumen hoch. »Kommen Sie aus der Stadt?«

»Albany«, antwortete ich.

»Allerdings ist er jetzt offiziell ein New Yorker«, sagte Reid mit einem breiten Grinsen.

»Hat sein Zertifikat bekommen und alles.«

Das hatte er mir an einem Weihnachten zusammengerollt in den Nikolausstrumpf gesteckt gehabt. Inklusive eines offiziell aussehenden Siegels. Wir erstellten immer noch Listen mit Aktivitäten, die wir ausprobieren wollten, aber wir hatten beide volle Vetomacht. An unserem Kühlschrank hing eine Checkliste und wir würden bald endlich Schlittschuhlaufen am Wollman Rink abhaken können, nachdem wir uns dort am ersten Januar mit Addison und ihrer neuen Freundin trafen.

Der Fotograf schien verwirrt, sagte aber: »Äh, super. Frohe Weihnachten, Leute.«

Reid umarmte seine Großmutter und küsste sie auf die Wange. Ich nickte ihr zu. »Frohe Weihnachten.«

»Gleichfalls.« Sie nickte mit dem Hauch eines Lächelns. »Viele Grüße an deine Eltern.«

Sobald mein Hintern den beheizten Ledersitz in Reids Audi berührte, schlief ich auch schon ein. Erst als Reid seine Hand auf meinen Schenkel legte und seine Finger über die Innennaht meiner Jeans wanderten, wachte ich mit einem Ruck auf und wischte mir den Speichel aus dem Mundwinkel. Blinzelnd realisierte ich, dass wir schon daheim waren.

Der alte Kranz aus Baumschmuck hing immer noch an der Eingangstür und verschiedenfarbige Lichter erhellten den grauen Nachmittag von den Büschen und dem Dachvorsprung aus. Wenn es später schneite, würde es sicherlich wunderschön aussehen.

»Tut mir leid dich aufzuwecken«, murmelte Reid und streichelte mir immer noch über meine Oberschenkelinnenseite.

»S okay.« Ich rieb mir über mein Gesicht. »Ich war kein sonderlich guter Beifahrer.«

»Du musstest dich ausruhen. Ich habe mir diesen neuen Podcast über Entführungen angehört, den Will und Michael empfohlen hatten. Die drei Stunden sind wie im Flug vergangen.« Er lehnte sich zu mir und küsste mich auf die Wange.

»Wir haben aber nicht über den Vormittag geredet. Das war cool von deiner Großmutter, dass sie mich mit auf dem Bild haben wollte.«

Reid lächelte, auch wenn es traurig aussah. »Ehrlich gesagt, war das das beste Weihnachtsgeschenk, das sie mir je hätte geben können. Ich weiß, es sollte mir egal sein, was sie denkt, aber…«

Ich küsste ihn sanft. »Natürlich ist dir das wichtig. Familie kann…kompliziert sein. Aber man liebt sie trotzdem. Und sie hat sich schon gebessert. Die Pläne für das Bauprojekt klingen fantastisch. Angela freut sich schon.«

Jetzt grinste er. »Ich mich auch. Habe ich dir erzählt, dass uns die Klempnerei zugesagt hat, die unsere erste Wahl war?«

»Nein! Das ist großartig.« Ich rieb mir über mein Gesicht. »Tut mir leid, dass ich diese Woche nicht da war, um darüber zu reden.«

Er schnaubte. »Du hast dir den Arsch abgearbeitet, um Leben zu retten. Entschuldige dich nicht.«

»Deine Arbeit ist auch wichtig.«

»Weiß ich. Aber ich ziehe keine Nachtschichten durch, ohne wirklich geschlafen zu haben und arbeite keine Überstunden, weil wir unterbesetzt sind. Ich bin echt froh, dass du jetzt endlich ein paar Tage frei hast.«

»Ich auch«, murmelte ich durch ein weiteres Gähnen, bevor ich mir selber ins Gesicht watschte. »Okay, Zeit aufzuwachen. Oh!« Mit einem Schub Adrenalin setzte ich mich auf. »Ich weiß genau, wie!«

Wir trugen unsere Taschen rein, als Logan und Seth uns begrüßten, und das ganze Haus roch nach Ingwer und Kiefer und röstendem Fleisch. Ich atmete tief ein und ein wundervoll friedliches Gefühl legte sich über mich, als ich meine Dads umarmte. *Weihnachten.* Ich wünschte, ich könnte das einfach in eine Flasche stecken und daran riechen, wenn ich eine Pause gebrauchen könnte.

Ich durchsuchte eine Schublade im Eingangsflur. »Solange die Straßen noch frei sind, mache ich eine kurze Spritzfahrt.«

»Sei vorsichtig«, sagte Logan mit seinem üblich besorgt-grummelnden Unterton.

In letzter Zeit sagten er und Reid das im perfekten Einklang.

Seth lachte. »Ich weiß, dass du immer vorsichtig bist.«

In der Garage zog ich meinen Helm fest und erschrak, als Reid in der offenen Tür erschien und sprach: »Hast du von denen noch einen?«

»Helm? Ja.« Mein Herz machte einen Satz. »Warte, meinst du

das ernst? Du un-veto-est?«

Er steckte sich seinen Schal in seinen Mantel. »Ich habe eine neue Risikoanalyse durchgeführt und bin bereit, es auszuprobieren.«

Sofort drängte ich mich aufgeregt an Logans Truck vorbei und holte den zweiten Helm aus dem Lagerschrank in der Ecke. Reid wartete geduldig, während ich ihn ihm anzog und überprüfte drei Mal, dass er auch wirklich passte. »Bist du dir sicher? Du musst nicht.«

»Ich weiß. Ich will aber.«

»Wieso?«

»Weil du es liebst«, sagte er einfach.

Ich zog mir die Handschuhe an, die er mir an unserem ersten Weihnachten zusammen geschenkt hatte und die sich mittlerweile anfühlten wie eine zweite Haut. »Ich liebe dich. Ich werde dich so hart küssen, sobald die Helme wieder unten sind.«

»Ich liebe dich auch, Baby.«

Mit Reids Schenkeln um meine Hüften und dem brummenden Motor meines Motorrads, fuhr ich uns durch die stille Nachbarschaft. Es gab immer noch viele Bäume, obwohl sie ein paar Häuser hinzugefügt hatten.

Wir hätten eigentlich beide Leder tragen müssen, aber es gab kaum bis gar keinen Verkehr, also hatte ich beschlossen, dass das ein akzeptables Risiko war. Reid klebte fest an mir und seine Arme hatte er um meine Hüfte verschränkt.

»Okay?«, rief ich ihm zu.

»So weit so gut!«

»Schneller?«

»Schneller«, stimmte Reid mir zu. Ich bog auf eine lange, geradlinige, leere Straße ab und gab Gas. Der Wind war eiskalt, aber die Freiheit und die Macht des Fahrens ließen heißes Adrenalin durch meine Adern fließen.

»Schneller!«, rief Reid mit einem erfreuten Lachen und mir

wurde ganz warm ums Herz.

Doch ich sagte: »Das ist schnell genug!«

Ich konnte mir vorstellen, wie Mum mir von ihrem Traummotorrad erzählte und wie wichtig Sicherheit war. Dabei war ich mir nicht einmal sicher, ob ihre Stimme in meinem Kopf wirklich nach ihr klang.

Ich hatte nie die alten Videos angesehen, die ich von ihr auf einer externen Festplatte gespeichert hatte. Alte Dateien, die auf ihrem Handy gewesen waren, als sie gestorben war. Logan hatte sie für mich aufgehoben, aber es hatte immer zu sehr geschmerzt. Vielleicht konnten wir sie uns später ansehen.

Als dicke Schneeflocken anfingen vom Himmel zu fallen, drehte ich wieder um und fuhr in Richtung zu Hause. Zurück in der Garage, jauchzte Reid vergnügt, als er vom Motorrad abstieg und seinen Helm auszog. »Okay, ich kann den Reiz nachvollziehen. Gelegentlich mit dir auf deinem Motorrad fahren, ist offiziell nicht mehr auf der Vetoliste.«

Ich trat den Motorradständer runter und zog meinen eigenen Helm aus. Mir war egal, dass meine Haare in alle Richtungen abstanden. »Willst du lernen, selbst zu fahren? Dann besorgen wir dir auch ein Leder.« Ich wackelte mit den Augenbrauen. »Du wirst so heiß aussehen.«

Alarm machte sich auf Reids Gesicht breit. »Selbst fahren? Nein, nein, nein. Also, ich werde das Leder anziehen, aber ich werde immer hinten sitzen, Baby. Außerdem glaube ich, mir wurde ein Kuss versprochen.«

Er zog mich in seine Arme und eroberte dabei zum millionsten Male mein Herz im Sturm. Wir küssten uns innig, bis Reid stöhnte und sich von mir löste, seine Lippen glänzend. »Fortsetzung folgt.« Er rieb seine Nase gegen meine und ich rieb mich gegen seinen Bart. Mir egal, wie rot mein Gesicht dadurch wurde.

Ich nickte. »Heute Abend, in meinem Zimmer. Wir werden

so, so leise sein müssen.«

Er hob eine Augenbraue. »Bist du dir sicher?«

Wir hatten nie Sex in meinem Zimmer gehabt, solange meine Dads zuhause waren, aber das Adrenalin der Motorradfahrt ließ mich begeistert nicken, bevor ich unsere Helme aufräumte.

Reid legte mir von hinten seine Arme um die Hüften und seine Lippen an mein Ohr. »Wir werden wirklich leise sein müssen. Denkst du, du hast dich unter Kontrolle?« Er presste seinen halb-harten Schwanz gegen meinen Arsch. Dann zog er sich einen Handschuh aus und legte mir seine nackte Hand über den Mund. »Du wirst nicht einen einzigen Mucks machen dürfen.«

Ich stöhnte in seinem Halt und nickte. Frohe Weihnachten an mich.

Das Abendessen fand schon um fünf Uhr statt. Will und Michael brachten ein Blech voll cremiger überbackener Kartoffeln mit und wir saßen zu sechst am Esstisch und stießen mit Rotwein an.

Morgen würden wir den halben Tag *Catan* spielen, aber heute Abend hatte Seth den Tisch mit den neuen weihnachtlichen Tischmatten gedeckt und den Servietten, die Logan ihm gegeben hatte.

Die Füllung war schon immer mein liebster Teil des Abendessens gewesen und obwohl die von Tante Jenna die beste war, hatte sie meinen Dads das Rezept gegeben, bevor sie mit Onkel Juns Familie auf Kreuzfahrt gegangen war. Es schmeckt fast genauso gut.

Ich schluckte einen Bissen runter und sagte: »Du hast die Füllung perfekt drauf.«

»Und den Vogel«, fügte Will in diesem herrlichen schottischen Akzent hinzu. »Es ist wahnsinnig lecker.«

Auch Michael meldete sich zu Wort: »Ist es wirklich. Übrigens liebe ich deine Krawatte, Logan.«

Er trug ein Hemd und die Krawatte von diesem Jahr, das jährliche Geschenk von Seth. Früher hatte Logan schicke Kleidung für Vorstellungsgespräche gebraucht. Mittlerweile hatte er kaum einen Grund, Krawatten zu tragen, aber er tat es dennoch jedes Weihnachten. Die Krawatten waren über die Jahre immer witziger geworden und die von diesem Jahr zeigte Rudolf, der ein Cabrio fuhr.

Michael sagte: »Das erinnert mich an unsere erste Baumkugel«, und schenkte Will ein zärtliches Lächeln.

»Ah, ja.« Will grinste. »Kevin, der surfende Koala. Wir fahren nächstes Jahr endlich wieder nach Australien für unsere Hochzeitsreise. Wir müssen mal sehen, ob wir einen Freund für Kevin finden.«

Neben mir fragte Reid: »Haben die in Australien das ganze Jahr über Weihnachtsläden, so wie wir sie in den touristischen Gegenden haben?«

Michael grinste. »Es gibt nur einen Weg um das heraus zu finden.«

»Wer hat dieses Jahr die Wette gewonnen?«, fragte ich Seth.

Er reichte mir das Ofengemüse, ohne dass ich nachfragen musste und ich schaufelte mir noch mehr perfekt verschmorten Kürbis auf meinen Teller.

Seth sagte: »Logan hat weder Rudolf, noch das Cabrio erraten.« Er schob seinen Stuhl am Kopf des Tisches zurück und hob seinen Fuß. Er zog sein Hosenbein weit genug hoch, damit wir seine Socke sehen konnten. »Ich habe allerdings erfolgreich auf Streifen gewettet.«

»Es gibt nur so und so viele Muster«, grummelte Logan. »Vor allem, nachdem du sie nicht anziehst, wenn sie zu bunt sind.«

»Jetzt schmoll nicht, nur weil ich gewinne.« Seth zwinkerte.

Nach dem Abendessen fuhren Will und Michael wieder nach Hause, bevor die Wetterbedingungen auf den Straßen zu schlecht wurden. Ich wusch ab und Reid trocknete das Geschirr, das nicht mehr in die Spülmaschine passte, bevor wir uns mit vollen Bäuchen auf der Couch niederließen.

Logan zog seine Brille auf, um sich ein Kreuzfahrtschifffoto anzusehen, das Tante Jenna an Seth und mich geschickt hatte. Sie wusste, dass einer von uns es ihm zeigen würde, nachdem er bei der Frage, wieso er so oft sein Handy nicht bei sich hatte immer grummeliger wurde. Dann schaltete er den Fernseher ein, während Seth laut gähnte. Draußen türmte sich der Schnee auf der Terrasse.

Der durchgesessene Lehnsessel, den Opa immer benutzt hatte, stand immer noch in der Ecke neben dem Baum, obwohl er schon seit einem Jahr nicht mehr bei uns war. Mit einem Schlag vermisste ich ihn, schloss die Augen und erinnerte mich an das letzte Mal, als ich ihn dort hatte sitzen sehen.

Es war genauso gewesen wie jedes andere Mal, als er dort gesessen hatte. Opa hatte Bier aus der Flasche getrunken, fern gesehen und wenig gesprochen. Hercules hatte oft auf seinem Schoß gesessen, doch der war leider auch schon verstorben. Es war seltsam beruhigend, dass das letzte Mal, als ich Opa gesehen hatte, so normal gewesen war.

Während wir *Die Geister, die ich rief* anschauten, schlief ich ein und wachte an Reids Seite gekuschelt wieder auf. Nur noch die bunten Weihnachtslichter erhellten den Raum und der stumm gestellte Fernseher strahlte ein flackerndes blaues Licht aus.

»Hey«, flüsterte Reid.

»Hey. Scheiße, sorry. Sind meine Dads schon im Bett?«

»Ja. Entschuldige dich nicht. Es ist dämlich, wie viel Assistenzärzte arbeiten müssen. Du brauchst Schlaf.«

Ich drückte meinen Rücken durch und streckte meine Arme. »Ich weiß.«

»Du musst müde sein«, sagte ich und unterdrückte ein weiteres Gähnen. »Wir sollten ins Bett gehen.« Da erinnerte ich mich an was wir vorhin in der Garage ausgemacht hatten und plötzlich war ich kaum noch schläfrig, nur aufgeregt. »Und sehr, sehr leise sein.« Ich legte meine Hand auf Reids Schwanz, der von seiner Hose bedeckt war. »Stille Nacht.«

Sein Atem kitzelte mein Ohr. »Das kann warten. Schlaf zuerst.«

Jetzt war ich wirklich hellwach. »Auf keinen Fall kann das warten. Ich brauche, dass du mich ordentlich durchfickst. Leise. *Dann* kann ich schlafen.«

»Das werden wir sehen.« Reid küsste mich und streichelte mit einer Hand über meinen Kopf.

»Willst du mir etwa sagen, dass du Veto einlegen willst, um mir etwas Gutes zu tun?«

»Sollte ich vermutlich. Ärzte haben den Ruf, dass sie nicht sonderlich gut auf sich selbst aufpassen.«

»Wir haben außerdem den Ruf, dass wir immer bekommen, was wir wollen.«

Ein langsames Lächeln erstreckte sich auf seinem Gesicht. »Herr Doktor, ich habe ein Problem. Mein Partner arbeitet zu viel. Wie kann ich ihn dazu bringen, sich zu entspannen?«

»Hmm.« Ich tippte mir gegen das Kinn. »Ich glaube, da habe ich genau das richtige Heilmittel. Du wirst zuerst etwas zögerlich sein, aber diese Behandlung wird für euch beide Wunder bewirken.«

Wie nicht anders zu erwarten, bekam ich was ich wollte.

Am Tag nach Weihnachten wachten wir spät auf und fanden mehrere Zentimeter frischen, perfekten Schnee vor. Morgen würden Reid und ich zurück in die Stadt fahren müssen, damit ich wieder in die Arbeit gehen konnte.

Heute befanden wir uns aber im warmen Haus, mit Überresten vom Vortag, der Art Schokolade, die ich nur an Weihnachten aß, Brettspiele die gespielt werden wollten und meinen Dads.

Weihnachten konnte nicht besser werden. Verdammt, das Leben konnte nicht besser werden.

Als ich ein wütendes, trauerndes Kind war, hätte ich mir niemals diese Art Frieden vorstellen können.

Reid brachte mir eine heiße Tasse Kaffee ins Bett mit einem Kuss und ich konnte mir in den kommenden Jahren sogar noch mehr Glück und Freude vorstellen. In den Tagen und Stunden und den kleinen Momenten, die wir teilten.

Ich konnte mir *alles* vorstellen.

ENDE

Über die Autorin

Keira strebt in ihren schwulen Liebesromanen nach der perfekten Mischung aus Charakter, Handlung und Leidenschaft. Sie schreibt alles Mögliche, von abenteuerlichen Piratengeschichten bis hin zu herzerwärmenden Weihnachtsromanzen. Ihre liebsten Genres sind Enemies-to-Lovers, Altersunterschied, erzwungene Nähe und leidenschaftliche erste Male. Und obwohl sie ihren Protagonisten weder Herzschmerz noch Drama erspart, garantiert Keira immer ein Happy End !

Mehr unter:

keiraandrews.com